情怀

吴云贵　喻朝芬　著

贵州出版集团
贵州民族出版社

图书在版编目(CIP)数据

情怀/吴云贵,喻朝芬著. —贵阳:贵州民族出版社,2014.8

ISBN 978-7-5412-2107-1

Ⅰ.①情… Ⅱ.①吴…②喻… Ⅲ.①散文集—中国—当代 Ⅳ.①I267

中国版本图书馆 CIP 数据核字(2014)第 059121 号

情　怀

吴云贵　喻朝芬　著

出版发行	贵州民族出版社
社址邮编	贵阳市中华北路 289 号　　邮编:550001
印　　刷	贵阳精彩数字印刷有限公司
开　　本	850×1168mm 1/32
字　　数	320 千字
印　　张	12
版　　次	2014 年 8 月第 1 版
印　　次	2014 年 8 月第 1 次
书　　号	ISBN 978-7-5412-2107-1
定　　价	32.00 元

编者按

吴云贵先生和妻子喻朝芬携手走过了半个多世纪,他们的人生轨迹随着中华人民共和国的诞生以来经历的兴衰荣辱。他们和祖国共同经历过磨难,克服过困难,改正过错误,在跌跌撞撞中,他们和祖国一起成长,看着祖国越发的繁荣富强。无数的人和事在他们的生命中烙下了印记,有跌跌撞撞的失意、有艰苦岁月的磨砺、有对万里江山的自豪、有工作生活的人生思考……透过两位老人,可以看到祖国的成长的脚步,阅读他们的文字可以看到老一辈共产党员对工作、生活的态度,这是值得今天我们这辈人学习借鉴的。

因本书是两位老人一生随笔的合辑,有些文章因年代久远,写作时间已模糊不详,故其写作时间空置,望读者见谅。

责任编辑:禄　桑　施亚瑜

目　录

对黔西县个体、私营经济发展的思考

中国共产党的十四届三中全会作出了《关于建立社会主义市场经济体制若干问题的决定》。这一理论的确立，是我国经济体制改革的重大突破，对个体、私营经济的发展无疑将产生深远的影响。因此，分析、研究黔西县的个体、私营经济的现状，存因及对策，大力发展个体、私营经济值得引起重视。

一、黔西县个体、私营经济的现状

在邓小平同志建设有中国特色社会主义理论指导下，黔西县始终坚持公有制经济为主体、多种经济成分共同发展的方针，积极鼓励个体、私营经济的发展。到 1993 年年底止，经工商行政管理部门登记发照的个体工商户为 4 679 户，从业人员 5 405 人，注册资金 1 259 万元。私营企业从无到有，发展到 25 户，从业人员 545 人，注册资金 192 万元。个体、私营经济共创工业产值 680 万元，实现营业额 3 100 万元，向国家缴纳税金 434 万元，占全县工商税收的 35.48%。

黔西县个体、私营经济，在邓小平同志南巡重要谈话和党的十四大之后，发展速度加快。1993 年新增个体工商户 633 户，增长 15.6%，新增私营企业 4 户，增长 19.05%。

从分布情况看，城镇个体工商户、从业人员、注册资金分别占总数的 38.89%、37.93% 和 48.28%。农村个体工商户、从业人员、注册资金分别占总数的 61.11%、62.07% 和 51.72%。城镇私营企业、从业人员、注册资金分别占总数的 68%、7.3% 和 61.98%。农村私营企业、从业人员、注册资金分别占总数的

32%、32.7%和38.02%。

从行业结构看，个体工商户从事工业的占总数的17.2%。从事商业的占66.17%，从事饮食业的占7.15%，从事交通运输的占3.1%，从事修理等服务行业的占6.38%。私营企业从事工业的占总数的48%，从事商业的占28%，从事交通运输、建筑等行业的占24%。

个体、私营经济的发展，促进了商品流通，增加了财政收入，活跃了城乡经济，方便了人民生活，增加了劳动就业，特别是个体、私营经济在农村的发展，促进了农村产业结构的调整，使一部分农村剩余劳动力从第一产业转向第二、第三产业。改变了农村单一的产业结构，在农民中间传播了商品经济意识、质量意识、竞争意识，积极发展商品生产，部分农民摘掉了贫困帽子，走上了致富道路。这些个体工商户和私营企业在商品流通上起到了桥梁和纽带的作用，凡国家放开的商品，老百姓需要卖的，他们从千家万户手中收购起来，把它销售出去，老百姓需要买的，他们把它购进来，又供应到群众手中，帮助群众解决了买难卖难的问题。去年，黔西县的夏粮获得丰收，油菜籽获得好收成，几千万斤小麦和上千万斤油菜籽就是靠这些个体工商户和私营企业把它收起来，销出去，保护了农民的利益，促进了生产的发展。实践证明，个体、私营经济不仅是公有制经济的有益补充，而且是计划经济向市场经济过渡的先导力量，有巨大的发展潜力和光明的前景。

二、黔西县个体、私营经济发展中存在的问题

黔西县个体、私营经济的发展，经历了曲折的发展过程，1992年登记发照的个体工商户和私营企业，分别比上年下滑11.14%和22.2%。1993年在县委、政府的重视下，工商行政管理部门做了大量工作，个体和私营企业得到了发展，预计今年

发展会稳步增长，但必须看到，发展中还存在许多问题，需要认真加以研究和解决。

1. 对个体、私营经济的地位和作用认识不足，宣传不力，没有很好形成鼓励支持个体、私营经济发展的社会舆论环境，有的地方、部门和单位，受“左”的思想影响，没有跳出旧的框框，把他们看作奸商，是资本主义的因素，因而对他们持偏见态度，自觉不自觉地歧视和排挤，有的认为，个体、私营企业人多面广，发展越多工作量越大，多一事不如少一事，不是积极做工作，而是持消极态度，由于思想认识没有很好解决，因而对党发展个体、私营经济的方针、政策宣传不力，有的怕政策变，不敢放心放胆发展。

2. 办事困难，资金短缺。由于缺乏个体、私营经济发展的配套政策，在整个社会经济大环境中没有为个体、私营经济的发展划出相应的运行空间，个体、私营企业在征用土地、银行信贷、能源和原材料供应等方面都很困难，“收之者多，给之者少”，致使有的个体、私营企业千方百计挂靠国营、集体企业，不少的在银行贷不了款，只能以高利向私人借贷，影响了个体、私营经济的发展。

3. 管理的“婆婆”多，关卡多。目前，对个体、私营企业管理的部门有工商、税务、乡企、金融、城建、保险、土管、卫生、物价、计量、质检、交通、公安等十多个，个体、私营企业从事生产和经营需要经几个部门批准，形成了多头管理，多头办证，多头收费，多头检查，各自为政，各行其是，有利都管，无利都不管，有的甚至吃喝拿要，随意处罚，故意刁难，引起了个体工商户和私营企业的强烈不满。

4. “三乱”未得到有效制止，有照户负担过重，无照还可“合法”经营，中央关于制止乱收费、乱摊派、乱罚款的紧急通知下达后，明文取消了上百项收费项目和达标升级活动，但有的地方和部门并未认真贯彻执行，“三乱”现象仍然存在。据了解，对个体工商户和私营企业的收费项目繁多，有健康检查费、营业执照登记费、管理费、粮外基金、军属优抚费、治安费、卫生费、订报刊费、过路保安费、修路费、节目活动费等20多种，还有各种罚款、募捐、摊派。这些收费项目，除政策、法规规定的以外，有许多是地方、部门和单位自行决定自行收取的，随意性大，收费的金额伸缩性大，重复收费现象严重，一位姓谢的个体户去扬州办油漆店，回乡开证明办证，乡收手续费100元，办证又交120元。有的村甚至连盖章都要收费，名曰“服务”费。有照户“婆婆”多，税费多，收费多，负担重，无照户“合法”经营，难怪他们说：“封了神的还要挨打神鞭，不封神可以无法无天。”

5. 外部环境差。一是经营场地不足，市场建设跟不上，有的私营企业场地窄狭简陋，无法拓展。不少个体工商户因无场地，只好占街设摊，影响了市容和交通。二是社会治安不好，个体工商户被偷被抢时有发生。三是假、冒、伪、劣商品多，且难于识别，进货提心吊胆。

三、对黔西县个体、私营经济发展的思考

改革开放十多年来，黔西县在个体、私营经济的发展上做了大量工作，促进了个体、私营经济的发展。但发展速度缓慢，从业人员占总人口的比例仅0.8%，大大低于全省、全国的水平，与建立社会主义市场经济体制和商品生产发展的要求很不适应，必须采取相应措施，加快个体、私营经济的发展速度，追赶全省、全国的发展水平，促进经济的发展和振兴。

1. 提高认识，解放思想，放宽政策，加快发展。要改变黔西县经济发展比较落后的局面，必须认真贯彻执行公有制经济为主体，多种经济成分共同发展的方针，在积极发展固有经济

和集体经济的同时，帮助、扶持和鼓励个体、私营经济发展。要以“是否有利于发展社会主义的生产力，是否有利于增强社会主义国家的综合国力、是否有利于提高人民生活水平”为标准，充分肯定个体、私营经济在促进商品流通、繁荣城乡经济、方便群众生活、增加财政收入、培养人才、促进群众脱贫致富等方面的作用，防止“左”的干扰，只有认识提高了，思想解放了，才能放心、放手、放胆支持和服务于个体、私营经济的发展，做到思想上有位子、工作上有盘子、措施上有路子，抓住机遇，乘势而上。要为个体、私营经济的发展提供宽松的政策环境，放宽经营人员，凡有能力经营的都给予注册登记。放宽经营范围，凡国家已经放开的商品，允许跨行业、跨地区经营，打破封锁主义、保护主义。放宽经营方式，允许以一业为主，多种经营，批零兼营，长途贩运，可以增摊设点，增设分支机构，不限制规模和雇工人数，放宽办照手续，简化办照程序，对于生产生活需要的行业，可以“先上车，后补票”，先发展，后规范，加快个体、私营经济的发展，达到“三分天下有其一”。

2. 加强管理，强化服务。一是政策要把发展个体、私营经济列入议事日程，纳入全县社会经济发展的总体规划。二是建立县委、政府领导下的发展个体、私营经济领导小组，负责宣传党和国家的方针政策，制订发展规划，提出具体实施意见，协调部门之间的关系，处理有关具体问题，检查督促有关政策的落实和实现，定期研究通报情况。各乡镇有领导分管，列入政绩考核内容。三是明确主管单位，实行归口管理，使个体、私营经济的决策、投资、经营、管理、效益等方面得到及时的指导和准确的反映。四是坚持发展与加强管理并重，对那些守法经营、勤劳致富的要大力宣传，使之学有榜样，赶有目标，加快个体、私营经济的发展。同时，组织力量进行清理，对少数无证经营、偷税漏税、经营假冒伪劣商品、欺行霸市、压价、强买强卖的，要加强教育，限期改正，并补办营业执照和补交税款，经教育不改，不服从管理，继续进行无照经营和违法经营的，坚决取缔，做到合法经营和规范化经营。五是主管部门在保护个体、私营经济的合法权益的同时，要为他们排忧解难，提供信息、咨询、资金、技术、场地、人才等方面的服务，帮助他们解决产前、产中、产后过程中的具体困难。

3. 坚决制止“三乱”，为个体、私营经济的发展制造宽松的外部环境，一是执法、执纪部门要依照法律法规保护个体、私营经济的合法权益不受侵犯，对检举、揭发侵犯个体、私营企业合法权益的人和事，认真进行查处。二是增强纳税意识，实行纳税标准公开，纳税金额公开，依法纳税，以利监督，避免收“人情税”和征税上的随意性。同时，要本着“广税源，轻税率”的原则，“放水养鱼”，实行统一税率，公平税赋，依率计征，依法减免，抓好发展，扩大税源。三是禁止一切乱收费、乱摊派、乱罚款的行为，实行“收费许可证”制度，提高收费透明度，对“三乱”行为，个体和私营企业有权抵制，并可检举揭发，对那些一意孤行，我行我素，继续乱收费、乱摊派、乱罚款的地方，应追究有关部门主管领导的责任，严肃处理。

4. 抓好集贸市场建设，为加快个体、私营经济的发展创造条件。市场是商品的载体，商品经济的发展与市场的发展应相一致，商品只有经过市场交易，才能实现它的货币价值。目前，农村买难卖难的情况仍然存在，某些方面还很突出，老百姓迫切希望他们需要的生产、生活资料能及时买到，生产的农副土特产品及时卖出，因此，要针对实际，特别是农村的实际，多渠道筹集资金，加快农村集贸市场的建设，扩大城乡市场容量，为分门别类的产品规划市场，增加摊位，给个体、私营企业以用武之地，逐步形成商品集散地与期货市场，对本地或外地的个体户在市场上摆摊设点，持欢迎态度，对当地农民上市出售农副土特产品，要支持保护，不得追赶取缔，甚至罚款设收，通过集贸市场的建设，加快发展个体、私营经济，促进生产和购销活动，使农村与集镇、集镇与大中城市互相衔接，形成纵横交错的流通经营网络，加速经济的发展。

5. 积极引导，加强教育，促进个体、私营经济的精神文明建设。一是进行党的方针、政策的教育，组织他们学习党的十四届三中全会决定，深刻领会公有制为主、多种经济成分共同发展的方针，从而消除顾虑，放心、放胆、放手从事生产、经营活动。二是进行有关法律、法规的教育，使他们懂得并自觉在法律法规和市场管理规则的范围内活动，遵纪守法，服从管理，照章纳税，履行自己应尽的义务。三是进行职业道德教育，端正经营作风，做到文明经商，礼貌待客，公平合理，不少斤短两，不押买押卖，不欺行霸市，使社会主义的职业道德蔚然成风。四是广泛开展“文明个体户”和“消费者信得过”评选活动，评选先进、劳模，树立典型，提高他们的知名度，树立他们应有的形象，使他们享受应有的政治待遇。

烤烟种植面积面临滑坡趋势

2003年烤烟种植面积如何？最近，笔者带着这个问题，步行调查了城关镇的马厂村、驮煤河村、石板村、红星村，烘水乡的堰河村、青松村，绿化民族乡的八一村和林泉镇的海西村。从调查情况看，烤烟种植面积面临滑坡趋势，值得引起重视。

这8个村，乡镇分给的烤烟种植面积3 230亩，经烟农承诺，村统计落实2 587亩，减少643亩，减少19.9%。其中除一个村落实乡分面积外，其余均不同程度减少，减少最多的达39.2%，最少的7.8%。承诺种烟的农户中，已育了苗的农户有少数犹豫不决，不想种烟，苗床管理差。个别村有40%左右的烟农今年根本没有育苗，更谈不上打算种烟。一些村今年承诺种烟农户和面积比去年实际数下滑幅度大。马厂村毛稗冲组57户，去年49户种烟112亩，今年只有31户计划种烟35亩。八一村229户，去年120多户种烟280亩今年只有49户计划种烟152亩，该村两个村民组60户人家，去年种烟45亩，今年只有一户计划中5亩。

造成烤烟种植面积下滑的原因，一是部分烟农去年烤烟未卖完，少数农户去年种烟损失严重，有的连投资的化肥和烘烤用煤款都没有收回。因此，这些农户今年有的不再种烟，有的要种也把面积减少。二是一些站点的个别收购人员经营作风不端正，压级少称卖烟难，烟农意见大。三是宣传工作做得差，县里发展烤烟生产的意见和省今年收购上中等烟叶加价的政策，不仅很多烟农不知道，甚至连一部分村干部也不晓得。四是个别地方偷盗严重，影响烟农种烟。石板村土地坪，去年烘烤烟叶期间，有8户烘房炉桥被盗，30多户人家今年只有头十户人种烟。五是打顶抹芽的深色烟不能正确掌握验级，收购不好，投了资又花了劳力，又卖不了。

当前，防止烤烟种植面积下滑，抓好烤烟生产，一是千方百计确保烤烟种植面积落实。春播来临，不能满足于面积分解，必须组织力量和农户签订合同，留足烤烟面积，落实到丘块，然后造册登记，以便检查督促。对那些多报少种和三心二意的农产，更要把工作做细做好。二是管好现有烤烟苗床。盖平膜的要迅速凸棚，注意揭膜透风和盖膜，浇足苗床水，保持苗床温度和湿度，防止损失烟苗。三是广泛宣传发动，形成强大的种烟舆论。要利用村室、田边地角召开各种会议和书写张贴的办法，宣传县委、政府今年抓烟的具体意见和省今年收购上中等烟叶加价的政策，鼓励烟农种好烟。四是继续搞好服务。在烤烟生产的各个环节超前进行安排，加强技术指导、发放烤烟贷款、组织化肥供应的同时，针对烟农最关心的收购问题，广泛宣传在今年烤烟收购中的政策，继续改善服务态度，正确验级和挂样收购，不收关系烟、人情烟，不收贩子烟，接受群众和有关部门的监督，给烟农一粒“定心丸”，以利于发展烤烟。

研讨回来话发展

2003年年底，本人应邀参加了在西双版纳召开的全国市场经济与区域发展学术研讨会，受益匪浅。我认为，当务之急，我们黔西县要运用系统科学原理，抓住重点，带动一般，整体推动，加快社会经济的发展。

我们的目标，是建设社会主义物质文明和精神文明，在本世纪末基本实现小康生活水平，建成具有中国特色的社会主义。作为一个县来讲，运用系统科学的原理，全面推进社会经济的发展，使财政收入稳步增长，人民生活稳步提高，实现富民强县，无疑是十分重要的。

加快全县社会经济的发展，应着力抓好以下几点。

1. 指导思想上坚持稳基础、调结构、增效益。农业是国民经济的基础产业。结合我们农业县的实际，更应该站在这一高度去看问题、想问题。在配置农业结构方案时，首先应该保证直接涉及人们温饱的粮、油、猪等大宗种植业和养殖业产品产量的稳定增长，这种增长是建立社会主义市场经济体制所必需的基础和保证。因此，要坚持以兴修水利、坡改梯、培肥地力、防止水土流失为主的基本农田建设，力争实现人均半亩旱涝保丰收的稳产高产农田。在此基础上，以良种为龙头，以适用技术组装配套，以技术密集和人才物集中为特色开展区域经济示范，使粮油生产实现高产、优质、高效。发挥“短、平、快”的速效性，变广种薄收为高产多收。要坚持封山育林、植树造林、调整林种、树种结构，建设混交林，发展用材林、经果林，提高林灌覆盖率，达到既取得经济收入，又保持水土的目的。

要利用我县的区位优势，大力发展畜牧业，把我县建成畜牧大县，既满足人们的生活需要，又增加农民的收入。一是要坚持良种为主，建立良种基地，进行品种改良，达到增加效益的目的。二是坚持户养为主，积极发展规模养殖，形成批量生产。三是坚持以养猪为主，积极发展鸡鸭鹅鱼和牛羊生产，建立牛羊生产基地。着力提高出栏率。四是坚持以节粮型饲养为主，普及配合饲料和氨化养殖、微储养殖，以同样的饲料喂养，达到增重快，出栏快的目的，使畜牧业收入在农业收入中达到三分天下有其一。

2. 开展战略上抓支柱产业，注重规模、特色。发展经济必须更新观念，树立商品意识。要认真研究市场和供需关系，以市场为导向，组织发展生产，坚持开发战略，发挥优势，形成支柱产业。要抓住北烟南移的机遇，坚持科技兴烟，真正实现“三化”种植，“四无”管理，提高单产，提高质量，提高效益，实现财政增收，烟农致富，企业得益。同时，积极创造条件，实现烟叶切片复烤，在烤烟生产上开辟新的财源，稳住已经形成的支柱产业。对于现有企业，要通过深化改革，在更新、改造、优化、完善、发展上下工夫，关键是要选好人、用好人。鞋业公司是一个两头在外的企业，由于有一个好的领导班子，瞄准市场进行生产，企业越办越兴旺，这就是一个很好的典型。鞋业公司的经验值得很好的总结和借鉴，对新上项目要严格把关，避免重复建设。所有企业都应加强管理，照章纳税，以是否依法纳税作为考核企业和企业领导班子的主要依据。随着经济的发展，充分发挥民间闲散资金的作用，以交通带动集镇建设，以集镇建设带动商品流通，实现占用土地的增值，积累资金，加快建设步伐。要利用我县内河和界河丰富的水利资源，在充分论证的基础上，勘测设计，争取立项，建设梯级电站，既解决生产、生活用电的需要，又能增加稳定的财政收入。我县丰富的旅游资源有待系统的、配套的开发和利用。通过发展旅游事业，带动各方面的收入逐步增长。

3. 发展规划上立足于农产品的就地加工、综合利用，多层次增值。长期以来，作为加工业原料和初级产品生产的农业，比较效益是非常低下的。缺乏农产品的综合利用和加工增值业务，是农业县成为资源型贫困县和农民不能加快脱贫致富的关键所在。这种增值效益长时间以原料生产的种养业为主，和广大农户相脱节，从而引发了农产品生产、收购和加工之间的巨大矛盾，导致地区之间的发展差距越拉越大。解决这一矛盾，除了国家运用经济杠杆来调节生产、收购和加工部门之间的利益分配外，最根本的办法在于推行农工商一体化和产供销一条龙的经营管理模式。根据这一思路，一是选定农业的支柱产业，抓好产业化、系统化。生产上抓规模经营，区域化生产，社会化服务，企业化管理，实现批量生产，形成优质农产品的开发优势。二是抓好农产品的加工和副产品的综合利用。从我县实际出发，要抓粮食转化和秸秆的氮化、微储，促畜牧养殖业发展和畜产品的加工，通过牲畜过腹还田，增加有机肥料，促进农业的发展。抓好油菜籽的加工和油饼利用，对提高烟叶质量十分有利。随着经济林的发展，要引进技术和资金，充分利用我县的药材资源，实现加工增值。三是走“公司＋农户”、“干部＋农户”、“技术人员＋农户”的路子，抓基地建设，协调生产、收购、加工之间的关系，形成生产有基地、收购有保障、加工有基础的格局。四是利用我县的区位优势，培养和建设农副产品批发市场，组建跨行业、跨区域的农副产品销售网络，搞活流通促进生产的发展。

4. 实施方式上坚持适用技术组装配套。市场经济条件下的农业生产，有它的特征。这就是产品种类由单一化向多样化、商品化发展，农产品的综合利用已成为农业深度开发的课题，产业之间的相互渗透和土地及水面的立体开发，种养业之间，农林牧渔业之间形成了互为条件、互相依存的农业生产链条结构。因此，应从全面推进农村的发展为总体目标，努力做好开发工作，根据客观要求组织具体实施方式。一是坚持农科教结合，提高人的素质。事情都要人去办，提高人的综合素质，增强办事能力，十分重要。为此，要抓好基础教育，加强对中小学校的管理，提高教育质量，使在校学生德、智、体全面发展，为建设事业培养合格人才。要加强职业技术培训，使在职职工的技术知识不断更新。要强化农民的适用技术培训，加快适用技术的普及。二是推广农业适用技术必须坚持试验、示范、推广的原则，做到因时因地制宜，反对“一刀切”和盲目从事等瞎指挥，以减少失误和损失。凡是经过试验、示范，对群众认可增产显著的成熟的适用技术，要采取资金、物资、组织、领导等组装配套，相对集中，协同作战，发挥总体的最大优势，使实施项目取得更大的效益。三是在操作上要总体设计，山水林田路综合治理，粮经果畜林草协调发展，做到开发一片，见效一片，致富一片。

5. 商品交换上坚持培育和健全市场体系，深化企业改革，大力发展个体私营经济。目前，农村的商品市场与市场经济的要求相差甚远，买难、卖难的问题还不同程度地存在。因此，加强商品市场建设，是实现农村经济向市场经济转变的一项基础工程和关键所在。市场建设要结合农村小集镇的发展，科学规划、合理布局，强化市场基础设施和交通、能源、通讯等建设，做到功能齐全，成为商品集散地和批发、供应市场，使生产者和经营者确立以市场为导向发展市场需求的产品，改变自给自足，小而全的生产局面，按照市场需要组织生产，抓规模、上质量，形成批量生产，用特色规模产品占领市场。

要深化国营、集体和乡镇企业改革，坚持放开生产经营，放开改制形式，放开干部管理权限，放开用工制度，放开分配形式，坚持对国有资产和依法经营、照章纳税的监督管理。建立良好的企业运行机制，宏观管理，微观放开，促进企业自主经营、自负盈亏、自我积累、自我发展、自我约束，使企业上水平，上档次，上规模，上效益，面向市场，开拓市场，占领市场，增强企业活力、动力、凝聚力和竞争力，达到增产增收，高效低耗，良性循环，健康发展的目的。办好企业的目的是为了增加利润和税收。看一个企业的好坏，首先应看它依法提供了多少税收。看企业的产值，首先也应看它依法提供税收的多少来看它产值的真假，以堵住虚报产值的不正之风，特别是乡镇企业。因此，应该坚持税利分流，以利于调整和规范政府和企业之间的分配关系。办好企业，关键在领导，特别是法人代表。因此，要不拘一格选人才，选拔那些懂市场、懂技术、懂管理、善经营、会决策、大公无私的人进入领导班子，法人代表一经选定，没有特殊情况而造成生产经营不善、企业亏损和倒闭的，要依法追究经济等责任。只有这样，企业才能越办越好。

在农村，要按照自愿互利的原则，采取“公司 + 农户”、“干部 + 农户”、“技术人员 + 农户”等形式，集资金、物资、技术为一体，用契约将千家万户连接起来，形成区域化、规模化生产，大力发展高产、优质、高效农业产品，把生产、收购、运输、加工、销售连接起来，实现农产品的多层次增值，提高综合生产能力。

要大力发展个体私营经济。个体私营经济的发展，搞活了流通，搞活了经济，安排了剩余劳动力，增加了税收。仅我们毕节地区，十年期间，个体私营企业就向国家提供了 20 237 万元税收。因此，要加快农村个体工商户的发展，通过他们连接市场，把一家一户生产的农产品收购起来，运销出去，把农民需要的农用生产资料、生活必需品购进来，销售到农户手中。

通过一购一销，把市场信息带给农民，引导农民增加收入，是实现山区脱贫致富的重要途径之一。政府要通过一手抓发展，一手抓管理，加强对个体私营经济人士的思想政治工作，使他们“爱国、敬业、守法”，做到文明经营，礼貌待客，制止“三乱”，保护他们的合法权益。同时，对少数置国家政策、法律法规于不顾，利欲熏心，掺杂使假，生产销售假冒伪劣产品，偷税漏税，欺行霸市，短斤少两，甚至卖淫嫖娼，生产销售黄色音像、书刊等违法行为，必须坚决查处，以保证个体私营经济健康发展。

6. 在服务体系上坚持廉政勤政建设，提高思想道德水平，提高服务质量。围绕经济建设这个中心，抓好廉政勤政建设，才能促进物质文明和精神文明建设的迅速、健康发展。各个部门要牢记全心全意为人民服务这个宗旨，围绕两个文明建设开展自己的工作。为此，一要加强职工队伍的学习，建立学习制度，采取定期集中学习和自学相结合的方法，学政治、学时事、吃透党的路线、方针、政策，保持清醒头脑，自觉在政治上同党中央保持一致。同时，要结合自己的业务，加强业务技术知识的学习，做到干一行、爱一行、钻一行、精一行，精益求精，达到懂政治、熟业务、会管理、善经营的目的。二要建立健全规章制度，兢兢业业工作，勤勤恳恳办事，全心全意为人民服务。对群众满腔热情，说话客气，办事公平，方便群众，不增加群众负担，虚心听取群众意见，改进自己的工作，使群众安居乐业脱贫致富奔小康。三要严格按照党的方针、政策、法律、法规办事，自觉抵制不正之风，反对贪污、浪费、行贿、受贿，惩治腐败，倡导办实事，说实话，不搞虚报浮夸。提倡调查研究，科学决策，民主决策，尽量减少工作中的失误。在推广农业适用技术上，坚持试验、示范、推广的原则，因地制宜，不搞一刀切，不搞强迫命令，避免主观主义、形式主义和形而上学。四要加强团结。加强党内团结，职工团结，群众团结，是成就一切事业的根本所在。提倡互相帮助，互相关心，互相爱护，互相尊敬，讲大局，讲贡献，多看多学他人的长处，以补自己的不足，建立良好的社会风气。五要从严治党，搞好党风建设。建设两个文明，要求党的领导干部要起表率作用。因此，对党的领导干部要严格要求，严格管理，严格监督。要求党的领导干部要身先士卒，以身作则，言行一致，表里如一，要求别人做到的自己先做到，禁止别人不做的自己坚决不做，“先天下之忧而忧，后天下之乐而乐”，吃苦在前，享受在后，自觉接受党和人民的监督。同时，认真查处各种违法乱纪，确保两个文明建设顺利进行。

半个世纪话农业

——新中国成立以来黔西农业发展概述

1999年是中华人民共和国成立50周年，也是黔西解放50周年。黔西县农业发展，伴随着共和国的历史，走过了50个春秋，即将以崭新的姿态跨入21世纪。

黔西县半个世纪的农业发展，大概可以分为以下几个阶段

一、1950~1957年

新中国成立前，黔西县农业走过了漫长的而历史岁月。由于土地所有制极不合理，束缚了生产力的发展，加上生产条件差，耕作制度落后，生产水平很低。到1949年，全县共有人口295 300人，耕地718 000亩，人均2.6亩，粮食总产量54 265吨，其中夏粮2 965吨，人均粮食183.75公斤，农业总产值2 114.1万元，农民人均纯收入（折算）53.6元。[①]

长期延续的封建土地制度导致农村土地占有关系极不合理，是农业生产发展的桎梏，是农民生活贫困和农村经济落后的根源。新中国成立前，占全县总户数6.7%的地主占有49.6%的土地，而占总户数53.9%的贫雇农只占有8.1%的土地。[②]地租剥削、高利贷盘剥、苛捐杂税勒索成为悬挂在农民头上的“三把刀”。因此，废除封建土地制度，实现耕者有其田，是广大贫苦农民的长期夙愿，也是社会主义制度建立的最重要保障。

1950年6月14日~23日，中国人民政治协商会议第一届全国委员会举行第二次会议，通过了中共中央起草的土地改革法草案，中央人民政府举行第八次全体会议，通过了《中华人民

共和国土地改革法》，毛泽东主席于6月30日发布命令，公布实施。全县从1951年4月到1952年8月，四期土改结束，废除了封建土地所有制，广大贫苦农民分得了土地，真正成了土地的主人，极大地调动了农民生产的积极性，农业生产迅速得到了恢复和发展。到1952年，人口增至307 500人，耕地面积增至736 000亩，人均2.4亩，粮食总产量64 080吨，其中夏粮3 745吨，比49年增长了18.09%，人均粮食208.35公斤，比1949年增加29.6公斤，农业总产值2 538.8万元，比1949年增长424.7万元，农民人均纯收入（折算）61.9元，比1949年增加8.3元。[3]

从1953年开始，国民经济第一个五年计划开始实施。在农村全面开展生产建设的同时，相继进行了农业的社会主义改造。根据中央《关于发展农业生产合作社的决议》，首先在自愿、互利的基础上发展临时互助组和常年互助组。互助组成员的生产资料仍归个人所有，不进行统一经营，只实行以工换工，互助劳动。到1954年，全县各类互助组共7 858个，参加农户38 400户，占农户总数的80%以上。[4]农业生产互助组在一定程度上解决了生产劳动中劳力、畜力、农具不足的困难，提高了农业生产力，促进了农业生产的发展，深受农民欢迎。其次是建立以土地入股，统一经营为特色的初级农业生产合作社。初级农业生产合作社在保留农民私有制的基础上，实行土地入股分红，统一经营。牲畜和大农具等生产资料归社统一使用，付给租金，社员参加集体劳动，评工记分，合作社的农民除交税金和提取公积金、公益金外，实行按劳动工分分配。由于初级农业生产合作社坚持了“民主办社、勤俭办社”的原则，既保持了土地耕畜等基本生产资料的私有，又统一经营，既实行按劳分配，又按股分红，比较适合当时的农业生产水平、基层干部的管理水平和农民的要求，受到广大农民的拥护。据1955年对100个农业生产合作社的收益分配统计，增产的有97个社，其中增产25%以上的25个，只有3个因遭受自然灾害和经营管理不善造成减产。到1956年1月止，全县共建初级社1 193个，入社农户56 255户，占总农户的80.5%。三是建立以土地等主要农业生产资料集体所有为特色的高级农业生产合作社。高级社实行土地无偿入社，耕畜、农具、山林折价入社，生产资料集体所有。评工记分、按劳分配，取消了土地入股分红。1955年7月，毛泽东同志在《关于农业合作化问题》的报告中明确提出要加快农业合作化的速度，出现了急躁冒进情绪。到1957年秋，全县高级农业生产合作社达744个，入社农户达69 200户，占总农户的96.9%。[⑤]

在农业合作化期间，国家在经济力量比较薄弱的情况下，从政策、物力、财力上等方面加强对农业的扶持。一是提高农产品收购价格，1957年比1953年提高10.3%，高于同期农村工业品零售价格指数近7个百分点。二是对农村税收实行优惠，从1953年开始，农业税连续三年稳定在1952年的实际征收水平上，增产不征税。三是增加农业资金投入，农业基本建设投资1957年比1952年增加43.6%。四是增加农用物资的生产和供应。五是扩大农业水利建设规模。六是加强农业生产的指导，推广优良品种和先进技术，改革农业生产工具，促进农业生产技术水平的提高。这些政策和措施，调动了农民生产的积极性，到1957年，全县人口增至355 800人，耕地面积增到772 000亩，人均2.33亩，粮食总产量99 520吨，其中夏粮5 840吨，比1952年增长了55.3%，人均粮食279.5公斤，比1952年增加70.7公斤，农业总产值3 688.5万元，比1952年增加1 149.7万元，农民人均纯收入80.1元，比1952年增加18.2元[⑥]

二、1958～1962年

从1958年开始，我县经济发展进入了第二个五年计划时期。由于“一五”计划超额完成，极大地激发了全国人民建设社会主义的热情。在此背景下，改变落后面貌的心情迫切，要求更快发展经济的思想产生，加上建设社会主义的经验不足，基本国情和客观经济规律认识不够，再加上国际环境的影响，导致了错误的“大跃进”和“人民公社化”运动。1957年11月，毛泽东率中央代表团访苏，并参加苏联庆祝十月革命40周年纪念活动。在庆祝大会上，赫鲁晓夫提出通过和平竞赛，在今后15年内赶上并超过美国的目标。因此，我国提出了在15年内“超英赶美”的口号，各地纷纷提出了实现工农业生产“大跃进”。1958年5月，中共八届三次会议通过了“鼓足干劲，力争上游，多快好省地建设社会主义”的总路线及基本建设点，确认社会主义建设已经进入“一天等于二十年”时期。我县进入“大跃进”阶段，主要表现在几个方面。一是大炼钢铁。1958年秋收时节，放着成熟的庄稼不收，全县组织20多万劳动力上山筑土高炉炼铁，毁林烧炭。为实现钢铁指标，一些地方还把老百姓家里的铁锅等当着废铁去冶炼充数。二是深翻土地。全县组织10多万劳动力和3万多头耕牛深翻土地10万多亩。各地还抽调了部分劳动力在城关孙家坝搞深翻土地的样板。当时附廓水库大坝上写了一条很大的标语，叫做“深翻土地一丈二尺深，谁人不相信，揪他出来反右倾”。由于大炼钢铁和深翻土地，成熟的庄稼未及时收割而损失1亿多公斤。三是以作物播种量测算产量的高低，造成一些地方夏粮播种两三层，一亩地播去几十斤，导致绝收。四是在粮食产量上虚报浮夸。寄种管理区水稻所在地组织验收时，将小秤砣放在大木秤上，一个妇女都要背两百多斤，亩产超过1 000公斤。但是，应该肯定，全县“大跃进”期间，广大农民的劳动热情空前高涨，男女老少齐上阵，日夜奋战，大搞农田水利建设，兴修公路，附廓水库就是“大跃进”的产物，对改善农业生产条件起了一定的积极作用，但付出的代价也是巨大的。如果说“大跃进”运动只是生产力方面的“跃进”的话，那么“人民公社化”运动则主要是在生产关系方面的运动。8月17日至30日，中共中央政治局在北戴河召开政治局扩大会议，讨论了人民公社问题，并制定和通过《中共中央关于在农村建立人民公社的决议》，在毛主席的号召和中央《决议》的推动下，8月27日，黔西县铁石、铁盔、治中三个乡27个高级社组建成“卫星”人民公社。到9月初，黔西全县建成81个人民公社，实现了公社化，1959年2月22日，改为一区一社，全县共10个人民公社，下设81个管理区。公社实行组织军事化、生产战斗化、生活集体化。全县组织32个团，103个营，483个连，1 517个排，办食堂3 163个。[7]吃饭不给线，分配上将劳动力分等定级，实行八级工资制，穷富拉平，一平二调，严重挫伤了生产积极性，加上从1959年起，连续严重的干旱等自然灾害，以及苏联单方面撕毁合同，撤走专家，对农业科研教育、技术装备等方面产生的不良影响，导致了我县农业生产的严重大滑坡。到1960年，人口降至342 700人，耕地降至756 600亩，人均2.4亩，粮食总产量降至60 000吨，其中夏粮9 195吨，比1957年减少39.7%，人均粮食175公斤，比1957年减少104.5公斤，农业总产值2 419.8万元，比1957年减少1 268.7万元，农民人均纯收入52.9元，比1957年减少28.2元。[8]由于农业发展受挫，给全县人民生活和社会发展等各方在带来了不利影响，经济陷入了极度困难时期。

三、1961～1966年

为了扭转农业生产大滑坡的局面，1960年11月3日，中共中央发出了《关于农村人民公社当前政策问题的紧急指示信》，规定：以生产大队为基本核算单位的三级所有制，是现阶段人民公社的根本制度，从1961年起至少7年不变，一平二调的“共产风”必须彻底纠正，劳力、土地、耕畜、农具必须固定给生产队使用，实行各尽所能，按劳分配，允许社员经营少量的自留地和小规模的家庭副业，恢复和组织农村集贸市场，对人民公社成立以来“一平二调”的社、队和社员个人的财物进行清理退赔。1961年3月，中共中央在广州召开工作会议，讨论和制定了《农村人民公社工作条例（草案)》，规定对生产大队的生产经营活动不得强加干涉，只能协商和建议，生产大队之间的协作必须坚持自愿互利和等价交换的原则，不准平调，个人的一切生活资料及小农具等生产资料永远归社员所有，恢复社员自留地，允许和鼓励社员发展家庭副业和手工业生产，开放农村集留贸场，坚持评工记分，按劳分配。1962年9月27日，中共八届十中全会正式通过并发布了《农村人民公社工作条例修正草案》，规定农村人民公社的基本核算单位是生产队，实行独立核算，自负盈亏，直接组织生产和收益分配，这种制度定下来以后，至少30年不变。县委针对全县的实际，先后派出工作队深入到各公社宣传、贯彻、落实中央的这些指示。到1961年4月上旬，清理退赔现金、物资442万元，占应退赔数的81%。生产队的包工、包产和包投资的“三包”和土地、劳动力、耕地、农具“四固定”全部落实。重新划分自留地51 674亩，占耕地的7.5%。集体食堂在6月中旬全部停办。生产队规模由3 016个调整为3 557个，平均每队22户，90人。[⑨]并由公社向社员颁发了自留地使用证。同时鼓励农民发展家庭副业，开放农村集贸市场。从1961年起，连续两年调减征购任务10%左右，让农民生养休息，农业税也相应下调，实际负担率降到10%以内。1961年，实物农业税的粮食征收额比1960年减少1/4以上。调整后的新税率稳定三年不变，增产不增收，减轻了农民的负担。国家又提高了农副产品的收购价格，1961 年，夏粮收购价格提高了 25%，生猪收购价格提高了 25%，家禽蛋类收购价格提高了 37%，油料收购价格提高了 13%，并对农副产品收购实行奖励。这期间，县委先后组织了由领导干部带队，一般干部和农技人员参加的工作队，深入农村开展农业技术推广活动。由于这些政策和措施的贯彻执行，充分调动了群众生产的积极性，全县农业生产得到了恢复和发展，到 1966 年，人口增至 40 万人，耕地面积增到 800 900 亩，人均 2. 17 亩。粮食总产量82 290吨，其中夏粮 4 915 吨，比 60 年增长 37. 15%，人均粮食 205. 5 公斤，比 1960 年增加 30. 5 公斤，农业总产值 3 663. 3 万元，比 60 年增加 1 243. 5 万元，农民人均纯收入 69. 4 元，比 1960 年增加 16. 5 元[10]。

四、1967 ~ 1978 年

1966 年 12 月 15 日，中共中央下发了《关于无产阶级“文化大革命”的指示（草案)》，指出：“农村文化大革命，也要采用大鸣、大放、大字报、大辩论”，“在队与队之间，社与社之间，可以利用生产的空闲时间，进行串连。还可以组织 一批革命学生下乡串连，和贫下中农同吃同住同劳动，参加农村文化大革命”。此后，我县农村很快卷入了“文化大革命”运动，使已经开始的农业发展势头再次受挫。各级党政组织被夺权，村以上各级领导被批斗，在全面批判“三自一 包”（即自由市场、自留地、自负盈亏和包产到户)，“四大自由”（即雇工自由、贸易自由、借贷自由、租地自由）的浪潮中，广大农民的自留地减少，农民的家庭副业被限制，农村集贸市场被关闭。1969 年人民日报头版头条发表了“从洪水公社的革命大批判看农村斗批改的方向”的长篇报导，农村“革命大批判”再掀高潮，参加批判会的社员按人给“开会”工分，不参加开会的社员扣减劳动工分，社员在劳动中也要边劳动边批判。部分社员对这种做法很不满，在批判中说：“赫鲁晓夫犁土打硬硬，薅苞谷不掏口水转转”。社员开会发言，出门办事，到商店购买物品等都要先背诵“最高指示”从而搞乱了人们的思想，挫伤了农民生产的积极性，抑制了农村粮食生产、畜牧业和多种经营的发展，很多产品供应紧张，生猪由食品站统管，职工和农民都很难买到猪肉吃，白酒、白糖、煤油、布匹等限量凭票供应。

农村的“文化大革命”运动，是与农业学大寨运动紧密结合在一起的。大寨大队原本是个自力更生、艰苦奋斗建设山区，改变山区落后面貌的先进典型。1964 年毛泽东主席发出“农业学大寨”的号召后，全县农村发扬大寨大队自力更生、艰苦奋斗的精神，兴修农田水利，改变生产条件，对发展农业生产起了积极的作用。但“文化大革命”中，“学大寨”却演变成为在农村推行极左倾路线的政治工具。一是把“学大寨”政治化，说大寨大队最基本的经验是“以两个阶级、两条道路、两条路线斗争为纲，坚持不懈地同人斗争”，导致在农村人为地制造阶级斗争，强调不抓阶级斗争“学大寨”是一句空话。甚至把“学大寨”与进行党的基本路线教育结合起来，提出“学大寨”是走社会主义道路，使农村工作偏离了正确的方针政策。二是把“学大寨”极左化。推行“一心为公劳动”。提出“一挑粪放在集体地里就是‘学大寨’走社会主义道路，放在自留地就是不‘学大寨’走资本主义道路”。否定按劳动数量、劳动质量评工记分制度，不分男劳动力、女劳动力、全劳动力、半劳动力，结合政治表现，自报公议给工分，多劳不多得，少劳不少得。把社员的家庭副业、自留地、集贸市场视为“资本主义尾巴”经常割，严重挫伤了农民的生产积极性，阻碍了农业生产的发展。三是把“学大寨”绝对化，不讲因地制宜，不讲当地实际，生搬硬套，都只念大寨“一本经”，由“学大寨”发展到建设“大寨县”，并提出建设“大寨县”的六个标准，给各地发挥资源优势、因地制宜发展农业生产造成极大障碍。四是把“学大寨”扩大化。提出各条战线、各个部门都要“学大寨”，使“左”的东西传播到了各行各业。

1976年10月，“四人帮”集团被粉碎，标志着“文化大革命”的结束，党和政府采取一系列措施，加强农业生产建设。但由于农村工作没有摆脱“左”的思想束缚，1977年12月召开的全国普及大寨县工作座谈会提出了“基本核算单位由生产队向生产大队过渡”，农民对这种“过渡”十分不满，他们称为“穷过渡”。由于“左”的思想没有清除，农业发展仍然缓慢。到1978年，人口增至589 000人，耕地降至783 400亩，人均1.43亩，粮食总产量134 345吨，其中夏粮12 370吨，比1966年增长63.5%，人均粮食228公斤，比1966年增加27.5公斤，农业总产值6 487万元，比1966年增加2 823.7万元，农民人均纯收入82.6元，比1966年增加13.2元。[11]

五、1979年以来的农业发展

1978年12月18日至22日，召开了中共十一届三中全会，会议通过的《中共中央关于加快农业发展若干问题的决定（草案）》，提出了25条发展农业和农村经济的政策及措施。在《决定》精神的指引下，黔西县农业和农村经济的发展进入了一个新的历史时期。

十一届三中全会后，全县农村基层干部和广大农民解放思想，大胆探索，从实际出发，冲破人民公社体制下生产“大呼隆”和分配“大锅饭”的弊端。1980年，洪水乡新河村悄悄进行了“包产到户”生产责任制，将土地按人口包到户，把国家派购的农产品任务、积累按人头分摊，完成任务后，收入全部归农户所有，充分调动了农户生产的积极性，当年增产30%多，温饱问题全部解决。当时的纸厂区委决定推广新河村的经验，在干部和群众中引起了不同的反响，广大农民迫切要求“包产到户”，而在干部中则有的认为是“倒退行为”，说什么“辛辛苦苦几十年，一夜退到解放前”。1980年9月，中共中央召开了各省市区第一书记座谈会，专门讨论了加强和完善农业生产责任制的问题，会议发了纪要，这就是著名的中央75号文件。文件对包产到户作了正式的、初步的肯定，即“在那些边远山区和贫困落后的地区，长期吃粮靠返销、生产靠贷款、生活靠救济的生产队，可以包产到户，也可以包干到户，并在一个较长的时间内保持稳定”，“在生产队的领导下实行了包干到户是依存于社会主义经济，而不是脱离社会主义轨道的，没有什么复辟资本主义的危险，因而并不可怕。”在文件精神的指引下，全县农村包产到户、包干到户发展很快，就连全县第一批土改的洪水乡90%以上的生产队都实行了包产到户或包干到户。但有的领导仍然心有余悸，提出要分类指导，像洪水、凤凰、桂箐、杨柳等这些基础比较好的地方，要以集体组织生产为主，最好不要包产到户。农民反对这种做法，他们说：“上面放，下面望，中间有棵顶门杠。”1981年10月，中共中央召开全国农村工作会议，明确肯定了包产到户和包干到户，指出：“目前实行的各种责任制，包括小段包工定额计酬，专业承包联产计酬，联产到劳，包产到户、到组，包干到户、到组等等，都是社会主义集体经济的生产责任制”。“是社会主义农业经济的组成部分”。从理论与实践的结合上，阐明了联产承包责任制的性质、实施方法和推广路线。全国农村工作会议的贯彻执行，加快了全县以“双包”为主要形式的家庭联产承包责任制的进程，到1982年底，全县农村全部推行了家庭联产承包责任制。1983年1月，中共中央发出了《当前农村经济的若干问题》的1号文件。文件规定，农户的土地承包期十五年不变，“稳定和完善农业生产责任制，仍然是当前农村工作的主要任务”。根据文件精神，县委明确由农村工作部在大关桂箐进行稳定和完善农业生产责任制的试点。试点对耕地进行民主评定等级、评定产量，拟定了发展粮食生产和多种经营的发展计划。签订了联产承包合同，明确了甲、乙双方的责、权、利。中央电视台对桂箐试点进行了报导。在试点的基础上，县人民政府印制了“联产承包合同”，用合同形式完善了全县的联产承包责任制。毫无疑问，联产承包责任制的建立和完善，对我县农业和农村经济、社会发展都产生了非常巨大而深远的影响，是农村改革篇章中最为辉煌的一页。1993 年 11 月，中共中央、国务院发出通知，明确规定：为了稳定承包关系，在原定的耕地承包期到期之后，再延长 30 年不变，实行“增人不增地，减人不减地”，允许土地使用权依法转让。1977 年，中央办公厅发出《关于进一步完善土地承包关系》通知，县委、县政府高度重视，根据中央“土地承包再延长 30 年”的规定，先后对乡（镇）、村干部和业务人员进行了培训，然后深入农户查对核实和处理有关具体问题，填发了新一轮的土地承包合同，使家庭联产承包责任制持续和稳定，必将对全县 21 世纪的农业持续发展和农村的繁荣产生重大影响。

在稳定和完善家庭联产承包责任制的同时，全县各级党政组织认真贯彻执行了中共中央关于农业、农村、农民问题的一系列方针政策，做了大量的工作。一是提高了粮食、油料、烤烟等农产品的收购价格，增加了农民收入，使农民从农村改革中得到了实惠。二是农产品从缩小统派购范围到取消统派购制度，使长达 30 多年的农产品统派购制度宣告结束，使农民取得了产品交换的自主权，成为相对独立的商品生产者和经营者，从而推动了我县农村由自给半自给经济向商品经济转化。三是以三杂良种（杂交玉米、杂交水稻、杂交油菜）为龙头，实行农业适用技术组装配套，杂交玉米育苗定向移栽，水稻两段育秧、旱育浅植，宽窄行栽培，油菜育苗移栽下田，小麦带行种植等农业适用技术普及到各个村寨，有效地提高了单位面积产量，农业生产从粗放型向节约效益型转变。四是调整农村产业结构，积极发展多种经营。由于粮食单产提高，粮食总产量增加，自给有余，开荒、铲灰等得到有效制止，养殖业、经济作物、林果业等得到较快发展，坚持封山育林和植树造林，森林覆盖和植被覆盖得到提高，开展坡改梯工程，治理水土流失，使农业生产开始步入良性循环。五是大力发展乡镇企业。以乡村集体企业为主的“苏南模式”和以家庭企业为主的“温州模式”迅速发展，形成了县、乡、村、个体、联户等大办乡镇企业的格局，加快了乡镇企业的发展。六是加大扶贫攻坚力度。1993 年底，全县农民人均纯收入在 400 元以上的贫困人口 22 万人，占农村人口的 30.7%。为了加快贫困乡村的经济发展，使贫困人口尽快脱贫致富，从 1994 年起，采取加大扶贫资金的投入，实施以工代赈的“温饱工程”，对口扶贫、党员帮扶、干部帮扶等措施，加强扶贫工作的力度，使贫困人口下降到 1998 年的 96 000 人，占农村人口的 12.6%，不把贫困人口带入 21 世纪的目标可以基本实现。七是随着农村经济的发展和农民收入的增加，加快了农机发展步伐。家用汽车、农用拖拉机、打米机、脱粒机、磨面机、榨油机、排灌机械等发展迅速，农用机械的总台数从 1978 年的 1 196 台增到 1998 年的 6 742 台，增长了 463.7%。八是大力减轻农民负担。减轻农民负担是 90 年代党的农村三大重要政策之一。1991 年 12 月，国务院颁布《农民负担费用和劳务管理条例》，这是一部系统的农民负担管理法规。1996 年 12 月，中共中央、国务院作出《关于切实做好减轻农民负担工作的决定》，强调“三个稳定”，即农业税收稳定不变，提留和统筹不超过上年农民人均纯收入5%不变，义务工不变，严禁乱收费、乱摊派、乱罚款，明令取消不合理的集资、收费、达标升级等，这些法规和方针政策的贯彻执行，极大地保护了农民的利益和生产积极性，农民负担一直在上年人均纯收入的5%以内。

党的十一届三中全会以来，农村政策的持续和稳定，充分调动了农民生产的积极性，解放和发展了农村生产力，全县农产品供给大幅度提高，农民收入迅速增加，农村社会稳定，农民生活正在由温饱向小康迈进。到1998年，人口增至759 496人，耕地降至714 785.4亩，人均0.94亩，粮食总产量28 657吨，其中夏粮70 093吨，比1978年增长108.4%，人均粮食369.5公斤，比1978年增加141.5公斤，农业总产值51 565.46万元，比1978年增加4 578.46万元，农民人均收入1 140元，比1978年增加1 057.4元。[12]

黔西半个世纪的农业发展，特别是1978年党的十一届三中全会以来的发展，不仅取得了辉煌的成就，而且积累了宝贵的经验。认真总结这些经验，对于进一步深化农村改革，实现农业和农村经济持续、稳定、健康发展具有重要意义。这些经验归纳起来主要是：一、必须坚持农业在国民经济中的基础地位，这是古今中外概莫能外的客观规律。为人类社会的存在和发展提供生活资料的是农业，没有食物，人类就不可能存在，而食物是是由农业生产提供的。农业生产利用光合作用吸收太阳能和自然界的无机物质合成碳水化合物供人们所使用，至今是任何其他物质生产部门和非物质生产部门所不能代替的。农业的发展为国民经济各个部门的进一步发展奠定了基础。因此应在投入上保证农业的基础地位，政府要投入，农业生产经营者更要投入，只有保证投入，才能保持农业的增长速度。必须坚持党对农村、农民、农业的一系列方针政策，结合实际认真贯彻执行，保证党的农村政策的持续和稳定，调动广大农民生产经营的积极性。二、必须坚持家庭经营的基本经营形式。以家庭联产承包责任制为主线的农村改革，建立了土地所有权与使用权分离的土地制度，赋予农民自主进行生产经营活动的基本权利，农民家庭经营的主体地位得以确立，符合农村实际，符合农民的意愿，只能稳定和完善，不能违背，违背了，农业发展受挫。三、必须坚持保护农民的利益，扶持农民发展生产，切实减轻农民负担，坚决制止乱收费、乱摊派、乱罚款。“三乱”和隐形负担是对农民物质利益的侵害，所以，必须把好农民负担这一关。同时，在政治上要保护农民的民主权利，才能持久地保持农民的积极性。四、必须坚持保护耕地，治理水土流失，提高森林覆盖率和植被覆盖率，建设生态农业。我县人均耕地已临近联合国粮农组织确定的0.8亩的警戒线。因此，保护耕地是农业发展的需要，也是子孙后代生存的需要。五、必须坚持因地制宜各业并举，对生产项目的选择和安排要实事求是，一切从实际出发，农林牧渔、粮食作物和经济作物、种植业和养殖业全面发展，保持农业发展的生态平衡，加大农业科技含量，发展高产、优质、高效、低成本农业，为21世纪全县社会经济发展作出更大的贡献。

注：

①②③④⑤⑦⑨数据引自1990年《黔西县志》。

⑥⑧⑩⑪⑫据引自《黔西县统计资料》（政府内部统计数据资料）。

抓住西部开发机遇　调整农业产业结构

中共中央、国务院《关于做好2000年农业和农村工作意见》指出，要大力调整农业生产结构，提高农业和农村经济的整体素质和效益。增加农民收入，保持农村稳定，是农业和农村工作的重中之重。我们要充分认识增加农民收入的重要性和紧迫性，通过农业生产结构调整，广辟渠道增加农民收入。把增加农民收入作为农业和农村工作的出发点和落脚点，抓住中央关于西部大开发的战略机遇，搞好农业生产结构调整，保持农业和农村经济的持续发展。

黔西县调整农业生产结构，面临千载难逢的机遇。一是中央实施西部大开发战略，实行扩大内需的积极财政政策，国家将加大对中西部地区的支持力度，用更多的财力直接支持西部开发。二是全国农业生产连续5年丰收，我县农业生产，特别是粮食生产连续7年增长，我们也和全国一样，粮食和其他主要农产品由长期供不应求转变为阶段性供大于求，出现了阶段性过剩，农产品价格偏低，农民增产不增收，收入增长缓慢。因此，调整农业生产结构既有良好的机遇，也是势在必行。在市场引导下，本着从实际出发，因地制宜，突出特色，发挥优势的原则，抓好农业生产结构调整，应着重以下几个方面。

一、优化农作物品种，加快良种推广进程

目前，一方面由于农产品相对过剩，农产品价格低，农民增收困难，但优质农产品供不应求，价格上扬；另一方面城乡居民在解决温饱后，人民生活由温饱迈向小康，加大了对优质

农产品的需求。因此，要加大“种子工程”的力度，选育和引进抗病力好、抗逆性强、品质好、市场上有竞争能力的玉米、水稻、小麦、油菜、大豆、金豆等优良品种，在不同海拔试验，在示范成功的基础上，加快优良品种推广的进程，全面提高农作物产品质量。在全县推广“旱地六组装、水田五配套”的农业技术基础上，要充分发挥农业科技人员的作用，认真解决所需经费，保证他们有足够的时间，采取责、权、利挂钩的形式，严格兑现奖惩，让他们从事良种的选育、引进、试验、示范和推广。把良种的种植，田间管理、施肥、病虫害防治等技术传授给农民。同时，对农作物品种必须按照国家标准严格检测，认真审定种子价格，不能借销售良种哄抬种价，增加群众负担，以利加快优质农作物品种产业化发展。

二、加快畜牧业发展，增加农民收入

发展畜牧业，特别是养猪、养牛、养羊和家禽生产周期短，是近期内增加农民收入的重要渠道之一。畜牧业是农业发展的重要标志，也是农业生产结构调整的重要环节。随着城乡居民生活水平的提高和改善，人们的膳食结构在改变，食物结构中畜禽食品的消费将会迅速增加，畜牧业的发展具有很大的市场潜力。同时，由于农业生产，特别是粮食生产连年丰收，农民手中库存粮食较多，可以拿出多余的粮食饲养畜禽，转化增值，增加收入。发展畜牧业，促进种植业，带动加工业，使农业内部良性循环。要坚持规模养殖，带动农户饲养，形成畜禽养殖基地。在条件比较好的乡镇发展仔猪生产，发展优质饲料加工，提高畜禽产品质量，使牲畜出栏快，效益好。通过公司联基地，基地联农户，开展畜禽养殖的全程服务。特别要发展营销队伍，努力在深圳、珠海等沿海和大中城市建立稳定的销售市场，用市场引导畜牧业的发展。在组织销售的过程中取得税费的增收，减轻群众负担，增加群众收入，也可改善干群关系。

三、发展果蔬生产，提高果蔬品质

黔西县发展果蔬生产，具有十分有利的条件。一是对贵阳等大中城市，在毕节地区具有明显的区位优势。二是贵毕高等级公路建成后，连接大中城市的交通十分方便。三是全县基本属丘陵地带，雨量充沛，无霜期长，气候适宜。四是海拔在900米以下的河谷地带面积较大，热量条件较好，适宜发展高品位水果。要从绿色产业、特色产业出发，在化石、化屋、鸭池、马路、素丰营、六广河、荆江、耳海等河谷地带，建设高品位的水果基地。特别是野茅栗嫁接大板栗，在沙井乡化启村已获成功。它具有投资小（每株两角左右）、挂果快（3年以内结果）、劳动强度低（不挖坑、不移栽），方便管理等特点，具有推广价值。全县煤山地区的野茅栗坡有五六万亩，经过几年的时间通过嫁接基本改造成大板栗，就可形成板栗基地，投产后，每年就可为农户增加亿元左右的收入，加上现已形成初具规模的核桃，就可以成为具有特色的干果基地。发展水果基地，必须连片种植，以利技术指导、管理和销售，先搞林粮间作，水果投产后就可实现退耕还林。特别是荒山，要鼓励大户承包开发，拍卖开发。无论采取哪种开发形式，事先都要处理好权属问题，保证合同的严肃性，保护开发者的利益。蔬菜生产，在发展大众蔬菜的同时，要立足市场发展精菜、细菜。先在交通方便、水源条件好的乡镇发展大棚蔬菜，在点上取得突破，在面上推广。蔬菜生产周期短，要掌握市场信息，引进和栽培市场销路好的优良品种，减少农户市场风险。要注重无公害生产，提倡施用农家肥，以优质产品占领市场。同时，要注重蔬菜的储藏、保鲜和销售。一手抓发展，一手抓市场，使之成为致富增收的产业。

四、发展农产品加工，提高初级农产品的附加值

没有农产品加工的农业，是不发达的农业。发展农产品加工业，既符合国家产业政策，又符合黔西实际，具有广阔的市场前景。农民“种地解决吃饭，致富要靠加工”，这已是不少地区走过的成功之路。要根据市场需求，营造宽松环境，鼓励个人发展加工业。引进县外商人前来投资办厂。要按照技术上高起点，产品上高档次、高规模，引进先进技术、先进工艺、先进设备和科研成果，通过科学规划，科学论证、科学决策，着重发展油菜籽加工，小麦精粉加工，玉米油、玉米方便饭加工，辣椒辣红素加工，大蒜素、大蒜油加工，脱水蔬菜加工，水果饮料加工，洋芋脆片、大头菜、麻辣脆加工，茶叶深加工，畜产品加工等。开发和争创新产品和名优产品，延伸农业产业链，提高农业的整体效益，达到农民致富，财政增收，并努力发展创汇农业。只有发展农产品加工，通过公司或企业与农户建立稳定的购销关系，建立合理的利益机制，既减轻了农户盲目发展的市场风险，保护农民利益，增加农民收入，调动农民的积极性，又使企业有稳定的原料基地，促进农业产业化经营，带动农业区域经济发展。

五、加强农产品市场建设，充分发挥市场对农业结构调整的拉动作用

农产品基地建设、农业产业化发展，需要农产品市场。特别是农产品批发市场是农民销售农产品了解市场信息的重要渠道，是客户集中采购农产品的重要地方，市场是农产品生产和销售的载体。要从全县建设农产品基地的实际出发，在集镇建设中，根据农产品集散的情况，通过合理规划，突出重点，建设功能完善的专业市场或综合市场，加快农产品批发市场的建

设。农户通过市场销售自己的产品，客商通过市场批量采购。在购销过程中通过热情而满意的服务收取摊位费和税费，既增加收入，又改善了关系。特别是新鲜产品，还应有相应的冷冻设备相配套，以利当天销不完或运不走的产品储藏保鲜。农产品市场要建立和完善质量检测，确保农产品的质量标准，使产品优质优价，满足顾客对产品的质量要求，提高市场的信誉和效益。市场还要积极创造条件，建立农产品市场信息网络，及时发布农产品的品种、数量、质量、价格等信息，为农户生产、出售和客商采购服务。通过信息网络，发布对农产品的中长期市场预测分析，引导农户按市场需求进行生产和经营，以取得最佳效益。

六、加强生态环境建设，改善农业生态环境

生态环境的建设和保护，是西部大开发的重点之一。要抓住这一契机，按照“全面规划、分步实施，突出重点、先易后难、先行试点、稳步推进”的原则，严格执行政策。尊重农户意愿，做到生态效益和经济效益相统一，搞好全县的生态环境建设，改善农业生态环境，保持农业的可持续发展。一是抓好封山育林、植树造林和坡改梯工程，防止水土流失。黔西地处长江上游的乌江水系，全县汇入乌江的主要有两条河流。一条是鸭池河，属界河，流经 11 个乡镇，全长 149 公里，流域区内山高坡陡，林灌覆盖率只有 16.32%，水土流失面积 43 645 公顷，平均侵蚀模数 6 548 吨/年·平方公里；一条是野济河，流域是县内腹地，流经 17 个乡镇，全长 260 公里，流域区内林灌覆盖率 19.15%，水土流失面积 43 815 公顷。抓好两河流域的生态建设，对全县经济的可持续发展将会打下坚实的基础。特别是鸭池河流域，在黔西境内已建成和将要建成国家级的三个大电站，这在全国都是独一无二的。加快鸭池河流域的生态环境建设和保护，防止水土流失，减少泥沙在水库的淤积，充分发挥水库的经济效益和社会效益，具有十分重要的作用。要在抓好天然林保护的同时，抓好封山育林，植树造林，提高森林覆盖率。要从实际出发，因地制宜，选择适生、速生树种，自采种、自育苗，建立苗圃基地。为植树造林提供优质、廉价树苗，加快荒山绿化进程。对陡坡耕地，要按照规划，大力发展经果林，先搞林粮间作，待经果林逐步投产后，逐步退耕还林，做到既不种植或少种植粮食作物，又增加农户经济收入，才能巩固退耕成果。对两河流域的坡耕地，要加强规划和指导，组织实施好“以工代赈”，坡改梯工程，加强工程物资和款项的管理，及时兑现，取信于民。改造成为梯土后，要增施农家肥和种植绿肥，提高土壤肥力，提高耕地产出率。二是抓好水利建设。“水利是农业的命脉”，同样的良种、同样的栽培和管理，有收无收在于水，收多收少在于肥。全县有附廓灌溉工程和众多的天然和人工修建的山塘水库，还有不少的提灌工程。要加强维修和管理，建立完善的经营管理机制。充分发挥蓄水和提灌作用，渠系要配套，提高防洪排涝抗旱能力，使之充分发挥效益。不少地方人畜饮水困难，要加快渴望工程建设。要加强对水利工程的施工管理。强化工程的审计和监督，做到开工建设一个，完工验收一个，发挥效益一个。要抓住西部大开发的大好时机，努力争取西溪水利工程重新开工的建设。西溪水利工程是1958年与附廓水利工程同时开工的，因物资缺乏没有建成。但岩上渠道、隧道、渡槽等险要工程已经基本完工，当年曾任毕节地委书记的孟子明和县委书记李如川对渠道和渡槽全部进行了检查。现在，在西部大开发中，国家加大对农田水利基础设施建设项目的投入，时机已经成熟，在原来勘测设计论证的基础上，进一步补充和完善，作为一个大型水利工程积极争取重建。如果该项目得到重新开工建设，将在县的西南部开出一条人工河。河水居高临下，流经西溪、林泉、锦星、金碧、雨朵、大关、谷里、钟山、素朴、协和、甘棠等十多个乡镇，将解决几十万亩田土的灌溉和几十万人畜饮水的困难。工程意义不亚于“红旗渠”和“韶山灌区”，对全县农业和农村经济发展具有十分重要的作用。调整农业生产结构，必须认真贯彻执行党在农村的各项方针政策。用政策保护和调动群众的积极性。要认真执行延长土地承包期政策，向农户颁发土地承包经营权证书，建立和完善合同管理制度，严肃执行合同，杜绝对农户承包土地处置的随意性。要加强乡村财务管理。严格财务公开、政务公开，加强财务审计，接受群众监督。要切实减轻农民负担，农户“三提两统”负担是依据农民人均纯收入计算的。所以，对农民人均纯收入不能添水分，更不能“统计加估计”，人为提高纯收入。要继续实行农民合理负担额“一定三年不变”的政策。将负担监督卡发放给农户，便于监督检查。坚决制止乱集资、乱收费、乱摊派、乱罚款，保持农村经济的发展和社会稳定。

发展劳务经济　增加农民收入

中共中央、国务院《关于推进社会主义新农村建设的若干意见》指出：要逐步把农村建设成为“生产发展、生活宽裕、乡风文明、村容整洁、管理民主”的社会主义新农村。它充分反映了以人为本、关注民生、科学发展的宗旨。社会和谐，发展劳务经济，增加农民收入，是社会主义新农村建设的基本出发点和归宿。

地处贵州西部的黔西县，全县85万多人口，农业人口有78万多人，46万多劳动力耕种61万亩田土，每个劳动力负担的耕地只有1.3亩。从山区的实际出发，平均每个劳动力最少可以耕种3亩地，耕种全县田土仅需劳动力只20余万，全县有富余劳动力26万左右。过去，由于大量劳动力滞留农村，为了生计，就不断开垦荒地。上个世纪的60年代，在“农业学大寨”的运动中，全县耕地从71万亩猛增到80余万亩，不少25度以上的陡坡地被开垦种植。由于土地的垦殖幅度大，特别是陡坡地的开荒，导致了严重的水土流失，得到的是广种薄收。1968年，虽然耕地扩大了9万多亩，但全年粮食总产量才1.9亿多斤，不少农户生产生活十分困难，全县经济发展缓慢，财政收入才1 600万元。改革开放后，农村实行了家庭联产承包责任制，极大地调动了农民生产的积极性，广大农民结束了吃粮靠救济的历史，实现了自给有余。但是，由于农村人多地少，人口密度大，致富空间狭窄，农民的经济收入主要靠烤烟、油菜籽和养殖业。养殖业受到粮食的限制，烤烟、油菜籽受到耕地的限制，特别是烤烟，既与秋粮争地，又是专卖产品，价格低而不稳。为了财政的收入，强制农民种烟的情况比较普遍，加上收烟资金困难，给烟农打白条现象普遍存在。1997 年，全县购烤烟开给烟农的白条就达 1 亿多元，既影响了党群、干群关系，又制约了社会经济的发展。到了 2000 年，全县财政收入才 7 291 万元，农民人均收入 1 211 元，远远低于全国、全省的平均水平。

要实现社会经济又好又快发展，按照传统农业的思路显然是不行的。随着经济体制改革的快速发展，城镇化水平的推进，为农村劳动力的转移提供了广阔的空间，很多农民逐步走出家门，利用自已的长处，找到了转移就业的阵地。特别 2003 年以来，县委、县政府把积极组织劳务输出，大力发展劳务经济作为加快全县社会经济发展的重要途径，纳入了“三农”工作的整体框架。到 2007 年，全县农村劳动力转移达 19 万人左右，占劳动力总数的 41% 还多，进入 2008 年后，务工人员的月工资收入普遍在千元左右，全县年务工总收入最低也在 12 亿元以上，给农村经济的发展提供了大量的资金，全县社会经济快速发展，农民收入增加速度加快，2007 年，全县财政收入达到了 5 亿多元，农民人均纯收入突破了 2 200 元，6 年时间财政收入增加了 6 倍，是最有效的扶贫帮困途径。

劳务经济的发展，带来了可喜的变化。

一是提高了劳动者的素质。农民外出务工，更新了观念，开阔了眼界，学到了技术，使知识和技能都得到了提升，造就了一代新型农民，为创业致富提供了前提和条件。

二是加快了新农村建设。建设社会主义新农村，关键是要使农民增收，生活富裕，居住条件和生活环境得到改善。如果农民不富裕，靠垒起来的新农村“示范点”，只能是一种急功近利的形象工程，是巩固不了的。因此，黔西县在建设新农村过程中，把增加农民的现金收入作为“三农”工作的着力点，大力发展劳务经济，资金好像长流水，源源不断的流进农村。农民有了钱，住房怎么翻修，家具怎么添置，畜圈怎么改造，生活怎么安排，环境怎么改善，他们都会从实际出发，根据自己的能力，进行安排，使绝大多数农村迅速改变了面貌。永燊乡是一个民族贫困乡，全乡 6 466 户 25 112 人，17 987 个劳动力耕种 21 900 亩耕地，每个劳动力只耕种 1.22 亩。乡党委、乡政府根据全乡大量富余劳动力的实际，把发展劳务经济纳入工作的议事日程，有安排，有布置，有检查，有督促，采取了切实可行的措施，加快了农村劳动力的转移。到 2007 年，全乡共转移劳动力 7 221 个，占劳动力总数的 40.1%，全乡实现年务工收入 4 000 多万元，占全乡农业总产值的 70%，劳务收入占农民人均纯收入的 75% 以上。有了收入，农户普遍改善了居住环境。全乡有 2 100 多户投资近 6 000 万元，改造或新建了 2 108 幢住房，建筑面积达到了 143 300 平方米，农户购买彩电 785 台，电冰箱 12 台，洗衣机 253 台，安装了电话 327 部，购买手机 910 部，购买汽车 8 辆，购买摩托车 264 辆。此外，农户还有 2 800 多万元的存款，为发展经济、建设社会主义新农村提供了一定的资金保证。农民真正享受到了改革开放的物质成果和精神成果，社会和谐，山清水秀，户户谋发展，人人思创业，社会经济的发展呈现出一派大好的局面。

三是促进了农村产业结构的调整。劳务经济的发展，改变了传统的种植和养殖，加快了产业化进程。甘棠乡皮家河畔的吕吉发，家庭联产承包后，他开办了酿酒房、打米房、磨面房、榨油房，当时可算是农村先富起来的人。他为了积累更多的资金，1992 年，带着三个子女到贵阳甘荫塘开办了两个蜂窝煤厂，聘用员工 30 多人。经过 10 年的拼搏，所赚的钱除子女在城里购房开业外，积累了 40 多万资金。2002 年，他与贵阳正帮公司达成协议，由正帮公司提供优质果苗，负责技术指导，负责销售衔接，他和老伴带着资金回到皮家河畔创办果园，栽种了黄金梨、元黄梨、黄冠梨、早丰梨、华山梨、二月橙、柑橘、冬桃等76亩，现已全部挂果，同时他还提供帮助全组45户人家种植水果870亩。现在，他又按照新农村的规划，经过多方争取，筹集资金，新修了一条新街，把住在河边滑坡上的农户全部搬到新街住，把家乡建设成为集旅游、农业观光为一体的新农村。城关镇鸭协会会长杨昌林，于1988年外出务工，在务工期间学会了养鸭技术，2003年从广西引进1 000只高产蛋鸭试养，获得成功，产蛋率高达95%，从此，鸭子的养殖从小到大，稳步发展。他采取“协会+基地+农户”的产业发展模式，带动了本县、大方、毕节、安顺、遵义等县市的18个乡镇100多个行政村413户农民喂养鸭子。加快了农村产业结构调整，增加了农民收入。

四是加快了农村生态环境建设。劳务经济的发展，解决了农村人多耕地少的矛盾，杜绝了开荒、广种薄收的现象，减少了人对耕地的压力，制止了人对自然生态的破坏，全县耕地恢复到了608 000亩。通过封山育林，植树造林，提高了植被覆盖率和森林覆盖率，山绿了，水清了，鸟多了，水土流失减少了，人居环境舒服了。永槃乡2006年植被覆盖率为40%，比2003年提高了1.8个百分点，森林覆盖率34.05%，比2003年提高了2.95个百分点，成为“清凉之地、生态之乡”。劳务经济的发展使那些山高坡陡，水资源贫乏，交通不便，不宜人居住的地方，通过劳动力的转移，然后举家外迁，改变了家庭和子孙后代的命运，同时提高了原居住地的林木覆盖率，保持了水土，保护了生态。据一个乡三个村的调查，举家外迁达到了1 987户，占总户数的25.72%，外迁人口6 564人，占总人口的21.65%。这才是最好的搬迁扶贫，科学发展观在这里得到了实实在在的体现。

五是促进了创业与就业。在农村劳动力转移过程中，不少农民刻苦学习和辛勤劳动，具备了创业的条件。他们不论是在外地创业或回乡创业，或是就地转移创业，都为农村劳动力转移就业提供了机会，为经济社会的发展作出了贡献，据不完全统计，全县回乡创业的农民达到了300多人，他们成了农村产业结构调整的领头雁，不仅自己不再是传统意义上的农民，而且带动了大批农民就地转为农业工人，为他们的增收致富提供了可靠的保证。永桑乡农民王忠景，1991年到文西务工，学做水泥工活路，通过勤奋学习，掌握了建筑技术，从事建筑行业，挂靠中建四局，承包建筑工程。大关青年徐志，16岁时南下务工，经过10多年的努力，学到了技术，积累了资金，了解了市场，掌握了信息。2003年回到家乡，投资120多万元在天坪创办了沁源食品加工厂，生产“沁源佳佳”牌糟辣椒、泡辣椒、红酸汤3个系列20多个产品，年产量达到1 400吨，2005年被省经贸委授予最佳成果奖，产品销往全国很多大城市，不仅使20多个农民就业，有了稳定的现金收入，还经过辣椒基地生产，使绿化乡820多户农民种植辣椒3 300多亩，户均收入达到了4 000多元，实现了农户增收，企业赢利。

六是加快了城镇建设的步伐。农民向非农产业和城镇转移，减少农村人口，是世界各国工业化、城镇化发展的普遍趋势，是实现农业现代化的要求。农民外出务工，为城市创造了财富，为农村增加了收入，为城市发展注入了活力。外出务工中的不少农民勤学习，善思考，增长了才干，有了一定的资金，他们就从农村转到城镇落户，开店铺，办工厂，为解决“三农”问题闯出了一条新路。黔西县城上个世纪80年代末，城镇人口不到3万人，新中国成立后几十年还是原来几条老街。进入90年代后期，特别是进入本世纪以来，由于始终抓了劳务经济，加快了农村劳动力的转移、输出、创业，一大批农民先后进入城关落户，县城从3个多平方公里扩大到9平方公里，常住人口从4万多人增加到12万多人，新建了水西大道、莲城大道、迎宾大道、文化路、洪福路、黔洪路、甘棠街、河滨路，还建了一批居住小区，街道宽敞，楼房林立，有的高达20多层，成了一个欣欣向荣的城市。随着农民增收，经济发展，将会有更多的农民向城里集中，县城的发展将向中等城市迈进。实践证明，大力发展劳务经济，加快农村劳动力转移，对欠发达地区社会经济发展的历史的跨越具有十分重要的意义。

建设社会主义新农村
必须努力增加和保护农民收入

中国共产党的十六届五中全会作出了建设社会主义新农村的决定，提出要按照“生产发展、生活宽裕、乡风文明、村容整洁、管理民主的”要求，从实际出发，尊重农民意愿，稳步推进新农村建设，这是关系到党和国家事业发展的一项重大历史任务，是惠及亿万农民的民心工程，是执政为民的具体体现。

建设社会主义新农村，除各级政府加大对农业和农村的投入外，农民是投资的主体。因此，努力增加和保护农民收入，减轻农民负担，是建设社会主义新农村的关键。近几年来，从中央到地方，各级党委和政府都采取了很多措施增加农民收入，最直接的是先后取消了农业特产税和农业税，使延续两千六百多年的“皇粮国税”从此退出了历史舞台，对农民实行种粮补贴和服务农业的农机补贴，并对粮食生产进行奖励，保护外出务工农民的工资收入等，农民人均纯收入从5年前的1 100元增至去年的1 877元，平均每年以100多元的速度递增。黔西县由于以电力和煤炭资源为主的能源基地建设迅速发展，带动了交通、城镇建设，给广大农民带来了实惠，农民人均纯收入2003年为1 397.66元，2004年为1 695元，2005年达到了1 845元。在黔西县农民2005年的纯收入中，农业收入为51.94%，牧业收入为14.4%，务工收入为32.5%。农民收入迅速增加，贫困人口迅速减少。贵州省1986年的贫困人口是1 500多万人，到目前为止，减少为200多万人，扶贫工作取得了很大的成绩，广大农民摆脱贫困，正在迈向小康。

但必须看到，黔西这样的山区县，由于自然环境的限制，农民的收入主要来自传统的种植业和养殖业。农民出于致富的渴望，纷纷外出打工，全县83万人口中，外出打工的青壮年占总人口的20%左右。这些外出打工者，90%以上的都是小学或初中文化，由于文化低，又缺乏技能，他们绝大多数从事的都是笨重的体力劳动，得到的收入却很低，月收入从200~500元不等，1 000元左右的很少。就是这点微薄的收入，有一些都被老板拖着，有的甚至领不到，白白给雇主干活。由于这些原因，制约了农民收入的快速增长。黔西县农民人均纯收入1991年是300多元，到了1995年达到717元，在1995年的基础上翻一番则用了10年，到2004年才翻了一番，达到1 694元。一方面是农民收入增长缓慢，一方面是农民的负担过重，导致一些脱了贫的农户又出现返贫。据省有关部门的调查，返贫率在15%左右。导致农民负担过重的主要原因有以下几个方面。

一是孩子上学费用高，读书难，负担重。农民希望自己的子女入学，不仅上小学初中，而且上高中上大学，受到良好的教育，这无疑是社会的一大进步。但很多农民的子女入学却十分困难，难就难在费用上。贵州省2004年制定的“一费制”收费标准规定，县（市）一至二年级小学每生每学期收费为86元，三至六年级为125元，初中生为200元。收费项目有杂费、课本费、作业本费、信息技术教育费。除此之外，还规定了服务性收费项目，收费标准为小学一至二年级每生每学期34.4元，三至六年级为50元，初一和初二为60元，初三为120元，收费项目有社会实践费，体检费，校服费，饮水费，教辅材料费，初三还有补课费。这个收费标准，项目多，负担也不轻。但在执行过程中，仍有多收的现象出现。黔西三小2005年春季学期“一费制”和服务性收费一二年级为155.4元，三至六年级为215元，分别提高了29%和22.8%。也就是说，在小学阶段，每一个孩子上学，平均每年要交纳费用350元以上，相当于出售350斤大米或600多斤苞谷。到了初中阶段，费用随着增加。黔西四中2005年秋季学期，初一新生收费280元，多收了7.6%。另外，小考低于130分的，还需另交“三机”费150元。这样，有一个孩子上初中，平均每年要交纳500元以上，相当于出售500斤大米或900斤左右苞谷。黔西在普及九年制义务教育中，学校的硬件设施得到了很好的改善，从城镇到农村，修得最好的房子都是学校。在小学和初中阶段，学生可以就近入学，吃住在家里，绝大多数的学生家庭可以千方百计供孩子上学。但很多学习成绩好的孩子，要上高中就很困难了。黔西的高中都办在城里，高中的收费以一中为例，2005年春季学期高一每生为595元，秋季学期高二文科每生学费320元，书本费264元，微机教育补偿费50元，服装费76元，共710元。2006年春季学期每生630元。可以看出，每生每年交纳的费用在1 300元左右，加上学生的生活费、住宿费、试卷费等，每年最少都要3 000多元，才能保证孩子就读。黔西有4所私立中学，其中树立中学的收费情况是：2005年春季学期高一学生每生2 230元，秋季学期2 500元，2006年春季学期2 500元。如果一个孩子上私立中学，每年需交纳费用在5 000元左右，农村孩子除很少的可以就读外，绝大多数是望尘莫及。如果是考上大学，每年需要上万元。为了让孩子上私立中学，很多父母都辛辛苦苦的打工，供孩子读书。如五里乡新乐村龙家庆，从大女儿在县城上高中起，两夫妇就到砂泥洞给私人老板打砂供孩子读书，后来，孩子考取了贵阳中医学院，小的孩子读初中，供不了，就失学外出打工，集中供大的孩子完成学业，今年春节，人人赶回家团聚，他们夫妇为了多挣点钱，都没有回家过年。现在，如果靠出售农产品供孩子读书的话，读小学要人背马驮，读中学要用拖拉机或农用汽车拖，读大学要用大卡车运才行。为了供孩子读书，很多刚刚摆脱贫困走向富裕的农民又返回贫困，有的甚至债台高筑。

二是医疗费用高，看病难，负担重。加强农村公共卫生和基本医疗服务体系建设，提高广大农民的健康水平，使他们有病能治病，无病能防病，是建设社会主义新农村的一个重要方面。为此，党和政府做了很多工作，采取了很多改革措施，如对药品采购实行招标制，在城镇和农村推行医保制度，降低药价等，这些虽然解决了一些问题，但是，从总体上看，治病费用高，群众就医难，从根本上讲，没有得到解决。黔西县撤区并乡建镇，原来的区卫生院已不存在，现在的乡镇卫生院，大多数医疗技术和设备都很落后，加上服务态度和收费的不合理，就诊人数很少。老百姓小病去找个体诊所看，大一点的病个体诊所治不了，乡镇医院又不能治，只好拖着，结果，小病拖成大病，轻病拖成重病，不得已到县医院治疗，县医院的医疗费用又使他们难于承受。例如同样产地、同样规格的一瓶丹参和一瓶罗布麻，县人民医院的急救中心是10.2元，中医院是4.6元，药店是4.5元。后来。县人民医院和县中医院合并成为县中心医院，医疗费用更加昂贵。现在，一个普遍的感冒，到中心医院去就诊，开的处方是10%的葡萄糖盐水250毫升，0.9%的葡萄糖盐水120毫升，5%的葡萄糖盐水250毫升，青霉素400万单位2支，清开灵2支，病毒唑0.1g的5支，鱼腥草5支，青霉素80万单位1支，输液器1具，空针3具，皮试针1具，划价为71.5元，其中药费35.5元，治疗费12元，观察费18元。将这个处方拿到私人诊所，才32元。再将这个处方拿到私人药店去买药，才14.9元。就是最普通的柴胡针剂，中心医院每支1元，治疗费用1.5元，私人诊所每支0.5元，私人药店每盒10支才0.5元，每支0.05元，一个重感冒患者，在县医院

治疗下来就 是上千元。检查费用更是高得惊人，如血糖、血脂、胆固醇三项化验，北京医院是15元，县中心医院是53元；血糖检查一项，北京医院每次是3元，县中心医院每次是11元；心电图检查，北京医院每次7元，县中心医院每次22元。老百姓纷纷反映：国家医院的医务人员的工资大部分是财政负担，房屋及一些主要设备也是拨款修建和购置，他们的收费那么高，简直让人无法理解。由于医疗费用昂贵，农民看病十分困难。据调查，中西部地区的农民生了病，因没有钱住院，病死在家里的人在80%左右。因此，农民怕生病。他们说："一场病，一场灾，好比老天塌下来。"家里有人生重病的80%～90%的又返为贫困，很多人家最后是人财两空。

三是煤价贵，农民生产生活用煤难。贵州是产煤大省，黔西是产煤大县，全县优质无烟煤的储量几十亿吨。过去很多农民是自采自用，同时也出售给附近群众，价格低，又方便群众。2003年以前，1吨块煤才50～60元，1吨面煤才20～30元。由于人们以烧煤为主，植被得以很好的保存，植被覆盖率不断提高，很多地方都是山清水秀。后来，按照上级的规定，整顿矿山，关闭了所有的小煤窑，煤炭的开采审批权收归省以上。从此，煤价直线上升。现在，一吨块煤涨到400～500元，1吨面煤涨到200～300元。群众用煤十分困难，连家住在煤山上一些群众都没有煤烧，很多农民辛苦半年多喂的一头肥猪，连本带利还买不到2～3吨煤。每户农民每年的生产生活用煤最少都要3吨以上，黔西又是烤烟生产县，烤烟需用煤烘烤，种烟农户的用煤量更大，每年农户用煤的现金支出都在1 000元以上。群众说："国家给我们减免了农业税，是特大欢喜，但煤的涨价不仅把减免的农业税涨走了，还要贴一大截。党和政府千方百计让我们农民增收富起来，一些行业又千方百计从我们手中拿走，真是没有办法。"由于买不起煤烧，一些群众又上山砍树、砍柴，毁坏植被，引起水土流失，给生态建设造成了严重的后患。一些乡镇制止了群众砍树砍柴，又无力解决他们的用煤问题，引发了诸多矛盾，增加了一些不安定、不和谐的因素。

四是一些部门在为群众服务的过程中过分增加了群众的负担。国家明令取消了的一些收费仍然继续收取，收费项目过多过滥，也是群众负担过重的一个方面。各级党委和政府在治理“三乱”上都花了很大力气，乱收费、乱摊派、乱罚款总体上得到了制止，群众十分满意。但是，一些部门和服务单位，为了谋取更多的利益，把管理就是服务，变成了管理服务就是收费。

黔西甘棠乡白杨小学到县物价局领取“一费制”收费牌，一张微机打印的通知贴在小塑板上，收费60元，还另外收了审查费150元。外出务工人员到计生部门办理已婚证或未婚证，收费20元，还要交纳80元的保证金。建一个小砖厂，管理和收费的部门有地税局、国税局、国土局、公安局的治安科、水利局的水政监察、环保局、公路养护局、水保办、村协调组织、工商局、技术监督局、乡镇企业局、供电局、林业局等14个单位，这之中只有林业局只管理不收费。在这些收费部门中，特别是工商的收费较为突出，工商部门每年都有收费任务，任务又落实到所有人的头上。为了完成收费任务，一些工商管理人员收费的随意性很大。农贸市场一个10平方米的摊位，国税都免收，但工商每月要收管理费80元。群众反映，费比税重。此外，还要求个体工商户都要加入协会，不加入就办不了证，每个会员每年要交纳几百元到上千元的会费。

农业、农村、农民问题始终关系到党和人民事业的发展，关系到社会和谐与稳定，农民富则国家盛，农村稳则社会安，农业丰则基础强。因此，必须高度重视“三农”问题，切实抓好社会主义新农村建设。

首先，一方面要千方百计增加农民收入。坚持把促进农民增收作为农业和农村工作的重中之重，把解决好农民最关心、最直接、最现实的利益问题作为着力点，从农民要求最迫切，最容易见效的问题抓起，让农民得到实实在在的好处。一要坚持科技兴农，把农业科技入户工程抓好、抓实，贯彻好、落实好、使用好国家扶持粮食生产的各项政策措施，使农民在种粮过程中得到收入，稳定发展粮食生产，提高粮食的综合生产能力，抓好粮食加工、转化，增加种粮的收益，使农民得到实惠。二是根据农民的具体情况，采取分户饲养和规模养殖，大力发展畜牧业。要增加对畜牧业的投入，免费向农民提供防疫和养殖技术服务，提高农民养殖的积极性，增加农民收入。三要扩大公共财政覆盖农村的范围，调动各方面投入的积极性，加强农村基础设施建设，特别要抓好道路、交通、人畜饮水、治山治水和林业等工程，使农村基础设施得到改善，农业综合生产能力得到提高，增加农民就业的机会和收入。四要发展农业产业化经营，培育和发展农村经纪人队伍，大力发展农产品、农业生产资料和消费品的连锁经营，使产品质量得到保证，风险降低，效益增加。加快农村市场建设，以适应产业化发展的需要，使大宗农产品形成期货市场和“订单农业”，让农民在农业产业化中得到更多收入。五要加强城镇建设和管理。加快户籍改革，取消农民进城镇落户的一些不合理规定和收费，让农民享受城镇居民享受的一切待遇和文明成果，逐步改变城乡“二元结构”的现状，既加快农村人口的转移，又能促进农民收入的增加。六要保障农民的合法收入，规定日工资、月工资的最低标准，提高务工收入，要完善法律对务工工资的保证，做到有法可依，从根本上杜绝拖欠农民工工资的现象。要切实解决好务工农民的就医和子女入学等问题，为务工农民营造宽松的环境和氛围。七要加强对农民的技术培训，提高农民农业生产和转移劳动的技术水平，保持收入的稳定增加。

其次，要努力减轻农民负担，保护农民收入。农民，是我们国家最大的困难群体，他们面对一些部门和服务单位的过分和不公平收费，反应强烈，又无能为力，迫切希望党和政府帮助解决。因此，各级政府必须加强依法行政的能力，坚决制止向农民乱伸手的行为，防止农民负担加重，使他们的收入得到保障，收入得到快速增长。为此，一要制止学校不合理的收费。在义务教育阶段，一定要把国家从今年起分期免收学杂费和免收课本费的实惠落到实处。同时，对学生和家长反对的一些不需要的服务性收费，应该坚决制止，更不应该行文作为收费的“尚方宝剑”，以减轻学生和家长的经济负担。需要的服务项目，其收费也要公开透明，接受学生和家长的监督。有关部门要加强检查督促，特别是那些和市场上的商品比较起来，名不副实的，都应查一查是什么原因，发现一起，严肃处理一起，并追究有关领导的责任。就是在非义务教育阶段，也要确定合理的收费标准，纳入政府的强化管理，不让其失控。应在县（市）单位建立教育扶持基金，帮助贫困学生解决入学困难问题，让他们完成学业，就业有收入后归还本金，对有特殊情况归还不了本金的学生给予减免。特别是党政部门，少买几部好车，少一点公款消费，把节省下来的钱用在教育这个千秋大业上，我们党开创的事业才能后继有人，兴旺发达。二要解决好农民就医难，就医贵的问题，让农民有病能治病，提高他们的健康水平。据调查，2003 年与 2002 年相比，卫生部门管理的医院，就诊人数下降了 4.7%，收入却增加了 69.9%。很多国家医院只追求经济效益，把收入指标下达到科室，并与奖金福利挂钩，各科室为了增加收入，又互相“协作”，于是出现了凡是病人进医院，该不该检查的都要先检查，然后再去开药，有一些农村群众进了医院，光检查就把钱花光了，没有钱开药，从此，再不敢踏进医院大门。解决农民就医的问题，首先各级政府和卫生部门要加强管理，不允许向科室下达收费指标，严禁乱收费和提高药价。有关职能部门应经常检查，抽查病人处方，一经发现提高药价或乱收费，严肃处理，并追究有关责任人。其次，要加快医疗制度改革，从源头到流通环节，到病人用药，都要控制好药价，每一个环节上的疏漏，都会增加病人的负粗。各种检查，都要严格控制收费标准，其他费用，不该收的，要坚决取消，该收的，必须合理。要抓好农村合作医疗，把各级政府花在农村合作医疗上的钱让农民群众得到真实惠。国家应加大对医保和农村合作医疗的投入，建立激励机制，鼓励优秀大学毕业生到边远、落后的农村从事医务工作，逐步改变这些地方缺医少药的状况，提高医疗水平，减轻群众负担，使他们得到实惠。

三要解决好农民的生产生活用煤。现在，对小煤窑的关闭十分容易，一包炸药就炸掉了。但要申报矿井开采，手续繁多，关卡林立，一个几万吨的矿井，没有 10 万元以上的费用，就别想办矿，即使有钱申办，没有一年多两年的时间，也得不到有关证照。现在的合法煤矿，都在一些大老板手里，当地政府根本管不了他们的煤炭价格，他也不管农民群众用不用得上煤。因此，要把解决群众的用煤作为一大实事，抓好、抓实。在产煤地区，在不与大矿争资源和不具备大矿开采的前提下，应划定适当的矿区，由乡村集资开办小煤窑，限定价格，就地供应群众。这部分群众用煤的小矿井，应该下放给县人民政府审批，严加管理和限制，以减少申办费用，安全生产也由县负责培训、检查和指导。如果不能集资办煤矿，政府应根据正常的煤炭价格，确定一般农产一年的用煤量，对高出的煤价，从收取的煤炭税费中直接补贴给群众，以减轻他们用煤的经济负担。

四是制止一些职能部门和服务单位乱收费，多收费，真正做到服务群众，方便群众。一些上级业务部门和单位，未经同级政府审查批准，擅自出台收费文件，给下级部门和单位提供了追求利益的依据，造成了乱收费、多收费禁而不止，集管理和收费于一身，以管理之名，行收费之实，不仅增加了群众的负担，而且造成了行业之间的分配不公，影响了社会的和谐。究其原因，还是管理问题。因此，必须从改革入手，加强管理。要改变一些工作部门集管理和收费于一身的现状，把管理和收费分开，使收费纳入各级财政的管理和监控，制止收费提留。各种收费事先都应召开办公会议，进行审查批准，行文执行，从源头严把收费关。各级政府的物价部门，是物价的管理单位，对其申报收费的，都应该查一查有没有上级政府的批文，收费的依据是否属实，真正管好价格，不能成为“无价局”或“高价局”。县（市）以下基层单位政府应成立办公服务中心，人员由机关单位派出，凡涉及群众要办的事，在服务中心可以全部办完。一些当场办不了的事，也给要求办理者约定答复或办理时间，减少程序，方便群众，提高办事效率。总之，保护和增加农民收入，对建设社会主义新农村十分重要，必须切实抓好、抓实、抓出成效。

2005 年 11 月

加强耕地保护力度 努力增加农民收入

保护耕地，是中国的基本国策。国家实行基本农田保护制度以来，各级地方党委和政府认真贯彻执行，清理整顿，取得了一定的成绩。2003 年，重庆市就撤销了 50 多个开发区，海南撤销了 60 个多个开发区。

但是，耕地被占用的情况仍然没有得到有效遏制，一些城镇，放着旧城不去很好的改造，却去建新区，既浪费了很多资金，又占用了大量的良田好地，群众很有意见。一些地方违占用耕地的现象十分突出，引发了诸多矛盾，损害了党和政府的形象，干群关系紧张，造成了不安定的因素。

一些地方非法乱占乱用耕地，原因是多方面的，除深层次因素外，主要的有：一是一些领导法治观念淡薄，执政为民的意识不强，在土地问题上，国家早已颁布了《中华人民共和国土地管理法》、《中华人民共和国土地承包法》等，但在一些县（市、区）乡（镇）没有得到很好的贯彻执行，把老百姓的耕地承包合同视为一张废张，把耕地承包当做形式，搞承包时，和老百姓签订承包合同，事后为了某些需要，未征得老百姓的同意，就单方面撕毁承包合同，强行收回承包地。有的受到群众抵制，就出动警力，制服群众。在这些地方，群众承包的耕地得不到依法保护，口头上讲依法治县，依法治乡，实际上领导讲的就是法，以言代法、以权代法的现象随处可见。我经常听到一些基层的领导对老百姓讲："耕地是国家的，又不是你用黄金白银买的，国家要用，还要给你补偿，哪点还对不起你？我有权把耕地承包给你，也有权收回。"听起来振振有词，不知道他们执政为民的思想何在，“三个代表”思想何在。由于一些领导的法治观念不强，导致违法乱占乱用耕地的现象普遍存在。按照1998年第九次全国人民代表大会常务委员会第四次会议修订的《中华人民共和国土地管理法》的规定：“征用基本农田，征用基本农田以外的耕地超过35公顷，征用其他土地超过70公顷的，由国务院批准。”那么多的耕地被占用，有的是化整为零在政府自己的权限范围内多次重复批准，相当多的耕地根本就没有审批。可见在耕地征用上，没有严格的控制措施，越权现象十分普遍。二是不考虑可持续发展，大量浪费耕地这个最宝贵的资源，搞“政绩工程”，“形象工程”，“表面工程”。一些地方追求快速发展，分配招商引资任务，以廉价土地甚至是零价土地招商引资，不惜牺牲农民利益，用一个比一个更优惠的政策招来投资者，建开发区，搞城镇开发，修广场，搞度假村，建高尔夫球场等，甚至贷款开发，举债经营。这些建设，既没有经过充分论证，也没有按照程序报批，征地手续未办就大量非法占用耕地。结果是很多成了半拉子工程，占用的耕地根本未用，杂草丛生，一片狼藉，十分令人痛心。就是建成了的，“政绩”有了，“形象”有了，“面子”有了，不少的收效甚微。不少地方一方面大兴土木，一方面拖欠干部职工工资，很多老百姓成了无地无业农民。在这些地方，造成了一些职工和群众生活十分困苦。老百姓说：“大量耕地被占用，就是经济发展了，富裕了，什么东西都可以进口，看在那里去进口耕地。”一些领导思想作风不端正，把牺牲老百姓的利益作为他们的升迁的阶梯，结果是弄虚作假、吹牛拍马的领导提拔了，但在他们工作过的地方和单位留下了很多问题，地方政府负债累累。三是一些领导腐败，当官不为老百姓脱贫致富奔小康着想，而是和开发商、承包商搞权钱交易，互相利用，开发商、承包商给他们钞票，给他们豪华住宅，给他们别墅，给他们贵重物资，他们就利用手中的权力，为开发商、承包商谋取利益，还美其名曰“你帮我发展，我帮你发财”。很多县（市）乡（镇）非法占用耕地，老百姓得到的补偿一个平方才二三十元，就把土地拿给开发商。开发商一转手，一个平方卖到四五百元，甚至上千元，就是修成商品房的，也是高价出售。就是这样打着开发的幌子，农民的“命根子”就变成了开发商和一些领导的“钱袋子”，土地的增值利益，老百姓得不了，政府得不了，基本上全部流入私人手里。在这些地方，有的领导除拥有大量资金贵重物资外，别墅修了一处又一处，楼房建了一幢又一幢。一些地方放着旧城不去改造，热衷于建新区，原因就在这里。难怪老百姓说：“他们不是一心一意领导群众建设小康社会，而是挖空心思聚集财富，贪污受贿。”他们中的多数，不能说没有本事，没有本事为什么会当那么大的官呢？问题是他们的本事不是用于促进社会经济的发展，带领群众致富奔小康，而是用于谋取个人私利。正如电视剧《延安颂》里的朱老总说的，是“挂羊头，卖狗肉”。四是征地的补偿标准低，且征地补偿与农民实际得到的不一致，特别是经营性用地，补偿与土地的实际价值、补偿与土地所产生的经营利润相差甚远。一些国家建设用地，在项目设计论证时，往往都把征地费用淹没，拆迁的实物指标补偿从低例概算，以便项目得以审查通过，但农民利益受损，农民吃了大亏。按照《中华人民共和国土地管理法》第四十七条第二款规定：“征用耕地的补偿费，为该耕地被征用前3年平均年产值的6至10倍，每一个需要安置的农业人口的安置补助费标准，为该耕地被征用前3年平均年产值的4至6倍。”依照第四十七条的规定：“支付土地补偿费和安置补助费，尚不能使安置的农民保持原有生活水平的，经省、自治区、直辖市人民政府批准，可以增加安置补助费。但是，土地补偿费和安置补助费的总和不得超过土地被征用前3年年平均产值的30倍。”但在执行过程中，都是就低不就高，作出牺牲的是农民，得利的是业主，据国家有关部门统计，以2002年为例，被征地农民获得的补偿，按照当地物价水平，仅够维持基本生活两年左右。如贵州省的洪家渡水电站水库淹没面积涉及毕节地区的黔西、织金、大方、纳雍四个县的22个乡、118个村、397个村民组，淹没耕地62 525亩，其中稻田18 118亩，旱地44 407亩，需要搬迁人口46 025人。按照移民人口计算，每个人土地补偿费5 122.16元，土地安置补助费4 907.37元，两项合计为9 219.89元，淹没的实物指标中，涉及农民实物补偿的部分标准如下表[①]。

单位：元

项目	单位	补偿标准	项目	单位	补偿标准	项目	单位	补偿标准
砖混结构房屋	m^2	280	蓄水池	m^3	150	其他挂果树	棵	50
砖木结构	m^2	235	水窖、水井	个	500	其他挂果树	树	30
木结构	m^2	185	厕所	个	100	其他挂果树	笼	100
土结构	m^2	150	经济林成树	棵	30	竹子	m^3	20
杂房	m^2	100	经济林幼树	棵	10	防洪堤	m^2	200
围墙	m^2	40	用材林成树	棵	10	烤房	个	1000
保坎	m^2	60	用材林幼树	棵	5	沼气池	个	100
晒坝	m^2	20	挂果柑橘树	棵	100	地窖		
炉灶	个	100	未挂果柑橘树	棵	50			

这个补偿标准明显偏低，经过地方政府大量的工作，移民从国家建设需要出发，舍“小家”，顾“大家”，都搬出来了，但他们的土地补偿费和土地安置补助费除购买耕地外，所剩无几。他们迁到新的地点，需要购买宅基地，需要建房，恢复生产和生活，很多人得到的实物补偿难以恢复，把今后移民困难的问题留给了地方政府。一些建设项目的征地费用，国家也没有少给，但农民得到的补偿却很少，钱或被承包的老板刮走了，或被一些领导干部贪污、受贿了。如贵州省贵毕高等级公路，

征地万亩左右，征地费用一个平方老百姓只得 6 元，原交通厅厅长卢万里等一帮领导就贪污受贿 1 亿多元，是农民征地总费用的两三倍。我国现有 13 亿多人口，9 亿多在农村。全面建设小康社会，重点在农村，难点也在农村。目前，农村人口具备条件，可以离开承包耕地到城镇落户毕竟是少数，一亿多外出务工的农民，90% 以上都是属于打工群，工难找，工资低，不少甚至连工钱都难得，拖欠工资的现象各地都不同程度存在。一些包工头把钱结算卷走了，民工无处要钱，白白做工。因此承包的耕地仍然是农民生存和发展的必要条件。必须看到，在一个较长的历史时期内，大量人口滞留农村的情况难以改变，耕地仍然是农民的生存之本，是农民的重要生产资料，是农民最基本的生活来源和生活保障，是广大农民增加收入，脱贫致富奔小康的基础。耕地是国家赋予农民社会保障的载体，依法保护农民承包的耕地权益，就是保护农户的物资利益，就是尊重农民的生存权和民主权利，是以人为本，执政为民，贯彻落实“三个代表”政策的具体体现。在加快经济发展和城市化进程的同时，我们不能牺牲农业和农民的利益，不能用失去大量的耕地来换取，城市的繁荣不能让农村凋敝，不能让农民受苦，城乡差距不能继续扩大。纵观历史，我们国家历史上曾经出现过若干次饥荒，造成社会动乱。当今世界，一些国家和地区，由于粮食短缺，人民生活困难，社会混乱，经济发展十分缓慢。而我们一个泱泱大国，用只占世界 7% 的耕地，解决了占世界 1/5 人口的吃饭问题，社会稳定，经济持续、快速、健康发展，人民安居乐业，总体迈入了小康生活水平，实属伟大创举，举世瞩目，这主要得益于改革开放和科技进步。但必须看到，人口在增加，粮食需求在增大，耕地面积在减少，科技进步对粮食增长也不是无止境的。因此，切实保护耕地，增加农民收入，使农村全面实现小康，是摆在我们面前的一个大问题。否则，如果非法乱占乱用耕地的现象得不到制止，继续发展下去，总有一天会出问题，后果不堪设想。为此，一要加强法制宣传，依法保护耕地，依法行政，提高执法水平。特别要加强对领导干部的法制教育，增强他们的法制观念，使他们执政为民，依法行政。农民享有依法承包耕地的所有权、生产经营权，任何单位和个人不得侵犯，更不能撕毁耕地承包合同。土地的流转，必须征得承包农户的同意。二要严格控制征地规模。国家公益性建设项目用地，项目必须经过充分论证，并按照规定报经审批，才能开工建设，不能先斩后奏，甚至斩而不奏。对于经营性建设用地，项目论证报批后，用地问题必需和老百姓商量，需妥善处理有关问题，征得老百姓同意，才能征地，严禁强行征地，损害老百姓的利益。三要提高征地费用，增加透明度，制止层层克扣征地费用，保证征地费用如数发到老百姓手里，确保搬迁农户（除具备条件到城镇落户的以外）恢复同样耕地和生活水平，并有利于他们经济的发展，脱贫致富奔小康。四要采取措施，保障农民的基本生活，以利于社会安定。五要加大违法占地的查处力度，惩治腐败。对那些越权批地的领导，对那些未经批准而非法占地负责人，对那些和开发商、承包方勾结，权钱交易，以权谋私，贪污受贿的，对那些强行占用老百姓耕地，甚至出动警力压制群众等违法乱纪行为，必须一查到底，依纪、依法追究他们的责任，将之绳之以法，公之于众，并追缴他们的非法所得。

注：

①表中数据摘自《贵州省大中型水库政策答疑》（政府内部政策性文件）。

全面建设小康社会必须努力减轻农民负担

在今天我们的现实社会中，可以说，农民是负担最重的社会群体，而减轻农民的负担，关系到农村社会、经济的发展，关系到农民收入的增加，关系到农村的繁荣和稳定，关系到我国实现小康社会的大目标。

中国是一个传统的农业国，但长期以来，农业生产水平低，发展落后，农民生活在社会的最底层。新中国成立后，随着农村生产力的解放，农村经济迅速发展，农民收入增加了，一天天过上了好日子。特别是党的十一届三中全会以后，中央高度重视农业、农村、农民问题，对农民采取“休养生息”的政策，先后多次下发减轻农民负担的文件，一方面减轻农民负担，农民除缴纳农业税外，不再负担统派购任务；另一方面提高农产品的收购价格，使农民收入增长，增强农民的购买力，活跃了城乡市场，繁荣了经济。

一、一些地方农民负担该减的仍未减

农村经济虽然有了快速发展，但农村基础设施建设费用、文化教育开支、计划生育费用、城镇建设费用等，大多数都由农民负担，成为农民的巨大经济压力。特别是一些地方的个别领导，没有始终坚持“三个代表”的重要思想，或过高估计农民收入，或为了搞“形象工程”，以便营造个人政绩，不顾农民实际收入水平，乱收费、乱摊派、乱罚款。农民除负担合理税负外，还要承担各种名目繁多的收费、摊派、集资。中央精神下达后，各地都在减轻农民负担方面做出很大努力。贵州省就清理取消了涉及农民的23种收费项目。纠正了14项错误收费。据省有关部门对32个县（市）2 240户农民的调查，1994年前，农民人均负担14.36元，农民得到了减负的实惠。但是，随后就逐渐出现了农民负担反弹的现象。到了1995年，上述农户人均负担26.84元，比上年人均增加12.48元，增长86.5%。2000年，我到仁和乡坪寨村调查时，满族村民宋文郁拿着乡政府下发的税费通知给我看，他家承包人口1.5个，2000年农村教育附加税20元，统筹费8元，农业税24.46元，合计52.46元，人均34.97元，他说："收费倒不高，就是农产品不值钱。"2001年10月，我到谷里镇前进村调查，农民王召志拿着镇里下发的税费通知给我看，他家1.5个承包人口，农业税22.40元，比上年多了8元，教育附加23.20元，计生统筹费1.60元，优抚费1.60元，民兵训练费0.96元，村管理费3.04元。他说："虽然不高，但农产品不值钱，拿苞谷卖要将近百把斤，所以感到困难。"相比之下，黔西县的农民负担是比较轻的，负担反弹的现象也不普遍，但由于农民收入增长缓慢，一些农户没有什么现金收入，少数农产只有靠借债交税费，陷入贫困。值得注意的是，少数地方置中央减轻农民负担的政策于不顾，我行我素，农民负担有增无减。据贵州省一些地方的农村调查，初步迈入小康生活的农民，都要求改变自己的居住条件，但建房手续复杂，很难办理。要提交建房申请，经村委会（或居委会）审查盖章，送到土管所登记并领取"申请宅基地用地申请表"，农产将申请表填好后，交村民组织审核盖章。村委会审核盖章后，送土管所审核盖章，再送乡（镇）审核盖章，同时，村镇建设管理所要发放"建设项目选址意见书"，填好后，一并送县国土局审查，国土局审查同意后，再送县（市）人民政府审查批准，国土局再发行文，村镇建设管理所再发放建设工程规划许可证，才能开始建设。这个建房的审批程序全部办完后，少则半年，多则一年以上。除了办事程序繁琐外，收费有25项之多，其中属于乱收费的有土地申请登记费、土地勘测费、宅基地超建罚款、验线费、村镇建设选址意见书费、绿化费、规划管理费、房屋产权办证费、房屋产权公告费、占荒山费、卫生费、土地管理费等十多项。另有，个别国家机关的工作人员素质不高，不为人民服务，而是利用手中的权力吃、拿、卡、要，按照规定该办的事情，也要农民反反复复地跑，既让农民花了不少的车旅费，又耽误了农民的工日，造成了经济损失。就是在农村税费改革后，有的地方的农民负担不是减轻了，而是加重了，违反了中央进行农村税费改革，减轻农民负担的精神。如贵州省镇远县 㵲阳镇农村税费改革后，农业税征收册上仍有双防费、五保费、国防义务教育费等。有一个村耕地承包人口472.5人，2000年税费征收115 577.20元，2001年11 775.00元，2002年18 572.85元，不仅没有减少，反而比上年增加6 797.85元，增长57.73%。

农村学生的负担也不轻。现在一些地方学生过重的课业负担和经济负担令人担忧，一些学校乱收费屡禁不止。去年3月，教育部、国家计委、财政部发出通知，农村中小学实行“一费制”的收费办法，“一费制”包括杂费、教科书、课堂作业本、毕业工本费、计算机信息教育费、电教教材费、存车费、伙食管理费等费用。收费标准为小学生每生每学期80元，初中生每生每学期130元，浮动范围不得超过20%。通知虽然发出了，但一些地方根本不执行。有的地方虽然明的不合理收费没有了，却有不少搭车收费项目。例如，黔西一小学四年级的学生，2002秋季课本达20多本，课本名称如下表。

课本	出版单位	定价（元）
语文	人民教育出版社	5.64
学生写字作文	新疆人民教育出版社	14.50
新标准英语	外语教学研究出版社	5.70
家庭作业（数学）	贵州教育出版社	1.60
社会填充地图（第一册）	星球地图出版社	4.40
法制教育课（第四册）	人民教育出版社	3.00
社会	人民教育出版社	3.62
自然填充地图（第七册）	人民教育出版社	4.40
自然（第七册）	人民教育出版社	2.06
活动一 科技类配套教材	贵阳中小学教材审查委员会	1.45
活动一 科技类	上海科技教育出版社	4.70
写字（第七册）	中国教育学会书法教育专业委员会	2.80
写出字（第三册）	人民教育出版社	0.70
劳动	贵州教育出版社	1.49
健康教育（第七册）	贵州教育出版社	1.58
思想品德（第七册）	人民教育出版社	2.37
九年义务教育一至六年级各科《知识归类丛书》	少年儿童出版社	3.00
美术	江西美术出版社	3.65
小学生作文（之七）	贵州人民出版社	2.40
小学生信息技术（第三册）	贵州教育出版社	5.50
数学（第七册）	人民教育出版社	3.21
音乐（第七册）	人民教育出版社	3.90
字词句段篇与同步达标（四年级上册）	新疆教育出版社	6.50
语文（第七册）	人民教育出版社	5.88
家庭作业（语文）	贵州教育出版社	1.60
字词句段篇一点通（第七册）	新疆教育出版社	6.60
操行材料	华贸集团股份有限公司	4.90

该校2002年秋季学期四年级学生收费247元，其中杂费40元，电脑费30元，服装费70元，书本费107.15元。

一些学校订课本时，新华书店要搭车销售所谓“课本”，不订购就不给书，造成学生书多费重。有的甚至和厂家勾结以订校服为名强行叫学生订购服装，服装既不合身，质量也低劣，价格又昂贵，无形中增加了学生的经济负担。难怪老百姓说：过去一个农村孩子上学，捉个鸡，或提点鸡蛋卖就可以交书本费，现在不行了，上小学要人背马驮的农产品卖。沉重的经济负担使很多学生家长苦不堪言，一些失学的孩子不是不愿读书，而是家长无钱交费。

二、农民负担为什么减不下来

农民负担是一个社会热点。对此，党中央国务院十分重视，先后采取了一系列行之有效的措施，直至在全国农村进行税费改革。各级地方党委和政府认真贯彻执行党中央和国务院的“减负”精神，做了大量的工作，农民负担得到了明显的减轻。但应该看到，有的地方的“减负”是两本账，对上报的是减轻负担的一本账，对农民收费的一本账是没减的。有的地方减下来后很快又反弹，有的地方没有减，反而增加。为什么农民负担总是减不下来，究其原因，有以下几点。

1. 执政为民的观念淡薄。一些基层领导和国家机关工作人员口头上喊的是代表最广大人民的根本利益，但心里想的是自己的利益。这些同志看不到群众的疾苦，听不到群众的呼声，即使是从农村出来的干部，一旦到了机关工作，下基层少了，到农村少了，到农民家去更少了。有时即使下去，也是坐着车子转，隔着玻璃看，白天吃馆子，晚上住宾馆，根本就不知道群众在想什么，盼什么，甚至以为群众都很富裕了，向他们派点、摊点、罚点都无所谓，即使交不了现金，也要拿物资折现，根本就没有意识到这是侵犯群众的利益。这些人对农民群众，不仅没有同情心，反而把群众的不满当成无理取闹。

2. 地方财力的增长跟不上目标的增长。所谓目标，就是每年年初，由省到乡镇，层层下达的财政收入指标，要求明确，而且年年按比例递增。但实际情况是，有的地方经济年年增长，也有一些地方没有新的经济增长项目，没有新的财源，为了完成财政收入的任务，有的地方通过关系，把国税划为地方税，有的按户分配屠宰税、按亩分摊农林特产税、按人分摊教育附加费，甚至连罚款也向有关部门下达任务，作为考核的硬指标。一些地方由此引发了乱收、乱派、乱罚的，农民群众的负担就这样加重了。

3. 财政收入的增长赶不上开支的增长。一方面，财政收入不断增加，另一方面，各种开支增长过猛，首先是人员开支增加，由于人事管理体制上的弊端，出现了编制外的招聘人员，甚至一些地方把村民委员会和居民委员会的党支部书记、主任等也纳入财政开支，增加了财政开支和群众负担。以我原来工作的纸厂区为例，1986 年前，区干部（不含教师）48 人，现在，（划为三个乡）近 200 人（不含教师），如果再加 100 多人的村干部，拿财政工资的人可谓成倍增长，财政怎么承受得了。

4. 办公经费增长过快。由于讲排场、比阔气，不适当地强调提高办公现代化，且相互攀比，出现了超前消费现象。不少单位打着改善办公条件和提高办事效率的旗号，新修建办公楼，购置高档办公设备，购买高级小汽车，名曰办公需求，实际是供少数人享受，甚至以各种名义组织干部出省出国考察，导致各种公用经费支出迅速增长。其次是接待费增长过快。现在，各级都强调重视“三农”问题，省、地、县（市）都派干部挂职，地区领导联系县（市），县（市）领导联系乡（镇），加上各职能部门下县（市）和乡（镇），县（市）乡（镇）两级天天都有接待任务。应当说，大多数到基层调研的同志都能够注意不给基层增加负担，但也有个别人，不是名酒不喝，不是好烟不抽，下级根本不敢怠慢。就是这些接待，不仅耽误了基层单位很多工作时间和精力，而且接待费用大幅度增加。据我了解，一般县（市）级机关一年的接待费要超过百万，一般乡（镇）的接待费一年也不下十几万元。

5. 对农民收入水平估计过高。我国现有人口13亿多，近8亿在农村。城乡居民收入逐年增加，但收入的增幅差异很大。我们一些领导过于看中城镇人均可支配收入和农民人均纯收入，没有认真分析少数人收入增长较快，而大多数人收入增长较慢，不少农村人口在解决吃饭问题后，用钱仍有困难的现实，主观上想把发展搞得快一点，想多办些实事，财政又没有钱，于是就向农民摊派集资，增加了农民的负担。

三、关于减轻农民负担的思考

千方百计增加农民收入，减轻农民负担，是广大农民的迫切愿望，也是党的十六大提出的“提高低收入者收入水平”的要求，是贯彻落实“三个代表”重要思想的体现，也是全面建设小康社会的重要环节。因此，增加农民收入，减轻农民负担，繁荣农村经济，保持农村社会稳定，加快农村社会经济的快速发展，应摆到各级党委和政府的重要议事日程上来。减轻农民负担主要应加强以下几方面工作。

1. 加强对各级机关干部，特别是领导干部的教育，使他们牢记党在七届二中全会上提出的“两个务必”的要求，深入基层，深入群众，调查研究，了解群众疾苦，倾听群众意见，设身处地地为群众着想。坚决制止各种“搭车”收费和“三乱”现象，转变机关工作作风，为群众谋发展，为群众办实事，为群众减负担。转变“三难”现象，方便群众办事，使国家机关工作人员真正成为民群众的公仆，密切党群干群关系，齐心协力谋发展，一心一意奔小康。

2. 严把罚款收费关。各种必要的罚款和收费，都必须是政府行为，各部门不得各行其是，不得擅自决定出台各种收费规定。要把违章处罚与收费相分离，罚的目的在于纠正，改变罚而不纠的现象。要研究改革一些单位“既当运动员，又当裁判”的情况，一方面是经营者，一方面是执法的管理者的状况。实践证明，把关不严是导致“三乱”的主要原因之一。

3. 加强对罚款和收费的管理。收取应收的罚款和收费是国家机关工作人员应尽的职责，应加强对他们的检查和监督，对于不认真履行其职责的要进行批评教育，教育不改的应该调离。其收入应该全部交给国家，国家应按照预算保证他们的工作经费，而不应分成，更不允许坐收坐支，不能让有罚没收入的单位先富起来，这也是造成腐败的一个方面。

4. 增强罚款和收费的透明度。各种罚款和收费，凡是涉及群众负担的，都必须公开，广泛宣传，让群众知道，有条件的，还应印发给群众，让群众知道哪些属于违章，应罚的是多少款，哪些是属于搭车的。一方面让群众明明白白交罚款、交费；另一方面让群众知道哪些是乱罚款、乱摊派、乱收费，让他们有权抵制，有权反映，有权控告，充分发挥监督作用。

5. 严肃查处乱罚款、乱收费、乱摊派。对于禁止的乱罚、乱收、乱派的现象要认真调查，调查属实的，要严肃处理，不能姑息养奸。要看到他们实际是一些害群之马，损害了群众的利益，破坏了党群关系和干群关系。只有认真查处，才能使党的“减负”政策落到实处。

总之，要高举邓小平理论伟大旗帜和坚持“三个代表”重要思想，认真贯彻党的十六大精神，千方百计增加群众收入，努力减轻群众的负担，加快小康社会的建设步伐，才能争取早日实现小康目标。

2002 年 11 月

蠹虫引发的思考

蠹虫，咬坏木料、咬坏衣服、咬坏书，使有用的之物成为无用，人们深恶痛绝。

在现实生活中，一些领导，甚至是高中级领导，不是把心思放在工作上，去实践“三个代表”，而是口是心非，说的一套，做的一套，作报告时讲“为人民服务”，讲“三个代表”，讲“扶贫”，讲“奉献”，背地里，贪赃枉法，收受贿赂，其思想境界还不如一般老百姓，人民称他们为“蠹虫”。

最高人民检察院2003年3月11日在第十届全国人民代表大会第一次会议上的工作报告中讲，自第九届全国人民代表大会第一次会议以来的5年间，立案侦查百万元以上的贪污贿赂大案中，涉嫌犯罪的县处级以上领导干部就有12 830人。这些蠹虫，不管是收礼也好，受贿也好，索贿也好，都离不开一个“权”字，当他们还是一般干部时，手中没有权，没有人向他们送礼，行贿，当他们提升为领导，手中有权了，可以满足一些人的需求而解决问题时，送礼的来了，行贿的也来了。随着他们权力的升迁，送的礼，行的贿越来越多，数额越来越大，严重危害全面建设小康社会的伟大事业。因此，党的“十六大”报告告诫全党：“坚决反对和防止腐败，是全党一项重大的政治任务，不坚决惩治腐败，党同人民群众的血肉联系就会受到严重损害，党的执政地位就有丧失的危险，党就有可能走向自我毁灭。”

这么多的领导干部，甚至有一些是中高级领导干部，收礼、受贿、索贿，次数之多，数额之大，实在惊人。蠹虫咬坏物体，是一口一口进行的。这些领导干部贪污受贿也是一笔一笔进行的，都有一个发展的时间过程。在这个过程中，为什么会得不到有效的制止呢？主要的原因一是用人失察，考核形同需设。不少人在提拔前或买地皮，或修别墅，或有大量存款，或子女私费出国留学，或赌博、嫖妓，挥金如土，这些现象难道是靠工资办得了的？群众也多有反映，一些管人的部门和领导就是视而不见，充耳不闻，不知有什么奥妙。像广西壮族自治区河池地区原行署副专员张国辉受贿贪污数额那么大，不是国务院派出工作组查处南丹“7·17”特大矿难，把张国辉牵出来，他还会稳坐在钓鱼台上。二是权力的运行缺乏有效的监督。一些领导，特别是一些握有实权的领导，缺乏民主作风，透明度差，独断专横，我说了算，你要监督我，我先要你靠边站，他们的淫威迎合了谋私送礼的行贿人。在这些地方，有制度很难遵守、有章很难循、有法很难依，失去监督的权力就像越轨的火车、脱缰的野马，造成的只是危害。三是一些地方查处不力，打击不严。不少的贪污者、受贿者，大多盘根错节，且有保护伞，任凭群众反映或举报，不仅不查处，反而被提拔重用。有的虽被群众告发，中央领导批示严肃查处，转到地方领导的手里，不查不处，事后换个地方照样当官。有的即使查了，处理也是轻描淡写。同样都是领导，同样都是受贿，有的几十万、上百万元就判处极刑，有的几百万、甚至上千万元，只判有期徒刑，或无期徒刑，只要保住老命，日后自有提前出来的日子。法律上的伸缩之大给司法腐败留下了空间，也给犯罪人留下可钻的空子。

中国共产党第十六次全国代表大会指示，深入开展反腐败斗争，一靠教育，二靠制度，着力解决党的思想作风、学风、工作作风、领导作风和干部生活作风方面的突出问题，特别是要防止和克服形式主义、官僚主义，推进党的作风建设，坚持全心全意为人民服务的宗旨，保持党同人民群众的血肉联系，充分认识反腐败斗争的紧迫性、长期性，坚定信心，扎实工作，旗帜鲜明，毫不动摇地把反腐败斗争深入进行下去。对于任何腐败分子都必须彻底查处，严惩不贷。

为了有效地防止和惩处腐败，一要严把选人用人关。政治路线确定之后，干部就是决定因素。从某种意义上讲，事业的成功在于人，事业的失败也是人所致，因此，选好人，用好人，十分重要。如何选拔任用领导干部，《党政领导干部选拔任用工作条例》已讲得十分清楚，问题是如何从实际出发认真贯彻执行，要坚持用德才兼备的标准选拔任用领导干部，注重干部的政治思想和道德品质，注重干部的思想作风、学风、工作作风、领导作用和生活作风，注重干部的工作效果，不是看他说得怎样，而是要看他做得怎样。对于那些脱离群众，脱离实际，搞形式主义、官僚主义的人，不干实事、弄虚作假的人，因循守旧、照搬照抄、不思进取的人，作风霸道、不顾大局、闹不团结的人，任人唯亲、拉帮结伙、投机钻营、跑官要官、行贿送礼的人，贪图享乐、铺张浪费、以权谋私的人，决不能提拔重用。要切实把好考察关，完善和改进考核方法。现在进行的领导干部考核，多为一方面在其所在的地方或单位找人座谈了解，参与座谈的人都是领导安排的，有意见的人，甚至反对的人往往排斥在外，听到的都是赞扬声。一方面召开会议进行测评，由于参会人的局限和对一些领导没有多少接触，只能凭想象打钩或打叉，测评也很难反映实际。即使听到一些意见，或考核组没有如实汇报，或汇报了而不重视，导致一些早有“越轨”行为的人得到了提拔重用，结果给党和人民的事业造成损失。当然，找人座谈是必要的，民主测评也是必要的，但不能局限于座谈和测评，还需经常深入实际，深入群众，不妨采取“微服私访”的方法，在与群众拉家常中了解干部情况，广泛听取群众反映的意见。因为干部是生活、工作在群众中的，群众对他们的各方面最了解，也最有发言权。没有群众不欢迎的好领导，也没有群众不埋怨的坏干部，特别是那些没有官衔，甚至没有领取财政工资 的群众，他们没有什么顾虑，敢于如实反映问题。对一些反映出来的现象，要认真核实，认真分析，认真研究，工资收入与支出形成巨大反差的，就要引起重视，像朱镕基同志那样，他在任上海市市长后，召开的第一次政府组阁成员会，看到一些领导抽的都是外国高级香烟，开会前他便问大家，你们每月的工资是多少，一条烟要多少钱，你们的工资买得了吗？你们的烟是从那里来的？问得大家瞠目结舌，使之有所自律。通过考核，对反映出来的领导干部工作作风、思想作风、生活作风，以及经济等方面的问题，在未弄清之前不得提拔重用，同时要打招呼，不能没查证就不过问，让其发展，最后造成重大经济损失。要建立和完善干部推荐责任制、考核责任制和决策责任制，明确责任制的主体，凡属使用干部出了问题的，就要按责任制进行追究。要坚持集体讨论决定干部的制度和程序，杜绝少数人甚至个别人决定干部任用的情况，决不允许把个人凌驾于集体之上，搞个人或少数人说了算。对选拔任用领导干部不按规定程序办事，或者是办事不认真、走过场，导致干部提拔重用后，出了问题的，要严肃追究其责任，坚决刹住用人上的腐败之风。二要完善监督机制，严格监督。要加强对干部选拔任用工作的监督。干部的选拔任用，离开了监督，就不可能坚持任人唯贤的干部路线，不可能坚持干部队伍“四化”方针和“三个代表”的德才标准，就很难做到选贤任能。党的十三届四中全会以来，我们党围绕提高领导水平和执政水平，增强拒腐防变和抵御风险能力，采取了一系列措施，干部选拔任用工作取得明显进展。但也应该看到，当前干部选拔任用工作的监督仍然是一个薄弱环节。近年来，党内存在的一些消极腐败现象以及用人上的不正之风之所以禁而不止，查而不绝，有的甚至日趋严重，导致一些思想政治素质不好，组织领导能力不强，科学文化水平不高，政绩不突出，私心严重，挥霍浪费有余，群众不公认，甚至一些严重违法乱纪、劣迹斑斑的人得到了提拔重用，走上了领导岗位，给一些地方和单位造成了严重政治经济损失，一个重要的原因就是监督乏力。因此，要下决心进一步加强和健全党内监督的各项制度，已有的制度要坚决执行并继续完善，没有的要抓紧建立，这是当务之急。贯彻执行《条例》，加强干部监督工作，重点是要加强在选拔任用干部工作中对领导干部的监督，特别是对“一把手”的监督。“一把手”在领导班子中对提拔使用干部起着关键作用。在用人权力、用人行为上有相当大的发言权和影响力，在这样的地方，“一把手”不惜伪造档案，把一些社会上不三不四的人弄到了干部队伍内，甚至提拔当了领导。因此，同级党委的成员和监督部门，要认真履行监督的职责，敢于仗义执言。同时，上级党委要加强对下级“一把手”的监督、教育和管理，特别是上级的主要领导，要经常接触下级班子的成员和监督部门，听取他们的意见，发现“一把手”的问题，就要谈话，限期改正，绝不能听之任之，让其发展。要加强对领导干部权力运行的监督。失去监督的权力，必然产生腐败。领导手中的权力，是党和人民给的，是为党和人民办事的，而不是用于为自己和他人谋私利。必须正确行使权力，严格依法、依纪、依章办事，除涉及国家机密外，都要增加其透明度，绝不能暗箱操作，做到公正、公平、公开。不少的领导干部走向犯罪的道路，最后受到法律的惩办，都是由于他们权力的运行失去了监督，在干部的提拔使用上是我说了算，导致了买官卖官。在房地产开发、城镇建设、重大项目实施、重大物品的购销等方面，专横跋扈，暗地定夺，导致了行贿或索贿，因此，权力运行的监督，已有规定的要严格执行，没有的要抓紧制定和完善。要充分发挥各种监督机制的作用，上级主要领导要善于听取他们监督情况的反映，采取有力的措施，使其权力的运行得到有效的监督。三要加大对腐败案件的查处力度，严惩腐败分子。对于各个监督渠道反映出来的腐败分子，有关执纪、执法部门要引起重视，按照有关规定，依纪、依法进行查处，任何人不得干预，避免一些地方对腐败分子是否立案、侦察要听主要领导招呼的现象，如出现这样的情况，上级主要领导就应追究下级主要领导的责任，一级管好一级，做到公正执法、执纪。发生在各级领导干部和执纪、执法部门的腐败案件，严重损害了党和政府的形象，造成恶劣的影响，是查处和打击的重点，不管牵连到谁，都应该一查到底，不能半途而废，姑息养奸。有的地方，分管的副专员贪污受贿，造成一个系统十多二十亿元的亏损，近万名职工面临破产的困境，而只做出“双开”处理完事，这种轻描淡写的现象不应该发生，发生了就应追究有关人员的责任，对腐败分子要依法严惩。法律有规定的要严格执行，法律伸缩性太大的要进一步完善。对腐败分子打击的其轻其重，与党纪、政纪、法律的伸缩性有一定的关系，使腐败分子有空子可钻，使一些腐败分子逃避了严厉的打击，也是产生执纪、执法腐败的一个原因。凡属腐败分子的一切非法所得和不明财产，都应该一律没收和追缴，并处以相应的罚款，绝不能让腐败分子虽然受到一定的打击，他们的非法所得可以享受一辈子，甚至留给子孙后代享受。要进一步完善有关制度，加大改革的力度，从源头上治理腐败，标本兼治，铲除腐败之风，为全面建设小康社会而努力奋斗。

2003 年 5 月 26 日

扶贫工作应该注意的几个问题

目前，贫困地区正在贯彻实施国务院制定的“八七扶贫攻坚计划”，大规模开展扶贫工作，有几个问题应该引起注意。

一、扶贫不能垒大户。从前几年扶贫工作的情况看，很多地方不是把扶贫资金用于提高群众的科技水平，推广适用技术，进行农田基本建设，完善基础设施，组织群众进行开发性生产，实行综合投入、综合治理，走科技扶贫、开发扶贫的路子，而是把资金集中在少数大户身上，在未充分论证、评估的情况下，盲目上马，办所谓的骨干企业、龙头企业。一个企业少则花去几十万元，多则花去几百万甚至上千万元的资金。由于是国家拿钱，个人承办，结果不少钱进了私人腰包，企业跨了，扶贫资金化为灰烬，即使有少数企业效益较好，也是少数人脱贫致富了，多数人仍然处于贫困。

二、扶贫不能急功近利，热衷于搞短期行为。贫困落后是一种综合症，原因是多方面的，这就决定了扶贫工作是一项长期的、艰巨的系统工程。可是，由于县乡两级班子更换频繁，而一年一度的社会经济发展目标，下级与上级都要签订责任状。因此，普遍存在只注意抓短期效益、忽视长远目标的问题。都想近期内抓出成效，以便接受上级的考核，导致了扶贫上的短期行为。而对一些综合治理、综合开发的长远项目，不是一任接着一任干，而是一任一套新打算，致使一些项目成了半拉子工程，浪费了不少扶贫资金。由于想在近期内抓出成效，搞形式、赶浪头、摆“花架子”，造成上报的脱贫的农户中，事实上有相当一部分就没有脱贫。

三、扶贫不能一刀切。由于贫困地区的历史条件、社会条件、自然条件、生产条件等都不一致，贫困程度也不一致，一些农民可以勉强维持简单再生产，一些村组和农户连基本的生存条件都不具备。因此，不宜一概提倡有偿扶贫。应该从实际出发，在扶贫资金的使用上，实行有偿投入和无偿投入相结合。对近期所产生直接经济效益的，如养殖、苗圃、果园、乡企等，实行有偿投入。对一时难以产生直接经济效益的，如公路、水利工程、坡改梯工程、技术培训等，则应实行无偿投入。对社会效益、生态效益、经济效益兼而有之的项目，如造林、田间作业机械等，应实行部分有偿、部分无偿。对那些连基本生存条件都不具备的村组和农户，实行“输血”与“造血”并重，先无偿投入启动，再有偿投入发展。在扶贫措施上，一方面要注重人才、技术、信息在扶贫中的作用，增大科技扶贫含量；另一方面要因地制宜，选准扶贫项目，做到宜工则工、宜农则农、宜林则林、宜牧则牧、宜加则加、宜采则采，走种养加结合的路子，充分发挥扶贫资金的效益。

四、扶贫不能搞假。国家划分贫困户的标准是一个综合性的指标体系，核心指标是农民人均纯收入。农民人均收入在300元以下的为贫困户，其中纯收入不到200元的为极贫户。要使贫困地区的贫困农产摆脱贫困，只有经过长期的、艰苦的、深入的、细致的、扎扎实实的工作，才能实现。可是一些地方工作不扎实、不深入，看不到群众疾苦，听不到群众呼声，空话成癖，言行脱节，失信于民，决心放在嘴上，措施写在纸上，行动只在会上，习惯于在虚报浮夸上做文章。如一年一度的农民人均纯收入统计，抽样调查抽好不抽差，一看数据不理想，又责成下面重新来，实际是搞估计统计、推算统计、印象统计。从报表上看，脱贫了，实际多数农户远远没有脱贫。

五、扶贫的组织领导不能弱化。现在还处于贫困的地区农户，多是扶贫上的“硬骨头”。要面对现实、面对实际，首先各级领导干部，特别是贫困地区的领导干部，要以扶贫济困为己任，强化扶贫意识，增强扶贫的责任感、紧迫感、使命感。其次，各级领导，特别是一二把手，应转变作风。多深入基层、深入群众，少搞些应酬、迎送；多调查研究，少搞些形式；多办实事，少说空话，胸中有全局，手中有典型，言传身教，严明纪律，使扶贫工作扎扎实实进行。其三，要研究新情况、新问题，采取得力措施，动员社会各方面的力量，积极投入贫困地区的扶贫开发，形成合力，抓住温饱工程的实施、支柱产业的开发、基础设施的完善、基本农田建设、适用技术的推广、人口素质的提高等不放，有目标、有重点、有任务，真抓实干，在限期内脱贫。

再谈扶贫工作应该注意的几个问题

到1996年底止，贵州还有629万农村人口处于贫困。和省外贫困地区比较：一是贫困面大，农村贫困人口占总人口的21.5%，比全国高出16个百分点。二是贫困程度深，贫困县农民人均纯收入比全国贫困县低240元，在未解决温饱问题的贫困人口中，农民人均纯收入低于300元的极贫人口 还有371万人，占贫困人口的47%。三是解决贫困人口温饱的基础条件差，突出表现为耕地少，质量差，人均只有0.25亩基本农田。至今没有解决温饱的贫困人口，主要分布在深山区、石山区、边远山区、高寒山区、地方病高发区和少数民族聚居区，多数地方不通公路、不通电，人畜饮水困难，信息闭塞，不少贫困户连简单再生产都难以维持。四是教育文化落后，劳动者素质差，贫困地区青壮年文盲率高达38.1%，比非贫困地区高出14个百分点。

到本世纪末基本解决贫困人口的温饱问题，这对加快贫困地区的经济发展和社会进步，逐步缩小东西部地区差距，加强民族团结，促进社会稳定，实现共同富裕，为改革和发展创造更为有利条件，都具有极其重大意义，既是广大贫困农户强烈愿望，更是党的全心全意为人民服务宗旨的具体体现。扶贫工作不仅是经济任务，也是一项严肃的政治任务，关系到全面实现我省国民经济和社会发展的第二步战略目标，关系到维护改革、发展、稳定的大局。从现在起到本世纪末，只有两年的时间了，扶贫工作进入了攻坚的紧张阶段。不少志士仁人对扶贫攻坚提出了很多措施，现在最关键的问题是落实到户，有几个问题应该引起注意。

一、对贫困户、极贫户的情况应该掌握到户。不少地方由于没有建卡和造册登记，谁是贫困户、极贫户心中无数。有的领导喜欢用人均收入来看一个地方的脱贫与否，这种统计贫困与非贫困的方法是不实在的，容易产生以点概面、以偏概全的“虚脱”现象。如某村300户人家，全村有3户百万富翁，上报户均收入超万元，人均超千元，但实际上不少农户处于贫困，有的缺钱缺粮，甚至连吃盐、点灯的钱的都没有。有鉴于此，贫困户、极贫户都必须掌握到户，这是扶贫攻坚的第一手材料。首先要广泛宣传划分极贫线、贫困线、脱贫线的标准。根据营养专家的意见，按每人每天热量最低2 100大卡计算，其基本食品消费每人每年需要粮食220公斤、蔬菜100公斤、植物油2.45公斤，动物油1.36公斤、猪油8.7公斤、牛羊肉0.54公斤，牛羊奶0.75公斤、家禽0.74公斤、蛋类1.3公斤、鱼虾0.96公斤、食糖1公斤、水果3公斤。这些食品消费按现行价计算，贵州1996年极贫标准是662元，温饱线是883元，脱贫线是1 060元。这些标准，领导要知道，从事农村工作的同志要知道，百姓也应该知道。只有知道了，方能按照标准去划分、去统计，并为之去进行工作，其次对贫困户、极贫户要建立卡片，造册登记，当年脱贫的减出去，当年返贫的加进来，乡（镇）掌握到户，县掌握到村，做到基数清、情况明。

二、脱贫措施应该到户。贫困户、极贫户的脱贫，必须创造稳定的解决温饱的基础条件。这些条件是：有条件的地方，人均建成半亩到一亩稳产高产的基本农田，户均一亩林果园或一亩作物，户均向乡镇企业或发达地区转移一个劳动力，户均一项养殖业或其他家庭副业。目前，贫困地区由于不少贫困农户没有具备这些基础条件，风调雨顺就粮食丰收，部分农产的温饱问题解决；一遇自然灾害就粮食减产，农户返回贫困，成了脱贫与返贫困的拉锯战。因此，各项扶贫措施关键是要落实到户。要根据每户贫困户、极贫户所处的地理环境、自然条件以及自身的素质和承受能力，逐户进行规划。所谓“一个项目覆盖千家万户”，就是要求项目既覆盖富裕户、脱贫户，也覆盖少数贫困户和极贫户。在贫困地区开始扶贫是可行的。它起到了带动的作用。在扶贫攻坚的紧张阶段，如果再用大量的扶贫资金上项目、办企业，势必形成“垒大户”，只能富裕少数人，贫困户的基础条件很难得到改善，农田水利失修，农业生态和生产环境继续恶化，粮食上不去，多种经营发展不了，不仅不能使贫困户、极贫户摆脱贫困，而且还会拉大他们与富裕户的差距。扶贫措施订到产后，一方面要解决跟踪服务的问题，另一方面每年至少要对每户措施的实施情况进行检查，做到有人办事，有人管事。

三、扶贫资金、物资应该安排到户。经过几年的努力，贵州全省贫困人口已从1993年的1 000万人减少到1996年的629万人，扶贫工作取得了很大的成绩。但从过去扶贫的情况看，在使用扶贫资金和物资上也存一些问题，有的盲目上项目，重复搞建设，最后项目没搞成，资金化为泡影；有的擅自改变已审批的项目经费用途，把以工代赈的坡改梯经费改为修建乡所在地的街道路面；有的把扶贫经费挪作发工资、搞招待，甚至贪污、挪用。这些都浪费了不少的扶贫资金和物资。现在，国家用于贫困县和老少边穷地区的扶贫投入已增加到1 000多亿元，使用好这些扶贫资金和物资事关重大。要根据贫困户、极贫户情况落实好脱贫措施，凡一家一户能办的事，如坡改梯、养殖业、发展经果林等，应把资金、物资投放在户，坚持谁使用、谁受益、谁还贷。在项目开发区内，一般应由善经营、会管理、有经济实力的人承包开发，扶贫项目必须覆盖贫困户、极贫户，把效益落实到贫困户、极贫户，改变“穷在深山无人问”的现象。要加强项目和扶贫经费的管理，加强审计、监督的力度，防止项目改变和经费的流失和浪费，使扶贫资金真正用得出效益，加快脱贫进度。

四、帮扶应该到户。必须看到，通过前几年的扶贫，凡是交通比较方便、基础条件比较好的地方，贫困户大多数都脱了贫。现在剩下来的贫困户、极贫户绝大多数地处边远、交通不便、生态环境恶化，是扶贫攻坚的“硬骨头”。这些地方不仅农业综合开发、以工代赈项目、商品粮基地建设、长防工程、长治工程等覆盖不到，而且有的成了“被遗忘的角落”。有些极贫户、贫困户开展扶贫工作以来不仅没有县直机关登门问津，而且乡（镇）主要领导的足迹也没有看到。一些县（市）除保工资外，无力解决差旅费，就是愿去扶贫的机关干部和农业技术人员，也很难坚持下去。而这些地方的贫困户、极贫户又迫切盼望干部和农业技术人员去帮忙指导和协调解决有关问题。因此，绝不能满足于一年一度从上往下分解脱贫任务到乡（镇）村组和片区负责人的头上，把脱贫任务一级压给一级，然后又从下往上报脱贫数字，形成一级哄一级，必须避免这种“数字出官，官出数字”的现象。首先要认真解决下去扶贫的干部和农业技术人员的差旅费问题，横下一条心，少搞点接待、少搞点消费，把钱用在刀刃上，使下去扶贫的同志解除后顾之忧，全心全意扶贫。其次，下去扶贫的干部和农业技术人员，哪个扶哪几户都要有册在手，然后根据每户的实际，亲自指导农业生产，缺技术的帮助传授技术，需要资金物资的帮助协调组织到位。三是实行帮扶目标责任制。在限期内，帮扶的农产脱贫的给予表彰奖励，有突出贡献的应该提拔重用；没有脱贫的，除特殊情况外，要给予必要的惩罚。只有这样，才能做到“扶真贫，真扶贫。”

五、脱贫检查验收应该到户。首先弄清楚农民人均纯收入这个概念，因为这是一个贫困户、极贫户脱贫与否的重要指标。按照国务院发布的《农民承担费用和劳务管理条例》规定，农民人均纯收入以国家统计局批准、农业部制定的农村经济收益分配统计报表和统计的数字为依据。即农民在年度内从事各种生产经营活动所得收入减去物质总费用和扣除各种费用后的余额。具体计算方法是：用农户生产经营总收入减去物资总费用，再减去国家税金、上交有关部门的费用、企业各项基金和村提留、乡统筹费用，然后再除以总人口，得出农民人均纯收入。其次脱贫验收要一户一户进行，先由帮扶人员自行验收上报注册，然后再由县和乡（镇）组织复查，谁验收谁签字，弄虚作假的严肃处理。同时要制定巩固脱贫的措施。验收中要注意防止把总收入当成纯收入，把家畜家禽和年存栏折成实的收入，在数字中“掺水分”，人为拔高农民人均纯收入。三是一个地方的小康户、富裕户、脱贫户与贫困户、极贫户是客观存在的。因此，统计上报的农民人均纯收入只能说明一个地方经济发展的速度，而不能用于衡量贫困户脱贫与否。所以，脱贫验收必须到户。

抓好增收减负　加快脱贫致富

消除贫困，实现共同富裕，是中国特色社会主义的本质要求。改革开放以来，我们党高度重视扶持贫困，锲而不舍地开展扶贫工作，特别是贯彻《国家八七扶贫攻坚计划》（1994～2000）和《中国农村扶贫开发纲要》（2001～2010）的实施，黔西县的扶贫工作取得了很大的成就，贫困人口从1994年的近20万人减少到2011年的5万多人，为促进我县的经济发展、政治稳定、社会和谐、民族团结作出了贡献。

2011年年底，国家颁布了《中国农村扶贫开发纲要》，对脱贫提出了新的标准。我们要充分看到乡与乡、镇与镇、村与村、组与组、户与户经济的发展不平衡，制约贫困发展的矛盾还比较多，按照新标准还没有脱贫的农户比重大，已经脱贫的返贫现象仍有存在。我们要充分认识抓好扶贫开发，是深入贯彻落实科学发展观的必然要求，是建设中国特色社会主义的重要任务，是坚持以人为本，执政为民的重要体现，是统筹城乡发展，保障和改善民生，促进全体人民共享改革发展成果的重大举措，是全面建设小康社会、构建和谐社会的需要。我们要以更大的决心、更强的力度、更有效的措施，构建精神高地，冲出经济洼地，后发赶超，打好新一轮扶贫攻坚战，到2020年与全国同步进入小康社会。

增加经济收入，是贫困农户的期盼，是我们扶贫开发的目的和要求，也是我们扶贫开发的出发点和落脚点。怎样才能稳定增加收入呢？一是要抓好技术培训。当今社会，我们要抓住世界经济和科技发展的机遇，迎接国际竞争的挑战，对国民经济进行战略性调整，促进产业结构优化升级，在西部大开发中加强“开发扶贫，生态建设，人口控制”的试验区建设，扎扎实实抓好扶贫工作，后发赶超，同步进入小康社会。面对实际，抓好技术培训，提高劳动者素质，满足不同的用人需求，提高就业率，稳定增加收入。要根据劳务合同，按照用人单位的要求进行培训，使之成为熟练工人，使就业人员高兴，用工单位满意。对需要务工，又没有就业的人员，要充分征求他们对工种的意愿，按照他们的要求进行培训。不论采取哪种培训方式，既不能为了弄到培训经费，简单应付，交差了事，甚至弄虚作假，闭门造车，完成所谓的培训。又不能搞空洞的说教，从书本到书本，从理论到理论，课讲千言，离题万里。培训必须从实际出发，认真备讲，培训时间要短，讲课要简明扼要，深入浅出，让参加培训的人听得懂，学得会，能用上，收到较好的培训效果。二是要从实际出发，选准项目，找准突破口，精心组织，形成规模化、规范化、标准化生产，实现最佳效益。不论何种项目，都必须以市场为导向，按照市场需求，有订单的按照订单生产，没有订单的要充分考察供需，既要注重规模效益，又要防止盲目生产，产品供大于求，导致价格一低再低，造成农户增收无望，亏本经营。对于市场前景好的项目，要以龙头企业联结专业合作社，合作社联结农户，形成生产有基地，指导管理有合作社，收购有企业，使企业赢利，农民增收。只有企业让利于农民，才能让以工补农落到实处。三是重视农业，加强农业，抓好农业。农业是永不衰败的产业，农业抓好了，既确保了农产品的有效供给，又能促进农户增收，富裕农民，对促进社会经济的发展，实现社会的稳定和谐意义重大。在种植业上，要立足黔西的区位、交通、气候、土地、劳力等的实际，抓好特色农业。茶叶是黔西历史上的贡品，随着人民生活水平的提高，对茶叶的需求量增大，选择优质茶种，发展茶叶生产，既改善生态环境，又确保农民收入的稳定增长。过去我们具有丰富的药材资源，据1987年的普查，本地产药材有600余种，经国家鉴定大宗商品药材110多种，其中产量最大的为杜仲、天麻、银花、桔梗等，早在清代就远销四川、湖南、上海、广州等地。这些药材不少农户都掌握了栽培管理技术。通过招商引资，在与有关部门或厂家签订 协议的同时，应有组织地进行规模生产，形成药材基地，既有利于生态环境的改善，也有利于农民的增收。黔西县野生刺梨遍布，资源十分丰富。早在20世纪50年代，经贵州农学院专家测定，刺梨富含维C，称为维C王。改革开放以来，特别是近几年来，黔西县绿色食品开发有限公司用刺梨生产的刺梨饮料，是一种很好的营养保健品，深受国内及东南亚国家消费者的欢迎。在加强野生资源保护的同时，有关乡村在与公司签订购销合同的前提下，选择好品种，集中连片进行人工栽培，既能改造石漠化，还青山绿水，又使农户收入长期保持。要充分利用我县的光、热、水、气条件，种植高品质，市场销售好，有竞争优势的干果、鲜果，这也是活跃市场，增加收入的途径之一。要善于吸收以往的经验教训，对那些品质不好，缺乏市场竞争能力，果苗没有保证的，绝不能盲目种植，更不能组织生产，避免劳民伤财，造成损失。蔬菜生产时间短，产量高，需求量大，是农户增收最快的项目。要根据各种蔬菜生产的特点，选择群众喜欢的、市场销售好的品种进行种植，搞好茬口的搭配，做到一年四季都有新鲜蔬菜上市。特别是要利用化屋、鸭池、屯江、荆江等河谷低海拔地方，发展早熟蔬菜，丰富城镇居民的菜篮子，农民又多得票子。发展畜牧养殖业，是增加农民收入的一个重要方面。要从实际出发，实行科学喂养。要支持、鼓励有能力、有条件、有技术的养殖大户发展规模养殖，又要组织和发展分户饲养，通过养殖专业合作社把一家一户连接起来，加强技术指导。特别是对形成规模养殖的，要吸取圈舍不卫生，不符合要求，防疫抓不好，导致畜禽成批死亡，造成钱没有找到，反而负债累累的教训，确保圈舍修建合理、清洁卫生、通风、透光、散热、保暖，加强对疫病的预防，加强喂养和管理，尽量减少病死率，提高养殖效益。对饲料、饲草要保证畜禽的需要，喂养均衡，卫生安全。特别是草食牲畜，要针对我县草场并不丰富的实际，加强对草坡的改良和管护，鼓励和提倡种草养畜，改敞养为圈养。但要防止盲目组织群众种草，结果没有牛羊喂养，造成老百姓无收入，增加不稳定的因素。重视农业，加强农业，抓好农业，使农民看到良好的生态环境对农业的重要性，自觉保护环境，使农业步入良性循环。总之，组织农民发展生产，增加收入，必须尊重农民的志愿，根据农户的环境、投资、技术、劳力、设施等情况和能力，由群众选择，进行指导、帮助，绝不能拔苗助长，绝不能一厢情愿，自作主张，脱离实际，盲目从事，造成国家资金和农户投入的损失。四是在抓好农村务工农民稳定就业的同时，对农村新增的劳动力，通过职业技术培训，实现转移就业，大力发展劳务经济，增加农民工资性收入。实践证明，务工一人，脱贫一户。农民生活水平的提高，农村住房的改善，农村经济的发展，农村消费的增长，与农民的务工收入密切相关。要确保务工农民的合法权益，有关部门对一些业主不执行劳动合同法，不给务工农民缴纳养老保险、医疗保险、工伤保险，不执行最低工资标准，延长劳动时间，不按规定付给加班费，拖欠农民工工资，甚至组织打手，强迫农民工劳动，不付给报酬等违法行为，及时依法进行查处，完善农民工就业、社会保障和户籍改革等政策，为农民工营造良好的务工环境。一些务工农民，经过艰辛的劳动，创造了条件，举家迁到了务工地点居住。一些务工农民在务工地创了业，成了业主。这些人通过自己的诚实劳动，搬出了农村，减轻了农村人口对土地的压力，他们在稳定增加收入的同时，为社会创造了财富，为城市的繁荣作出了贡献。当地政府应让他们和当地居民一样，享受同样的教育、医保、住房、养老保险、救助等权利，使改革成果惠及到每一个人。要鼓励务工有绩的农民回乡创业，让农民就地就近务工，实现一人创业，带动一方，富裕一片。要尊重他们的创业志愿，帮助他们解决场地，协调资金等问题，简化办事程序，简化办事手续，为他们创造良好的生产经营环境。要珍惜他们的务工成果，不为自己的政绩工程、形象工程，给他们瞎参谋，出馊主意，盲目从事，造成他们的损失。千方百计让他们创业有成，发展壮大。五要落实党和国家的惠农政策，使农民获得务农补贴。国家对农田水利基本建设，植树造林，退耕还林，长防、长治工程，农村危房改造，电、路、气、环境改善等工程，易地搬迁工程，通村道路建设，计划生育奖励扶持等的惠农投入，政策及标准要公开透明，结果要公布，让群众知道，群众明白，群众监督，防止少数单位或少办事人员，虚拟项目，谎报价格，占用群众应得的实惠。对老百姓的种粮补贴、购机补贴、养猪补贴，是国家对农民的关心，务必落到实处。凡属国家对农民发放的各种补贴，必须及时足额发放，不得拖延，不得克扣，不得与一些当地的规定挂钩。除将标准和补贴结果以村为单位向农民张榜公布外，有关部门要加强检查督促，听取群众的意见，对弄虚作假、骗取款项的要一查到底，依法、依纪严肃处理。

减轻农民负担，是确保农民增收的一个重要方面。要以维护农民合法权益为中心，以规范涉农收费为重点，以强化监督为手段，将农民负担监督管理工作纳入城乡统筹发展，加强农村社会管理，落实到强农惠农富农政策中去，严禁各种不合理的收费和集资摊派，坚决纠正违反政策规定加重农民负担的行为。农民利益无小事，负担问题牵大局。减轻农民负担是党在农村的一项基本政策。近几年来，随着惠农政策实施力度的加大和农民负担管理工作的不断加强，农民负担大大减轻，农民得到的实惠越来越多，党在农民中的向心力、凝聚力得到加强，威信得到提高，为粮食增产、农业丰收、农民收入增加、农村发展加快营造了良好环境。但同时也应看到，随着城乡统筹发展和新农村建设的推进，农村基础设施建设日益加快，公共服务事业发展，社会化服务增多，减轻农民负担工作面临一些新情况、新问题，需要认真加以解决。一是看病难、看病贵。现在，农民合作医疗参合率基本普及，农民看病可以报销，高的可以报销60%多，大病在封顶以内报销后仍有困难的，还可以申请医疗救助。党和政府下决心解决农民看病难、看病贵的问题，得到了群众发自内心拥护和称赞。但应该看到，由于医疗资源的配置不合理，很多乡镇医院的医生，都没有资格证书，有资格证书的医生很难下到乡镇医院。因此，医疗技术从下往上比，一级与一级差距甚远，导致很多不应该出的医疗事故发生，造成了不应有的损失和不良的影响。这些问题的出现，不排除责任心不强的问题，但最根本的还是医疗技术低下。现在，乡镇医院只能看点小病，稍微重一点的病，就必须到上级医院就诊。越往上去看病，农民花的钱越多，报销的比例越少。例如在乡治不了的病，到县住院，可以报销60%多，有的也可报到70%。在县治不了的病，到省里住院，只能报销40%左右，最高的也不会超过50%。所以，农村迫切希望提高医疗水平。加强对医院的监督管理，制止乱收费十分重要。医疗门市的体温表只卖5元一个，血压计（包括听诊器）也只卖104元一套，但在医院，量一次体温收4元，量一次血压收5元。1盒输液器在北京安贞医院只收9元，县医院收97元。再从药上看，含量2.5毫克的波依定，10颗盒装药，药店零售价29元，医院划价57元。石药集团生产的0.5克阿莫西林散片，医院3盒划价

61.17元，零售药店3盒才21元。在医院开3盒石黄抗菌胶囊，3盒蒲地兰消炎片，划价202.68元，同样数量，同样产地，同样规格，零售药店才6元。医院以药养医，大大提高药价的现象是比较严重的。按照2011年以前新农合的报销比例，农民自付的部分比在药房买药还要贵。就是最近国家规定新农合的报销比例提高到70%，如果不制止医院抬高药价和乱收费的行为，国家给农民在医疗上的实惠，大部分会被医院拿走，农民只能得到小头。我们的各级领导，如果以一个普通老百姓的身份，到医院去排队挂号、排队看病、排队划价、排队交钱、排队取药，亲自体会医疗技术、服务质量、费用、药费的收取等，就会有比较具体的了解，才能领导好医改工作。一些农民本来是脱了贫的，一伤大病又造成了债台高筑，返为贫困。二是孩子读好书，费用也不低。实现“普六”、“普九”后，从小学到初中实现了免费教育，给广大农民减轻了负担，他们从内心感激歌颂。但应看到，国家千方百计减轻群众负担，我们一些单位或部门又巧立名目，收老百姓的钱。现在很多乡村，好一点的教师，要么被“拔”走，要么考试考走，农村留不住好的教师，造成农村教育的“广种薄收”。要想让孩子读好书，只好把孩子往城里送，费用是就近上学的两三倍。特别是高中基本上都集中办在城里，高中又不免费，一个学年的各种费用最少要四五千地，要两三个农民的务农收入才供得了一个学生。现在的学生从小学开始就背着一个大书包，越背越重，里面装的大多是辅导资料和各种练习，每节课后，老师都安排学生去抄练习、填练习，不是立足课本，启发学生思维，而是把大量的时间用在这种所谓的抄填作业上，既不利于学生的身心健康，又增加了学生的课业负担和家长的经济负担。一些学校根本不考虑学生家庭的不同情况，强调服装整齐要穿校服，一套服装100～200元，有的学生哭着向父母要钱，逼得父母只好借钱给孩子去买。一些校服的价格大大超出了市价，一些学校、一些人又积极订购，不知道是无知，还是为了什么。一些学校至今仍在收补课费、资料费。国家早就规定，任何单位和个人不得强制或变相强制学校或学生购买任何辅导资料，一些人把它当成耳边风，我行我素，禁而不止。在“普六”工作中，把一些应该保留的学校撤并，造成学生往返要走十多二十里，增加了学生上学的费用。一些家庭举债供孩子读书，降分录取了大学，毕业了，文凭得了，但就不了业，只好打工，打工收入除自己生活外所剩无几，读书借的钱靠父母去还，脱贫致富很难。三是农资涨价，增加了农民的负担。2011 年春播期间，农业需要的种子、化肥、柴油等价格都大幅上涨。如 80 斤的袋装尿素，去年每包 85 元，今年是 106 元（零售是 120 元），涨了 20% 左右。种粮户的用工价格涨得更多，去年一天 50 元（包吃），今年一天要 80 ~ 100 元。机耕地去年每亩 140 元，今年要 180 元。农资、机耕和用工的涨价造成农民种粮成本增加，收入减少。据湖南省物价局调查统计，2010 年农民种一亩田的纯收入是 186.2 元，除去国家直补 104.1 元外，实际收益只有 82.1 元。2011 年种植成本持续上升，每亩纯收益降到 116.6 元，除去国家直补 109 元外，每亩收益只有 7.5 元。在下乡和农民的摆谈中，他们算账给我听，种一亩地除去种子、化肥、农药、耕地、播种、除草、收割等的费用外，去掉国家补贴，还要风调雨顺，收益所剩不多，微乎其微。保持现在的这个粮价，老百姓种粮只能解决吃饭问题，解决不了致富问题。应该看到，由于物价上涨，特别是农资上涨，使种粮成本推高，挫伤了农民种粮的积极性，更使国家出台的一系列强农惠农富农政策所起到的作用在一定程度上被抵消，还说明“工业反哺农业”没有落到实处。因此，控制好价格，既减轻了农民负担，又增加了农民收入。四是涉农的一些事项不规范，在一些地方，农民负担时有增加。例如通村公路的修建，是村民们受益，但修路建设的地，只是少数农户的，有的农户大部分耕地被占，村里既无耕地可调，又无集体土地可补，国家只给修路的物资和人工工资，没有土地补偿款。村里没钱，修路的造价很低，也根本挤不出款，没有办法，就只有把所占上地折成价款，摊派给受益的老百姓。类似很多为老百姓的事情，从上到下都想把它办快一点，早点改变农村的现状，让农民早日享受实惠，出发点无疑是好的，但脱离了实际，增加了群众的负担。

我们在高度重视增加农民收入的同时，绝不能忽视减轻农民的负担。必须认真贯彻执行强农惠农富农政策，抓好增收减员，让贫困的农户早日脱贫致富。

2012 年 6 月 11 日

农民的民主政治权利不容侵犯

中国共产党第十六次代表大会报告指出："发展社会主义民主政治，建设社会主义政治文明，是全面建设小康社会的重要目标。"强调扩大社会主义民主，健全社会主义法制，建设社会主义法治国家。必须严格依法办事，任何组织和个人都不允许有超越宪法和法律的特权，这是时代的要求，是人民特别是农民的呼唤，也是"三个代表"思想的重要体现。

可是，一些基层组织的领导和工作人员，对中央的指示精神置若罔闻，有法不依，我行我素，以权代法，以言代罚，侵犯农民民主政治权利的情况时有发生。据2002年第7期《百姓》杂志报道，甘肃省岷县堡子乡，在乡党委、乡政府的统一部署下，于2002年8月份在全乡十多个村中开展了为期两个多月的选举"劣迹人"的运动。8月13日这天下午6点多钟，乡党委书记包成富、副乡长唐某带着本乡派出所所长，几名干警以及乡政府的其他工作人员共十多人，来到施旗村，通知全体村民晚上8点钟到小学校里开会，不参加者罚款处理。晚上，全村共80多人聚集在学校院子里，乡主要领导讲说："必须选出'劣迹人'，这么大一个村，我就不信没有这号人，选不出来，谁也不准回家。"然后，村民被一个一个"过筛"，被叫去的人，乡领导都这样问："你举报谁？都在选票上写上。"不写的，就说你是坏蛋，然后叫你在罚款单上按上手印，罚款200元。村民们不忍心将奉公守法的父老乡亲说成"劣迹人"，为了过关，只有作假，有的将自己的名字或自己的妻子、孩子的名字写在"劣迹人"的选票上，有的实事求是，没有就是没有，写不出来，就挨打挨骂。这样一直折腾到第二天早晨。当唐副乡长问34岁的村计生主任施恩："你举报谁?"施恩说："没有举报的。"唐副乡长就火了，说："你不反映，不举报，不配合乡里做工作，现在宣布把你撤职，罚款1 500元。"施恩说："你凭什么罚我的款?"唐副乡长说："你这个态度不老实，再加1 500元，罚款3000元，限三天交齐。"然后，带着乡干部，到施家对家里的东西进行拍照，对家产进行了评估，三天不交齐罚款就没收家产。在这种情况下，施恩第二天夜里便逃往新疆打工去了。乡党委对这种选举"劣迹人"的经验召开了全乡三级干部大会进行表彰、总结、推广。两个多月的时间，因选不了"劣迹人"，有几十人被打，成百人被辱骂，收了罚款几万元，两三百人被选为"劣迹人"。对这些所谓的"劣迹人"进行了五期所谓"法制教育"，每期五天，自带干粮，实际每天都被强迫去修公路，年龄大点的妇女就给乡里掏厕所或打扫卫生。后在国务院副总理李岚清、温家宝的批示督办下，此事才得到了处理。

湖南省岳阳市华容县操军乡护安村段可尉12岁的女儿被人拐卖到岳阳市廖家坡强迫卖淫，3个月内有700多名嫖客强暴过她。段可尉在廖家坡土桥派出所指导员孟建的帮助下，终于在"火坑"里把女儿救了出来，此后，段可尉带着女儿在岳阳连续两个多月不停上诉，在土桥派出所多次给办案人员下跪，求他们执法办案，得到的都是敷衍。后在彭珮云副委员长的关注下，岳阳市人大常委会非常重视，人大副主任罗胡涛对段可尉说："你不要再下跪了！你不需要给任何人下跪！我们一定给你申冤，督办到底。"后在公安厅长的督促下，犯罪分子才得到了应有的惩处。

这些年来，我常在农村进行调查研究，我所到的农民家，他们和我绝大多数素不相识，但都十分热情，招呼我坐的板凳怕不干净，要拿手抹过，又是装烟，又是倒茶，有的还要敬你点烧酒，有的还要杀鸡、蒸腊肉、炒鸡蛋留你吃饭。在我的调查中，他们没有什么不合理的要求。可是，我们一些乡（镇）的个别领导和个别工作人员，法制观念淡薄，不依法办事，不从实际出发，不考虑农民的利益，搞“政绩工程”，搞形式主义，农民根据市场需要想种的受到干预，没有实效不想种的又强迫他们种，稍有抵制的就罚款，罚款没有钱交的，就拿农民的物资抵押。由于乱罚款，以致有的本来脱贫了的农民又返回到贫困的位置上。有的烟叶收购站欠老百姓的烟款，长期拖着不给，结果，有的家里死了人，急需用钱，主人还要披麻戴孝到烟站给站长磕头求情，才能得到部分钱。特别是一些农民到机关办事，有的设立门岗、不给门岗说好话得到不到进去，有的甚至好话说尽都不行。即使到了机关上，有谁会招呼他们坐？有谁会给他们装烟？有谁会给他们倒茶？有谁会招呼他们吃饭？实在太少了。甚至有的农民受到冤屈。到机关给领导或工作人员下跪、哭述，要求秉公办事，都是被推出门了事。如此的反差，实在令人深思。

当今社会，农民处在社会的最底层，是一个庞大的社会群体，又是一个弱势群体，当我们一些人侵犯他们的民主政治权利、侵占他们的利益时，在淫威之下，农民只有屈服。因此，尊重农民的民主政治权利，保护农民的利益，是发展农村经济，建设小康社会，使农村繁荣和稳定的一个重要方面。

执政为民，是我们党的根本宗旨。坚持“三个代表”的思想，全心全意为广大人民谋利益，关键在各级领导班子和领导干部。江泽民同志曾经语重心长地指出：“一个执政党，如果管不住、治不好领导班子和领导干部，后果不堪设想。历史上的腐败现象，为害最深的是吏治腐败。由于卖官鬻爵及其带来和助长的其他腐败现象，造成‘人亡政息’王朝覆灭的例子，在中国封建社会是屡见不鲜的。”县（市）乡（镇）两级党政和机关，直接联系到广大农民群众，农民的民主政治权利，农民的利益能否得到有效保护，关键在他们能否依法行政。因此，加强对班子的思想建设、组织建设、作风建设、廉政建设，使他们“为官先做人，万事民为先”十分紧迫和重要。一是要按照《党政领导干部选拔任用工作条例》的要求和标准，选拔好基层领导班子，特别是一把手。要拓宽选人的渠道，改变“一家选人”，特别是“一人选人”的现象，广泛听取各方面的意见，对于群众反映强烈，民主测评得票率很低的干部，不宜继续任职，更不能重用。二是通过各种渠道对班子成员，特别是一把手进行培训。培训应是认真的，严肃的，而不是敷衍的。通过培训，提高执政水平，增强民主意识，增强法制观念，尊重老百姓的民主政治权利，保护老百姓的利益，带领群众奔小康。三是不能护短。上级领导或主管部门，在亲眼看到，亲自听到一些领导的言行或变化时，要及时打招呼，找谈话，责其注意。不能听到下级当面吹捧自己而沾沾自喜，明知一些领导家里无人经商办企业，却有的买了轿车，有的买了地皮，有的修了别墅，有的修了洋楼，有的花天酒地，挥金如土，却也不管也不问，甚至还赞扬这样的干部是好干部。如此护短，使小问题发展成了大问题，最后虽然受到严惩，但党和人民的损失是不言而喻的了。四是严肃查处。凡是不依法行政，侵犯农民民主政治权利，侵犯农民利益，强迫农民干这干那，给农民造成损失，对农民乱罚款，农民到机关反映或办事，故意刁难等等，必须及时认真查处，不能视而不见，听而不闻。按照干部管理权限，一级抓一级，层层抓落实。对查办不力的，要追究主要领导的责任。特别是一些重大问题，查处越及时越有利，不能事事都等省的主要领导，甚至党和国家领导人过问了，才引起重视，那样实际是一种不负责任的表现。

2003 年元月

用“三个代表”思想识人、用人

随着改革开放的深入发展，把人选准用好，树立科学的用人观念至关重要。要坚持任人唯贤，反对任人唯亲。既要德才兼备，又不要求全；既要坚持选人标准，又要不拘一格；既要搞五湖四海，又要唯才是举；既要看素质，又要看实绩。我们选用人的标准，总的讲是德才兼备。我们党要始终代表中国先进生产力的发展要求，始终代表中国先进文化的前进方向，始终代表中国最广大人民的根本利益，建设有中国特色社会主义的伟大事业，选人用人十分重要，它对党的作风建设乃至整个党的建设具有重要的影响和导向作用。为此，必须十分注意解决好知人识人问题，树立正确的人才观念。

要爱惜人才，培育人才。人才是事业成功的关键，只有树立爱惜人才的思想，才能谈得上尊重知识，尊重人才。要使社会经济快速、持续、健康发展，并保持良性循环，必须把人才当最宝贵的资源去对待，像爱护自己的眼睛一样爱护人才。人才不是自身成就的，都有一个接受教育、培养、锻炼、实践、成长和成熟的过程。只知道使用人才，而不知道爱惜和培养人才是不够的。要拓宽选人的渠道，放开选人的视野，只从身边选人是不够的。必须到群众中去，经过实践、实绩发现人才，并大胆破格使用。同时要注重他们讲学习、讲政治、讲正气和坚持“三个代表”的情况，发现有不对的地方，就要谈话、教育，促其改正，把问题解决在萌芽状态。不要等小问题变成了大问题，最后不得不按照党纪国法处理，那样既给党和人民的事业造成损失，又葬送了人才。

要识别人才，使用人才。识别人才才能任人唯贤，任人唯贤才能推进事业的发展，实现预期的目的，这在中国历史上有很多先例。如东汉末年，群雄并起，争创霸业，汉室宗亲刘表占据荆襄九郡，实力雄厚，并且当时有名的诸葛亮、庞统等优秀人才都在其境内，对实现霸业理应有所作为。但因其不能识别人才，导致人才得不到使用，使人才投奔了别人，最后落得身丧子降，断送了基业。相反，刘备因善识别人才，重视人才，先得徐庶，后得孔明、庞统等人才，从而成就了一代霸业。当今世界，经济全球化，经济科技化，已成为时代发展的特点。按照“三个代表”的要求，建设社会主义现代化强国，哪个地方重视人才，识别人才，使用人才，哪个地方经济发展就快，反之就慢，这是被无数事实证明了的。识别人才，首先要弄清人才标准。德才兼备，身体健康，知识面广，有实践经验，勤政廉政，作风正派，工作务实高效，有良好的修养，善于团结群众，善于从实际出发，认真贯彻执行党的路线、方针、政策，政治上和中央保持一致。无德无才是庸人，有德有才是好人；有才无德是害群马，千万不可启用。识别人才要注意克服识别误区，不要把善于独立思考、不随便附和他人意见，不吹、不怕、不走、不跑、不送、不迎的人看成自高自傲；不要把开拓创新看成是出风头；不要把不安于现状、勇于进取看成标新立异；不要把敢于发表见解、提出意见、不人云亦云看成是不尊敬领导；不要把善于表达的人看成夸夸其谈。

要容纳人才，聚集人才。要使人才发挥他应有能力，一方面要靠人才自身的精神境界和自控能力，一方面要为其创造宽松、和谐的外部环境。要容得下比自己强的人，“青出于蓝胜于蓝”，对于班子成员，对于下属工作的同志，只要他的意见和建议是对的就要采纳，只要他办的事是对人民有利的就要支持，不能固执己见，更不能嫉妒，甚至压制人才、埋没人才。其他同志在某一方面超过自己是正常的，工作中比自己强的同志越多，社会经济的发展就越快。刘邦出身寒微，他之所以群雄中脱颖而出取得天下，关键就是他使用了一大批比自己强的能人。在建设社会主义现代化强国的今天，如果不开拓创新，与时俱进，而只是把原则挂在嘴上，把形象放在会上，不去解决社会经济发展中的具体问题和群众关心的难点、热点问题，这样的人只能是庸人。有的人不做多少事情，就没有多少过错；有的人积极工作，办了大量的实事，就难免有了失误。必须支持干的，谴责坐的。有的人为避阿谀之嫌，对领导敬而远之，见面不恭迎，更不会上门送礼，因此，要真正聚到大批人才，一要有求贤若渴的精神，刘备若不三顾茅庐就得不到孔明，萧何若不月下苦追就得不到韩信，现实生活中人才不少，关键在于能否爱惜人才，尊重人才，大胆使用人才，切实做到人才是用，不用奴才，为聚集人才产生强大的“磁场”效应。二是领导者除具备良好的政治素质、思想素质、业务素质外，还要有良好传统美德，具有人格魅力，可以说，人格魅力对于人才的吸引是任何东西都无法代替的，人是有感情的高级动物，“物以类聚，人以群分”、“士为知己者死”等古训说的就是这一道理。三要解决好待遇问题，马克思曾经说过：人们为之奋斗的一切，往往都与他们的利益有关。在市场经济条件下，不能违言务利，而应名副其实，义利兼得，因此，没有宽松的环境，没有工作的条件，甚至拖欠工资，不仅不能聚集人才，反而会失散人才。

强化“统”的服务职能　进一步发展农村生产力

——黔西县长堰乡深化农村改革的调查

以包产到户为主要内容的农村经济体制改革曾极大地激发了广大农民的生产积极性，促成了农村生产力的一次大飞跃。如何进一步深化改革使农村生产力持续稳定地发展，是当前人们普遍关心的问题。黔西县长堰乡的改革实践，为解决这个问题提供了富有启发性的思路。

长堰乡有12个村、42个村民组、1 717户，共8 245人，拥有耕地9 658亩。实行家庭联产承包责任制后，绝大多农户解决了温饱问题，少数农户开始走上了富裕之路。1988年，全乡工农业总产值达313.34万元，比1980年翻了一番，人均产值382.70元，比1980年净增164.30元。其中农业产值215.34万元，增长57.8%；乡镇企业产值98万元，增长385.8%。粮食总产量达216.66万公斤，比1980年净增51.1万公斤；人均粮食264.6公斤，比1980年净增34.1公斤。人均纯收入287元，比1980年净增123.2元。

长堰乡在实行家庭联产承包责任制后生产力有了较大发展的同时，也出现了一些问题。

1. 农田基本建设差，抗御自然灾害能力减弱。包干到户后头几年，农民希望“一锄挖个金娃娃”，把劲全使在地里，使粮食和其他农副产品产量迅速增长。到1984年，全乡粮食产量达到历史最高水平。这种增长是靠风调雨顺和扩大生产要素及劳力投入获得的，基本上仍停留在粗放经营阶段。农户只希望地里产出更多的东西，而不愿将人力、财力投入到坡改梯、瘦改肥、土壤改良等农田基本建设中去，特别是拦山沟、排水沟、引水沟、提灌站等水利工程长年失修，一遇洪涝灾害，导致严重的水土流失，使地力下降，稻田面积逐步减少。如沙龙村沙子田，原有稻田120亩，1983年一场暴雨就淹没了72亩。

2. 农家肥施用量普遍下降，地力严重减弱。由于粗放的耕作习惯，联产承包责任制的不完善、农产品比较利益下降等原因，导致农民投资行为短期化，出现了抓住一季算一季的倾向，只注重施用化肥，忽视农家肥，造成土壤有机质减少、板结，肥力下降。

3. 单家独户的经营形式使农业科技难以大面积推广。据1988年统计，全乡种植杂交苞谷仅占苞谷种植面积的13.5%，杂交水稻种植仅占水稻总面积的13.6%；旱地分带轮作占旱地面积的2.6%，地膜栽培仅占旱地面积的0.2%。

4. 农民购销困难，农民购买化肥、农药，销售肥猪等农副土特产品，往往要往返几十公里，而且经倒手，吃亏较多。

造成上述问题的原因主要有以下几个。

1. 双层经营体制不健全，“统”的层次弱，服务、协调能力差。包干到户后，集体成了空架子，仅剩农民经营这一层次。农业生产上的很多困难，靠一家一户无法解决，集体也不能统一解决，最终影响经济的发展。

2. 农产品价格与生产资料价格落差大，挫伤农民的积极性。1984年以前，国家对农民实行休养生息政策，从国外进口粮食，农村返销粮增加。同时，大幅度提高主要农副产品收购价格，再加上实行生产责任制，极大地调动了广大农民的生产积极性。但是，农用工业改革实行自负盈亏后，主要农用工业品不但没有增长，反而下降，农用生产资料价格上涨，加上流通秩序混乱，农用物资到农民手里时已翻了一番多。在粮食等农产品上，1985年起改超购加价政策为固定比例价政策，使农产品价格降低，农民收入减少。由于这些因素的存在，使本来就是微效益的粮食生产利益更低。长堰乡每生产 50 公斤水稻、苞谷、大豆、油菜籽、烤烟的利润分别是 5. 55 元、7. 37 元、19. 65 元、18. 45 元、69. 14 元。农民抱怨说：务农不如做工，做工不如经商，经商不如搞转手倒卖。

3. 农业投资下降。包干到户后，全乡 12 个村基本上没有资金积累，更谈不上对农业投资。农户成了独立的生产者和经营者，投资主体转换，农户成为农业生产投资主体。但绝大多数农户仅有的少量资金绝大部分只投入当年的农业生产，并呈下降趋势，对生产性固定资产投资很少，因而削弱了农业的综合生产能力。长堰乡户均对农业的投资（包括种子、秧苗、牲畜、小农具、肥料等生产费用），从 1983 年的 225. 0 元减少到 1986 年的 186. 4 元，3 年下降 317. 6%；而化肥投资却从 1983 年的 92. 0 元增加到 1986 年的 120. 0 元，3 年增长 44. 6%。加上比较利益的存在，少数富裕起来的农民为了追求更高的经济效益，不愿投资农业，而投资第二、第三产业。同时，国家财政对农业基础建设的投资也相对减少，地方财政又拿不出更多资金。农业投资下降，农业基础建设差，是农业不能持续稳定增长的重要原因。

在改革实践中，长堰乡探索出了一条适合当地客观条件的摆脱困境的路子，这就是在“分”的基础上强化“统”的路子。

1. 深化农村改革，巩固完善以家庭经营为主的多种形式的联产承包责任制。长堰乡从 1988 年 5 月份开始共填发各种合同2 003份。其中对甲乙双方的权利和义务作了更加明确的规定，作为承包者的乙方要服从种植计划，推广和运用农业技术，实行集约经营，加强土地管理并提高其利用率，作为发包者的甲方即乡政府有权在承包期内对以上各项检查考核和评定，奖优罚劣。

2. 建立健全乡、村合作经济组织，加强“统”的职能。目前，长堰乡及所属2个村都建立了农工商联合社，统一管理所属各项经费，并做好必要的管理和服务工作。本着“统”不影响承包农户经营积极性的释放，“分”不影响集体优势发挥的原则，该组织对水利设施统一兴修维修，由专人管理使用。在耕地、荒山、草场所有权归集体，使用权及产品经营权归农户的前提下，开发庭院经济，开发非耕地资源，兴修乡村公路，改造中低产田土，推广农业技术和推广良种等工作，由集体统一安排布置，分户或联户具体实施。对当年农业生产上所需的化肥、农药、农膜等农用物资，除农户自行购买外，联合社还积极组织供应，并从各方做好服务工作，使双层经营的“统”与“分”紧密结合而成为有生命力的经营体制。

3. 推广农业技术，扩大集约经营范围。这个乡根据本乡实际，制定出工农业总产值和粮食总产量增长的5年计划，并通过合同形式，将此计划分解到村、组和农户。为了实现 这一计划，该乡从1989年秋种开始，在稳定粮食播种面积、提高复种指数的同时，推广旱地分带轮作多熟制，推广“两杂”良种，改革育秧方式和推广保健栽培，还制定了切实措施。

4. 建立乡合作基金会，充分发挥闲散资金在发展农村经济中的作用。1989年年初，长堰乡成立了合作基金会，其资金来源主要有：原生产队的积累资金；原生产队财产折价变卖收入款；耕地联产承包使用费；违反承包合同的罚款；农户预付购买生产资料和生产开发资金等10多项。合作基金会实行有偿、低息使用，主要用于购置生产资料、进行农田基本建设，资源开发和发展养殖业。

5. 加强村级组织建设，提高村级干部素质。1989年5月以来，长堰乡对村级领导班子进行了调整充实，在现有的36名村干部中，党、团员有25人，初中以上文化程度的也达18人。

1989年7月

加强作风建设　做好农村工作

党的十五届六中全会指出，当前和今后一个时期，要抓住重点、集中解决党的思想作风、学风、工作作风、领导作风和干部生活作风方面的突出问题，全面贯彻“八个坚持、八个反对”，关心群众，真抓实干、艰苦奋斗、拒腐防变，使党的作风有明显的进步，使党群关系和干群关系有新的明显改善，使广大群众看到实效，增强信心。12亿多人口，9亿多在农村，是我国的基本国情。我们在看到农村改革取得显著成绩，农民生活普遍提高和改善的同时，还应看到，近几年农民增收缓慢，不少地方甚至增产不增收，还有几千万农民处于贫困线以下，返贫现象也还比较普遍，一些地方返贫率达到百分之十几。实践证明，农业、农村和农民问题是关系改革开放和现代化建设全局的重大问题。没有农村的稳定就没有全国的稳定，没有农民的小康就没有全国人民的小康，没有农业的现代化就没有整个国民经济的现代化。因此，加强和改进县（市）和乡（镇）党的作风建设，切实做好农村工作，促进农民增产增收，保持农村的繁荣和稳定，加快脱贫致富奔小康步伐就显得十分紧迫和重要。

党的十一届三中全会以来，县（市）和乡（镇）在保持和发扬党的优良传统作风的基础上，坚持“三个有利于”和“三个代表”，以经济建设为中心，坚持“四项基本原则”，坚持改革开放，立足实际，心系群众，发扬民主，依法办事，密切了党群干群关系，加快了农村社会经济的发展，提高了农民的物质文化生活水平。但是，在一些地方，由于思想作风、工作作风、领导作风、干部生活作风等方面的建设抓得不好，甚至忽视作风建设，官僚主义、形式主义严重，有的工作作风不深入，缺乏深入细致的调查研究，脱离实际，脱离群众，弄虚作假、虚报浮夸；有的不从实际出发，而是迎合领导心态，搞“路边花”做表面文章，追求轰动效应，好大喜功；有的急功近利，增加群众负担，搞强迫命令；有的违纪违法，严重损害群众利益，激起群众公愤。在这些地方，矛盾突出，党群干群关系紧张，甚至出现农民集体上访等情况，增加了农村的不安定因素。因此，必须把改进和加强县（市）和乡（镇）党的作风建设放在突出位置，切实抓紧抓好，抓出成效。

一、多学习、多思考，吃透“两头”。江泽民同志一再强调：“希望大家都能多挤点时间学习，少搞一点应酬；多做些调查研究，少一些主观主义；多干些实事，少说些套话”，肩负领导工作的同志，要提高自己的政治思想水平，扩展自己的知识面，增强自己的专业知识，应该坚持不懈地学习，通过学习，不断吸收营养，只有勤奋学习，吸收新的知识，才能不断充实自己，不断提高自己的领导水平。首先，要学习邓小平理论和江泽民同志“三个代表”重要思想，这是我们坚定立场、辨明方向，分清是非，开拓前进，永远立于不败之地的根本。其次，要学习党的“十五大”精神、十五届六中全会的决定和江泽民总书记在庆祝中国共产党成立八十周年大会上的讲话等一系列重要指示，吃透方针、政策，然后结合自己的实际，提出切实可行的贯彻实施意见。要坚决克服那种照抄照转，以会议贯彻会议，以文件落实文件的不良作风。第三，要向实践学习，向人民群众学习。要迈开自己的双腿，到基层去，到第一线去，到群众中去，调查研究，将得到的情况加以思考，透过现象抓住本质，吃透下情，只有吃透“两头”，才能贯彻执行党的路线、方针、政策，自己作出的工作部署和提出的工作任务才能在党的方针、政策的指引下得到具体的实施。

二、走出去、走下去，调查研究。现在，一些领导干部大量的时间或是耗费在文山会海之中，或是陷在各种各样的应酬之中，百讲不烦，百陪不厌。有时走下去，也要求下级礼仪周全地接待，否则就给脸色，甚至拂袖而去。这种在文山会海中出出主意，在应酬上动脑筋的做法，浪费了不少的时间和精力，最终工作还是落不到实处。因此，领导干部应该走出办公室、会议室、宾馆、招待所，摆脱繁重的事务、文山会海和各种应酬，走出去，走下去，进行调查研究，去学习、去实践、去认识，出去了，下去了，还要有眼睛向下看的决心，有甘当小学生的精神，有求知的渴望。对群众要有同志加朋友的态度，采取商量式、探讨式、请教式的方法，广泛接触，虚心听取各方面的意见，不要被表面现象所掩盖，要沉下去，务求得到真实的情况。只有尊重客观事实，掌握第一手材料，通过认真的分析思考，才能去粗取精，去伪存真，真正弄清事物的本来面目和相互关系，把握规律性的东西，引申出正确的结论，用以决策和指导工作，减少失误，加快社会发展和经济建设的速度。那种坐在家里出主意，钦差大臣满天飞，张着嘴巴发议论的人，既无助于实际问题的解决，也得不到人民群众的拥护。

三、实事求是，一切从实际出发。实事求是，既是科学决策、民主决策的基础，又是严肃的工作态度和工作作风。工作部署和工作任务的提出，必须符合当时当地的实际，近期能够办的事情不去办，是脱离实际的表现，是不对的。近期办不了，要将来才能办的事，硬要超越客观条件，勉强去办，也是脱离实际，也是不对的。实事求是，就要做到作计划、搞规划，要从实际出发，要深入了解社会、民意、资源、优势等情况，看到有利条件和不利因素，在大量掌握第一手材料的情况下进行，使计划、规划符合实际，然后组织实施。而不能由少数人坐在家里，冥思苦索，更不能凭长官的意志随意作计划，搞规划。那样的计划和规划，只能是一纸空文，束之高阁。办实事、搞建设要从实际出发，一级组织，一届班子，想在任期内多办一些实事，以便政绩突出，心情是可以理解的，但办实事，搞建设，离不开资金。因此，要考虑自己的财力，考虑群众的承受能力，量力而行。特别是贫困地区，要着力抓好农业，特别是保持粮食产量稳定增长，推广和普及农业适用技术，抓好封山育林和植树造林，保持水土，抓好畜牧养殖业，发展庭院经济，发展经济作物，大办“四园三场”，解决群众的温饱问题和增收致富。如果盲目上项目由于缺资金、缺管理、缺技术，不仅不能加快发展，反而会背上沉重的包袱，延缓发展速度。布置工作、提出任务要从实际出发，了解实际，深入实际，根据实际提出不同的要求，使工作布置贴近实际，好操作，好执行，善始善终。抓出成效，而不能做表面文章，文件发了，稿纸念了，电视拍了，报纸登了，就算完了。这种有头无尾的做法有何益处呢？对于工作的检查、项目的验收，检查人员和验收人员要精干，要吃得苦，要到基层去，到群众中去，座谈走访，一听二看，好就是好，差就是差，好的肯定，差的指出，才能鼓励先进，鞭策后进。而不能只看录像、听介绍、阅材料，坐在车里看，甚至到基层去吃喝玩乐造成下面搞突击、搞形式、搞表面，使基层忙于应付检查，而群众的呼声和真实的情况很难得到。

四、不能急功近利，急于求成。社会经济的发展是循序渐进的。工作要有长远计划，也要有短期安排，先抓什么，后抓什么，近期抓什么，长远抓什么，都要统筹安排，不能忙乱无序。要区分轻重缓急，不能本末倒置，要克服普遍存在的只注意抓短期效益，忽视长远目标的倾向。短期效益要抓，不抓，迫在眉睫的问题解决不了，但如果只注意抓短期效益，都想在近期内抓出成效，以便接受上级对自己的任期考核，而不注意长远，就会导致短期行为，使工作缺乏后动力。因此，在抓好近期工作的同时，要培植新的支柱产业，使之成为优势。要加强基础设施建设，特别是农业基础设施建设，为经济的振兴打下基础。对一些综合治理、综合开发的长远项目，由于实施期限比较长，需要一任接着一任干，使治理、开发见成效，获效益。

五、密切联系群众，克服官僚主义、强迫命令和违法乱纪等现象。密切联系群众，就要到群众中去，了解群众，指导群众，和群众同甘共苦，想群众之所想，急群众之所急，帮群众之所需，而不能高高在上，滥用权力，脱离实际，脱离群众，好摆门面，好谈空话，思想僵化，墨守成规，人浮于事，办事拖拉，不讲效益，不负责任，不守信用，公费旅行，互相推诿，以至官气十足，动辄训人，欺上瞒下，专横跋扈，徇私行贿，贪赃枉法。对待群众，只能用宣传的方法、教育的方法、说服的方法、启发诱导的方法、典型示范的方法，以理服人。总之，要多做思想教育工作，群众思想通了，提出的目标和任务才能付诸实施，要达到目的才能实现，搞强迫命令，往往弄僵，使工作达不到目的。要认真贯彻执行党的方针政策，严禁乱摊派、乱收费、乱罚款、乱拿群众的物资，甚至打骂群众。要知道群众对一些事情一时想不通，不去执行，不去办理，产生抵触情绪，是思想认识问题，要解释、要疏导，做通思想工作。只有坚持群众观点，深入群众，密切联系群众，出主意、想问题、办事情，以人民拥护不拥护，赞成不赞成，高兴不高兴，满意不满意，答应不答应，作为衡量工作的标准，才能保护群众的合法权益。在同群众的交往接触中，思想交流了，感情沟通了，信任和理解增强了，及时了解到群众的愿望和要求，听取群众的意见和建议，干群关系、党群关系就自然而然地密切了。

六、突出重点，抓住中心，讲究工作方法，领导干部布置工作任务，要突出重点，抓住中心，辅以其他，不能面面俱到，要简明扼要，不要长篇大论。开会要由一人主讲，不要个个领导都重复讲话。一般情况下，不能在同一时间内要求下级去完成很多工作任务，造成顾此失彼，结果时间过去了，什么任务都完成不好。同时，工作也不能单打一，要走上步看下步，有机结合，抓住中心，全面展开，整体推进，牢牢掌握工作的主动性，要避免随意性。经过周密思考，不仅要善于提出工作任务，而且要提出开展工作、完成任务的可操作、可执行、可兑现的措施、办法、时间、要求、目的。要看到有利条件和不利因素，树立完成任务的信心，认真解决工作中的具体问题和困难，注意团结广大群众。调动各方面的积极性，形成合力，抓好工作。任务确定后，要有人分工负责，责任到人，有布置、有检查、有督促、有评比、有总结、有表彰，树立先进，激励后进。不能光布置，无检查，有头无尾。具体工作的同志，在完成任务的过程中，遇到的具体困难，又确需领导解决的，领导应及时帮助解决，给完成工作任务创造必要的条件。对工作中的缺点、错误，上级或领导应及时指出和纠正，以保持旺盛的工作斗志。

七、关心群众疾苦，解决实际困难。要牢记全心全意为人民服务的宗旨，时刻想着群众，与群众心心相印，息息相通，紧扣群众的切身利益和思想脉搏，反映群众的呼声，为群众办实事、办好事。目前，在广大农村，特别是贫困地区，还有不少群众没有解决温饱，存在着这样那样的困难。在这些地方，要抓好医疗卫生，帮助群众解决缺医少药就医难的问题；要抓好教育，减少收费，帮助解决子女入学难的问题；要抓好乡村公路建设，帮助解决运输难的问题，要抓好电力建设，架设输电线路，帮助解决照明、加工用电难的问题；要抓好人畜饮水工程，帮助解决吃水难的问题；要抓好社会治安综合治理，使群众能够安居乐业；要组织好生产物资的供应，严禁乱涨价，帮助解决生产难的问题。对那些缺衣少食的群众，要雪里送炭，先输血后造血，把有限的救济粮款用在刀刃上。看待群众富裕不富裕，不能只看人均收入，而要看到人均收入下的差异性，看到那些连温饱都没有解决的群众，关心他们的生产和生活。一方面给予必要的扶持、救济，使他们能克服眼前的困难，另一方面要组织他们，发动他们，因地制宜，宜粮则粮、宜林则林、宜牧则牧、宜果则果，发展粮食生产，增加经济收入，把输血和造血结合起来，最终才能实现脱贫致富。

红军长征在黔西

2009 年是红军长征胜利 73 周年。70 多年前，红军突破敌人的围剿，进行了艰苦卓绝的长征。今天，我们重温红军长征在黔西，继续和发扬红军长征精神，以人为本，坚持科学发展，构建和谐社会，加快黔西社会经济的发展，建设社会主义新农村，不断提高全县人民的生活水平，具有十分重要的意义。

1934 年 12 月 12 日，中央红军从湖南进入贵州的黎平。1935 年 1 月 3 日，军委纵队在江界河渡过了乌江，国民党黔军在乌江防线全线崩溃。王家烈当天在得知中央红军在乌江前线全面突围的同时也得到了国民党中央军薛岳的主力部队已经到达贵阳附近的观音山的消息，两个消息混在一起，王家烈不管乌江防线如何，还是赶快去观音山迎接和慰问中央军，他的慰问品是 4 卡车茅台酒和特产麻草鞋，连级军官每人茅台酒两瓶，营级上军官每人 5 瓶，士兵每人一双麻草鞋。1935 年 1 月 4 日，中央红军主力部队大规模渡过乌江，向黔北重镇遵义前进。这一天，薛岳的国民党中央军占领了贵阳，随即任命了一个新的城防司令。回至贵阳的王家烈在城门口被中央军士兵阻拦，要求他出示证件并接受了检查。当王家烈万分沮丧地回到他的官邸时，黔西的一个县长给他送来了一份年礼：酒、肉、丝绸、烟土和现洋，还附着“叩拜王主席大人”字样的大红帖子，王家烈把帖子翻开，里面是四个描金大字：恭祝新年！令他啼笑皆非。

1935 年 3 月 22 日，中央红军各主力部队秘密而迅速地渡过了赤水河，再次进入贵州境内，这是 1 月 29 日土城战斗中央红军第一次西渡赤水河之后，红军官兵第四次跨越这条纵贯黔北的大河。两天后，中革军委命令罗炳辉率领的红九军团伪装成红军主力，一部分在长干山，一部分在枫香坝，沿途张贴标语，大造声势，制造红军北上的假象，吸引敌人继续北上，然后，中革军委向中央红军各军团发出了迅速南下的命令。红军分别从乌江的江口和梯子岩三个渡口迅速渡过了乌江。过江岳时，走在最后的陈赓率领的干部团一直守着浮桥等待五军团过江，当他们得知五军团已从另一渡口渡过了乌江之后，立即把浮桥拆了，开始追赶主力，一追就是30多公里。追上之后把拆桥的事情一报告，朱德听了大怒："岂有此理，罗炳辉的九军团还没有过江，谁让你们擅自把桥拆了？回去把桥给我架起来！"陈赓立即意识到自己犯了大错，带着干部团和工兵连立即往回跑，20多公里的路跑完了，天已黑了，谁也没有提出吃饭和休息，所有的人立即开工，直到天亮才把浮桥架好。但是，红九军团最终没能赶到乌江。他们在完成佯装红军主力的任务后，由于不断和敌军激战，激烈的战斗和周旋使他们无法向指定的渡江地点靠近。军情紧急，中革军委只有命令第九军团暂留贵州，作为一支特殊的游击队，另寻机会与主力会台。九军团长罗炳辉和政委何长工经过紧急磋商，最后决定往回走出约10公里，然后转向北迅速脱离敌人。沿着崎岖的山路，第九军团整整走了一夜，4月3日下午，他们到达了黔西县的打鼓新场。他们在木孔休息了一下，侦察员报告：附近发现了黔军，部队只好接着行军，在木孔以南10公里的地方。部队又停下来，侦察员报告说：黔军犹国力部队的三个团正向这里追来。军团领导决定，必须把追来的敌人消灭了，才能行动自如，才有可能追上主力。红军官兵埋伏在山路两侧的竹林里，九团在正面，七团在右翼，八团在左翼，集中力量打击敌人的指挥机关，把这股黔军消灭了就是胜利。中午的时候，黔军来了，红军官兵按照作战部署看着黔军一队一队地走过去，走了很久，都没有发现黔军的指挥机关。于是，才明白情报有误，追击的黔军远不只三个团。下午一时，黔军的行军队伍越来越杂乱，骑马的、乘滑竿的、挑担的、抬担架的，在山路上拉得很长。终于，黔军指挥部开来了。红军一声令下，伏击突然开始了，没有准备的黔军顿时大乱。指挥部被冲击后瞬间散开，红军官兵跃出阵地追击，没追出多远，黔军开始了反击，反击的方向是左翼的八团，危急时刻，罗炳辉把战斗力最强的红军侦察连用上了，188 人的侦察连和八团官兵呐喊着向黔军冲去，最终把敌人消灭了。战斗结束，在打扫战场清点时，俘虏黔军 1 800 多名。第九军团把缴获的不能带走的武器都毁了，俘虏每人发三块大洋都释放，即使有要求当红军的也不要，因为黔军普遍有吸食鸦片的习惯。4 月 5 日，红军侦察连在长岩化装成国民党军队，拿着在木孔战斗中缴获的黔军团长的名片，未费一枪一弹，就把一个民团给收拾了。随即，红九军团到达了大定的瓢儿井，红军在这里休整了 3 天，300 多名农家子弟参加了红军，添置了 800 多套军装。休整之后，红军 4 天之内走了 100 公里，4 月 13 日下午，到达了织金县的猫场镇。在猫场与跟踪而来的黔军打了一仗后，根据中革军委的命令，红九军团渡过了北盘江，进入云南，追赶红军主力。

1935 年 11 月 4 日，任弼时、贺龙、肖克领导的红二、六军团集结在西桑植附近，中共湘鄂川黔边省委和军委分会在桑植以北的刘家坪召开会议，决定部队转移到贵州石阡、镇远和黄平一带建立新的根据地。11 月 19 日晚，红二、六军团两万多名官兵开始了战略转移。1936 年 1 月上旬，红二、六军团进入贵州后，在石阡县城内的一座天主教堂召开了会议，会议认为，黔东居民稀少，经济落后，十分困难，不利于大部队久留，决定放弃原来在这一带建立新苏维埃政权的计划。会议最后决定：

继续向西，争取在贵州西部建立根据地。1936 年 1 月 7 日，红二、六军团接到了朱德、张国焘发来的电报，同意继续往西转移的计划，建议“应以佯攻贵阳姿态，速转黔西、大定、毕节地区。”这样，红二、六军团开始重走一年前中央红军长征的路。红二、六军团以六十八团为先头部队，在团长成本新、政委余秋里的率领下，首先在龙溪附近消灭了国民党军的一个营，在敌人的封锁线上撕开了一个口子，红军大部队穿过了敌人的封锁线，往南直逼近贵阳。红军在贵阳附近虚晃一枪，突然折向西北方向，绕过贵阳，袭击了位于东北方向的扎佐和修文，作出北袭遵义的态势，调动敌人回防遵义，而红二、六军团突折向西，以昼夜急进的速度，直取乌江渡口鸭池河。红军从各师抽调 120 多名红军组成侦察队装成国民党正规军，成为红二，六军团突破乌江的尖刀部队，紧跟在他们身后的是六师。红军冒着严 寒的冬雨连夜奔袭，到达乌江渡口的黔军阵地时，一个连的黔军在睡梦中成了俘虏。接着，红军迅速夺取船只，架设浮桥，两万多红军在不到一天的时间全部渡过乌江渡口鸭池河，进入了黔西，当国民党军的第二十七、第三十九师赶到河边时，浮桥已经炸毁，船只已被烧掉，红军的先头部队顺利占领了黔西县城。黔西民众对红军热烈欢迎，由于地下党组织的工作，为红二、六军团的立足提供了可能，基于建立根据地的设想，红军在黔西召开会议后迅速展开了部队，十八团驻守 黔西，四师、六师、十七师集中兵力向东北方向还击国民党万耀煌纵队，五师、十六师向西进攻大定和毕节。

在贵州地下党组织的配合下，红军开展了在黔西建立根据地的工作，派遣工作组，建立县、区、乡各级苏维埃政权，实行土地政策，以最严厉的手段，镇压一切反动分子和敢于反抗的豪绅地主，1936 年 2 月 8 日“中共川滇黔省委”和“中华苏维埃人民共和国川滇黔革命委员会”成立。红军的政策主张和施政纲领，特别是红军提出“抗日民族统一战线”的口号，受到了民众的普遍拥护，也得到了开明人士的支持。蒋介石不能容忍红军在黔西“安家落户”，就在红二、六军团筹建根据地的时候，国民党军万耀煌、樊高甫、郝梦龄、李觉和郭汝栋五路纵队从四面向黔西推进，其中，以万耀煌推进的速度最快，其先头部队已经到达了军事要地三重堰，郝梦龄纵队紧随其后。而郭思演的第九十九、第二十三师已经靠近了鸭池河。鉴于严重的敌情，贺龙、肖克亲率三个师向三重堰迎敌，红军以一个师深入敌后，袭击了打鼓新场，准备将万耀煌围歼。但敌人却趁县城兵力薄弱，突袭了 黔西县城，把被红军阻截在乌江东岸，并将敌军第二十三、第九十九两个师接应过河。万耀煌、郝梦龄部队会合后，向红军发起了进攻，2 月 17 日，中共川滇黔省委决定放弃在这一地建立根据地的计划，3 月 22 日，红军进入云南来宾铺一带，随后也渡过了金沙江，与红四方面军汇合，后北上到达了陕北。

甘棠大寨试点

1963年是“三年困难”时期过后农村经济继续恢复和发展的年份。

在这之前，由于1958年的“大跃进”、“大炼钢铁”、“大办食堂”等虚报浮夸的“五风一化”之风，加之1959年的自然灾害，农民生活十分困难，当时提出“政治进食堂，干部下伙房，凭票吃饭，节约归己”，由于每人每天只供应四两粮食，在1959年底至1960年初，农村出现了饥荒、浮肿和干瘦病人，甚至不少地方出现了饿死人的现象。因此，1960年11月份，中共中央发出了《农村人民公社当前政策问题的紧急指示》(即12条)，实行“三包”(包工、包产、包投资)、“四固定”(固定土地、固定劳动力、固定耕畜、固定农具)，停办农村食堂，重新划给农民自留地。在贯彻中央12条指示的过程中，黔西县委于1960年7月份作出了《关于动员机关、厂矿、学校、企业开办农场，大种粮食作物的决定》出现了开荒种粮的热潮。到了1962年农村上千个生产队实行了包产到户，农村经济发展，粮食增收，吃粮困难的情况得到了好转。1963年，中共中央以(63)745号文件发出了《关于印发和宣传农村社会主义教育运动问题的两个文件的通知》简称“前十条”、“后十条”。“前十条”是1963年5月20号《中共中央关于目前农村工作中若干问题的决定》(草案)，内容有当前的形势问题，存在的阶级矛盾和阶级斗争的问题，当前中国农村社会中出现的严重的尖锐的阶级斗争情况，我们的同志对敌情的严重性是否认识清楚了的问题，依靠谁的问题，目前农村中正确地进行社会主义教育运动的政策和方法问题，怎样组织革命的阶级队伍问题，“四清”问题干部参加集体生产劳动问题，用马克思主义的科学方法进行调查研究的问题。“后十条”是1960年9月份颁布的《中共中央于农村社会主义教育运动中一些具体政策的规定》，内容有社会主义教育运动的基本方针和主要内容，领导社会主义教育运动必须注意的几个问题，实行团结95%以上的农民群众。结合社会主义教育运动，整顿农村党的基层组织，对地主分子、富农分子、反革命分子和坏分子的处理办法，如何正确对待地主、富农子女的问题。

县委在接到中共中央745文件后，认真组织了学习，对农村情况进行了认真的分析，认为农村主要还是通过社会主义教育，继续发展农业生产，增加粮食产量，改善农民生活。为了指导农村社会主义教育运动正确开展，决定先搞试点，取得经验，以指导面上。在1963年的初冬，县委书记李如川带着我和樊林、李长青、胡幼常、王顺明等，背着行李，步行到甘棠大寨进行农村社会主义教育运动的试点，吃住在老百姓家，当时正值秋种扫尾，我们白天和老百姓一起下地劳动，鼓励多种、种好；同时，在和群众劳动的过程中，了解农民的要求、困难和思想动态。晚上或入户调查，或开座谈会，或开群众会，给群众宣讲中央文件，组织群众学习和讨论，解答群众提出的问题，帮助群众解决生产、生活中的困难。特别是开群众会，李如川书记亲自教群众唱歌。教的歌有《东方红》、《跨过鸭绿江》、《冬天夜里》等。《冬天夜里》的歌词至今我都还记得：“冬天夜里，天寒冷，一挑谷子，重又重，三十里路来上粮，身体虽累心高兴/毛主席，在哪里，我不晓得，我晓得，毛主席住在北京，区政府挂得有毛主席的像，看不到真人，看一看相片，你看那毛主席好福相，白白胖胖多健康，劳动人民的好领袖，叫苗家翻身把家当/您像高山一样的伟大，您像太阳一样的光亮，毛主席，我愿您永远健康，永远光亮，活一千年，活一万年，永远活在我苗家的心上。”在试点过程中，由于吃住在群众家里，和群众打成一片，干群关系十分密切。通过宣传教育，回忆对比忆苦思甜，激发了群众的热情，抓好了秋种扫尾和冬季农田基本建设，进一步完善了“三包”、“四固定”和“队为基础，三级所有”、“按劳分配”等农村政策。当时，生活仍然比较困难，李如川书记也和我们一起过着清苦的生活，点的是煤油灯，打的是手电筒，没有吃过一次肉。为了改善生活，我一早出门，带着李如川书记的小径口步枪，踏看大霜形成的薄冰，在田坝里打了一只黄鸭，在小坡上的小米地打了一只雁，拿回到住户家，和住户一起饱餐了一顿。经过一个多星期的工作，摸索到了开展农村社会主义教育运动的步骤、方法，需要解决的问题，总结了经验，指导了全县农村社会主义教育运动的正确开展。

话说热情对待群众

热情对待群众，每一个国家机关工作人员都会讲。但具体接触群众，能不能热情对待，那就是另一回事了。

几年前，我到一位不大不小的领导家去，走到他家的门边，见门上贴着一张纸条，上面写着“下班时间，本人需要休息，有事请在上班时间到办公室谈，切勿打扰。”就这样吃了闭门羹，只好打道回府。

几年后，在一次酒局中，有一位老同志向同桌人讲了一件事情。他说，在一个寒冷的冬天，有一天晚上，他到县的一位主要领导家去，是想找领导反映下小孩的工作调动问题。敲门进屋后，领导不在家。有一位退休教师坐在他家的沙发上，我们就一起摆谈。天很冷，那位老师穿得单薄，领导的爱人就提了一件厚的衣服递给那教师，并说，你把它披上，暖和一点。坐了一会，还不见领导回来，那位老师提出要走。他的爱人说，老人家，天寒地冻，重新到城里几十公里，来一次不容易，你不是要找他反映问题吗，你多坐一会，等他回来嘛！在场的人听了，无不受到感动，他们说：“这样的领导才叫好领导，这种领导的家庭才叫热情待人的家庭，不愧为党教育培养出来的好干部。”真是“金杯银杯，不如老百姓的口碑，金奖银奖，不如老百姓的夸奖”。

老百姓找上门来，是拒之门外，还是热情接待，它反映了两种不同的作风和两种不同的世界观。说句老实话，绝大多数的老百姓都是通情达理的，他们要去找领导，可又想，怕领导不在家找不着，怕领导听不进，怕被领导家里轰出门外，怕从猫眼里看后不开门，总之是三思而后行。他们最后鼓足勇气去找领导，说明他们对党、对组织、对领导的信赖。热情接待群众，帮助群众解决问题，这也是党和人民赋予领导的职责。群众找上门来，要以诚相待，耐心听取人家把话说完，该解决的问题要有个明确的态度，该找有关部门的给人家讲清楚，并帮其过问、督促，该解释的要动之以情，晓之以理，使人心悦诚服。群众找上门来，就是送上门的群众工作，做好了，树立了党和政府在群众中的威信，密切了党群、干群关系，反之，就会造成极坏影响。

我们党的各级领导干部，大多数都来自于基层，来自于群众，他们对广大人民群众怀有深厚的感情，体察民情，了解民意，尊重群众，倾听群众的呼声，关心群众疾苦，解决群众困难，维护群众利益，处处为群众着想，千方百计帮老百姓发展致富，把党的惠民政策件件落到了实处，使人民群众充分享受了改革开放的精神文明成果和物质文明成果。他们对损害群众利益的行为敢于制止，敢于纠正，做错了，敢于向群众赔礼道歉，求得群众的谅解，增进了同群众的感情。

但是，我们也应该看到，有一些领导干部虽然是从基层走上来的，是从群众中走出来的，但他们走出基层忘记了基层的困难，走出群众忘了群众的疾苦。他们地位变了，认为自己比谁都聪明、都能干、都有本事，眼睛向上不向下，对上唯唯诺诺，阿谀奉上，看领导的脸色行事，“丫口上的茅草，随风倒”，不说真话，不反映实际情况。对待群众官气十足，官儿不大架子大，作风粗暴、态度恶劣，不是吼就是骂，不是批评，就是指责，严重脱离群众。他们即使走到群众中去，也是做做样子，摆摆架子，不去调查，不去研究，不去听取群众意见，而是用自己虚假浮夸、弄虚作假的那一套去“引导”群众发言，使之变为群众的意见、要求、反映。有的甚至前呼后拥把问计于民变成了扰民活动。这种欺上瞒下，不如实反映情况的作风，造成了一些决策失误，延缓了社会经济的发展。群众找他们反映问题，根本不让人家把话说完，听头不听尾，听东不听西，人家为了把情况谈清楚多说几句，轻则说你穷哆嗦，重则说你是刁民，把你赶走。有的退休领导找在职领导谈问题，初次还打个招呼，倒杯开水，听你说几句，再次再三，不张不睬、横竖不理。他们行政不依法，习惯于以权代法、以言代法，要么不作为，要么乱作为，与民争利，侵占群众利益，搞强征、强占、强拆，严重损害了党和政府在群众中的形象，破坏了党群、干群关系，影响恶劣，危害甚重，如果不有效解决，任其滋生蔓延，最终将导致执政党严重脱离群众，削弱其执政能力，阻碍社会经济的发展，后果不堪设想。

从对待群众上，可以看出一个领导干部的党性、党风、作风，是衡量领导干部的一条重要标准。“意莫高于爱民，行莫厚于乐民”，只有心里装着群众，尽职、尽责为群众办事，解决实际问题，才能得到群众的信赖，才能凝聚力量，实现“忧民之忧者，民亦忧其忧，乐民之乐者，民亦乐其乐”，形成团结、奋进、和谐的良好局面，中华民族伟大复兴的事业就无往而不胜。

2011 年 1 月 14 日

我所经历的六十年

1949年初夏，人民解放军突破了国民党苦心经营的长江防线，加快了解放全中国的步伐，蒋家王朝的覆灭指日可待。

当时，居住在长江以南的千千万万的劳苦大众，正生活在水深火热之中。1949年秋天的黔西，国民党当局拉兵派款，再加上土匪横行乡村，弄得民不聊生。为了躲避匪害，每天天一黑，父母就带着我们到苞谷地里过夜，有时被雨淋醒，有时被冷醒，有时被土匪抢人的喊叫声吵醒。遇到晴天，睡到下半夜全身都是露水。那真是度日如年呐！那时的老百姓十分贫穷，我家住的班有寨10户人家，除一家住的房子略好点外，其余人家全是简陋的土墙房。只有3户人家有耕地种，其余人家种的地全是向地主租的，贫苦农民是一无所有，全寨只有一个人识字。

1949年11月25日，人民解放军渡过鸭池河，25日解放了黔西县城。12月3日，中共黔西县委和县人民政府成立，随即建立了各区人民政府，开展了发动群众建立政权和巩固政权的工作，但是，残留下来的国民党反动派不甘心灭亡，他们组织策动土匪和投诚人员叛乱。

从1950年的3月起，驻防黔西的人民解放军140团、县警卫营、各区武工队、民兵和人民群众展开了剿匪斗争，11月前消灭了全县土匪，同时还废除了保甲制度，建立了自然村和农会，加强了基层组织建设，人民当家做了主。

新中国成立后，在进行清匪、反霸、减租、退押的基础上，1951年划分阶级成分，班家寨10户人家，划了1户富农，3户中农，其余全部划为贫农。

1952年春夏之交，我家住的寄安乡列入了全县的第三期土改，县里派出了土改工作队进驻村里。工作队员经常到班家寨召开群众会，宣传土地改革的重大意义，把群众发动起来。然后对户数、人口、土地等进行登记，拟出土改的方案，经群众讨论同意，报上级批准，公开宣布，当年就领到了土地证。土地改革，实现了耕者有其田，在中国农村的历史上，是一次前所未有的伟大变革，极大地调动了广大人民群众的积极性。共产党好、社会主义好已深入人心，党指向哪里，群众就奔向哪里。

土地改革，虽然贫苦农民得到了土地，但没有家底，生产缺投入，种地缺耕牛、缺农具，生产生活仍然十分困难。

我的父亲一解放就当了村长。1950年正月，父亲去世了。父亲去世后，从农历的3月起，家里就开始缺粮，我摘了一两个月的毛香来混在饭里吃，才接上夏粮。至此，都是由小脚的母亲驮煤、耕地、种地，甚至爬树修枝当燃料，样样都是她自己做。哥哥为了给母亲分忧，小小年纪就去外地买来杜仲树，将皮剥下来，作了简单的处理，然后背到贵阳去卖。有一次，他买回来一升米，做成饭吃，香得不得了。1952年，我到田坝小学读书，到了冬天，小路泥泞，母亲用千针万线给我缝一双布鞋，但我舍不得穿，穿的都是自己打的草鞋，遇到下雪下凝，就把布鞋拿着，到了学校，把草鞋脱掉，擦干净脚，再穿上布鞋。学校有4个教师，校长王明跃是当时全县很少的预备党员之一，不仅书教得好，而且对学生特别关心，每天下午放学后多数时间，他都要送我们到班家寨上面的丫口上。然后，我们回家，他回学校。

1953年春，我们把分得的门口一小块土改造成田，从这年起，逢年过节终于吃上了大米饭。为了解决多数农产的生产困难，班家寨在这年成立了互助组，土地、耕牛、农具仍归个人所有，入组志愿，退组自由。老百姓生产的积极性很高，粮食增产，终于摆脱了缺粮的困境。这年的冬季征兵，哥哥报了名，经过体检、政审后被征入伍。

那时母亲是人民代表，经常开会。我每天早上热饭吃后去上学，中午不回家，下午放学回家后要放牛割草，到晚上才得饭吃。回家根本没有看书学习的时间，作业都在课堂上做完。学习成绩很好的学生允许跳级，我就跳了一个年级。

为了发展生产，保障城乡人民供给，按计划经济原则，从1953年开始实行统购统销和票证管理。粮食、油料属指令性计划，每年下达都必须完成。后来，统一收购的品种越来越多，达到了上百种。从1955年起，在粮食供应上，非农业人口实行分等定量、凭证供应。机关工作人员每月27斤，10岁以上儿童和居民每月24斤，10岁以下儿童按年龄递减。同时实行粮票，外出凭票买吃的，一碗饭4两粮票，一碗面条2两粮票。居民每人每月供应4两菜油，机关食堂以集体户口计划供应，以后，凭证供应的物资越来越多。

翻身后的农民，积极响应党的号召，走“组织起来，发展生产”的道路。1954年，班家寨成立了初级农业生产合作社。合作社实行统一管理、统一经营，因地制宜，按劳取酬，解决了互助组“集体劳动，分散经营”的矛盾，生产发展很快，粮食连年增产，现金增收，人民丰衣足食、安居乐业。社会秩序相当好，夜不关门，道不拾遗。随着农业社会主义改造的深入发展，1957年成立了高级农业生产合作社。我当时一边读书，一边给高级社当会计。高级社实行生产资料集体所有和按劳分配，土地无偿入社归集体，社员只有自留地。以生产队为劳动单位，实行定额管理，评工记分。后来，为了减少评工记分和按工分配的麻烦，参照工厂的八级工资制，按劳动力的强弱评出级别，按级别分配，严重影响了劳动生产的积极性。

1957 年暑假，老师全部进城学习，我们学校的 4 个老师有 3 个被打成了“右派”。我进城看望他们，只见到校长王明跃。我问他怎么成了“右派”，他说，有人检举，说他有时去食堂吃饭，饭没有熟就喊肚皮饿得很，这是攻击社会主义，社会主义哪有饿肚皮的！随后，他被撤销了中共预备党员资格，并开除了公职，回到了五里坝老家。十一届三中全会后，才落实政策，恢复了工作。

1958 年，高级社转为“人民公社”，实行政社合一，下设大队和生产队。生产按计划，生产物资和生产工具统一调配，劳动力统一安排，队与队之间贫富拉平。社员的自留地、宅基地归集体所有，房前屋后的零星树木和猪、牛、马、羊统归集体，取消了社员的副业。这年暑假，我步行去贵阳找小工做，开学返回家才知道发生了很大变化：班家寨、谢家院成立了一个集体食堂，母亲在食堂里做饭，社员吃饭不要钱，家里不升火，不留炊具，粮食蔬菜全交食堂。

我到沙窝中学去读书，沙窝中学要建新教室。学校还没有修好，五里管理区派派人到学校讲：报经批准，要我回到管理区任秘书，从此参加了工作。

1958 年，中央提出了“超英赶美”的口号，在全国掀起了“大跃进”运动。这一年风调雨顺，一派丰收景象。但临近秋收，大批青壮年男女被组织去挖矿、烧炭炼钢，农村只剩年老体弱者在家，以至粮食丰产不能丰收。秋种时又搞深翻土地，加大播种量，以为下种越多产量越高，影响了播种的质量。1959 年，夏粮减产，秋粮受灾，全县粮食总产量才 5. 4 万吨，比上年减产 4. 6 万吨，完成征购任务后，很多集体食堂缺粮。

1961 年，我调到黔西县委组织部工作，正处在“三年困难”时期，生活物资十分匮乏，从菜油、棉布、袜子、猪肉到手表、自行车等都凭票销售，除布票外，其余的只有非农业人口才能享受，农民是没有的。布票每人只有2.4尺。县委的领导工作繁忙，没有任何一点特殊，和大家一起在东山开荒种地。唯一的一辆南京戛司，领导们从没有单独用过。下乡抓工作是步行，就是去毕节、贵阳开会，也是坐客车。每逢星期天，在家的县委领导还与机关职工打篮球、下象棋，开展文娱活动。领导们言传身教，使我学到了他们的生活作风和工作作风。

1962年，黔西县委根据中央《关于改变农村人民公社基本核算单位问题的指示》，将人民公社以大队为核算单位改变为以生产队为核算单位，允许生产队将耕地的7%划给农民作自留地，自留地和开荒地生产的农产品归农民所有。允许农民经营小规模的家庭副业，恢复了农村集贸市场。至此，人民公社以“队为基础，三级所有”的体制正式确立，并延续下来。同时调整了农村经济政策，减轻了农民的负担，增加了农民的收入，极大地调动了农民生产的积极性，农产品产量增加，供应充足，到1963年，扭转了物资匮乏的局面。

在恢复和发展农业生产期间，很多地方集体干活一窝蜂，经常熬更守夜评记工分，收获时要集中过秤，汇总分配后，又要过秤分到一家一户，收到天黑，分到半夜。针对这种实际情况，一些生产队把公社、大队下达的各项任务实行包干，包产到户。全县包产到户的生产队达996个，占生产队总数的26%。

1963年，中共中央发出了《关于印发和宣传农村社会主义教育问题的两个文件的通知》。黔西县委按照中央关于农村社会主义教育运动的部署，结合黔西的实际，认为农村主要是通过社会主义教育，继续发展农业生产，增加粮食和农副业产品产量，改善人民生活。“社教”还没有结束，1964年又开展了“四清”运动，从清账目、清经济、清物资、清公分，发展到清政治、清思想、清组织、清经济。中央“四清”工作团来到了黔西，首先在县机关进行，随后就到区社。1965年11月，根据地委的安排，全县抽调500多名职工和农村积极分子，组成“四清”工作队，由县委书记王朝彬带队，赴毕节清水铺开展“四清”工作。清水铺“四清”结束后，1966年夏末，我们又转赴纳雍开展“四清”工作。入村不久，开始了“文革”，“四清”工作不再继续。

由于“文革”的开始，12月31日早上，我和几位同志从乐治步行回县。我们走时，邮电所的同志主动帮我们寄行李，老百姓给我们送来了煮好的鸡蛋，真是难舍难分。一路上，大雪封山，路上结冰，全靠鸡蛋充饥，渴了就用凝冰化水吃。第二天才回到黔西。

到了县里，“文革”进行得轰轰烈烈。县委二楼被“红卫兵”占用，成了辩论的场所，县委门口贴满了大字报，有的领导被打成“牛鬼蛇神”，挂上了“牛鬼蛇神”的牌子，被造反派押着游街示众。“大鸣、大放、大字报、大辩论”的标语遍布全县，县和各区都相继被夺权，一切权力归新成立的革命委员会。各级领导干部有的被打倒，有的靠边站，农村在批判“三自一包”（自由市场、自留地、自负盈亏、包产到户）、四大自由（雇工自由、贸易自由、借贷自由、租地自由）的浪潮中，农民的自留地、开荒地被收回，家庭副业被取消，集贸市场被关闭。造反派喊出了“宁要社会主义的草，不要资本主义的苗”，踏踏实实搞生产的被视为“埋头拉车不看线”，作为“走资本主义道路”受到批评，严重挫伤了群众生产的积极性，又回到了物资紧缺的境地。1969年我从“五七”干校出来，到洪水公社工作，在大桥大队我亲眼见到50多岁的老太太背粪丢灰，年轻人坐在林里休息，无人敢说。不久，我到区里工作，再次饱尝了物资匮乏的困难。为好抓好生产，我将全区10多辆拖拉机组织起来，去大方、毕节运土豆来种，去贵阳运氨水来给苞谷施肥。由于群众积极性不高，仍是事倍功半。由于农业、农村工作偏离了正确的方针政策，造成了较长时期的物资困难。

1976年10月，“四人帮”集团被粉碎，长达十年的“文革”宣告结束。1978年党的十一届三中全会召开，全面纠正“文革”及其以前的“左倾”错误，把全党工作的重点转移到经济建设上来。广大农民和基层干部热烈拥护，他们大胆探索，从实际出发，改变生产“大呼隆”和分配“大锅饭”，长堰公社新河生产队率先搞了“包产到户”，全区先后推广。有的领导也想不通，说什么“辛辛苦苦几十年，一夜退到解放前”。老百姓针对这种思想十分不满，他们说：“上面放，下面望，中间有棵抵门杠。”1980年，邓小平多次对包产到户作了充分肯定。在新的形势下，黔西县纸厂区在1981年初就全部实行了包产到户。1983年，在深化改革中，将包产到户完善为家庭联产承包责任制，对农业和农村经济产生了深远的影响，成为农村改革最辉煌的一页。

在进行农村改革的同时，国家先后提高农产品的收购价格，降低农资供应价格，缩小农产品统购范围，发展多种经营，实施科技兴农，开放市场，开展扶贫工作。1984年，县委按照党中央和国务院的部署，撤销了人民公社，将公社改建为乡、镇。同年，取消了所有票证，结束了长达30年的票证历史，各种物资敞开供应。1985年，取消了农产品统购任务，改为合同定购和市场收购，农村的变革使农民的生产积极性得到了最大的释放，各种农产品产量大幅增长，满足了人民的需求，供给有余。

进入新世纪后，国家对农业、农村、农民连年加大支持力度。从2005年开始，免征了农业税。同时，对农村中小学实行义务教育，免收书学费。国家一方面加大对农业基础设施的投入，一方面对农民购买农机、种粮、养殖进行补贴，发展农村合作医疗，使老百姓看病同样能够报销。对困难农产实行最低生活保障。这些惠民政策的落实，使农村发生了翻天覆地的变化。今天的农民，和城里一样，享受着改革开放带来的精神文明和物质文明成果。

五里坡的变迁

五里坡，地处黔西县西南部，离县城近二十公里，是一个古老的地方。它头顶公鸡山，脚踏落圈岩，左连坡大祥，右靠熊家坝。在这几平方公里的缓坡上，当地人开垦种植，因缓坡很长，就取名叫“五里坡”。

红太阳照着我从五里坡走出来，工作已经40多年，故乡的山水至今历历在目。

新中国成立初期，这里着居住有布依族的谢家院和布依族、汉族混居的班家寨，总共不到20户人家，相处十分和睦团结，家家住的都是土墙房子，房子又矮又小，窗子不到一个平方尺，生活贫困。宪家大坡上生长着稀疏的大杉树，是200多亩的大草场。我童年时常在上面放牛、放马、割草。周围有谢家山林、班家山林、熊家山林、王家山林，长的全是高大的青杠树，此外还有王家竹林。每到秋天，人们就到山林里捡冻菌，是很好的食品。1954年，我背着“留心李”到县城南门大桥上卖，3分钱10个，卖完了走小路回家。五里坡真是山清水秀、绿树成荫，麻雀、喜鹊、乌鸦、画眉、斑鸠、红豆儿、野鸡、竹鸡、庆鸡、秧鸡、布谷鸟等在山上、林中飞来飞去，和人们共享大自然之美。那时，进城都没有公路，全靠人背马驮。只有一所中学建在田坝寨，寄种坝、化冲河的学生读到五年级，就要来田坝寨读书，每天来回要走10多公里小路，五里坡离学校还算近一点，来回也是5公里。那时十分艰苦，同学们买不起皮球，就用纸裹成皮球那样大，用麻线捆紧，晚上放在火边炕，白天带到学校里，下课时就在石凳上打，还进行比赛，看谁打的次数多。冬天，能穿着母亲做的一双布鞋上学，我就很高兴了，多数同学还是穿的草鞋。在那样的艰苦的环境下，教师关心爱护学生，还经常送学生到半路，学费收得也最低，学生捡桃核敲出桃仁卖的钱，交出书学费后还有余。学校的教学质量很好，学生学习努力，相当一部分学生后来相继参加了工作，现在遍布全省各地，有的还是县处级领导。

岁月蹉跎，历史悠悠，五里坡随着共和国的历史的发展，经历了清匪反霸、减租退押、土地改革、互助组、初级社、高级社、人民公社、大跃进、“四清”运动和“文革”。

在这些运动中，1949 年底至 1950 年初，由于新中国刚成立，在国民党残余势力的煽动下，全县发生了上万人的土匪叛乱，投诚的国民党保六团也叛变，在寄种杀害解放军代表 12 人。土匪在英雄桥攻打从金沙到黔西的人民解放军，从上午激战到黄昏，解放军一个排 26 人壮烈牺牲。土匪一方面攻打新生的人民政府，一方面对广大人民群众进行抢劫，五里坡的群众也深受其害。为了维护人民政权，维护社会安定，维护人民安全，党和政府开展了清匪反霸斗争，经过短短的时间，清除了土匪的危害，对被裹胁的群众进行了解救，巩固了新生的人民政权，恢复和发展了生产，党和政府深得人民群众的拥护。接着进行了减租退押、土地改革，使人民群众分到了田地，成了土地的主人，极大调动了人民群众生产的积极性，使经济迅速恢复和发展。翻身后的农民，为了克服困难，互相帮助，取长补短，发展生产，创办了互助组、初级社，农产品产量增加，人民生活改善，路不拾遗，夜不闭户，群众安居乐业。之后，由于头脑发热，在短短的两三年之内，相继组建高级社、人民公社和组织了“大跃进”，出现了严重的“一平二调”、虚报浮夸，深翻土地、大办食堂、筑土高炉、砍树炼钢铁，严重挫伤了农民的积极性，加上自然灾害，粮食大幅度减产，出现了

1959年、1960年的粮食困难的情况。五里坡的群众到下北海采蕨根，在周围采鹅二长、杉树皮等充饥，有的人就饿死在采蕨根的路上。那时我刚刚到区里工作不久，晚上赶夜路在路上都碰到死人，也不知道怕。党中央及时发现了这些问题，经过整风整社，解散了食堂，反对“五风一化”，纠正了“一平二调”在农村实行“三包四固定”，很快恢复和发展了生产。但是不久，又进行了“四清”运动和“文革”，很多基层干部被认为是走资本主义道路的当权派，挨批挨斗，情绪低落，生产发展缓慢，生活物资匮乏，群众生产、生活困难。经过党的十一届三中全会，纠正了“文革”的错误，坚持了四项基本原则，坚持了“一个中心，两个基本点”的基本路线，实行家庭联产承包责任制，进行了改革开放，五里坡也和全国农村一样，发生了翻天覆地的变化。

现在，五里坡左右的沙嘎坡和大水沟，过去都是上万亩的荒山，经过十多年的封山造林和管护，现在已经成林，形成了林海，山风吹拂、林海怒涛、鸟语花香、山清水秀、气候宜人，大大改变了生态环境。如今的五里坡，家家有电灯，很多人家有电视机、收录机，住房已经全部新建，在五里坡白吉坝修建了落圈希望小学，高大的教学楼在几公里以外的地方一眼就能看到，学校门口的运动场、篮球场全用水泥石砌成，从一年级到六年级近600名孩子就近入学，最远的学生离校也只有3公里左右。原来的田坝寨，是乡政府所在地，从过去只是熊廷春、结巴五爷两户地主住的地方，现改建成了一个集镇，赶集时十分热闹。除了新建了小学和中学，田坝寨还用上了自来水，安装了闭路电视，街道正在灌水泥地面，楼房拔地而起。在五里坡几公里的地方，有乌江的龙头电站洪家渡，去年11月开工建设，是西部大开发拉开序幕的地方，装机54万千瓦，蓄水50亿立方米，水面80平方公里。武警水电、水电八局、水电九局的建设大军昼夜施工，机声隆隆，灯火辉煌，一派繁忙景象，2004年全部建成发电。由于洪家渡电站的开工建设，县城至库区的柏油马路已经建成，就从五里坡穿过，昔日的小路，人背、肩挑、马驮的历史已成为过去。在施工区还形成了一个初具规模的集镇，带动了五里乡经济的结构调整，促进了农村经济和社会的快速发展，加快了农民脱贫致富奔小康的步伐，可以断定，五里坡的明天会更加美好。

2001 年 8 月 1 日

多做工作 促进和谐

2011 年是实施“十二五”规划的起步年，加快社会经济的发展，是上上下下的共识。当前，中国社会在转型，经济在转轨，改革在深化，工业化、城镇化建设在发展，各种新情况、新矛盾、新问题不断暴露出来，新的利益格局带来了很多不和谐的因素，都需要我们去做认真、细致的工作。有关领导在不同的场合多次强调：干部要干。干部不是医生，不是老师，他们是党的方针政策的宣传者、执行者，是社会事务的管理者、服务者，是人民群众的工作者，是为人民服务的。国家机关干部的职责就是要多做工作，解决问题，化解矛盾，促进和谐，保障各项建设事业快速、健康、持续发展。

多做工作，必须熟悉党和政府的方针政策。早在革命战争年代，毛泽东同志就谆谆教导：一个革命党的任何行动都是执行政策，不是执行正确的政策，就是执行错误的政策。今天，我们取得的每一个胜利，无不是贯彻执行政策的结果，正确的政策要得到很好的贯彻执行，必须认真学习，认真钻研，吃透政策，把握政策总的精神，结合实际，贯彻好、落实好、兑现好政策，做到讲政策不死搬硬套，强调实际不脱离政策原则，不断章取义，不信口开河。只有熟悉各方面的政策，才能贯彻好、执行好。现在的涉民政策，特别是惠民政策，都是“阳光政策”，群众在学习，也在钻研，这就要求每一个国家机关工作人员必须加强学习，一讲学习，很多人都说忙得很。谁会比毛泽东主席忙，他一生中看的书最多，其中作出批注、圈画过的就达四五千册。无数老一辈革命家，环境艰苦，条件差，他们大多数没有闪闪发光的文凭，但个个文能提笔成章，武能指挥千军万马，靠的就是学习。现在的条件这么好，以“忙”障学，不愧对吗？

多做工作，必须了解情况，这是进行工作的基础。要掌握和了解情况，弄清问题，就必须到第一线去，到实践中去，到群众中去，进行调查研究。对一些问题，由于人们的位置不同，水平不同，方法不同，视线不利，看法也不同。所以不能只看材料，只听汇报。对于送阅的材料，听取的汇报、亲作的调查，要进行认真的分析思考，看符不符合实际，符不符合情理，科不科学，达到去伪存真，使问题的处理符合人民群众的心愿，符合党的方针政策，经得起历史的考验，给群众留下美好的回忆，不要成为群众指责的对象。

多做工作，要注意工作方法。方法对了，问题解决，矛盾化解，凝聚了人心，促进了和谐，达到了“一语解千愁”，方法不对，问题得不到解决，把单纯的、小的问题复杂化，激化了矛盾，人心向背，破坏了和谐。延安整风时期，许世友因为是张国焘的部下，挨整被关。毛泽东见到他的第一句话就是：“许世友，你受了很多苦。”一句话，感动得许世友席地而跪，此后，他成了毛泽东最忠实的追随者之一。工作方法没有现成的，要靠在实践中不断的摸索，善于吸收。对不同的人做工作，应有不同的语言表达方式，把话讲在人家心坎上。有的人讲话，贴近实际，贴近情理，深入浅出，人家爱听，听得懂，得到群众的好评。有的人讲话，大道理多，官话多，原则话多，甚至言不对题，群众不爱听，听不懂。这种人去做群众工作，往往几句话不对头，就行成了“癞蛤蟆烤火，撑起的。”因此，做工作要细心，要耐心，不厌其烦，用真情感化人，密切和群众的关系。工作做好了，人家感谢党和政府，树立了党和政府在群众中的威信。粗暴的工作方法，哪怕你出发点是好的，心也是好的，但人家接受不了，遭到了群众的反对，恶化了群众关系，给党和政府抹了黑。我们一些干部，由于工作方法不对，不是化解矛盾，而是激化矛盾，最后，工作不少做，钱不少花，在社会上造成了极坏的影响，把“鱼水关系”，变成了“对立关系”。难道不应该吸收经验教训吗？我们一些领导干部，讲文凭有文凭，讲职务有职务，讲权力有权力，讲车子有车子，讲办公设备有设备，什么条件都很优越，就是在做工作时，有话跟群众说不下去，跟老同志说不上去，跟学生说不过去，出现了“工作条件现代化，工作一般化，效率低率化”，原因就是工作方法欠妥。

多做工作，要敢说真话，敢听真话。工作就是要解决问题，达到目的。为此，如实反映问题，敢于正视问题，才能实事求是地把问题解决好，促进稳定与和谐，使工作的目的达到。讲真讲、听真话，是共产党人的天性，为真理而献身是千千万万共产党人的生命写照。讲真话，听真话，把好事办好，把实事办实，是每一个国家干部的本分。就拿当今社会办实事来讲，每一项任务的下达，是针对多数地方的实际来讲的，但并不是所有的地方的实际情况都一样。因此，讲真话、听真话，一切从实际出发，结合实际贯彻执行党的方针政策，切实解决实际困难，把事情办好，才能得到群众的拥护。如果把好事办成了不方便群众，甚至增加群众负担的坏事，虽然老百姓当面不敢讲，心里却是反感的，这种花钱、费力讨骂的现象并不少见。不少的人为了自己的仕途升迁，看领导的脸色行事，尽量察言观色，迎合领导，不讲真话，群众说他们三大作风学得“好”，那就是“理论联系实惠，密切联系领导，表扬与自我表扬”。这样的干部很“聪明”，“规划规划，边吹边画，纸上画画，墙上挂挂，做个摆设，规中不规，划中有话”。有的外出视察，连基层领导都挨不了边，何谈接近群众，听取群众呼声。有的领导下乡检查工作，看了、听了，明明知道不可能，喜爱好大喜功，不指出，不批评，不纠正，而是对“工作”加以肯定，导致一些问题一错再错。类似问题，历史的经验值得注意。说假做假，不仅得不到制止，而是愈演愈烈，群众对此深恶痛绝。说假话的绝大多数人都是违心的，不得已而为之，是上级一些领导不喜欢听真话所至。因为真话比假话难听，真话比假话难懂，真话不像假话悦耳动听，假话不刺耳，真话刺耳。要听到真话，领导要养成爱听真话的习惯，营造讲真话的氛围，大兴实事求是之风，鼓励讲真话，才能把实事办好。一个人如果注意观察和回顾，就不难发现：处逆境时易听到真话，处顺境时难听到真话；沉沦时易听到真话，春风得意时难听到真话；无权时易听到真话，有权时难听到真话；不在位时易听到真话，在位时难听到真话。只有被假话坑苦，才知道对真话的爱惜。这样的事情，在“大跃进”和“三年困难”时期经历多了，教训深刻。

多做工作，把党的惠民政策落到实处。改革开放以来，我们党高度关注民生，实施了一系列的惠民政策，充分让人民群众享受改革开放的成果。这些惠民政策，需要各级干部特别是基层干部去落实。首先要把惠民政策公开，让群众知道，让群众参与，让群众评议，让群众监督。其次要坚持公平与正义，不能优亲厚友，不能把惠民政策作为特权，想给谁就给谁，该享受的人得不了，不该享受的人享受，这样做的结果毁坏了党的信誉。再其次是要有一颗甘为群众办事的心。我们党的基层干部，包括村民委员会和社区的干部，其职责是要贯彻执行党的方针政策，把为民的实惠办好，不能对群众吃拿卡要，不送钱、不送物、不得好处不办事的行为必须坚决制止。一些地方的危房老是得不到改造，一些该低保的不低保，一些该医疗救助的不救助，无不与工作相关。因此，对干部特别是对基层干部的教育、监督、检查、管理十分重要，不能姑息迁就，养虎为患。群众看我们党，是从身边事、身边人、事关自己的事情看的，只有把工作做细、做好、做扎实，使问题得到解决，干群关系改善了，凝聚力增强了，社会和谐了，事业发展就加快了。

2011年6月29日

沧桑巨变

2011年，是中国共产党成立90周年。在中国共产党的领导下，始终坚持全心全意为人民服务的宗旨，保持三大作风。中国共产党经过土地革命战争、抗日战争、解放战争，打败了日本帝国主义，打垮了蒋家王朝，建立了中华人民共和国。新中国成立后，党教导全体党员和干部，始终保持了艰苦奋斗、谦虚谨慎、不骄不躁的作风，领导全国人民进行了轰轰烈烈的社会主义建设，在上个世纪50年代，城镇、农村出现了夜不关门、道不拾遗的太平盛世。

社会主义是中国人类历史上的伟大事业，新中国成立后的62年中，党领导全国人民进行了大胆的探索，在改革开放前的社会实践中，我们党进行了多次尝试，总结了历史经验，纠正了错误，在1978年党的十一届三中全会上，作出了改革开放的正确决策，以经济建设为中心，集中精力搞建设，一心一意谋发展。改革开放以来，我们坚持了邓小平理论、“三个代表”、科学发展观，坚持以人为本，造福人民。今天，实现了国家富强、人民富裕，全国人民总体上进入了小康生活，发生了翻天覆地的变化。

今日黔西，是一个近90万人口的大县。黔西县社会经济的发展，特别是近10年来的发展，可称之为沧桑巨变。

一、交通建设快速发展

交通是发展的载体，要致富，先修路。没有快速发展的交通，其他的发展就受到制约，这是黔西人民的深切体会。在漫长的历史长河中，黔西人民的出行就是靠的步行，运输就靠人背马驮，行走的都是“毛狗小路”。在清代以前的上千年中，运输道路只有1米左右宽的石阶路。民国16年，经省政府安排，黔西县政府下令，调集4 000多名民工，修建清毕路黔西段，东起鸭池河，西至西溪河边，全长71公里，路基宽5～8米，历时5年才修成，直到民国24年才通车。但整条公路坡陡、路面窄、急弯多，公路质量差。新中国成立后，为了保证汽车运输畅通，县人民政府于1950年、1956年以民工建勤方式，先后整修了清毕路，改陡坡、改急弯、扩路面，1974年以后，改泥石路面为渣油路面，到1985年，日车流量突破了1 000辆车次。

为了改善交通情况，县委、县政府组织和带领全县人民，在没筑路机械的情况下，坚持自力更生、艰苦奋斗，硬是用大锤、钢钎、锄头、背篼、挑撮，在1954年冬天开工建设修通了黔金公路。从1953～1956年，组织修建了桂箐至谷里、至钟山、至协和的公路。1958年，仅用一年的时间，修通了城关至沙窝、雨朵、谷里、甘棠、纸厂和黔金路至中坪的公路，区区通公路的愿望终于实现。到1965年，全县公路里程326.7公里。

直到“文革”前，区和多数公社虽然通了公路，但路差，车少、车不好，广大农村运输靠的还是人背马驮，客车少得稀奇。1951年，贵阳至毕节每星期才对开一班，从贵阳开到黔西就要一整天。直到1966年前，客车每天从贵阳开毕节、大方、黔西各一班。去毕节地委党校学习或开会，很难赶上客车，多数时间都是背着行李走路去。从县的领导到工作人员下乡工作，全是步行。到十一届三中全会前，全县才有货车320辆，大中小型客车247辆。

对交通难我有深刻体会。1965年，我们去毕节清水铺搞“四清”工作，县委领导和400多名工作队员都是乘坐大货车，100多公里路从早上乘车到天黑才到清水铺。后来转到纳雍乐治区搞“四清”工作，到1966年冬天，因开始“文革”，决定撤除工作队，各自回县。天寒地冻，没有车，只有走路，经过两天的步行，才回到县里。“文革”中，县委书记王朝彬带着我们去湖南参观社办工业。我们从湖南回来时，火车上拥挤不堪，很难找到座位。好在车厢里没有摸包扒窃，人们都热情友好。一位妇女还把她小孩坐的小板凳主动拿给我们的县委书记坐。1974年，我们的地委书记石双琪带着我们去参观“农业学大寨”的典型——沙石峪，乘坐贵阳到北京的火车就需要三天三夜。

改革开放以来，特别是1998年以来，黔西县的交通建设驶入了快车道，发展迅速，变化惊人，促进了黔西社会经济的发展，给全县人民带来了实实在在的实惠。1998年秋季开工建设的贵毕高等级公路，在境内长63.85公里。这条公路的建成通车，成了西南出口的必经之路，带动了全县沿途乡镇的发展，缩短了黔西到贵阳的时间，去贵阳来回的时间从过去的10多个小时减少为现在的3个小时左右。黔金路改造成了沥青路，新修了黔西至百里杜鹃、黔西至织金的柏油路，使黔西走出去的公路四通八达。现在，全县各乡镇都通了柏油路，“晴天一路灰，雨天一路泥”的状况一去不复返了。村村通公路已经实现，一部分村公路还变成了沥青路，大部分村寨通了班车。全县公路总里程从2005年717.9公里增加到2010年的1 466.2公里。公路畅通，加快了流通，加快了车辆的增加，全县大中小型客车1987年才247辆，2002年发展到1 248辆，2004年增至1 725辆，现在已经突破了2 000多辆；货车1987年才320辆，1999年发展到825辆，2005年突破千辆，达到1 063辆，现在总数已接近2000辆。黔西县城的公交车，出租车从无到有，现有公交车有20多台，出租车近300辆。

交通带来的实惠有口皆碑。全县最边远的乡村，过去进城办事来回要两三天，现在当天就可往返。从城里去贵阳，来回一趟过去要两天，现在只要几个小时。新疆的葡萄、山东的大枣、海南岛的玉米、罗甸的蔬菜，运到我们黔西市场仍是新鲜的，生活物资应有尽有。过去坐飞机要县团级证明，一般老百姓有钱你都坐不了，火车又慢又挤。现在出行，县城就有飞机、火车售票点。特别是飞机，有身份证就可订票，还可网上订购，真是太方便了。火车普遍提了速，从贵阳到北京从过去三天三夜、后来的三天两夜减少到现在的 20 多个小时，今后高速列车开通，七八个小时就到了。去年我去北京过春节，两个多小时就到贵阳机场，空中飞行两个多小时就到了北京，从过去的几天几夜缩短到现在的几个小时，“千里江陵一日还”变成了现实。在北京期间，我还乘坐高速列车去了一次天津，京津 230 多公里路 30 分钟就到了。列车只有准点，没有晚点，车上只有坐客，没有站客，上下车十分方便，进出车厢和在家里走路一样，即使脚手不方便的老人和小孩也可自行进出列车。车里十分舒服，没有火车的轮响，没有飞机发动机的声音，没有颠簸，十分平稳，每节车厢的荧光屏上随时都告诉你当时当地的车速、车内温度、车外温度，使乘客清清楚楚。

二、从农业大县迈进了工业强县

黔西县是一个农业大县。民国 38 年，全县共有耕地 71. 8 万亩，其中稻田 12. 7 万亩，人均 2. 43 亩，单产 82. 5 公斤，粮食总产量 3 617. 67 万公斤，人均 196. 5 公斤。新中国成立后，党和政府高度重视农业，从资金、农具、耕畜、种子、农业技术等方面进行扶持，农业发展很快，到 1957 年，粮食产量达到了 9 952 万公斤，单产达到了 115. 5 公斤，人均 300. 5 公斤，实现了丰衣足食。从 1957 年到 1978 年，在长达 21 年的时间里，由于天灾和人为因素等，发展缓慢，粮食产量从近 1 亿公斤才上升到1.34亿公斤。那时的工业基本上都是一些手工业，以后建成了小磷肥厂、小氮肥厂、小榨油厂，年发电474万度的小火电厂、设计年产原煤9万吨（实际只产3万吨）的化窝煤厂、装机几百到1600千瓦的小水电厂，这些企业的建成，促进了经济的发展。到1979年，工业总产值674.9万元，上交税金34.4万元。党的十一届三中全会后，特别是进入本世纪以来，农业得到了长足的发展，到2007年，粮食总产量达到了3.5亿多公斤。

在抓好农业基础的同时，着重抓了现代工业的建设，在2001年以来的这十年间，黔西从农业大县迈进了工业强县。东风电站始建于1984年冬，1994年首台机组发电，水库总容量10.25亿立方米，1995年建成，3台机组装机60万千瓦，1998年经过国家验收，2003年开始进行增容改造，2005年改造完成，装机达到了695兆瓦。洪家渡电站是经国务院批准并于2000年11月开工建设的乌江龙头电站，开工典礼上，宣读了国务院总理朱镕基“西电东送工程的开工标志着西部地区大开发拉开序幕”的贺词，库容总量49.25亿立方米，库容80.5平方公里，2004年10月首台机组发电，2005年全部建成投产，装机600兆瓦。索丰营电站于2007年7月开工建设，库容量2.01亿立方米，2005年8月，第一台机组建成发电，电站装机600兆瓦。黔西火电厂位于甘棠谢家坝，距县城15公里。为了争取黔西火电厂开工建设，县委、县政府紧紧抓住发展机遇，从1999年至2003年的这五年期间作了大量的调查取证和完整的科学论证，经过艰苦不懈的努力，落实了火电项目，还争取到了5%的法人股份，首开全省电力建设融资先河。2003年5月破土动工，2005年10月首台机组发电，2006年3月全部建成投产，把“天方夜谭”变成了现实，四台机组装机1 200兆瓦。厂区占地42.55万平方米，电厂安装了脱硫设备，采用低氮燃烧技术，污水排放设化学废水处理池和生活污水处理站，达标排放，大大降低了对环境的污染。建成了蓄水 2 870 万立方米的沙坝河水库专供电厂用水。据统计，以上四个电厂 2007 年的发电量就达 86. 43 亿千瓦时，为相关地方和国家建设用电作出了贡献。

在申办火电厂的同时，积极对煤炭资源进行勘查，弄清了煤炭资源情况，远景资源量达到了 70 多亿吨，已探明的煤炭储量从“文革”前的 7 248 吨上升到 25. 8 亿吨，建成了青龙、新田等一批百万吨以上的现代化煤矿，原煤产量从上个世纪 80 年代的年产量 44 万吨上升到 2005 年的 625 万吨，2010 年达到了 1 371万吨。

在建成能源基地的同时，建成了毕节试验区黔西承接产业转移基地——岔白工业园区和黔西循环经济产业园区——甘棠工业园区，两个园区占地面积 55 平方公里，引进项目入驻 28 个，总投资 100 余亿元，2010 年两个园区工业总产值达到了 22. 5 亿元。永煤煤机厂、阳光电器厂、永城光大矿山设备有限公司、永贵机电制修有限公司、年产 30 万吨乙二醇煤化工项目、香港森士集团服装厂等已落户两个园区。

今天，黔西已经从农业大县迈进了工业强县。工业的发展，强了县、富了民，为城镇的发展，为农民转移就业、进城落户提供了条件。2010 年工业增加值为 22. 97 亿元，是 2005 年的 3. 26 倍。财政收入从 2001 年的 11 580 万元上升到 2010 年的 12. 28 亿元，财政总收入中有 51. 1% 来自工业，改变了过去“农业大县、财政穷县”、“农业财政、烤烟财政”的状况。农民人均纯收入从 2005 元的 1 900 元增至 2010 年的 3 391 元，城镇居民可支配收入从 2005 年的 6 237 元增至 2010 年的 14 295 元。这些都充分说了“无工不富”的道理。

三、城镇建设日新月异

黔西县城历史悠久。明洪武十五年开始建成，城周围九里，后明亡城毁。清康熙二十五年重建，一城内有四条街，街宽3～5米，所有房屋均为青瓦房或土墙茅草房。民国25年一场大火烧毁了一半房屋，以后逐年修建，木架房、小青瓦房和青砖瓦房才逐步增多。民国30年才将大府坝中间一排房子拆除，街道略有扩宽。几百年的时间，城建没有多少变化，直到1949年，县城才有房屋建筑87 179平方米，占地面积1.67平方公里。

新中国成立后，党和政府在抓经济和社会建设中，十分关注县城的建设，据1985年的普查统计，城区共有房屋768 100平方米，是新中国成立前的8.1倍，其中，新中国成立前的建筑占11.35%，上个世纪50年代的建筑占8.72%，60年的建筑占15.02%，70年代的建筑占32.27%，80年的建筑占32.65%。从建筑结构看，钢混结构的占1.24%，砖混结构的占50.83%，砖木结构的占25.76%，二至三层的楼房占53.3%，四至六层的占9.3%。城区大街增至8条，扩修了全长2.5公里，东起金黔路，西至西门桥头的大街，横穿了全城，成为主要商业区。1975年将主要的8条街道修了柏油马路，到1985年城区所有街道全部修成了沥青路或水泥路，安上路灯。

城镇建设总是随着社会经济的发展而发展的。从全县城镇建设的发展就可看出全县社会经济在各个时期的发展。进入新世纪以来，随着经济社会的快速发展，城镇建设的发展日新月异，县城面积从2005年的6.12平方公里增至2010年的9.5平方公里，县城人口从12.63万人增至15万多人，城镇化率从2005年的15%增至2010年的33.1%，今天的黔西，二三十层的高楼林立，已像一个现代化都市，不仅给来黔西的客人留下了深刻的印象，还受到了吴邦国委员长的称赞。

现在的黔西城，建成了行政中心大广场，面积达25 000多平方米，可容纳上万人的大型集会，前年中央六部委下乡的起步活动都是在行政中心大广场举行的。还在县城中心地段建成了大转盘广场和东门小广场，供人们休闲娱乐。将古老狭小的水西公园改造成仿古建筑的大型公园，给人们提供了游玩的地方。新建和扩建城市道路20多公里，其中有宽46.8米，长2.2公里的莲城大道和宽25米，长1.73公里的水西大道，这两条大道均已成为十分热闹的商业区，还有宽30多米的迎宾大道、里沙大道、文化大街等。新建了甘棠街、燕山街、十六米街、十米街、步行街、移民街、黔洪街，治理了6.5公里县城河道，修建了污水处理厂，并已投入使用，使污水达标排放。建成了环南安区小区、水西园、黔龙新城等20多个居住小区。县城设施配套齐全，有大小农贸市场十几个，大小超市几十个，医疗机构从两个公办医院发展到公办民办医院10余个，幼儿园从1所发展到8所，小学十多所，中学从4所发展到了公办民办中学9所，其中公办的黔西一中和民办的水西中学均已成为省的示范高中。整个黔西县城白天车水马龙，夜晚灯火辉煌，一片繁荣景象。根据省委、省政府“十二五规划”，要求黔西建成50万左右人口的中等城市。为此，修编后的城区规划宽8.2公里，长8.1公里，总面积39.6平方公里，城市建设正在向着这个目标扎扎实实推进。

在加快县城建设的同时，大力抓好集镇建设。近十年来，是全县集镇建设最快的时期，把原来的乡场沙窝、雨朵、大关、谷里、林泉、重新等改造成居住人口几千至万人左右的集镇，五里、洪家渡、甘棠、素朴、红林、长堰、钟山、太来、绿化等新建集镇形成了规模。所有集镇均实现了沥青路面或水泥路面，安装了路灯，饮上了达标自来水，街道卫生清洁，一些集镇还修建了休闲广场，供人们锻炼、娱乐，有的修建了农贸市场，有的修建了车站，有的修建了老年活动中心，医院、学校、幼儿园、广电、通讯等服务设施齐全，集镇上的人们同样享受都市人们的生活。

四、人民生活蒸蒸日上

坚持以人为本，改善民生，为民造福，是我们工作的出发点和落脚点。改革开放越深入、越发展，人民得到了实惠越多，生活越好。经过62年的艰苦努力，我们战胜了艰难困苦，逐步发展壮大，人民生活逐步向好。改革开放后，特别是近十年来，是人民生活变化最快的时期。农民人均纯收入1990年为335元，1995年为717元，2000年增至1 211元，2005年为1 990元，2007年为2 530元，2010年达到了3 391元。城镇居民可支配收入1990年为1 158元，1995年为2 420元，2000年为4 107元，2007年增至10 100元，2010年达到了14 295元。收入的增加，增强了购买力，手表、手机、彩电、冰箱、洗衣机、家用电器等基本上已经普及，超市从城市发展到农村，商品琳琅满目，价廉物美，应有尽有，主产的玉米经过转换增值，绝大部分农家都吃上了大米。居住条件得到了很大的改变，从2006年开始，投入几千万元，对农村茅草房和危房进行改造，到2010年为止，共改造茅危两房28 990户。今天，当你乘车行驶在清毕路、贵毕路、黔织路、黔金路以及到各乡镇的公路两旁，新修和改造建成的黔北新居遍布村落、寨子，一派新兴向荣的景象。读书不要钱，小学入学率达到了99.69%，初中入学率达100%。农村老百姓和城镇居民实现了看病可报销的愿望，新型农村合作医疗参保率达了92.9%，城镇居民医保参保率达到了90%。

今天，不论是在乡下的村寨、农家，还是在城镇的大街小巷，谈到黔西的变化时，他们都说：只有在中国共产党的领导下才能实现。

2011年4月15日

农民要求多开群众会

农民要求多开群众会，是想通过会议及时了解党的方针政策，了解良种信息和栽培技术，了解市场行情和致富经验，以便进行生产和经营。由于目前农村的文件、报纸不能按时送达是普遍现象，致使很多以文件形式发出的紧急通知不紧急，报纸登载的新闻成旧闻，造成“文件进箱”（锁在箱里）、“报纸上墙”（贴墙壁）。因此，只能利用广播、标语、宣传车等形式进行宣传。但是直接到村到户的广播线路几乎没有，绝大多数农民听不到广播，标语内容太简练，宣传车一跑而过，知头不知尾。群众对这种花钱得不到良好效果的做法不满意。

为什么会出现农民说会开的少，而村干部说群众不愿意开会呢？据调查，农村开会一是把上级的文件和领导的讲话原文照读，一些领导的讲话少则十几页，多则几十页，长篇大论，读的人读得人口干，听的人打瞌睡，使参加会议的人抓不住要领。二是到会的领导干部个个讲话，所讲的又多是大话、空话、原则话，大同小异。三是讲到要群众去做的事，比如讲科技兴农，就要求沿公路沿线，一边种油菜，一边种小麦，或一边种烤烟，一边种粮食，不考虑土地及生产农户的劳力、技术、投资等差异强行搞一刀切。四是宣布的奖惩措施往往是该罚的罚了，该奖的又不兑现，失信于民。会风问题不解决，农民要求多开群众会的目的达不到，言之无物的会农民群众是不愿开的。

我认为，农村要召开好群众会，有几个问题是要认真加以解决的。一是传达上级的文件和领导的讲话的人首先要看阅几遍，把精神吃透。传达时，除非要原文传达的照原文宣读以外，主要是把精神向群众讲解清楚。其次是传达文件要和实际情况结合起来，讲得生动活泼，使人听后感兴趣，有收获。三是会议主题要明确，中心要突出，会议时间要短。主讲的领导应认真作好准备，寓政策、原则于具体的讲活之中。四是开会时，围绕农村经济发展状况和促进农民增收，因时、因地制宜，一切从实际出发，量力而行，使群众听后入情入理，切实避免盲目性、主观性、片面性、随意性。对于农业适用技术的推广，要按照试验、示范、推广的原则进行，不能单纯采取罚款等强制手段，追求形式和表扬，往往事与愿违，加剧了干群关系的紧张。五是选定的奖惩措施，要有利于促进工作的开展，促进经济的发展，便于操作执行，能够兑现，该奖的奖，该罚的罚，取信于民。六是针对当时当地群众关心的问题，采取具体有效的措施办法，认真加以解决。

希望农村基层组织认真听取群众呼声。

不发达地区应着重抓好家庭集约经营

不发达地区如何解决温饱问题，启动商品经济的发展，实现脱贫致富，有识之士提出了很多对策。笔者认为，要启动商品经济的发展，当前，不发达地区应着重抓好家庭集约经营。

一、家庭联产承包责任制是我国农业生产责任制的主要形式，家庭经营将是我国农业在相当长时期的主体，是农村经济的重要组成部分，也是我们工作的基点。以 1986 年为例，贵州黔西县农户家庭经营的农业，其产值占全县农业总产值的 74%。具体到乡村，家庭经营产值占的比重更大。如桂箐乡桂箐村，1986 年农户家庭经营产值占全村总产值的 86.56%。可见，家庭经营在整个农村经济中有着举足轻重的地位。

二、只有抓好家庭集约经营，才能脱贫致富，发展农村经济。目前，黔西县还有年人均收入不足 200 元、吃粮不到 350 斤的贫困户 6.262 万户、30.42 万人，分别占全县农村总户数和总人口的 46.2% 和 49.4%。这部分农户贫困的原因很多，但最重要的是没有实行集约经营，而且粗放种植，粗放养殖，粗放管理，粗放经营。因此，必须把出发点和落脚点放在集约经营上，调动千家万户的积极性，使家庭经营实现生产要素优化组合，家庭资金得到合理安排，家庭成员的生产特长和技术知识得到充分发挥。开发种植、养殖、加工等形式多样的家庭经营经济结构，互补互助，不致因灾害造成家庭收入的大起大落，能够使家庭经济稳步发展。

三、我国农业尚处在开发时期，家庭集约经营的潜力很大。当前，农村家庭经济的发展，由于经营的水平不一，户与户之间在粮食、经济收入上悬殊很大。黔西县有的农户实行科学种田，选用良种，精耕细作，亩产水稻700多公斤，亩产苞谷500多公斤，每亩耕地产出600多元。但绝大多数农户都是粗放种植，广种薄收，单产低、产值低，全县平均亩产水稻247.5公斤，苞谷199公斤，平均每亩产值才150多元。如在此基础上，每亩增产50公斤粮食，增加100元产值，全县即可增产粮食2 500多万公斤，增加产值7 000多万元。因此，当务之急是要采取得力的措施，变粗放经营为集约经营，科学种田，精耕细作，提高单位面积产量。

四、家庭联产承包责任制的稳定和完善，为抓好家庭集约经营创造了有利条件。通过深化农村改革，用合同形式完善了各项承包责任制，用政策鼓励集约经营，这就能使农户有承包项目的稳定感和责任感，促使他们增加对土地的投入，改善农业生产条件，增强农业后劲。

总之，只要抓好家庭集约经营，农村经济的发展才能保持持续和稳步增长，农民才能脱贫致富，整个农村才能逐步富裕起来，推动整个经济建设的发展。

从油菜下田看示范效应

黔西县今年稻田油菜育苗移栽 10 万亩，占稻田面积的 76.9%，占油菜播种面积的 40%，全部实现了杂交良种化，长势十分喜人，呈现出一派丰收景象。

过去，我县的 13 万多亩稻田基本处于冬闲，秋收过后经过翻犁，有水源的就“泡冬”，无水源的就“抗冬”，“九月犁田一碗油，十月犁田半碗油，冬月犁田光骨头”的民谣在田坝地区人人皆知。在 1989 年前，只有中坪等少数田坝的部分稻田种了油菜，而且都是老品种，产量很低，每亩不过百把斤。从 1990 年起，引进了“秦油 2 号”杂交油菜种在中坪镇中坪村、金碧镇张家桥村试种，获得了成功，亩产达 200 多公斤，最高的达 290 多公斤。随后在中坪、金碧、谷里、雨朵等田坝推广，收到了很好的效果，深受群众欢迎。金碧所在地的原沙窝区委的一位老书记赞不绝口地说：“从来都没有看见油菜，长得像镰刀把这样粗。”当时普定县农业局长组织前来金碧参观后深有感慨地说：“在海拔 1 200 多米的地方种植‘秦油 2 号’，我们想都没有想过。”之后，县政协又在金碧镇张家桥村和万家寨村组织连片种植了 1 500 亩以“黔杂 185”为主的稻田油菜高产示范区，平均亩产 205 多公斤。但是，在灌溉条件比较好的凤凰、白泥、洪水等田坝仍然没有推开。1995 年，县政协在凤凰的湾角龙潭动员了 3 户农民在烂田里面起垄种植了 8 亩杂交油菜，由于加强了指导和管理，长势很好，组织了参观和验收，亩产 200 多公斤，种的农户得到了实惠。未种的农产看在眼里，第二年扩大到 50 多亩，现在凤凰田坝 2 000 多亩稻田全部种上了油菜，农产从过去的每亩“冬闲”田里获得了四五百元的收入，仅此一项，人均增收100多元。目前，全县杂交油菜育苗移栽已向旱地发展，成为农民增收的重要来源之一。

水库移民调查与思考

西部大开发，迎来了“西电东送”。西部地区丰富的水资源得到了陆续的开发利用，一座座大中型水电站相继开工建设，像火车头一样拉动了地方经济的快速发展，加快了西部地区脱贫致富奔小康的步伐。

每一个水电站，水库淹没区和电站施工区的农民都需要搬迁出来。因此，做好移民工作，让移民搬得出、住得下、稳得住，提高和改善他们的生产、生活条件，使之安居乐业，十分重要。

每一个水库的移民，各级地方党委和政府都按照前期搬迁、后期扶持的原则，做了大量的工作，移民也做了应有的贡献，总体情况是好的。但是，由于移民政策、移民补偿、移民安置、移民工作等方面存在一些问题，造成移民上访，甚至发展到移民聚众的情况也时有发生。黔西县洪家渡电站，2000 年 11 月开工建设，是西部大开发拉开序幕的地方。水库淹没区涉及黔西、织金、大方、纳雍四个县的 22 个乡、118 村、397 个村民组，淹没耕地 62 525 亩，其中水田 18 118 亩，旱地 44 407 亩，林（园）地 9 511 亩，需拆迁各类房屋 79 万平方米，需搬迁移民 46 025 人。2001 年 10 月电站截流，2004 年首台机组发电，2005 年建成投产，向广东送电。电站建成后，水库蓄水 50 亿立方米，库容 80 平方公里，装机 54 万千瓦，年发电量 16 亿千瓦时。电站除本身的效益外，将大大提高和增强乌江流域梯级开发的综合效益。由于电站围堰截流，1025 水位线以下的 12 000 多名移民需在 9 月底前全部搬迁出来。在移民搬迁工作中，开始时，移民抵触情绪较大，部分淹没区的群众对被淹没的实物指标不配合核实，以致无法填写实物补偿手册。进而发展到解释不听，会开不成，从4月26日起，移民开始到电站施工的公路上静坐，从开始的每天上千人发展到以后的每天几千人，甚至在公路旁埋锅造饭，晚上移民轮流值班，禁止一切车辆通行，造成整个施工工地全部停工。直到5月8日，才将移民疏散，5月9日才恢复通车，恢复施工。此事给国家、给库区群众造成了严重的经济损失。

究其原因，一是政策不配套。1991年1月25日国务院第十七次会议通过的《大中型水利水电工程建设征地补偿和移民安置条例》指出：征用耕地的补偿，为该耕地被征用前3年平均产值的3至4倍。每一个需要安置的农业人口的安置补助标准，为该耕地被征用前3年平均年产值的2至3倍。1998年8月29日第九届全国人民代表大会常务委员会第四次会议修订的《中华人民共和国土地管理法》指出：“征用耕地的土地补偿费，为该耕地被征用前3年平均产值的6至10倍。征用耕地的安置补助费，按照需要安置农业人口计算。需要安置的农业人口数，按照被征用的耕地数量除以征地前被征用单位平均每人占有耕地的数量计算。每一个需要安置的农业人口的安置补助费标准，为该耕地被征用前3年平均产值的4至6倍。但是，每公顷被征用耕地的安置补助费，最高不得超过被征用前3年平均产值的15倍”。土地管理法已经修订，移民安置条例未修订，出现了移民安置条例规定的土地补偿费和土地安置补助费标准大大低于土地管理法规定的情况。移民提出：“是法大还是条例大，为什么不按土地管理法执行?”使从事移民工作的同志很难解释。二是实物补偿标准偏低且不尽合理。如洪家渡库区淹没的房屋每平方米的标准为：砖混结构的私房280元，公房326元，砖木结构的私房235元，公房255元。移民提出，被淹没的私房、公房都是房，补偿标准为什么不一样？而且，就私房的补偿标准，移民到新的地方建房，补偿的钱，购买宅基地后，显然就不够建房了。移民被淹没的畜圈，每修一个圈坑，少则百元，多则一两千，上面还要修房子，但补偿标准却确定为杂房，每平方米补偿100元，严重脱离了实际。在房屋补偿中，集镇房屋补偿和农村房屋补偿都是一个标准，但集镇住房绝大多数房屋面积比较小，没有院坝，没有围墙，没有保坎，房屋前后没有林木，但房屋的实用价值高，一样的补偿标准显然不合理，造成集镇移民的实物量小、补偿少，搬迁困难。三是土地补偿费、土地安置补助费执行不到位。按贵州省水库移民办公室2000年12月关于“乌江洪家渡水库移民工作宣传提纲及相关移民政策规定答疑”规定，洪家渡水库移民的人均土地补偿费为5 122.16元，土地安置补助费为4 097.73元，两项合计为9 219.89元，但扣除调控费后，分散安置的移民人均只能领到两项中的6 556.34元，集中安置的移民只能领到两项之中的4 097.73元。从库区移民的安置实际来看，不论是分散安置或集中安置，基本上都是移民自己联系落实安置的。有关部门虽然做好了协调、服务工作，帮助排忧解难，但土地补偿费、土地安置补助费发给移民后，很难在新的安置点购买相应的耕地，给移民搬迁安置造成了困难。因此，移民提出：为什么要扣我们那么多的钱，调控费用得了那么多吗？移民意见很大。后来，中共贵州省委下发了（2001）20号文件，明确规定，除土地补偿费扣除10%作调控费外，其余土地补偿费和土地安置补助费全部发给移民，此事才得以解决，移民也比较满意。四是确定移民人口的规定不确切。省移民办的“政策答疑”规定：实物指标调查复核后因为各种原因（含正常婚嫁）迁入淹没区的人口不属移民人口。违反了省政府（1996）126号文件因婚嫁等迁入库区的人口作移民人口的规定，造成了库区有的出生孩子是移民人口，而母亲不是移民人口的现象。移民认为这种“认子不认母”的规定太荒唐。同时，鉴于农村耕地联产承包期延长50年不变的实际，库区承包耕地的女青年结婚出乡（镇）的，基本上都没有迁出户口，她们中不少的仍以经营承包耕地为生，且向当地乡村交纳“三提五统”，承担各种税费，但因结婚出去了，统统不作移民人口，这样，她们失去了承包耕地，又得不到土地补偿费和土地安置补助费，失去了生活来源，无疑会造成社会问题，显然是不合理的。五是工作作风不够深入、扎实。按照“永利水电工程水库淹没实物指标调查细则”的规定，“初期，以户为单位全面调查，调查人员和村或组干部同到现场按户籍册查对，逐户调查登记”，“移民私有财产要做到一户一卡，取得户主的认可。”“乌江洪家渡水电站水库淹没实物指标复核实施细则”规定，复核工作以设计单位为主，业主、地方政府和当地村组联合参与，支持配合，工作上坚持移民政策公开，移民补偿公开，移民迁出的具体时间公开，听取移民意见，接受移民监督。同时，召开各种会议，宣传移民政策和实物补偿标准，讲明来意。随后，对每一户移民都上门做思想工作，少则一次，多则五六次，既向他们宣传解释，也听取他们的意见和要求，并向他们表示，移民该得的一分一文都不能少，虚报冒领的多一分都不行，属于实际问题、政策上又没有明文规定的，帮助逐级反映解决。同时，帮助移民排忧解难，解决实际问题，为移民选择安置地点，落实耕地，为建房等提供车辆、食宿等方便，做好协调服务，加上各机关帮扶移民，县人民政府对移民入户，供水、供电，办理房屋过户手续，购地建房等实行优惠政策，以踏踏实实的工作感动了移民，移民从工作队入村时避而不见到和工作队十分亲密，他们说，移民工作队是“文革”以来最好的工作队，是为移民着想、为移民办事的工作队，得了移民的信赖和支持。在工作中，认真执行移民政策，坚持实事求是，对移民被淹没的实物指标，只要移民提出需要查对的，都给予查对，少的补上，多的减掉，做到公平、公正、合理。对确定的移民人口进行张榜公布，增加透明度。特别是认真贯彻执行了省委（2001）20号文件中除土地补偿费扣除10%作调控费外，其余的土地补偿费、土地安置补偿费全部发放至移民手中。这些，都极大地调动了移民搬迁的积极性。到9月底止，1025水位线以下的移民已经全部迁出，1025～1140水位线的移民也搬迁了相当一部分，确保了电站截流的如期进行。

国家对水库移民是采取前期搬迁、后期扶持的政策，对库区被淹没的耕地和实物指标是给予补偿而不赔偿，移民对国家和社会是作出了贡献的。因此，做好移民工作十分重要。要按照江泽民总书记“三个代表”的要求和党的十五届六中全会精神，代表广大人民的利益，加强作风建设，彻底转变作风，扎扎实实开展工作。做好移民搬迁安置最根本的就是要代表移民的利益，维护移民的利益，保护移民的合法权益，既要让移民迁出库区，安置落实，又要帮助他们发展生产，发展经济，达到稳定的目的，使他们的生产、生活条件在原有的基础上得到提高和改善，尽快脱贫致富奔小康。

一、制定和完善移民法规，使移民工作有章可循，有法可依。有关的规定要相应配套，以便操作和执行。对库区淹没的耕地和实物指标的补偿，根据农村耕地联产承包延长五十年不变的实际，对移民搬迁出来到新的安置点需要解决的耕地，不能用政府行为从承包农产的手中拿出，需要移民与承包农户具体商量，耕地价高了移民承受不了，低了，承包农户不愿拿出，只能协商，不能强制。同时，移民到新的安置地点重建家园需要的一切物品都是按照市场价格购买的。因此，要遵循市场规律，按照有关规定，合理确定土地补偿费，土地安置补助费，实物指标补偿费，移民既要作出贡献，也不能让移民吃亏太大，以利于移民搬迁安置，使他们稳定发展，脱贫致富。

二、移民人口、库区淹没耕地面积、移民被淹没的实物指标，是移民领取土地补偿费、土地安置补助费、实物指标补偿费的重要依据，关系到每一个移民的切身利益，必须做到准确无误。第一是对移民人口的确认，耕地和实物指标淹没认定的有关规定，要进行广泛宣传，采取召开群众会，专栏张贴、印发通知到户等形式，让每一户移民知道有关规定和时间界限，积极主动申报。特别要向每一户移民讲清楚，在截止的时间以后，除特殊情况经过批准的以外，一律不准新增房屋、林木等实物指标，发现新增的，乡（镇）村组织必须坚决制止，以减少移民不必要的经济损失。二是在调查阶段和复核阶段，都必须组建有设计单位，移民部门，县、乡政府和村干部参加的调查组或复核组进行调查或复核。对调查组或复核组要有严格的纪律要求，严禁弄虚作假，奖惩分明，对其工作要及时进行检查和督促。首先是要落实移民人口。弄清以户为单位的实有人口数，包括迁入人口、超生人口、户口临时转出的大中专学生和毕业回家未分配的学生、义务兵、临时工、合同工、劳改和劳教人员、民校教师以及结婚出去，仍回家耕种和管理承包耕地、交纳税费人口。通过调查或复核，逐户落实和认定。其次是被淹没的实物指标，要逐户、逐村、逐组分清集体所有或个人所有进行调查或复核，该丈量的丈量，该清点的林木要清点，并打上永久性记号，杜绝各种原因造成的估计现象发生。再次是对被淹没的耕地、土地，要参照耕地承包合同和土地承包合同，把整个耕地和土地的实际亩数搞清楚，在调查复核过程中涉及农户或村、组的，必须有户主或村、组干部参加。农户因打工等原因外出的，要利用多种形式通知本人，限定时间回来申报和参加调查或复核，不允许他人帮助代理，以免漏掉或弄错。实物指标和人口调查或复核后，要张榜公布，接受群众监督，欢迎举报，查实错的要纠正，不允许多记或少记，农户和村、组认可后，要填发四联单，农户和村、组要签字或盖章，农户、村、乡（镇）、移民部门各保存一份，作为以后实物补偿和领取土地补偿费、土地安置补助费的依据。

三、移民搬迁安置是移民迁出故土到新的地方落户，既要做好移民的思想政治工作，又要切实帮助他们解决具体问题，迁出地和迁入地的各部门必须协调配合，搞好服务，切实做好移民搬迁安置工作。一是组建移民搬迁安置工作队深入库区，进村入户做工作，完成搬迁安置任务。首先工作队队员在思想作风、工作作风、生活作风上要过硬，关心群众疾苦，会做思想工作，能解决实际问题，熟悉和贯彻行党的方针政策，能吃苦耐劳，使之得到移民群众的信赖和支持配合，这是做好移民搬迁安置的重要环节。工作队下设法律服务组、执法组和实物纠错组。法律服务组负责给移民提供法律咨询、法律服务和政策、法规宣传，调解纠纷，保护移民的合法权益。执法组负责库区的治安稳定，对于扰乱社会治安的按照程序依法处理。实物纠错组负责对移民提出的移民人口和实物指标多记、漏记、少记的情况进行查对，多的减掉，少的补上，做到实事求是，移民该得的不少一分，不该得的不多一分。其次要以乡为单位召开库区村干会和家住库区的干部职工会，以村为单位召开党员会、群众会，公开移民政策，公开实物补偿标准，公开搬迁的时间要求，公开移民人口姓名和实物指标，接受群众监督，要求党员和干部带头搬迁，起带头作用。再次是上门宣传政策，解答疑问，听取意见和建议，一次不行两次，两次不行三次，直到把工作做通。二是明确帮扶搬迁的单位和领导，与搬迁的移民对号，帮助移民联系安置地点，提供移民联系安置服务，协调解决安置中的困难，解决搬迁的困难。三是以土地安置或自谋职业，必须尊重移民志愿，是集中安置或投亲靠友分散安置，应尊重移民的选择。在移民志愿的基础上，由移民在迁出地和迁入地的乡（镇）村签订合同和协议，落实住房和宅基地，以土地安置的还要落实耕地，由接受村填发耕地承包合同。四是有关部门要对移民购地、建房办理房屋过户手续，为户口迁入、水电安装入户、孩子上学等提供优质快速服务，简化程序，减免费用，尽量为移民提供方便。五是对集中安置的移民，要使用基础设施配套费帮助移民修好路、架设输电线路和自来水管，方便移民建房，搬迁和生活用水用电。六是及时核准和填发移民补偿手册，移民应得的补偿资金要按规定及时发放，方便移民购地、建房和搬迁。

四、对移民的扶持关系到移民的稳定和脱贫致富奔小康，必须切实抓好对移民生产和生活上的扶持，这是一项系统工程，除移民自身的努力和移民部门的工作外，其他部门都要在当地党委和政府的统一领导下积极协调配合，形成合力，做好扶持工作。要实行开发式扶持，把坡改梯工程、天然林保护工程，长治工程、长防工程，水保工程，生态建设工程等与移民扶持结合起来，统一规划，统一组织实施，把有限的扶持资金与这些工程项目结合起来，发挥更好的效益。移民扶持要遵循市场规律，有科学的规划、有超前的意识、有扎实的工作，切忌随意性，搞形式，做表面文章。通过扶持，使移民得到实惠，使他们的生产、生活不断得到提高和改善。一是基础设施建设上扶持。帮助移民改善交通状况，解决移民生产、生活用水用电，方便移民发展种植业、养殖业、加工业、修理业、运输业，组织移民治山治水治土，改善生态环境，提高土壤肥力，提高耕地产出率。二是在提高移民素质上扶持。帮助修建移民学校，提高移民子女入学率，提高学校素质教育，扫除移民青壮年文盲，对移民进行适用技术培训，使每一个成年移民掌握一至二项实用技术，以便他们利用一技之长发展生产，发展经济。要在移民中进行法制教育和公民思想道德教育，提高移民遵守公民道德、遵纪守法，用法律保护自己合法权益的自觉性。三是生产上进行扶持。对移民生产上的扶持，要从市场需要出发，市场需要什么就发展什么，不能搞长官意志，瞎指挥，造成移民的损失。帮助移民实行科学种田，引进和推广适宜的优良品种，提高品种品质和产量，在解决吃饭的基础上提高品种的商品率。帮助移民发展畜牧养殖业、种植业、庭院经济，分散市场风险，使之获得最佳效益。有条件的移民要帮助他们发展农副产品加工，商品批发零售、产品流通和客货运输等，鼓励他们通过守法经营和诚实劳动富裕起来，带动其他移民走共同富裕之路。四是生活上进行扶持。对移民因各种原因造成的生活困难，要及时帮助解决，切实保障他们的基本生活，使他们在发展生产、发展经济的路上起好步，避免返贫现象发生。

五、做好移民工作，事关社会稳定和经济的发展，十分重要，必须切实加强领导。政府对有关移民工作的事项要及时组织进行调查研究，检查督促，需要解决的具体问题要进行协调，及时办理。要有一名领导分管移民工作，对移民反映的问题要跟踪督办，件件落实。主要领导和分管领导对设计移民起草的文件、规划设计、调查报告、请示、项目实施情况报告等要认真审查修改，提出具体意见，以便执行操作。移民部门的领导要选拔那些能代表移民的利益，为移民着想，为移民办事，认真贯彻执行党的路线、方针、政策、会做群众工作，廉政勤政，有组织能力和工作能力，作风正派，年轻力壮，具备专业知识，绝大多数移民拥护和支持的人担任。移民部门的工作人员，除了具备合格的政治素质和思想素质外，要选配好财会、设计规划、施工、畜牧、农学、果蔬、林学、水电等专业技术人才，以利于提高工作效率和质量，加快移民发展。移民部门是政府的工作部门，工作要积极主动，努力做好，该向政府请示、报告、汇报的，要及时上报政府，做出的决定要认真执行和办理。移民部门的领导对工作人员要有严格的纪律要求，工作人员要加强责任感和使命感，对因责任心不强而造成的问题要追究责任，奖惩分明。要按照“三个代表”的要求，加强移民部门的思想作风、工作作风、生活作风、领导作风建设，以适应移民工作的需要，扎扎实实做好移民工作。

对个体私营经济人士思想政治工作的思考

中国共产党十一届三中全会以来，随着改革的不断深化，个体私营经济经历了恢复、发展、稳定和壮大的过程，取得了长足的发展，现在已成为建设有中国特色社会主义经济的重要组成部分。因此，加强对个体私营经济人士的思想政治工作，显得十分重要。

个体私营经济人士，他们绝大多数是市场经济的开拓者。在生产、经营活动中，敬业守法，潜于创业，不少人还乐于奉献。有的一年纳税上百万元，仍然住在简陋的平房里，在厂跟班劳动，外出不乱花一分钱，把资金用于扩大再生产；有的捐款办学校，捐资修路，捐资架桥，捐资为乡村农户架设输电线路；有的承担孤寡老人的赡养。1991 年，全国私营企业就捐资 3.3 亿。这说明个体私营人士富了，他们没有忘记国家，没有忘记社会，没有忘记父老乡亲。

但是，也应该看到，在个体私营经济人士中，也存在着一些不可忽视的现象。例如，有的富了，忘记了自己过去的贫困，不去带贫致富，而是追求享乐，花天酒地，挥金如土，私生活不检点，走上了腐化堕落的道路；有的偷税逃税，造成国家税收流失；有的唯利是图，欺行霸巿，短斤少两，强买强卖，影响了个体私营经济人士的形象；有的生产、经营假冒伪劣商品，损害消费者利益；有的行赌、行骗、诈骗资财；有的剥削雇工、延长劳动时间，不按时发给工资，甚至对雇工下班进行搜身和随意打骂，侵犯了公民的人身权利；有的生产销售黄色书刊和淫秽录像，污染社会风气。因此，必需加强对个体私营经济人士的思想政治工作。

怎样加强对个体私营经济人士的思想政治工作呢？我认为有如下几点需要加强。

一、提高认识，加强领导

政府要把发展个体私营经济列入议事日程，做到有规划，有布置，有检查，有督促。不能满足于在会上讲讲话，或听取汇报、发发文件。只有真抓实干，才能加快发展。主要领导要有一定的时间，听取个体私营经济人士的意见和建议，帮助他们排忧解难，解决具体问题，寓思想政治于工作于其中。工商联是个体私营经济代表人士创立的组织，有关部门要加强和他们的联系，及时帮助他们协调解决生产、经营中的困难。

二、展开宣传，加强领导

要充分利用各种宣传工具，宣传党和国家对发展个体经济所制定的各项方针，使之深入人心，形成良好的发展个体私营经济的舆论环境。特别要大张旗鼓地宣传“三个长期不变”的政策，解除他们的思想顾虑，让他们放心放胆地发展。要宣传个体私营经济在社会主义市场经济中的先导作用，特别是落后地区经济建设中心的作用。从而鼓励、支持发展，真正把发展个体私营经济作为经济增长点抓到实处。要宣传个体私营经济发展中的典型、成功的经验和乐于奉献的个人。要宣传遵纪守法、文明经商的好人好事。同时，要组织个体私营经济人士开展学习活动，以自学为主，加强自身学习，提高思想政治觉悟。要学习党的方针政策、时事政治、有关法规，使生产和经营活动纳入法制轨道，自觉遵守。要学习有关的业务知识，不断进取，精益求精，提高生产和技能。各级政府每年都应召开个体私营经济人士的总结大会，树产先进，使之学有榜样，赶之有目标。政府的有关职能部门要为个体私营人士印发有关学习资料，传递有关信息，供他们学习和决策参考。通过广泛宣传和自身学习，提高个体私营经济人士的政治素质，使他们树立牢固的政治观念、生产观念和群众观念，具备良好的职业道德品质，做到诚实劳动，合法经营。

三、强化服务，加强管理

对个体私营经济要坚持一手抓发展，一手抓管理的方针。各级有关部门要关心、支持、帮助个体私营经济的发展，工商、金融、税收、物价、城建、土管、交通、计量、卫生、乡企等部门，要强化服务意识。对个体私营企业生产、经营活动所需要的贷款、注册登记、用地、用水、用电、场地、纳税、质检、定价等，要简化手续，热情服务，及时办理。—方面要按照国务院《城乡个体工商管理暂行条例》和《中华人民共和国私营企业暂行条例》加强管理，为个体私营企业排忧解难。有关的正常合理收费，其收费项目和收费标准要公开，对乱收、白拿、白吃、白喝等行为要坚决制止。认真克服不给好处不办事、给了好处才办事的不良现象。对少数置国家政策、法律、法规于不顾，利欲熏心、掺杂使假、生产、销售假冒伪劣商品、坑害群众、偷税漏税、欺行霸市、短斤少两，甚至生产销售黄色书刊和淫秽录像等违法行为，有关部门必须坚决查处，使之沿着正规化、法制化的轨道健康发展。

四、体贴关心解决问题

做好个体私营经济人士的思想政治工作，是一项系统工程，单靠传达文件、作报告，是做不好的。必须关心他们，体贴他们，从他们关心的问题做起，认真解决问题。一是解放思想，加快发展速度。二是放开经营范围，允许一店多营。允许跨地区、跨部门、跨单位横向联合；允许租赁、承包、兼并、购买集体企业和小型国有企业；允许实行代购代销、联网销售；允许向国有企业和集体企业投资入股。三是放开开业条件，先开业，后完善。四是认真解决个体私营经济发展所需的场地、用电、用水、用工和贷款。坚持与国营集体、乡镇企业同等对待，一视同仁。该放宽的一定要放宽，该优惠的一定要优惠。五是反对“说起重要，做起次要”的作风，真正帮他们解决具体问题。采取有效措施，制止乱收费、乱摊派、乱罚款。对国家规定的收费和罚款，必须公开项目、公开标准，印制项目标准卡，发给个体私营经济人士，人手一卡，该收该罚的对卡交费。对乱收费、乱摊派、乱罚款行为，个体私营经济人士有权抵制，有权向上级反映。有关部门接到“三乱”的反映后，要及时查清，情况属实的，要追究有关人员的责任。六是允许个体私营企业自行确定商品价格，参与市场竞争，优胜劣汰。七是强化管理干部的廉洁自律，坚决制止贱买、赊欠、白拿、白吃和处罚的“弹性”，提高管理队伍的素质，加强管理的力度。

五、健全组织，开展活动

要根据个体私营经济的特点，建立党团组织，开展正常的组织活动。要求个体私营经济中的共产党员、共青团员都要努力学习党团基本知识，自觉以共产党员和共青团员的标准严格要求自己，做一个合格的党员或团员。党团组织应经常召开经验交流会、座谈会，表彰先进，鞭策后进，树正气、刹歪风，使个体私营经济健康发展，要建立健全个体协会和分会，认真开展工作，组织个体私营经济人士学习，既要自觉遵纪守法，又要运用法律武器保护自己的合法利益，通过上述活动达到自我教育、自我管理、自我服务，加快个体私营经济的发展，为社会主义经济建设作出贡献。

对思想道德建设的思考

社会主义精神文明建设，大体可以分为文化建设和思想建设两个方面。在社会主义精神文明建设中，文化建设固然重要，但以共产主义思想为核心的思想建设更重要，因为它决定着社会主义精神文明建设的性质和原则。因此，坚持不懈地抓好思想道德建设，是一项紧迫而长期的任务。对此本人有几点思考。

一、努力学习马列主义、毛泽东思想，加强思想道德建设

按照邓小平建设有中国特色社会主义理论，经济建设上要实现两个根本转变，才能步入可持续发展的轨道。要达到解放生产力，发展生产力的目的，同样要用马列主义、毛泽东思想教育人、培养人、塑造人，逐步养成全心全意为人民服务的献身精神和共产主义的劳动态度。要采取行之有效的宣传教育方式，树立良好的学习风气，不断提高理论水平，用以指导工作，解决实际问题。通过学习，在全体人民中，特别是在广大青少年中树立起为共产主义奋斗终生的崇高理想，在工作中全心全意为人民服务，在思想上自强不息，奋发向上，自觉抵制和克服金钱至上，唯利是图，见利忘义，损人利己，损公肥私等资产阶级的腐朽思想。邓小平同志指出："没有共产义思想，没有共产主义道德，怎么能建设社会主义。"坚持思想道德教育，必须坚持以共产主义思想为核心，坚持马克思主义的世界观、人生观、价值观，坚持集体主义原则，正确处理国家利益、集体利益和个人利益三者的关系。要根据社会主义初级阶段的特点和建立社会主义市场经济体制的要求，制定与之相适应的道德

规范，以统一规范群众的言行，引导人们的生产生活活动，促进思想道德建设健康发展。同时要继承和发扬爱祖国、讲礼貌、讲卫生、诚实守信等传统美德。

二、讲道德、守纪律，建立良好的思想道德建设氛围

道德是人们的行为准则和行为规范的总和。要根据建设有中国特色社会主义的要求，建立与社会主义市场经济体制相适应的社会主义道德体系，使人们在社会生活中循“道”而行，社会才能有共同道德标准。并通过人们的自觉活动得以实现。纪律是保证人们进行社会活动的必要手段，同时也是思想道德建设的重要内容，是执行党的路线、方针、政策的保证。要加强纪律教育，提高人们遵守纪律的自觉性。要坚持用科学理论武装人，用正确的舆论引导人，在深化改革、扩大开放、保持稳定、促进发展的过程中，要树立先进典型，并组织宣传和学习，倡导新的道德风尚。揭露、批判和抵制不符合社会主义道德规范的言论和行动，促使人们自觉遵守道德准则，形成良好的社会道德风尚。学校要从娃娃抓起，根据不同年龄段，进行不同内容、不同要求的思想道德教育。各级党政机关、宣传、文化、教育部门，要增强抓好思想道德建设的责任感、使命感，经常组织模范人物先进事迹报告会、演讲会，使之学有榜样，赶有目标，社会科学理论工作者和文艺创作人员，要在马列主义、毛泽东思想特别是邓小平建设有中国特色社会主义理论指导下，深入群众，深入生活，认真调查研究，总结广大群众在建立社会主义市场经济体制的实践中，思想道德建设的丰富经验和成果，写出一批有指导性、可读性，感染力强的作品，用以指导实践。对社会生活中的不道德行为，要通过赏罚机制，加大赏罚力度，树立正气，打击邪气。

三、发扬爱祖国、爱人民、爱集体、爱家乡的社会主义精神

要大力提倡和弘扬爱祖国、爱人民、爱集体、爱家乡的社会主义精神，这是执政党所肩负的历史使命所决定的。建设有中国特色的社会主义，是亿万人民的共同事业，只有在共产党的领导下，依靠人民的智慧、力量和团结方能实现。这也是思想道德建设的一个重要方面。爱祖国，就要坚持我们党的组织原则，自觉在政治上和党中央保持高度一致，认真贯彻执行党的路线、方针、政策，做到令行禁止，维护祖国统一，维护团结，为祖国的繁荣昌盛而努力奋斗。爱人民，就要在各自的岗位上尽职尽责，遵守职业道德，多为人民作想，方便群众，对人民有利的事积极去办，对人民无利的事坚决制止，坚持人民的利益高于一切，全心全意为人民谋利益。爱集体，就要坚持集体主义原则，集体利益高于个人利益，个人必须服从集体利益，提倡为他人、为社会多作贡献，努力为建设有中国特色社会主义尽自己应尽的义务。爱家乡，就要熟悉家乡、了解家乡、关心家乡的父老乡亲，关心家乡的各项建设，为家乡的社会经济建设牵线搭桥，提供信息，引进项目、资金、技术、人才，做到献计出力。

长堰乡建立合作基金会

长堰乡在深化农村改革中，为解决发展农业生产缺资金的困难，建立了乡合作基金会，把集体和个人的闲散资金聚集起来，为发展农业生产服务。

长堰乡经过深化农村改革，在承包期内，各村每年可收取的耕地联产承包使用费和耕地有偿转包费近 2 万元，加上其他集体资金，聚集起来数量不小。但是，这些资金分散在村，一是财会人员缺乏，财务制度难健全；二是资金数量少，难于起到服务农业的作用。因此，经过充分协商，乡里建立了合作基金会，把这些资金聚集起来，实行有偿周转使用。这样，一方面可以解决发展农业生产缺资金的困难，做到积累资金，增加农业投入，增强农业后劲；一方面可以避免村级财务混乱，做到管好用好资金，使闲散资金充分发挥效益。

长堰乡合作基金会，是乡村合作经济组织和农户按照自愿互利原则组织起来的合作性质的资金服务组织，聚集起来的资金各是各的，坚持所有权不变，自主权不变，得益权不变，手续简便，方便群众，服务生产。合作基金会的资金来源主要有：（一）原生产队或生产大队的积累资金，应收回的多种欠款或实物，遗留下来的集体财产变卖款或承包收入款；（二）完善承包责任制及承包者应交纳的耕地联产承包使用费、耕地有偿转包费、荒山和山林等的承包分成收入，违反承包合同的罚款；（三）村民委员会所有的土地征用费中用于农业开发和扩大再生产的资金；（四）乡财政包干结余款中划出的农业开发基金；（五）乡镇企业用于“以工补农”的资金；（六）计划生育多生子女费；（七）上级有关部门用于支农扶贫的周转金；（八）用于预付购买生产资料和开发性生产的资金；（九）其他收入的资金，这些资金，在使用上要做到渠道不变，用途不乱。

合作基金会的资金，主要用于帮助农户购买化肥、良种、农药、农地膜等当年所需生产资料和发展农业基本建设、资源开发、发展养殖业等，有的作临时借支、事后收回，有的作暂时借贷，到期归还。

长堰乡合作基金会建立以来，已聚集资金2.1万多元。在秋种中他们用此资金帮助农户购买普钙59吨，由于减少了中间环节，售价比当地分销店低，为群众减轻负担1 000多元。他们不仅拆零出售、方便群众，而且对少数缺钱农户，先给普钙种小麦，然后再付钱，解决了他们缺资金、贷款难的问题，很受群众欢迎。

长堰乡的合作基金会，是深化农村改革的产物，它是一种自我积累、自我投资，增加农业投入、增强农业后劲的好形式，既把原有的资金管起来，又扩大新的资金来源，可以集腋成裘，逐步形成农业投资的良性循环。

开发夏粮生产大有可为

——黔西县发展夏粮生产回顾

黔西县是一个人多地少的县。1965 年以后，全县由余粮县变成了缺粮县，由粮食调出县变成了粮食调入县，每年调进粮食在 1 000 ~1 500 万公斤之间。

为了迅速把我县的粮食生产抓上去，实现夏秋两季粮食丰收，减少粮食调入，逐步提高自给水平，从 1988 年秋种开始，县委、县政府把开发夏粮生产，提到了重要的日程，广大干部和农技人员深入农村，进行了广泛的宣传发动，规划落实，开展了多种形式的技术培训，各有关部门协调配合，搞好服务，通过试验、示范和大办样板，带动了面上工作，依靠科技开发夏粮，使播种面积、良种面积、规范化种植面积和区域化种植面积都逐年得到了较大的突破，1989 年夏粮产量达到 2 596. 8 万公斤，比历史最高的 1988 年增长 26. 9%，夏粮产量占全年粮食产量的 17. 34%，比重提高了两个百分点；1990 年夏粮产量再创历史最高水平，达到 4 231. 3 万公斤，比上年增长 62. 9%，夏粮产量占全年粮食预产的 26. 86%，由于严重的伏旱使秋粮减产，夏粮占全年粮食实产的 35. 26%，再次获得国务院奖励。

通过两年开发夏粮生产的实践，使我们对发展粮食生产有了新的认识。开发夏粮生产，是一项宏大的系统工程，单靠哪一级、哪一个部门的力量是不行的，必须作为总体战来打，做到认识统一，行动统一，规划统一，技术方案统一，资金使用统一，物资调配供应统一。要抓好“六早”，即思想早发动，计划早落实，技术早培训，物资早准备，措施早制定，工作队员早入村。在实施中，我们的具体抓法有以下四个。

一、加强领导，强化指挥系统

各级党政部门统一思想认识，是加强领导的关键。1989 年秋种，当县委、政府提出播种小麦 30 万亩的计划时，在全县引起了很大反响，从领导机关到基层的少数同志认为，黔西多年秋种小麦都只在20 万亩左右，要种到30 万亩是不实际的，不可行的，群众也难于接受，主张改变计划，使计划符合“实际”。针对这一思想，我们在各级党政组织和广大干部群众中展开了讨论，反复说明开发夏粮的必要性、紧迫性与可行性，统一思想认识，特别是各级领导班子在思想认识上的统一。之后，建立起运行有效的指挥系统，从县、区、乡都成立了以主要领导挂帅的指挥部，指挥部分设后勤、技术两个组，做到了物资统一调配，技术统一把关指导。县级 12 个主要领导分 7 个片区包片指挥，带动区、乡领导转变作风，深入群众，全县共 1 120 名行政干部和 278 名农技人员深入农村抓秋种，办样板，样板面积达到 16. 5 万亩。工作队员下到秋种第一线，进行技术培训，将“三化”种植造册登记落实到农户地块，签订承包合同，进行多种物资准备，制定各种措施和奖惩制度。

二、推广农业适用技术，加强技术指导

我们首先抓良种推广，采取财政补贴部分种价和以粮换种等措施，满足群众对良种的需要。对所缺的部分良种，我们和有关部门的领导到外县组织调运，使贵农 10 号小麦良种的种植面积达到 18 万多亩，加上其他优良品种，基本上实现了良种化。其次，抓分带轮作，与大季的农业适用技术推广相配套，整个秋种期间，各级农村干部深入田间地块，抓好现场操作示范，帮助群众掌握分带技术，把好用种关，进行巡回检查，对种植不规范的及时纠正。全县基本实现了大田（土）一根绳，小田（土）一根杆，以3.5~5.8尺开厢，并排种上两行小麦，行间种上绿肥，来年在绿肥带上并排种上两行地膜苞谷或苞谷育苗移栽，以后又在苞谷行间种绿肥，实现分带轮作。全县分带轮作面积达到21万多亩，行间种绿肥4万多亩，其余行间基本上种上了大头菜、白菜、豌胡豆等作物，既充分利了地力，又为大季分带轮作打下了基础，另外，抓增施肥料，科学用肥。实行农家肥、化肥配合使用，每亩产量达到1 000公斤以上。其中施用25公斤磷肥和20公斤碳铵，改变了过去不施底肥，或只施化肥的习惯，使底肥充足，养分齐全。接着，抓种子处理，肥种子所带的病菌消灭在播种前。

三、增加投入

黔西县委、县政府在资金上优先投放农业，使农业各项投资得以超前安排，确保农事季节上的使用。1989年的秋种，财政用于培训的资金4万元，用于种子补贴的资金6.8万元，用于调种的周转资金25万元，并加强了资金的管理，使有限的资金用在刀刃上。另外，积极组织群众把圈肥、猪粪、地灰等农家肥用于秋种上，大搞秸秆还田，一般每亩地施用1 000公斤以上。发展绿肥生产，近几年来绿肥种植成倍翻番，今年秋种突破了10万亩大关。在化肥供应上，为解决困难农户购买化肥缺资金的困难，县氮肥厂实行优惠供应，每吨让利70元，全县用碳铵3 000吨，共让利21万元。县氮肥厂、磷肥厂还将化肥实行赊销，秋种过后再收款，保证了化肥的需要。

四、加强技术培训

黔西县委、县政府把为农户掌握农业适用技术作为硬任务来抓。县、区、乡、村都加强了技术培训的力度，多层次、多渠道、多形式进行培训。采取培训骨干与培训农户相结合的方法，由县培训区乡领导和聘请的农民技术员，由区培训区、乡、村干部和农科户，由乡培训农户。每次培训都做到了讲课简明扼要，现场操作示范，使之听得懂，学得会，用得上，收到了很好的培训效果。还利用全县农村的学校场地，在星期六或星期天进行培训。有的学校还请农技人员每星期六给学生讲授农业适用技术课。如全县最边远的花溪乡，学校开办了农业科普班，对在校的100多名学生进行系统的农业适用技术教育，要求学生回家后把学到的农业技术应用于生产实践，使每户推广了分带轮作等适用技术。全县形成了以农业技术人员为骨干，以农民技术员为纽带，以农科户为桥梁，以广大群众为基础的科普网络，把农业适用技术传到了千家万户，大大促进了我县农业适用技术的普及和推广。

浅谈县（市）机关的改革和管理

按照“三个代表”重要思想的要求，抓好县（市）机关的改革和管理，使机关始终坚持代表先进生产力发展的要求，代表先进文化的前进方向，代表最广大人民群众的根本利益，在新的世纪，将具有中国特色的社会主义现代化建设事业不断推向前进，具有十分重要的意义和作用。

县（市）是国家政权的重要组成部分。早在春秋战国时期，秦、晋、楚等国就在边境地方设立县，负责管理本地区的一切事务，距今已有2 700多年的历史。在漫长的历史发展中，经过不断完善，使县成为地方政权组织，成为专制主义中央集权政权组织的一部分，长官均由中央政府负责选派、考核和任免。

新中国建立后，政权回到了人民的手中。县（市）人民代表大会选举产生并有权罢免县（市）长和副县（市）长。县（市）人民政府作为地方国家行政机关，负责组织和管理本地区的行政事务，一方面对同级人民代表大会负责，另一方面对上一级国家行政机关负责，服从国务院的统一领导。县（市）人民政府领导所属各工作部门和下级人民政府的工作，有权改变或者撤销所属工作部门和下级人民政府不适当的决定。因此，县（市）人民政府在国家四级政权组织中，处于十分重要的位置，是国家连接人民的纽带。作为县（市）人民政府所属的各工作部门，其工作人员开展的工作，对于正确贯彻执行党和国家的方针、政策，组织促进社会经济的发展，无疑十分重要。工作开展得好，树立政府在人民群众中的崇高形象，开展不好，不仅损害人民群众的利益，还会损害政府在人民群众中的威信。

人民群众看政府，就看政府机关的工作人员在开展工作的过程中，是不是为加快经济的发展办事，是不是为方便人民群众办事，是不是为了提高和改善人民生活，让人民安居乐业办事，是不是秉公办事。人民群众对政府机关中一部分人在办事的过程中吃、拿、卡、要和乱摊派、乱收费、乱罚款，受贿，办事拖拉，弄虚作假，任人唯亲唯钱等行深恶痛绝，十分不满。因此，县（市）机关工作人员的工作做得好，就能加快社会经济的发展和促进农村的稳定，做得不好，不仅延缓社会经济的发展，而且增加了农村的不稳定因素，造成干群关系的紧张和恶化。

目前，县（市）机关的情况令人担忧。一是机构体系臃肿，一般县（市）都有机关单位百个左右，再加上各种领导小组，形成了一个庞大的机构。在这些机构中，有垂直的，有重叠的，由于机构体系臃肿，导致不协调因素增多，政令出不了门，党的方针政策往往落不到实处。他们各强调各的重要，各吹各的号，“只讲个人私利，不讲集体利益，只讲局部利益，不顾全局利益”的现象十分普遍，在这些地方，往往使人民利益和国家财产遭受重大损失，什么改革开放，“三个代表”只不过是句冠冕堂皇的口号而已。难怪老百姓说“天不怨、地不怨，就怨政策不兑现”。机构体系臃肿的结果是办事拖拉，互相推诿，效益低下。群众在办事的过程中，有的一件事要跑若干单位，盖若干个章，少则三月两月，多则一年半载，有的甚至办到最后不了了之。有的领导在数九寒冬，不辞辛劳，现场办公，会上当面交代的必须在春节前办好的“特事特办”的事，当事人花了上万元，有关部门跑了无数次，时过一年仍然没有办成。如此的办事拖拉，岂不贻误经济的发展？二是人浮于事，由于县（市）机关都是行政事业单位，是吃“皇粮”的，因此，领导干部的子女走“后门”进机关，退伍军人想进机关，学生分配要进机关，加上其他各种关系进机关的，使得机关的人员越来越多，行政编制用完了，就用事业编制来解决，过去一个单位办的事，现在几个单位做，过去一个人做的事，现在几个人甚至十几个人干。由于机关进人的渠道太多，导致机关工作人员的综合素质差距甚大，比较繁忙的大量的具体工作落到了少数能办事的人的身上，他们多数没有节假日和下班休息时间，办不了事的只要上班也照领工资，这种能者多劳不多得和报酬上的“大锅饭”助长了懒汉思想，不利于调动职工的积极性。还有一些机关单位是空有其名，又没有什么具体任务，其工作人员无所谓上班不上班，有的单位上班也只是读读报纸，吹吹牛，有的同志对单位、领导只凭道听途说，就捕风捉影，就评头品足，横加指责，影响了安定团结。这些单位同样照发工资，照给公务费，群众称为拿俸禄的“闲牌单位”，日子最好过。造成不少机关单位一面喊人多，一面又喊没人办事。领导喊、百姓盼的扶贫、开发等工作中的技术服务、科技服务工作，很少有人能到村组或老百姓家去具体帮助、指导，导致不少项目没有达到预期效果，有的甚至流产。三是一些单位办事作风不正，办事效益低下。在县（市）机关中，想人民之所想，急人民这所急，帮人民之所需，秉公执政、秉公执法、秉公办事，不在办事的过程中谋私利，办事讲究时间、速度、效果，让人民满意的单位是有的，只是为数不多。不少的机关单位负责人，或者办事人员，在办事过程中，都会以职权谋私利，表现在：有的是熟人好办事，不是熟人办事难，门难进、脸难看、事难办。有的是不给好处不办事，给了好处乱办事。不少群众到机关办事，跑了无数次，拖你一年半载，工也误了，钱也花了，只好不跑了。于是，一些违法违纪的事就出现了“私和”的现象。反之，一些人很会迎合，大礼小礼打通关节以后，管他项目可行不可行，都批准，造成不少项目报废，资金一部分浪费，一部分进了个人腰包。甚至弄虚作假，重复抵押，虚假抵押，骗取银行贷款，一个集团几亿十几亿元的资金亏得无影无踪。有的是握有实权的领导好办事，一般群众难办事，他们不仅换手抓背捞取好处，安排子女、亲属的工作，有的还伪造档案，安排、提拔、重用他们的亲信。有的利用特权进歌厅、舞厅、饭厅，吃饭娱乐不给钱，谁要敢收钱，就要查处你的歌厅、舞厅饭厉，叫你开不成。有的法规不宣传，工作不做细，遇事不解释，是非不分清，罚款、收费随意性很大，可罚不可罚的要罚，可收可不收的要收，可少收的要多收。违章违法不禁止，不责令改正，收了或罚了就合法。在罚没收入中，有的是开白条，有的连白条都不给开。特别是工商市场管理人员，对于农村老百姓到城里出售自己的少量土特产品，不是给群众解释清楚让其办理手续，到合法场所经营，动辄就是要收管理费或罚款，由于产品未卖没有钱交，就砸烂产品，甩断人家的秤，拿走人家出卖的物资，在群众中造成了恶劣的影响。由于一部分机关工作人员在办事的过程中胡作非为有的甚至伤害无辜群众，激发了矛盾，造成了不安定因素，严重损害了政府在群众中的形象和威信。

县（市）机关机构臃肿，人浮于事，虽然有其他方面的因素，但主要还是没有把好进人关造成的。不仅机关工作作风、思想作风存在很多问题，而且自身财政支付困难，发不了全工资或拖欠工资的现象普遍存在，领导有难处，职工有怨气，已经影响了县（市）经济和社会的发展速度。因此，加快县（市）机关的改革，加强机关的管理，使机关工作服从于、服务于改革、发展、稳定的大局，加快社会经济的发展，十分紧迫和重要。

一、按照“三个代表”的要求，精减机构，使机关工作高效、廉洁，加快社会经济的发展。首先清理已建的各种领导小组，除非建不可的以外，应该统统一律撤销，抽调、借用人员回原单位安排，有关的工作移交给相关的职能部门负责具体办理，由政府分管领导负责牵头、协调、检查、督促，提高办事效率。其次是撤销重叠机构，减少中间环节，使职能部门直接向政府负责，以提高工作质量。三是合并相关机构，有关工作划归相关部门，减少部门之间职责不明，互相扯皮、推诿的现象，以利职责明确，便于工作的开展。四是对于闲置部门，不应强调对口，应从实际出发，该撤销的要撤销，该合并的要合并，该挂靠的要挂靠。精减后的机构，应该实现清正廉洁，工作高效。精减机构的同时，还应严格控制职员数量，改变“官多兵少”和“有官无兵”的现象，减少领导层的扯皮，消除内耗，把精力用在工作上。在精减机构的过程中，干部、人事管理部门对领导干部要严格考核，深入到群众中广泛听取意见，准确掌握德、能、勤、绩，提供任命的可靠依据，防止弄虚作假、虚报浮夸、跑官要官，甚至已有腐败行为的干部进入领导班子，实行领导干部考核、推荐、表态、任命失察责任制，出了问题，该负什么责，按照依据和记录严肃处理。对于未被任命的原任领导干部，只要没有原则错误，不论改做什么工作，都应保留原职待遇，以利团结，减少矛盾，化消极因素为积极因素。

二、精减机关工作人员，使机关队伍实现高素质，工作高质量运行。现在的机关机构虽然臃肿，人浮于事，工作人员的工作能力有大有小，素质有高有低，不管胜任与不胜任，责任都不在职工，是多年来形成的现象。机关改革的目的是要达到各得其所，调动积极性，充分发挥其长处，为加快社会经济的发展贡献其力量。而不能随便采取下岗、断奶等简单做法，把职工赶出机关外，那样只会增加不安定因素。机关要改革，人员要精减，工作要做细，措施要具体，方法要得当，实施要稳妥，支出减下来，效率要提高，通过改革，调动绝大多数职工的积极性，把各方面的工作做好。一是精减后的机关，要按照精减、效能、节约的原则，按照工作任务，定岗位、定职责、定人员、定编制、定奖惩，杜绝任人唯亲，实行优胜劣汰，实现公平、公正、择优用人、竞争上岗。对于上岗职工，平时加强检查督促，年终考核，既看敬业精神、工作实绩、工作效果，也看工作方法、服务态度；既看业务素质，也看政治素质、思想素质，再决定留任与否，使之能上能下，能进能出。二是按照退休年龄、工龄的政策规定，已经满了的给予办理退休手续。未满接近的，只要本人愿意，提出申请，也应批准退休。对于工作需要而离不开的骨干或专业人才，退休后可以返聘回来继续工作，等接上茬后再予以解聘。三是因病不能坚持工作的人员，只要属实，应允许领取基本工资休息治疗，治疗期间不参加考核，待身体恢复后，按照竞争上岗的原则另行安排。对于愿意下到贫困村组传授技术，帮贫困户、贫困组改变贫困面貌的，应该支持鼓励，并帮助解决有关具体问题，签订合同，合同期内，发给全工资，报销出差费，享受福利待遇。对于合同规定的内容必须严格检查，对于实现合同要求的，不仅应该奖励，有的还应该提拔重用。对于达不到合同要求 80% 以下的，除人力不可抗拒的火害以外，应从今后工资里扣回领取的除基本工资以外的一切费用，严格兑现奖惩，并列入考核项目。对于愿意出去发展个体私营经济的应该允许，并签订合同，发给部分基本工资，不享受医疗补贴，不参加考核，到年龄和工龄规定时可以办理退休手续。对于不愿下去，不愿出去，又不能上岗的人员，机关不给予安排，发给 70% 的基本工资，不再享受医疗补贴，不考核、不调资，除学习、培训后再竞争上岗外，直到退职退休。这样，使机关建立公平、公正、竞争、择优的用人环境，形成优秀人才脱颖而出，充满生机和活力的干部人事制度，使机关工作适应改革开放和经济社会发展的需要，达到清正廉洁。工作讲时间、讲速度、讲效率，取信于民。

三、强化机关管理，提高工作效率。2000年5月，江泽民同志在江苏、浙江、上海考察工作时明确指出，要坚持把“三个代表”的要求落实到建设一支高素质干部队伍中去。下定决心，加大力度，切实解决好机关职工的管理原则和管理方法的问题，对于加强机关建设无疑是十分重要。机关管理，就是既要管人，又要管事。所谓管人，就是要加强思想政治工作，开展读书、学习活动，讲学习、讲政治、讲正气，加强思想建设，道德建设，不断提高思想素质、政治素质、科学文化素质，当发现有错误苗头时及时指出，及时教育，及时制止，不让其蔓延发展。从思想上筑起拒腐防变的长城。所谓管事，就是要按照工作职责，有部署、有检查、有督促，保质保量完成工作任务，注重工作质量和效果，坚决反对无部署、无检查，以免造成一些重大损失。要建立、完善和坚持各项机关工作制度，严格工作纪律，讲究工作时效，办事必须公开透明，以利接受各方面的监督。机关工作人员必须秉公办事，严禁吃、拿、卡、要，凡利用手中的职权，不给好处而刁难群众、拖延办事时间的，有反映必须查，一经查实，首先就要先作下岗处理，避免“一个螺蛳打坏一锅汤”的现象发生。机关应向社会公开办事承诺制度，公布监督电话，凡有举报的，都应向投诉者作出明确的答复，并在限期内反馈调查情况或处理结果。对于公开承诺，但只摆“花架子”，做表面文章，欺哄上级、欺哄群众的，必须追究有关领导、有关责任人的责任，并作出严肃处理。机关领导要关心职工、爱护职工、团结职工、组织职工参加各种社会活动和公益活动，经常向职工通报工作情况、社会经济发展情况以及重大事项，使职工立足本职、了解全面、关心全局，振奋精神、做好工作。要经常了解职工的情况，帮助职工排忧解难。职工之间有意见，要多做解释，做好疏导工作，化解矛盾，以利团结。领导要知道“兼听则明，偏信则暗”，在机关工作中不能听“小耳朵”，在听取意见上不能搞“先到为君，后到为臣”，对职工的意见要了解、要调查、要思考，批评要讲究时间、地点、场合、分寸，要动之以情，晓之以理，坚决克服粗暴、霸道作风。对职工的要求要一视同仁，不能搞亲者亲，疏者疏，人为制造不团结因素。要关心职工的进步，组织职工参加各种竞赛、讲座，鼓励职工自学，对学有所成的应该进行表扬奖励，使职工学有榜样、赶有目标。要建立健全机关监督制度，加大监督力度，实行执法责任制监督检查制度，群众举报和舆论监督制度，民主评议、考核、责任追究制度，在不增加人员编制的情况下，从人大、政协、组织、人事抽人组成监督检查机构，提高监督的效果。通过加强机关管理，实现机关工作廉洁高效，使机关工作更好地服务于社会经济建设，通过机关工作人员的有效服务，树立政府在人民群众中的崇高威信，实现“三个代表”重要思想的要求。

坚持科学发展　确保农民增收

黔西县正在开展的深入学习实践科学发展观活动，必将促进思想的大解放，只有解放思想，才能推进社会经济又好又快发展，保持农民的收入持续、快速增长。

农业、农村、农民是全党工作的重中之重，农民增收是“三农”工作的核心。保持农民收入的持续、稳定、快速增长，关系到农村的和谐与稳定，关系到农村的发展与繁荣，关系到新农村建设的推进。面对全球金融危机，确保农民增收，既是挑战，也是机遇，我们要从县的实际出发，认真贯彻执行中央扩大内需的方针，坚持科学发展，积极争取国家的投入，把我县的“三个基地，五项建设”和“农业稳县，工业强县，城建带县，旅游活县”活动引向纵深发展。为此，一是在确保粮食稳定增长的同时，要抓住国家增加农业基础设施投入，对农机和种粮补贴的机遇，依靠农业机械提升农业，通过农业机械的操作，让作物秸秆就地粉碎还田还土，减少人工劳动，增加土壤有机质，改善土壤团粒结构，减少化肥施用量，降低农业成本，增加效益。依靠良种和农业科技，使农业逐步向现代化农业发展。二是要针对我县大宗农产品的实际，采取优惠政策，引进和发展科技含量高、符合环保和节能，上规模、上档次的农产品加工企业，用龙头企业带动农业发展，保持农业增产增收的稳定。三是对目前一些地方土地使用权情况进行调查，通过引向规范和鼓励支持，使种地能手和转让农民都能稳定增收。四是抓好劳务工作，促进就业和创业。目前，黔西县有 16 万多人口在外务工，由于世界金融危机的影响，一些外向型企业出口受创，很多企业倒闭，有的减员减薪，应派人到外出务工比较集中的地方进行调查了解。企业不倒闭的，要做好务工人员的思想工作，让他们安下心来，渡过困难时期；对倒闭的企业，要鼓励务工农民就地转移就业。实在无业可转需要回乡的，要充分发挥他们学到的技术和积累的有限资金，扶持和帮助他们在家乡创业。同时抓好在家务农农民的就地转移，发展规模养殖和规模种植，千方百计增加农民的收入，农民只有走出农村才能富裕农村，农民只有减少种地才能富裕农民。五是充分利用我县丰富的旅游资源，着力打造具有地方民族风情和地方特色的乡村旅游。除继续抓好以化屋为主的“百里乌江画廊”外，首先要修建县城至洪水、龙家箐、沙嘎坡和新仁至箐坡的油路，决定的事情，要有人具体监督办理，让它顺利实施。只有抓好以道路为主的基础设施建设，才谈得上发展旅游。其次要抓好相关的配套设施和旅游服务，只有优质的服务，才能吸引游客。总之，要切实做好有关工作。让游客来了不想走，去了还想来，乐在农家、玩在农家、休闲在农家，促进农村消费，增加农民收入。六是在鼓励农民创业的同时，在大的集镇和城关，都应开辟农民市场，特别是城关，把南后街辟为农民市场，使农民有固定场地销售自己生产的粮食、豆类、肉食、禽蛋、水果、蔬菜等，有关部门在市场管理、市场卫生、市场检疫等各方面提供无偿服务，既方便农民，增加收入，又方便市民，丰富市场。

强基础，加强作风建设

乡（镇）是我们党和国家在农村的基层政权组织，是党和政府联系人民群众的桥梁和纽带。党的方针政策要靠他们贯彻落实到群众中去，农村社会经济的发展要靠他们去组织群众进行，广大农民的心声要靠他们去了解和反映。只有把乡（镇）领导班子的作风建设好，才能坚持科学发展观，做到以人为本，使农村社会和谐，实现农村经济、社会的快速、持续、健康发展，增加农民收入，不断提高和改善农民生活，为建设社会主义新农村，为全面建设小康社会，提供有力的组织保障。

当前，绝大多数的乡（镇）领导班子都富有生机和活力，他们认真贯彻执行党在农村的一系列方针政策，为农民把好事办好，把实事办实，使他们得到了实实在在的实惠，为农村的改革、发展和稳定，为建设欣欣向荣的社会主义新农村作出了贡献，赢得了广大群众的支持、称赞和信赖。但是，也应该看到，乡（镇）领导班子成员中，有的对党的方针、政策贯彻执行不力，使好政策落不到实处；有的工作方法简单、粗暴，不善于做深入的思想教育和解释工作，习惯于强迫命令；有的工作不深入、不扎实；不善于调查、不善于思考，听不进群众意见；有的为了仕途升迁，工作中搞“形象工程”、“政绩工程”，虚报浮夸，弄虚作假有的官本位、特权思想严重，没有摆正公仆的位置，讲享受，甚至贪污腐败；有的官小架子大，不要说走下去听取群众意见，就是群众走上门来反映情况，也拒之门外。在这些地方，干群关系不和谐，矛盾较多，社会经济发展滞后，群众收入增长缓慢，老百姓很有意见。因此，要把乡

（镇）领导班子作风建设放在突出的位置，抓紧抓好，抓出成效，带领广大农民建设社会主义新农村。

怎样加强乡（镇）领导班子的作风建设呢？

一、勤于学习，善于思考，不断提高理论水平和政策水平，把党在农村的方针、政策贯彻好，执行好。江泽民同志曾经说过："希望大家都能多挤点时间学习，少搞一点应酬，多做些调查研究，少一些主观主义，多干些实事，少说些套话。"乡（镇）领导肩负着带领群众建设社会主义新农村和全面建设小康社会的重任，必须坚持不懈地学习，把学习当成重要的任务，作为提高自己能力的重要途径和方法，以强烈的进取心和事业心，勤奋学习，努力提高自己的政治思想水平，扩展自己的知识面，增强自己的专业知识，以适应发展的要求和需要。要学政治，学理论，学习现代科学技术，学习业务知识，不断完善和充实自己。既要向书本学习，又要向实践学习，还要向他人学习，要善于读社会、读生活、读人生。学习要理论联系实际，养成良好的学习风气，学以致用，学有所成，把学习成果转化为谋划工作的思路，促进工作的措施，领导工作的本领。只有坚持学习，提高理论水平，才能提高贯彻党的路线、方针、政策的自觉性，头脑清醒，思维敏捷，与时俱进，开拓创新，扎扎实实开创工作的新局面。

二、走出去，走下去，调查研究。现在，在乡（镇）领导成员中，有的满足于开会或下发文件，落实与否，心中无数，把大量的时间浪费在迎来送往和各种应酬之中，百陪不厌。即使有时间走出去，走下去，也只当作走走，看看，说说而已，对于看到、听到的情况或问题，不加以分析和研究，以致抓不住问题的本质。这种在文山会海中出主意，在应酬上动脑筋的做法，浪费了很多时间和精力，最终工作还是落不到实处。因此，领导要摆脱繁重的事务，围绕继续推进农村改革，构建和谐社会，增加农民收入，加快新农村建设等重大问题，深入基层，深入群众，深入实际，倾听群众意见，了解群众疾苦，帮助群众解决实际问题，总结群众经验。既吃透党的方针、政策这个“上情”，也吃透“下情”，这样的调查研究，才能把党的方针、政策和实际情况结合起来，贯彻好，执行好，促进社会经济的发展。乡（镇）领导干部要把调查研究作为一项基本功，不仅要有调查的决心，还要讲究调查的方法。出去了，下去了，要有甘当小学生的精神，有求知的欲望，对群众要有同志加朋友的态度，采取商量式、探讨式、请教式的方法，虚心听取他们的意见，务求得到真实的情况，不要被表面现象掩盖事实真相。在调查研究中，学会做群众工作，帮助群众解决实际困难，化解社会矛盾，促进社会和谐。只有经过深入细致的调查，掌握了大量的第一手资料，通过认真的分析思考，去粗取精，去伪存真，真正弄清事物的本来面目和相互关系，把握规律性，得出正确的结论，做出正确的决策，减少失误，避免损失，使工作取得最佳效益。

三、实事求是，求真务实。一切从实际出发，实事求是，求真务实，既是科学决策、民主决策的基础，又是严谨的工作态度和工作作风。乡（镇）领导要增强工作的责任感和使命感，克服浮躁情绪，抛弃私心杂念，说实话，讲实情，办实事，出实招，求实效，把心思用在于事业上，把精力投到落实中，实现社会经济发展，群众收入稳定增加，社会安定，老百姓的生活越过越好。工作要有长远规划，也要有短期安排先抓什么，后抓什么，近期抓什么，长远抓什么，做到立足当前，着眼长远，不能墨守成规，无所作为，也不能急功近利，急于求成，更不能拔苗助长，搞劳民伤财的“形象工程”、“政绩工程”，浪费财力、人力和物力，害人害己。办实事，求实效，是要让老百姓得到真正的实惠，不能损害老百姓的利益。当前，黔西正处在发展的黄金时期，面临前所未有的发展机遇，经济腾飞已有了坚实的基础。乡（镇）领导必须保持清醒的头脑，看到存在的问题和差距，勇于求真务实，妥善处理各种矛盾，不要让小矛盾闹成大矛盾，小问题嚷成大问题，矛盾只能化解，不能激化。办实事，谋发展，既要经过充分的调查研究，科学决策，又要量力而行，不能好大喜功，如果盲目而行，不仅不能加快发展，反而会挫伤积极性，甚至背上沉重的包袱，导致延缓发展速度。求真务实，重在抓落实，要有雷厉风行的作风，一抓到底，抓出成效，让老百姓得到实实在在的利益，使领导班子树立良好的形象和威信。

四、坚持民主集中制。发扬民主，团结共事，是胡锦涛总书记倡导的八个方面的良好作风之一。团结就是力量，团结出凝聚力、战斗力。团结促进事业的发展，不团结，互相扯皮，互相拆台，就会影响工作，阻碍发展。要实现领导班子的团结，就必须坚持民主集中制。民主集中制的坚持，关键又在主要领导。主要领导要关心班子成员，善于做思想沟通工作，增加工作的透明度。坚持用制度管人管事，避免随意性，坚持集体研究，分头办理，在讨论和决定重大问题时，由于班子成员的工作经历不同，文化程度不同，觉悟程度不同，思想理论水平不同，认识水平不同，调查了解的情况不同，会产生不同意见，这些都是正常的，必须充分发扬民主，集思广益，形成正确的决定，并贯彻始终，抓出成效。一时意见不统一，就要进一步调查研究，广泛听取各方面的意见，然后再集体讨论，达到意见统一，绝不能搞家长式作风，独断专行。成员要尊重主要领导，维护主要领导，经常汇报自己分管的工作，并在成员之间互相通气，使之互相了解，绝不能把分工当成“独立王国”。要摆正位置，演好角色。相互之间尊重而不奉承，学习而不巴结，提醒而不损害，处处维护班子的团结和统一。每个成员都要树立起强烈的整体观念和大局意识，配合好，协作好，团结共事，以自己的实际行动和良好的形象把大家的力量凝聚起来，把群众的积极性充分调动起来，心齐气顺，风正劲足，互相尊重，互相学习，取长补短，讲党性，讲大局，讲原则，互相支持，互相理解，勤奋工作，真正做到权为民所用，利为民所谋，得到群众的公认，提高领导班子在群众中的威信。

五、密切联系群众，克服官僚主义，主观主义，强迫命令和违法乱纪。乡（镇）领导要想群众之所想，急群众之所急，帮群众之所需，而不能高高在上，滥用权力，脱离实际，脱离群众，好摆门面，好谈空话，思想僵化，墨守成规，人浮于事，办事拖拉，不讲效益，不负责任，不守信用，公文旅行，互相推诿，以至官气十足，动辄训人，打击报复，压制民主，欺上瞒下，专横跋扈，徇私行贿，贪赃枉法。要秉公用权，廉洁从政，牢记手中的权力是党和人民赋予的，只能用来为人民谋利益。我们党和国家的性质决定了党和政府立党为公、执政为民的宗旨。作为党和国家基层政权组织的乡（镇），更要高度为群众负责，办事情、出主意、想问题，都要从群众的利益出发，关心群众，帮助群众排忧解难，切实解决问题，促进发展，让群众增加收入，减轻负担，脱贫致富。要充分认识权力是一把“双刃剑”，秉公用权，可以造福人民；以权谋私，就会祸害人民。领导干部如果在权力观上出现偏差，把权力当成为个人或集体谋私利的工具，就会滥用权力，滑向腐败的深渊。要认真执行党的方针政策，依法行政，既要增加群众收入，又要保护群众收入，深入实际，深入群众，和群众交朋友，发现问题，解决问题，严禁“当官做老爷”的作风，当好人民的公仆，说话办事以人民群众拥护不拥护，赞成不赞成，高兴不高兴，满意不满意，答应不答应作为衡量工作的唯一标准。勤政廉政是党和人民对领导干部的基本要求，要牢记“两个务必”，做廉洁从政的模范。

六、关心群众疾苦，解决实际困难。目前，全县随着能源基地建设的发展，加快了各行各业的发展速度，城镇建设日新月异，交通建设前所未有，矿山建设发展迅速，农村劳动力转移加快，经济开始腾飞，人民收入增加，群众生活水平和质量不断提高和改善，老百姓有目共睹，有口皆碑。但是，必须看到，发展是不平衡的，在广大农村，特别是一些贫困地区，少数民族地区，边远地区，由于历史和自然的原因，有些老百姓还处于贫困，存在着这样那样的困难。在这些地方，乡（镇）领导要特别重视弱势群体，关心弱势群体；要抓好农村医保工作，解决缺医少药问题，帮助群众解决就医难问题；要抓好教育，把义务教育学费减免落到实处，帮助群众解决子女入学难。要抓好乡村公路建设，帮助群众解决运输难问题；整顿关闭小煤矿和非法煤矿，帮助群众解决燃料难问题，抓好电力建设，架设输电线路，帮助群众解决用电难；抓好人畜饮水工程建设，帮助群众解决吃水难问题；抓好社会治安综合治理，使群众安居乐业。只有处处关心群众，把好事办好，把实事办实，才能得到人民群众的拥护和支持。

围绕市场需求　调整产业结构

城关镇辖25个行政村，16个居民委员会，全镇人口12万多人，其中城镇人口8万多人（含流动人口）。近几年来，镇党委和镇政府始终以经济建设为中心，以增加城市居民和农村老百姓收入为目标，围绕市场需求，进行产业结构的调整，取得了可喜的成绩，到2002年底止，财政总收入达到了1 626万元，城镇居民人均可支配收入4 800元，农民人均纯收入1 710元，分别比前三年增长28.7%、17%和23%。

一、从抓粮食烤烟转向抓非农产业

过去，城关镇是个农业大镇。全镇的工作重点，主要是抓科技兴农，夺取粮食丰收，解决老百姓的吃饭问题，抓烤烟生产，解决财政收入和老百姓的现金收入，烤烟提供的税收最高年份曾经占到了财政总收入的38%以上，到1998年，全镇财政收入才548万元，农民人均纯收入1 290元。

但抓粮食生产和烤烟生产，只能解决温饱，不能快速增加老百姓收入和保持财政收入持续增长，不能富裕奔小康。在西部大开发中，黔西迎来了大型水电站东风电站扩容、洪家渡电站、索风营电站正式开工建设和黔西火电厂（4×30MW）破土动工，也为城关镇带来千载难逢的机遇。四通八达的公路网络，良好的基础设施，优越的地理环境，迎来了八方宾客。县城面积迅速扩大，从原来的4.6平方公里扩大现在的7.2平方公里，县城人口迅速增加，在原5万多人的基础上增加到现在的8万多人（含流动人口）。城关镇立足市场，服务城市，调整产业结构，为非农业营造宽松环境，为非农业产业排忧解难，为非农业提供有效的服务，促进了非农业产业的迅速发展。到目前为止，全镇共有餐饮业500多户，经营建材、家用电器、五金交电、农资、百货、水果、蔬菜、生活用品的从业人员达到了13 700多人，有900多人从事建筑行业，大中小型客货运输车辆2 100多台，房地产企业、建材生产企业、产品加工企业等发展迅速。到2002年底止，非农产业的收入在国民生产总值中的比重上升到了72.4%，提供税收1 468万元，占财政收入的91.3%。

二、从抓自给自足转向抓商品经济

城关镇根据市场需求，从“三催”转向捕捉市场信息，引进资金、技术、人才，抓龙头、抓示范，尊重农产生产经营的自主权，帮助他们解决生产经营中的困难，使商品生产迅速发展，商品率大幅度提高，收入显著增加。牌庄村离县城不到3公里，全村671户，3 380人，耕地面积2 321亩，其中田566亩，到1997年，全村人均粮食不足300公斤，人均收入不到600元。1998年村主任刘汉忠率先垂范，从外省购进优良种猪进行饲养繁殖，经过几年的努力，养猪形成了一定的规模。去年，他养猪的数量达到400多头，获利8万多元。刘汉忠的养猪技术很快被村民们学会、接受，牌庄成了养猪专业村。去年，全村养猪户达500户，每户养猪均在10头以上，占总农产的75%。其中，养500头以上的1户，养300头的2户，养100头的5户，养50头的20户，养50头的40户。年出栏在1万头以上，户均出栏数超过了15头，人均出栏数超过3头。加上建筑、加工、饮食、运输等其他收入，到2002年，全村人均粮食500多公斤，人均纯收入2 000多元。牌庄养猪业的示范作用带动了全镇生猪产的发展，现在，全镇年存栏生猪31 218头，出栏生猪近3万头，收入达2 000多万元，实现了生猪生产稳步发展，市场销路比较稳定，农产收入稳步增长的可喜局面。金凤村青年曾祥友，前几年外出打工，既积累了资金，又学会了养鸡技术，前年回到村里办起了养鸡场，每年出售在2万只左右。他致富不忘乡亲，向乡亲们传授养鸡技术，又把小鸡给乡亲们喂，卖鸡时再还小鸡钱。由于他饲养的都是本地黑脚杆鸡，市场销售十分看好。由于养鸡技术的提高，形成了分户饲养、成片发展的可喜局面，形成了一定规模，现在全镇每年出售商品鸡在19万只以上，收入达到了380多万元。石板村土地坪，虽然离县城较远，但他们利用交通方便的优势，引进无公害蔬菜，全部施农家肥，第一批种植蔬菜300亩，每亩首先付给农户土地租金285元（一年），然后在老板的技术指导下，请农户种菜，农闲时每个工人10元，农忙时每个工人15~20元，仅此一项整个劳动一年收入1 000元以上，农户不担任何风险。现在，外面已有一些客商前来签订购销合同，实现了订单农业。为了使这里的蔬菜面积扩大，镇里筹集了50多万元资金，把龙潭里的水提到了坡上，在近千亩地里铺设了管道，为蔬菜的发展提供了有效的服务。现在，全镇商品蔬菜的面积达到了6 800多亩，露地栽培和地膜覆盖、大棚、小凸棚栽培相结合，粗菜、红菜、精菜相搭配，一年四季新鲜无公害蔬菜源源不断上市，年销售1 020万公斤以上，收入达到了612多万元，既增加收入，又丰富了市民的菜篮子。

三、抓城镇建设，促进劳动力转移

城关镇始终把城镇建设作为一件大事来抓。先后建成了长5公里的水西大街和燕山街、黔洪街、甘棠街、步行街等街道和迎宾大道，建成了水西园、环南安居小区、园丁小区等住宅小区，建成了水西广场和东门小广场，实现了262公里街道亮丽工程，新建的黔西汽车站已经投入使用。县城面积从过去的4.6平方公里扩大到在7.2平方公里。由于县城建设的快速发展，设施配套齐全，吸引了富裕起来的农户们纷纷迁往城里居住，全镇农村人口转移到城里居住的达2万多人，同时还吸纳了本县其他乡镇和大方、织金等县1万多人，甚至连贵毕高等级公路管理处和开工建设的火电厂生活区也落户城关。城镇人口从过去5万多人扩大到现在8万多人。城镇人口的迅速增长，带来了资金，带来了技术，促进了交通、通讯、建筑、商贸、餐饮、加工等各行各业的快速发展。同时镇政府还通过职业技术培训和牵线搭桥，向县外和省外输出劳力3 800多人，使他们开阔了眼界，学到了技术，积累了资金，一部分人又回到家乡创办开发项目，带动家乡的发展。目前，全镇农村人口已从过去占总人口的87%下降到63%。

四、抓好教育，提高人口素质

城关镇按照“控制人口数量，提高人口素质”的方针，一方面扎扎实实抓好计划生育工作，控制人口增长，另一方面抓好五年义务教育和职业技术教育，扫除农村青壮年文盲。去年以来，就多方筹集资金近200万元用于教育，学校危房得到了改造，教育设施得到了添置，办学条件得到了极大的改善。现在，全镇在校学生达到了2.3万多人，适龄儿童入学率达到了98%以上。

城关镇的产业结构调整，促进了经济的快速发展，收入年年增加，有的村总体步入了小康水平。如牌庄村，有420户新修了钢混结构或砖混结构新房，基本上户户都有电视机，165户安装了电话，80户购买了手机，32户购买了摩托车，450户购买洗衣机，农产生活蒸蒸日上，欣欣向荣，但是，全镇的人均收入和全国比差距较大，按小康社会的要求相差甚远。特别是农村还有 1 200 多人处于贫困，他们人均纯收入不到 600 元。要继续实现农村经济稳步发展，农民收入稳步增加，财政收入稳步增长，加快脱贫致富奔小康的步伐，继续抓好产业结构的调整仍然十分关键。

抓好劳力转移　发展农村经济

——金碧镇转移农村剩余劳动力的调查

金碧镇辖32个村，205个村民组，7 967户，34 810人，其中农业人口33 130人，占总人口的95%，农村劳动力12 763人，耕地面积31 520亩。近几年来，镇党委和镇政府切实抓好农村剩余劳动力的转移，加快了农村经济的发展。到1993年底，农民人均纯收入612元，在1990年的基础上人均增收155元，增长33.9%。

一、农村剩余劳动力转移的现状

金碧镇共有农村剩余劳动力3 780人，占农村劳动力的29.67%，已转移2 553人，占农村剩余劳动力的67.5%。

金碧镇农村剩余劳动力的转移，一是增加了农民收入，为发展农村经济积累了资金。据调查统计，全镇劳动力转移每年获得收入400多万元。二是促进了生产发展和商品流通，该镇的沙戛坡，有8 900多亩，多少年来都只是灌草覆盖，以张兴奎等为首的40多人分片承包造林，现在已经全部绿化，昔日灌草丛生，今日已绿树成林，郁郁葱葱，山清水秀。该镇华口寨村第六村民组，共54户，80%的农户从事编织业，他们编织的筛子、簸箕远销清镇金沙、大方等县。不少转移出来的劳动力，常年跑城镇，串乡村，搞收购，搞推销，形成了纵横交错的流通网路。该村第四村民组，20户人家，有50%的农户在全县收购废铁、空瓶、废塑料等，然后集中销出去。三是见了市面，增强了挣钱致富的意识。种田糊口的观念正在打破，不愿在家里苦熬，宁可在外面苦干。四是培养了农村乡土人才，增强了劳动技能。转移出来了农村劳动力，绝大多数都努力学技术，使自己有一技之长，以实现劳动致富。华口寨村农民吴宝林，在外出打工期间，学会了洗发精生产技术，现在贵阳和家里都办了厂，拥有流动资金5万多元。五是收到了明显的社会效益。农村剩余劳动力转移从事开发性生产，富了民富了村，促进了社会的稳定和发展。

纵观金碧镇农村剩余劳动力的转移，总的来看，形成了农业内部转移，就地消化，全镇人均只有0.9亩耕地，他们在现有的耕地上采取农业适用技术，实行集约经营，提高单位面积产量，保持了粮食产量的稳定增长，粮食总产从1985年的5 123吨上升到1993年的7 573吨，增长了47.8%。在稳定粮食增长的同时，他们针对农村一方面耕地少、容纳不了众多的劳动力，另一方面大量的荒山秃岭闲置，待于开发的实际，把兴办“四园三场”，发展庭院经济作为农村剩余劳动力的转移，实现脱贫致富的突破口之一来抓，明确提出了困难在山，潜力在山，希望在山。经过几年的努力，现在，全镇从事林、果、茶、药种植和农副产品加工、鱼牧养殖等1 080人，占已转移劳动力的42.3%，促进了养殖业、种植业、加工业的迅速发展。特别是森林覆盖率增长较快，已从1985年的14.7%上升到1993年的20%。已建成的沙戛坡林场和沙戛坡茶场初具规模，产生了较好的经济效益、生态效益和社会效益。做到种地务工两不误，农忙种地，农闲务工。金镇外出打工的季节工700多人，占已转移劳动力的27.4%。并且以耕地为依托，充分利用自身的一技之长，实行全方位的转移。目前，对农民来说，耕地带有共同的社会福利性质，他们多数都不愿意放弃自己的承包地，在种好耕地的同时，富余的劳动力积极寻找发展空间。在已转移的劳动力中，有的搞建筑建材，有的搞加工、运输、修理，有的搞饮食服务，经商办企业，从事商品流通，有的搞编织，真是各具特色，各显其能。如华口寨村一、二、六三个组有 284 人从事竹席、筛子等竹货的编织生产；五组有 82 人从事烤烟烘烤用的烘管加工；九组地处沙窝街上，有 68 人从事豆腐的加工销售；三、四、十三个组有 160 多人从事废旧物资的收购和鸡鸭蛋、杂粮的收购运销活动。逐步成为离土离乡，办厂经商的模式。全镇有 40 多户人家举家外出，除少数外，多数是将承包地转交种田能手，在省内和省外安家落户办企业。这是农村剩余劳动力转移后，耕地逐步向种田能手集中，实行适度规模经营的必然趋势。

二、农村剩余劳动力转移存在的问题

目前，金碧镇农村剩余劳动力的转移，存在着“五多五少”的现象。一是季节性、临时性转移多，常年性转移少。他们农闲外出经商、寻工干活，将劳动力换取收入，农忙返回家乡种田。二是青壮年男劳动力转移多，女劳动力转移少。由于传统观念的束缚，未婚女青年父母管教严格，不准出门，已婚妇女要承担家务和带孩子，加之外出劳动力多为务工，女劳动力不如男劳动力在外挣钱容易，导致了女劳动力比男劳动力转移难。一些村组，男劳动力外出务工，妇女成了农业生产的主力军。三是自发转移流动的多，有组织的转移少。由于农村劳务市场尚未形成，除少数由县劳动就业办安排转移外，多数自找需工市场，自己外出。因此，带有很大的盲目性。四是在已转移的劳动力中。从事体力劳动的多，有技术专长的少。全镇外出从事建筑业的 102 人中，懂石工、木工和泥工技术的才 37 人。五是转移在县内和临近县的多，到省城和沿海发达地区的少。全镇转移到深圳、珠海等地的不到十人。

农村剩余劳动力的转移，增加了农民收入，培养和锻炼了人才，学到了技艺，带来了信息，增强了农民的商品意识、竞争意识、质量意识，促进了脱贫致富和农村经济的发展。但是，也反映出一些值得引起重视的问题，需要认真引导和解决。一是受农业和非农产业过于悬殊利益的拉动，有一技之长，特别是青壮劳动力从农业转移出去，留下来种地的妇女、儿童、老人比较多。在这些地方，农业成了低素质劳动力的场地，影响了农业适用技术和科学种田的推广，导致粗放经营，广种薄收，产量徘徊和下降，使农产品的有效供应难以保证。二是中小学的少数学生，一方面因学校收费过多、过高，承受不了，加之外出打工挣钱的诱惑，增加了学生的流失现象。三是一些农户种植烤烟等经济作物，收入也划算，但由于收购部门的少数人压级压价，少斤短两，人为造成“卖难”。他们宁愿外出打工，收入多少两厢情愿，不愿受“卖难”的气，使一部分善于种植经济作物的能人也转移了出去，影响了烤烟等经济作物生产。四是有的超生户为了躲避计生手术和计生罚款，不少的有女无儿户为了传宗接代生男孩举家外出，打工过日，成了“超生游击队”，给计划生育工作增加了难度。五是少数外出劳动力找不了活干，流落街头，给社会增加了不安定因素。

对稳定和完善农村土地承包关系的几点思考

党的十一届三中全会以来，随着家庭联产承包费任制的推行和逐步完善，党的农村基本政策得到了有效的贯彻执行，极大地调动了农民生产的积极性。特别是近几年来，农产品产量逐年增长，农民收入稳定增加，1997 年全国粮食总产量达到了 49 250 万吨，在前五年的基础上上了 5 000 万吨的台阶，农民人均纯收入达到了 2 090 元。由于农业连年丰收，农村经济全区发展，对保障农产品的有效供给，抑制通货膨胀，改善宏观经济环境，促进整个国民经济的健康发展，起了十分重要的作用。实践证明，全面、准确地理解和贯彻执行中央制定的土地承包政策，才能稳定党在农村的基本政策，切实保护和发挥农民的积极性，进一步发展农业和农村的大好形势。

目前，农村土地承包关系总体上是稳定的，但在进一步稳定和完善农村的土地承包关系以及土地承包政策的具体执行过程中，不少地方存在一些值得注意的问题：一是对稳定和完善农村土地承包政策重视不够，宣传不力，执行力较差。一些地方在第一轮土地承包到期后没有及时开展延长土地承包期的工作，既不搞点，也不抓面，有的只是传达一下文件就算完事，有的甚至连文件都没有传达。在这些地方，农民只是听谣传土地要调整，不知土地承包要延长，影响了积极性的发挥。二是无视土地承包合同。一些地方，特别是一些乡（镇）领导，法制观念淡薄，凭想当然办事情，单方撕毁合同的情况随处可见。

一些地方搞集镇开发，未报经批准，强行以每平方米10～20元的价格向农户征地，说什么征地付给老百姓的钱存入银行取利息都比种粮食强，然后由建筑承包商以每平方米300～700元转卖出去。这些地方一方面大片良田沃地被占用，一些农户完全失去了土地，劳力转移不了，坐吃山空，加剧了困难。另一方面低价征地，高价拿给建筑商人转卖，助长了行贿受贿风气。有的乡（镇）建这样大街，那样大街，不仅无偿占用老百姓的承包土地，甚至连定购粮、农业税和土地承包费等都不减出。有的乡（镇）本来村村都通了公路，为了领导检查工作方便，强调村村公路连通，除无偿占用很多承包地外，还要叫老百姓集资、投劳，有的农户因大部分承包地被占用而向上级反映情况，还被打伤住院。有的承包荒山，本已封山育林或植树造林，在未作任何处理的情况下，又收回重新发包，甚至拍卖。有的以各种名义强行收回农民的部分（有的是全部）承包地，重新高价发包，加重农民负担。有的新任领导不认前任领导签订的合同，一推了之。这些无视土地承包合同的现象，造成了诸多矛盾，影响党的土地承包政策的严肃性和损害了党的威信，造成干群关系紧张，增加了不团结、不稳定的因素。三是土地承包合同的管理混乱。第一轮土地承包合同，发包方为村民委员会，承包方为村民。但后来的实践证明，发包方有名无实，形同虚设，写在合同上的土地承包管理费，乡（镇）可以随意提高，且自收自用，土地的占用也是乡（镇）决定，形成了土地承包签合同的发包方无权管理，有权管理的乡（镇）又不签合同的尴尬局面。四是违反承包合同，违背农民意愿，搞强迫命令，农民没有生产、经营、管理的自主权。一些领导为了讨好上级，喜欢搞路边花，不管土地适不适宜，农民有无技术，有无劳力，有无投资能力，规定公路一边种烤烟，一边种玉米，一边种小麦，一边种油菜，推广良种和农业适用技术也搞一刀切，农民如不愿意就要罚款，引起群众强烈不满，恶化了干群关系。五是有的农户失去了土地。特别是在一些边远贫困地区，一些农户由于天灾人祸，被逼无法，只有去借高利贷，有的利滚利无法还清，最后只有把承包地给了债主，这些问题虽然发生在少数地方，但对稳定党在农村的基本政策，特别是稳定和完善土地承包政策造成了不良影响，应该引起各级党政的高度重视，认真加以解决。

稳定党在农村的基本政策，关键是稳定以家庭联产承包为主的责任制，完善统分结合的双层经营体制。家庭联产承包责任制的核心是土地承包制度。因此，稳定土地承包关系，是党的农村政策的核心内容。1993年，在第一轮承包即将到期之前，中央就明确宣布，土地承包再延长30年，“四荒地”等开发性生产的承包期可以更长。中央还提倡承包期内“增人不增地，减人不减地”的做法，允许土地使用权自愿有偿转让。中央的规定，既满足了农民要求土地承包关系长期稳定的愿望，又符合土地作为生产要素合理流动的要求，是一项符合国情的完整的土地承包政策，深受广大农民欢迎。近期，中央办公厅、国务院办公厅又作出“关于进一步稳定和完善农村土地承包关系的通知”。做好土地延长承包期的工作，直接关系到亿万农民的生产积极性，关系到农村经济的发展和农村社会的稳定。

稳定和完善农村土地承包关系，笔者认为应做到以下几点。

一、提高认识，从点上抓起。我国农村人多耕地少，农业自然资源短缺，人均粮食占有量只400多公斤，大部分地区经济还比较落后，农民收入低，在相当长的时间内，土地不仅是农民的基本生产资料，而且是农民最主要的生活来源。因此，稳定和完善农村土地承包关系，十分重要。土地承包制度是党的农村政策的基础，绝对不能动摇。稳定是完善的基础，完善是稳定的必要条件。没有稳定就谈不上完善，完善必须有利于稳定。只有认真做好稳定和完善农村土地承包工作，才能做好稳定党在农村的基本政策，进一步调动农民生产、管理、经营的积极性，促进农村经济稳定增长，把一个繁荣的农村带入二十一世纪。当前，必须克服一些地方存在的“文件传达了，会议开过了，工作布置了”的“光打雷不下雨、雷声大雨点小”的现象，县（市）一级要抽调熟悉党的农村政策，有农村工作经验，善于做群众工作，能吃苦耐劳，责任心强的同志组成工作组，深入农村开展稳定和完善土地承包工作，在“点”上取得经验，然后指导面上工作的开展。县（市）一级党政要认真研究，有安排，有部署、有要求、有检查、有督促，限期完成。

二、认真执行土地承包政策，切实做好延长土地承包期工作。农村土地承包，是将农村集体所有土地的使用权承包给农户，承包合同一经签订，农户即取得了土地的使用权。在承包期内，农户拥有生产的自主权、管理的决策权，经营的决定权。同时，这种使用权还可以抵押、入股、转让和继承。这种使生产资料的所有权与经营权分离的经营管理制度和劳动组织形式，就是农村的家庭联产承包责任制。实践证明，这种责任制给农村带来极大的生机和活力，是农村建设有中国特色社会主义的必经之路和必然选择。集体土地实行家庭联产承包责任制，是一项长期不变的政策。从贵州的实际出发，贵州省委决定在第一轮土地承包到期后，从1994年起耕地承包期再延长50年，非耕地承包使用期再延长60年，指的是家庭土地承包经营的期限。在延长土地承包期时，不准将原来的承包地责任人打乱按现有人口重新发包，不准随意打破村民组（原生产队）土地所有关系的界限在全村范围内重新平均承包，不准任何干部在延长土地承包期工作中以权谋私，假公济私。一般情况下，不准提高第一轮土地承包时的土地承包管理费。对在第一轮承包期内，因家庭人口增减发生的承包地差异情况，即出现“人多地少户”或“人少地多户”，都要坚持稳定，既不调进，也不调出。今后继续实行“在承包期内，增人不增地，减人不减地”的政策。耕地是不可再生的资源，全国人均耕地已不足1.2亩，贵州人均耕地不足1亩，耕地紧缺是我国农村普遍存在的问题。在延长土地承包中，必须切实注意保护耕地，鼓励农产培肥地力，保持水土，禁止掠夺地力，弃耕撂荒，破坏地貌和转移耕地用途。对承包的荒山、荒坡在限期内实行封山育林，植树造林。农户在承包期内，因无力耕种转营他业的，可将土地交集体统一安排，也可以经集体同意，自找对象协商转包，这样，即可以解决承包期人多地少的矛盾，也有利于土地向种地能手集中。

三、必须坚持用合同完善土地承包。延长土地承包期后，乡（镇）人民政府农业承包合同主管部门要及时向农户颁发由县或县级以上人民政府统一印制的土地承包经营权证书。按照《宪法》规定，农村土地属于集体所有，集体土地所有者的代表为村民委员会或村集体经济组织。由村民委员会或村集体经济组织依法进行管理。在延长土地承包期的工作中，发包方为村一级，承包方为农户。首先要按照合同法的有关规定，拟定承包合同。承包合同体现合作经济组织与其成员之间的经济关系。建立健全承包合同，必须正确处理国家、集体、个人三者之间的关系，借助法律手段来管理经济。合同不仅要符合国家的法律、政策，还要符合合作经济组织章程以及社员共同约定的事项。必须把承包的原则，承包的起止时间，承包地块名称、面积，应缴纳的农业税，定购粮，土地承包管理费，经营权、管理权，发包方和承包方的权利和义务，违约责任，合同解除等内容等写进承包合同，发包时双方在合同上签字，然后经过公证机关公证或经合同管理机关鉴证，合同即具有法律效力，双方均应认真履行。

四、妥善处理土地承包关系中的一些具体问题。一是要坚持集体对土地的所有权，建立土地流转制度，搞活土地的使用权。允许在不改变土地承包时规定用途的前提下，经发包方同意，承包农户对土地的使用权和经营权可以自愿有偿转包、转让、互换、入股。土地流转签订书面合同，并报发包方和乡级农业承包合同管理机关备案。二是对私自买卖和抵账的承包地，要进行认真清理，在明确宣布为非法的同时，对所卖土地收入的现金和所欠的债务，能还的要逐年偿还，实在不能还的，可将土地的使用权、经营权逐年抵消，宣布土地的使用权仍归承包农户所有。三是对承包荒山、荒坡封山育林，植树造林和承包水面等搞开发性生产的，在未征得原承包农户同意的情况下，集体单方面收回发包或拍卖使用权的，要对原承包农户投工投劳和投资经营的情况作出实事求是的处理，该补偿的要补偿，该赔偿的要赔偿，并依法解除原承包合同，才能重新发包或拍卖。四是对修建乡村公路等公益事业无偿占用老百姓承包地的，要本着占地还地的原则，将同一村组正式农转非的农户、生前无亲属赡养的去世的孤寡老人的承包地收回补给，实在无地补足的，也应将其承包地应缴纳的费用和定购粮分摊到受益农户头上缴纳。五是将第一轮承包以来的开荒地进行清理，属于影响水土保持的，要责令限期退耕还林，确属可以开发利用的，集体要纳入统一管理。六是在第一轮承包以来，人口增加过快，承包地很少的农户，集体要帮助和鼓劲他们承包非耕地开发，发展养殖业，发展二、三产业，开展农机等经营服务和组织劳务输出，拓宽他们的致富门路。对那些有劳力又特别困难的农户，集体要在土地流转的过程中，帮助协调转包经营，并指导进行生产，使他们早日脱贫。七是尊重农户生产的自主权。在承包合同规定的范围内，种什么、怎么种，由农户自己选择。良种和农业适用技术的推广，应通过试验示范和有效的技术服务，用效益影响农户自觉吸受，推广和坚持，不能用拨苗、罚款等行政手段强迫老百姓种植，如因强迫命令造成农户损失的，谁强迫谁赔偿，并追究其违纪违法责任。八是不能随意提高土地承包使用费。土地承包合同一经签订，除国家出台政府要收的税费外，必须按照合同应缴纳的款项执行，严禁搭车收费和提高费用，增加农民负担。

五、切实加强农村土地承包工作的领导和管理。延长土地承包期是当前农业和农村工作的一个重点，各级党委和政府要按照中央的政策规定，把延长土地承包期作为对广大基层干部和农民进行一次稳定和完善党在农村的基本政策的再教育来抓，在不误农时，保证农业生产正常进行的前提下，结合当地实际，做好新一轮的土地承包工作。要在做好政策宣传和干部培训工作的基础上，加强实施的具体指导。同时组织进行检查和抽查，及时纠正不符合政策规定的具体作法，确保延长土地承包期的工作顺利进行。农村土地承包管理部门一方面要切实加强，一方面要充分发挥其作，重视农村土地承包关系的调查研究，发现问题，解决问题，总结经验，逐步完善和规范土地承包管理制度和管理办法。乡（镇）、村要分别对农户承包土地的情况进行造册登记，按照承包合同的内容进行监督和管理，掌握和了解土地的动态情况，对出现的问题及时进行处理。土地承包使用费，应该坚持村收、村用、村管，逐步增加村级积累，乡（镇）负责检查、审计、监督，每年的收支情况由村向全体村民公布。除工副业、果园、鱼塘、“四荒”等实行专业承包和招标承包项目外，其他土地的承包使用费要列入农民上交提留统筹范围合并计算，不准变相加农民负担。村级要扩宽经济发展的路子，发展农产品加工和开展农技服务，增加集体经济，决不能在农民的承包地上打主意，随意更改承包合同，提高承包费用。要在农户承包经营的基础上，通过公司联基地，基地联农户，走产供销和农工贸一体化的路子，既巩固充实了家庭联产承包经营，又使分散的农户纳入了社会化大生产的轨道，促进农业生产的专业化、社会化，以取得规模效益。鼓励农户治理水土流失，统一规划、分户进行、连片治理，坚持谁投资，谁受益，谁管理，谁经营。

2008 年 3 月

健全双层经营体制　激发新的生产活力

——桂箐村深化农村改革的调查

黔西县桂箐乡桂箐村，在县委工作组的具体帮助下，从1987年7月开始进行深化农村改革。他们紧紧围绕争取粮食有较大增长，努力发展生产力，发展商品生产这个中心，完善耕地分等定级联产承包责任制和荒山承包制，健全双层经济体制，促进生产要素的合理流动和优化组合，进一步调动了群众生产的积极性。

一、完善联产承包责任制 健全双层经营体制

桂箐村于1979年耕地承包到组，1980年承包到户，参加承包的农户317户，承包人口1 387人（现有农户341户，1 575人），承包耕地1 522亩，其中田37.2亩。桂箐村地处清毕公路，交通便利，人口稠密，人均占有耕地少。工作组入村后，针对干部和群众的思想反映，着重抓好部分党员和干部的培训，使他们成为深化农村改革的骨干。开好党员会、村组干部会和群众会，走访农户，宣传政策，讲明来意，做好思想发动工作。在此基础上，开展调查研究，摸清了桂箐村耕地承包后存在的问题：①联产承包变成了分地到户，耕地“私人所有”现象严重。全村有24户私自转包54.4亩，有1户出卖耕地0.3亩，有7户占地修房2.5亩，有7户占未分耕地25亩，有3户私自开荒3.6亩，有18户因农转非、全家外迁、死亡绝户等，由亲属转让或变相出租19.5亩；②由于农产品价格与工业品的比价不合理，加上对承包耕地没有稳定感，农户对承包耕地的投资兴

趣减弱，出现了农田基本建设少，农技推广少，制造和施用农家肥少，施用化肥多的“四少一多”现象，致使约10%的农户地力下降；③由于劳动力的转移和人口增减的变化，耕地人均到户矛盾已暴露出来，劳力转移的农户，自行把承包耕地转让或变相出租，不经任何投入而获得了“地租”收入。人口增加的农户又往往不能转移劳动力，地不够种，收入减少，生活困难。人口减少的农户，出现人少地多，劳力、资金不足，往往对耕地粗放经营，广种薄收。种田能手又因耕地不足，而英雄无用武之地；④大部分荒山荒地未承包落实，你争我占，随意开荒，纠纷不断，又无人处理。导致包干到户八年来，户前屋后已绿树成荫，225亩荒坡还是荒山秃岭；⑤未建合作经济组织，失去了生产服务职能、管理协调职能和资产积累职能，没有统一经营，只有分户经营。党的方针政策很难贯彻到群众中去，集体经济失去对农民的吸引，家庭经营力不能充分发挥，严重影响农村经济的进一步发展。

根据上述存在的问题，工作组开展了完善联产承包责任制、搞好荒山等承包、健全双层经济体制的工作。他们在指导思想上，既明确宣布农户对耕地的承包期限有效，巩固和完善联产承包责任制，稳定群众情绪，又注意解决包干到产后出现的新问题，具体抓了七件事。

一、建立农工商合作社。在宣传政策，发动群众，调查研究的同时，分别召开群众会和村民代表会，讨论和通过合作社章程，经过民主选举，建立了桂箐村农工商合作社。

二、查清包干到户后耕地变化的情况。采取召开会议，宣讲政策，自行对照，自议自报和调查核对相结合，对耕地变化做到“十清”。即每户承包后耕地清；耕地质量清；地形地貌清；私自转包清；变相出租清；占地修房清；买卖清；农转非清；全家外迁清；死亡绝户清。逐户逐项造册登记，建立档案。

三、对耕地进行分等定级。一是建立评议小组，以村民组召开群众会，民主推选5～10名公正无私、认真负责、熟悉耕地情况的人组成，负责全组耕地的评定。二是耕地等级划分宜粗不宜细，按习惯亩以直观地力肥瘦评价，一般分为上、中、下、劣四个级，便于群众掌握，既不脱离实际，又基本合理。三是评定耕地等级以1980年承包时面积和地力为依据，体现了在耕地上谁投资谁受益的原则，鼓励农民对耕地投资投劳，培肥地力。全村通过评定，上等土173.69亩，中等土681.5亩，下等土567.91亩，劣等土98.9亩。

四、联产承包。经过耕地分等定级，以1980年耕地肥力为基础，评定每亩的产量基数。然后每个阶段又以一定的增长比例，明确每个阶段应该达到的目标。包干到户时，全村粮食产量31万公斤，1984年达到42.5万公斤，平均每年递增9.2%。1984～1986年三年的每亩平均常产为上等土325公斤，中等土265公斤，下等土200公斤，劣等土120公斤。从1987～1990年以10%的速度递增，粮食产量到1990年应达到46.8万公斤，从1991年开始以5%的速度递增，到1995年粮食产量应达到59.5万公斤。联产指标基数和增长比例确定后，经过反复讨论，村农工商合作社拟定了耕地联产承包合同书。合同规定耕地承包期限为15年（从1980年起），并对甲乙双方的权利和义务作了规定，将服从国家种植计划、推广农业技术、实行集约经营、加强土地管理等写进合同。作物种植和产量由甲方当年下达。发包方从今年起三年进行一次耕地肥力评定，以当年验收为准。凡地力上升一级的，每亩奖励5～10元，并在退包时给予投入当适补偿。凡地力下降一级的，无特殊原因，每亩罚款20至30元，并将50%的承包地收回有偿转包，50%的留作口粮地。违反耕地管理法规的，除依法处理外，每亩罚款10元，并将违法处理的部分耕地收回进行转包。每个承包人口除完成国家任务外，每年交纳承包耕地使用费 2 元。耕地承包合同经村民大会通过后，于 1987 年 9 月 16 日召开了耕地发包大会，以合同的形式定了下来，村民们说，才吃了“定心丸”。

五、承包耕地有偿转包。对死亡绝户、全家迁出、招工转干、农转非等的 19.5 亩耕地，收回实行有偿转包，签订有偿转包合同，原承包农户“耕地承包合同”中规定的甲乙双方的权利和义务，有偿转包的甲乙双方必须遵循，承包方另向合作社交纳每亩产量的 20% 的有偿转包费。有偿转包视具体情况进行，如只收回一人的承包地，则优先转包给原承包户，以利耕种；全家收回的，则有偿转包给种地能手，以利耕地逐步集中。办理有偿转包手续，统一由农工商合作社进行，由接包方每亩交纳有偿转包手续费 2 元。

六、办理转包手续。由于劳动力的转移等原因，一部分农户或人口需要将自己承包的耕地转包他人，对这部分耕地，采取自己联系协商和合作社统一安排两种形式，由合作社统一办理转包手续，并由接包方每亩交纳转包手续费 1 元。

七、抓好荒山地承包。首先将侵占未分的坡土耕地 25 亩和新开的荒地 3.6 亩收回，退耕还林。其次将 225 亩荒山荒地实行承包，签订承包合同，限期造林，待林有收入后，泥山每亩交承包费 20 元，石山每亩交承包费 10 元，限期内不造林的，按每亩泥山收缴 20 元、石山收缴 10 元予以罚款。

二、深化农村改革使桂箐村发生了变化

桂箐村经过深化农村改革，调动了群众发展商品生产的积极性，收到了显著的效果。一是种地的积极性高了。去年秋种，全村播种油菜 800 亩，小麦 500 亩，分别比乡下达的种植计划增加 120 亩和 100 亩；二是推广良种和积极性高了。全村甘蓝型为主的油菜良种面积达 80%，以贵农 10 号为主的小麦良种面积达 70%；

三是积极推广了农业技术。全村油菜规范化种植丰产坝290亩，分带轮作多熟制190亩，小麦规范化种植丰产坝290亩，分带轮作多熟制10亩；四是全村自包干到户以来第一次完成了当年定购粮、农业税任务，交纳了耕地承包使用费；五是加快了劳动力的转移。全村有208个劳动力分别转移到加工、运输、商业、建筑等21个行业上，近的在就地，远的全家去贵阳，共创产值27.68万元；六是促进了团结和睦，社会秩序明显好转。工作组进村初期，桂箐街上吵架、打架不断，又多在晚上，乡里不得安宁。现在每人自找发展生产的门路，社会一片安定；七是推动了计划生育的开展。该村的汪家寨组，从1984年以来，有8户超生，一户都未做手术，最近，有5户到医院作了绝育手术。

三、从桂箐村得到的启示

桂箐村深化农村改革的情况说明，首要的问题在于教育农民。当商品经济发展缓慢，劳动力未实现转移，由于农户子女分家，耕地又再分为小块，部分性、阶段性不可避免。当转变农民观念，商品经济发展较快，劳动力实现转移，耕地流动，出现转包，耕地的逐步集中同样不可避免的，关键是必须加强管理和引导，必须教育农民爱惜耕地，强化对耕地的管理，改革传统的粗放的耕作方式，推广良种和农业技术，集约经营，提高耕地产出率。今年，全村平均每亩耕地产出250元，但高的农户每亩耕地产出已达500多元，为实行集约经营，每亩耕地产出平均增加100元，光种植业一项人均收入就可达340元。必须教育农民转变传统观念，增强商品意识，广开致富门路，才能做到人尽其才，地尽其用，实现粮钱稳定增长，逐步走向富裕。必须把劳动力的就地转移和易地转移当成大事来抓，才能拓宽致富门路。归根结底，必须以经济建设为中心，坚持改革开放，努力发展商品生产，振兴经济。

满怀希望的务工农民

——新生代农民工情况调查

年青人，是我们建设社会主义现代化强国的生力军。为了了解新生代农民工的务工情况，他们有什么愿望？有什么要求？有什么意见和建议？最近，我们对新生代农民外出务工的112人进行了走访调查。

一、新生代农民工的基本情况：这112个务工农民分布在黔西大酒店、水西宾馆、明伟电子厂等7个单位。男青年53人，女青年59人。已婚41人，未婚71人。年龄在16岁以下的4人，17~20岁的34人，21~25岁的46人，26~30岁的28人。党员1人，团员19人。出县务工的17人，在本县务工的95人。出县务工的去福建6人，去广东1人，去浙江8人，去贵阳2人。在县务工的来自17个乡镇的77人，来自省内8个县市的17人，来自省外的1人。学历分别是初小6人，小学3人，初中74人，高中17人，大专4人，中专7人，中师1人。接受职业培训的37人，未接受培训的75人。外出务工的时间为2005年前的22人，2006年至现在的90人。月工资700元以下的11人，800~1000元的59人，1100~1500元的22人，1600~2000元的14人，2100~2500元的3人，2600元以上的3人。用人单位给交纳养老保险的只有28人。单位没有发放任何福利待遇的93人。愿意融入城市生活的101人，不愿意回乡务农的103人，对现有工作满意的74人。

在这些务工农民中，只有2人任车间主任，1人任总监。

二、新生代农民工，年轻力壮，他们大多数有奋斗的目标、追求的理想，利用务工学习适用的技术，积累资金，为实现自己的目的拼搏、奋斗，有比较正确的人生价值观。通过调查，他们之中今后想自己创业的8人；想自己开办公司的2人；通过务工学到技术后，想回家搞种植业、养殖业，带领父老乡亲共同致富的1人；学习老板的管理经营经验，以便今后实现自己发展愿望的12人；希望有一个稳定的就业单位，工资高一点，待遇好一点的6人；想开时装店的3人；因为家庭困难，为了减轻父母的负担，通过外出务工挣钱，不仅自己可以养活自己，还可支持家里，让家人生活过好一点，为家里和社会做点贡献的3人；想当老板的3人；希望有一个如愿的务工单位和务工工种，以利实现自己理想的4人；想当厨师的1人；想开餐馆的2人；打工挣钱创业后，想买房子、想买车子的14人；想开家具店的2人；想开酒店的1人；想开办旅行社的1人；想学医，为群众看病，尽量减轻群众负担的1人。

三、新生代农民工，他们出生在改革开放的年代，成长在市场经济时期，没有陈旧思想的羁绊，思想活跃，敢于表述自己的见解。在调查中，他们既讲述了打工的苦衷，也谈到了自己打工的目的，既反映了问题、困难，也提出了要求和建议。归纳起来，一是不少的农民工是想经过打工实现自己创业，但创业缺资金、缺场地。他们说：宣传上讲创业可以优先解决贷款，可以简化贷款手续，方便群众。但真正去贷款，就不是这样了。农村信合的贷款利息高到8%～9%，而且程序多，无抵押、无担保、人不熟很难贷到。他们希望政府重视他们创业的机会，帮助解决创业难。通过协调解决贷款，真正方便群众，提供贴息优惠，或解决扶持资金，实现创业，为社会贡献微薄的力量。二是要求增加农民工就业的机会，逐步缩小城乡差别，实现城乡一体化。现实的情况是，农民工误工工作不稳定，工资低，待遇差，物价高，房价贵，生活压力大。虽然各级政府对最低工资标准都有规定，要求增加工资，但用人单位是否执行？政府应责成职能部门检查督促，付诸实施。让农民工通过自己的努力，也能逐步过上小康生活。三是现在的农村青年，不要说按产业化、科学化种植、养殖，就是一年二十四节令，哪个节令该做什么，按照传统的种植、养殖方法都搞不好。为了今后能很好地就业和创业，迫切希望得到有关知识和技能的培训。他们说：现在的职业技术学校很多，国家投在这方面的钱不少，自己花费也多，学了很长的时间，拿到毕业证书出学校后，往往是学的职业找不到工作，找到的工作又往往没有学过，用非所学，学非所用，无疑是一种浪费。不少政府补助的培训费花了，但流于形式的多，效果不好。他们认为，一种是按用人单位的用工工种，实行订单培训；一种是先征求意见，从实际出发，根据需要进行培训。无论哪种培训，除基本的东西外，少讲空洞的道理，少一点长篇大论，让大家听得懂、学得会、用得上，达到花钱少，效果好的目的。四是农民工要融入城市生活，离不开政策的支持和保护。他们希望加快户籍改革，允许农民工在城镇落户，把农民工和城市居民一样看待，同样享受城镇居民的待遇。特别是和市民一样，按照政策规定，享受最低生活保障、廉租房、经济适用房、住房补贴等优惠。子女和城里的小孩一样，享受务工地点的义务教育，不再为娃娃读书奔波，让打工的农民也过上新生活。五是有了《劳动合同法》，务工本应受到法律保护。但不少的用工单位，如果你要求按《劳动合同法》办理，他就不用你，只好违心将就。希望有关部门督促把《劳动合同法》贯彻落到实处，让用人单位给务工者交纳养老保险、工伤保险、医疗保险，使农民工安全得到保障，工伤得到治疗，特别是职业病的检查与防治，老了能够领取养老保险金，解除务工者后顾之忧。六是希望作风建设抓出成效，他们说，现在党的政策相当好，国家投在农业上的项目很多，完全是为老百姓着想。但现在的问题很多，也很难解决，项目到了下面就变了。会干的、想干的、能干的往往得不到干。不会干的，管你干好干坏只想把钱弄到手的又往往得干了，浪费不少的人力资源，这是现实社会的普遍现象。七是农民外出务工，是想学到技术，创造条件，然后回家乡带领父老乡亲们从事经济作物方特产的种植、养殖，让大家都能增收致富，不想看到他们还是这样穷。因此，需要真诚的帮助、扶持、指导，但不需要虚伪的建议，更不需要瞎指挥。八是不少的务工者已超过了晚婚年龄，想在城里安个家，虽然有自己的计划，但计划赶不上变化，房价涨得太快，靠务工收入根本买不起房子，希望政府认真执行国务院调控房价的政策，控制上涨趋势。现在还是有钱的人少，低收入的人多，政府是人民的政府，不只是有钱人的政府。九是政府和有关部门要关注和帮扶 80 年以后出生的这些人。这些人多数是小学生、初中生，读书时教育质量差，没有学到什么东西，很多人无学历、无技术，在现实生活中倍感困难。务工需要学政策、学经验、学管理、学经营、学技术，都需要有较好的文化，应加强后续教育和培训，使大家能跟上时代的步伐。

通过调查还了解到，有的孩子为了给爸爸妈妈减轻负担，小小年纪就外出打工；有的孩子为了让哥哥读完大学，帮家庭一把，只好放弃自己的学习；有的孩子是为了改善家里的住房条件，让家人生活能好一点，小小年纪外出务工；有的农民要求上班时间短一点，上八个小时就行了，有一点休息时间或假期，回家看看老人；有的农民反映上大学要读专业，毕业了又找不到专业的工作，学非所用现象比比皆是；有的学生讲述自己上大学，父母欠了很多债，毕业后又找不到稳定的工作，只有打工挣钱还债。

四、调查随想。新生代农民工，是工人队伍的一部分，城镇建设、基础设施建设、服务行业等都有他们洒下的辛勤汉水，他们为城镇和农村的繁荣作出了贡献。关注新生代农民工，对于建设社会主义新农村，推进城乡一体化，建设小康社会无疑十分重要。一是有关职能部门要加强对各行各业使用新生代农民工的检查，强化监督管理，督促业主按照《劳动合同法》执行，对违法用工情况进行批评教育，限期改正。对严重违反《劳动合同法》，又拒不改正的，要依法进行处理，保护务工者的合法权益。二是加快城镇建设，促进农村人口向城镇转移，是消除城乡二元结构的必由之路。在城镇务工的农民，他们生活在城镇，工作在城镇，贡献在城镇，他们之中凡具备基本条件，要求融入城镇的，应该允许他们在城镇落户，享受城镇居民的待遇。三是对于在本县创业的农民工给予鼓励和支持，帮助他们解决创业场地，简化项目审批程序，为他们办理有关手续给予方便，需要报省地有关部门审批的，有关部门应主动帮助办理。为他们创业提供优惠政策支撑，切实帮助解决融资困难。四是按照有关法规，加强物价管理，控制物价水平，查处违法违规涨价行为，减轻务工农民的生活压力。对于具备一定条件的，让他们和城镇低收入人群一样，享受廉租房、经济适用房等优惠，参与城镇建设，融入城镇生活。五是通过对新生代农民工的调查看到，对于青少年来讲，学校教育太重要了。要加快教育改革，提高教育质量，把学生培养成为社会主义现代化建设的有用人才。对于走出学校的新生代农民工，要加强技术培训，有务工订单的，要按照务工工种进行培训。其余的培训，应先征求他们的意见，按需要进行，需要什么，培训什么。培训要注意实际、实效，简明摘要，让他们听得懂、学得会、用得上，切实抓好新生代农民工的后续教育。

2010 年 12 月 26 日

立志建设家乡　返乡艰苦创业

为了了解和掌握农民工返乡创业的情况，探索农民工返乡创业的有效途径，去年冬天以来，我们对黔西县 18 个乡镇 259 名返乡农民工创业的情况进行了调查。

根据调查，返乡创业的 259 名农民工，男性 256 人，女性 3 人；30 岁以下的 32 人，30～45 岁 227 人；大专 5 人，中专 9 人，高中 18 人，初中 202 人，小学 25 人；从事养殖业的 44 人，从事运输业的 12 人，从事工业生产的 18 人，从事商业的 49 人，从事汽修和餐饮等服务行业的 22 人。总共投入资金 14 654 万元，年总收入 10 621 万元，年纯收入 3 503 万元。

农民外出务工是手段，增加收入是目的。只要工资高，按时能领取，就不怕活脏、活苦、活累。这些年来，外出务工收入成了农村经济收入的主要来源，这是广大农民认可的，也是农村基层组织赞同的。不少的务工农民具有远大的理想，一旦条件成熟，他们就要回乡创业，带动家乡父老乡亲致富。因此，他们在务工期间，勤勤恳恳做事，认认真真学习，拜人为师，生活俭朴。在务工期间积累了一定的资金，学到了技术，了解了市场和物流情况，回乡创业，各具特色。

有的从专业化、规模化出发，坚持高技术、高投入、高产出、高效益，吸纳农民就地转移务工，是返乡创业的领头雁。荣获贵州省第三届创业之星的徐志，在外出务工期间，学到了技术，了解了市场信息，回到家乡创办了沁塬辣椒风味食品加工厂。现在，厂区占地面积已达 26 亩，固定资产投资达到了 850 多万元。有流动资金 100 多万，生产泡椒、糟辣椒、红酸汤三个品种10个规格，年销售产值达到了700多万元，成了我县农产品加工的大户，带动了辣椒种植业的发展，仅在天坪就建成了辣椒基地4 000多亩，使1 000余户农民通过合同的形式得到了高于市场的稳定收入，常年和季节性在厂务工的农民达到了80多人，月工资均在1 500～2 000元。徐志的创业，为家乡的农民开辟了一条就业之路，实现了在家门口有工可做，有钱可领。

有的根据市场需求，调整结构，稳步发展，使收入稳定增加。洪水乡源水村青年赵勇，1999年初中毕业外出打工，几经周折，2001年终于在湖南一家野猪养殖场落户下来，在这里，他一干就是3年。之后，他又到贵阳一家野猪养殖场打了4年的工。在这七年的务工期间，他既勤快，又肯学，又肯问，细心观察，勤做笔记，不仅了解了市场行情，而且掌握了圈舍修建、母猪配种、母猪产仔护理、饲草栽培、喂养、防疫等技术。2007年秋天，他告别了朝夕相处的老板、师傅，回到了家乡，先后筹集了50万元资金，用11万元从河北钦县买回了11头野猪，其中种公猪2头，办起了源水野猪养殖场。通过自繁自养，逐步发展壮大，到去年年底，共有存栏野猪300余头，其中种公猪6头，商品猪60头，其余为母猪和小猪。

赵勇在养殖野猪的过程中，为了带动农户饲养，实现大家共同致富，成立了源水村野猪养殖专业合作社。通过技术培训，对掌握了养殖技术，又有饲养条件的农户，提供小猪给他们饲养，由合作社统一回收出售。目前，分户饲养已达68户，饲养近200头。

他们饲养野猪，一是管理严格，着重预防，就是饲养人员也要在外面消毒后才能进入圈舍，加上野猪抗病率强，至今未发现疫病。二是严格按照野猪的生活习性饲养，除喂饲草和玉米籽外，从未使用配合饲料和任何添加剂。喂养出的野猪肉质相当好，瘦肉多而可口，肥肉少而不腻，市场销售相当好，价格比较稳定，商品毛猪每公斤36~42元，小猪重量在10公斤的每头要卖2 000元。现在，商品猪销到了六盘水、广西、广州等地，收到了很好的经济效益和社会效益，带动了农户致富。

不少外出务工人员，他们始终惦记着未脱贫的家乡，惦记着未脱贫的乡亲，他们一旦具备条件，就会返回家乡创业，带动家乡发展，增加群众收入，帮助乡亲们脱贫致富。家住皮家河畔的吕吉发，已经年近花甲，是改革开放的春风把他吹醒，他通过酿酒、喂猪，积累了一些资金。1992年初，带着全家到贵阳甘荫塘创办了两个蜂窝煤厂，解决了30多个进城务工人员的就业问题，每天加工蜂窝煤接近50吨，扣除各项费用外，每天可盈利600元。

他创业致富后，除了三个孩子在城里居住从业外，他带着老伴又回到了阔别十年的皮家河畔，重新起步创业，带领帮助乡亲们致富。2003年，他投资10万元，从贵阳正邦公司引进了黄金梨、元黄梨、黄冠梨、早丰梨、华小梨、二月橙、甜橘、冬桃等优质果苗，栽种了76亩，并请正邦公司负责技术指导。投资1.2万元修建了一公里多长到果园的机耕道。投资13.5万元修建了蓄水220m^3的水池，既解决了果树灌溉，又解决了部分村民用水难的问题。为了解决以后水果的运输，他投资18.7万元，修建了从皮家河到新田5.5公里的公路。他的果园挂果的头两年，基本上都是送给乡亲们吃。水果的吃味得到了乡亲们的认可，都认为销路没有问题。于是，有45户人家栽种了870多亩，形成了一定的规模。现在，果园已经陆续进入盛果期，将给种植农户带来可观的经济收入。

地处皮家河峡谷地带的谢家湾是一个滑坡体，这里居住着18~19户人家，很不安全，吕吉发想方设法要帮助这些人搬出来。经过努力，终于得到了有关部门的支持，滑坡体上的搬迁户每户补助15 000元，有13户的危房改造，每户补助10 000元。经过乡同意，这些农户迁出来决定在皮家河畔建一条新街，在这个几乡接壤的地方形成一个小集镇。他无偿提供了一台空压机供其使用，自己还花去1万多元，又以每平方米12.8元的低价提供3 000余平方米的土地。现在，街已建成，人已迁来，只差打理街面，就可赶集了。

有的外出务工者看到务工地的农户普遍使用农业机械，减轻了劳动强度，减少了开支，增产显著，实现了农业增效、农民增收。他们看在眼里，想起家乡父老乡亲的艰苦劳作，决定回家推广使用农业机械。青塘村青年肖世祥，1992年入伍，在湖北武警当兵。服役期间，学会了农用机械的操作与维修。1997年退伍，在单位搞了五年的保卫，年收入2.5万多元。其间，与一位领导的女儿结了婚。虽然工作稳定，报酬可观，但他想起地处山区的家乡，祖祖辈辈都用牛耕地，一人一牛一天只耕亩把地，强度大，耕地少，为了改变家乡落后、贫困的面貌，他说服了爱人，说服了岳父岳母，于2004年回到了家乡。

为了积累资金购买农业机具，他用岳父给的6 000元和自己的积蓄办起了养猪场，到2008年，盈利8万多元。有了资金后，在县农机中心的帮助下，他花了6万元购买了11台悬耕机，一台一天可耕地5亩，边耕边碎土，耗油少，又省力，费用低，深受群众欢迎。现在，他办起了农机专业合作社，有收割机2台，拖拉机1台，插秧机1台，抽水机2台，悬耕机47台，机械总值近40万元。

农民工返乡创业，提升了农业产业，促进了农村第二、三产业的发展，促进了农村劳动力的稳定转移，促进农业增效、农民增收，加快传统农业向现代农业发展，具有十分重要的作用。但应该看到，回乡创业还处于起步阶段，空间广，难度大，困难多。从创业情况看，存在的问题有技术含量低；从农产品到市场这一中间环节没有任何无偿服务的组织，流通不畅，使农产品往往就地贬值；资金一方面困难，一方面看不准市场，造成了资金的风险；培训与适用和用工不衔接，造成培训资金的浪费等。这些问题都需要认真加以解决、引导，使其健康发展，杜绝搞“形象”、突“政绩”，拔苗助长以及瞎指挥，尽量使创业成功、发展、壮大。

劳务输出富全村

十多年前，周寨还是一个土地贫瘠、广种薄收、交通闭塞、十分贫穷落后的村。在上世纪末，他们响应国家实行退耕还林的政策，先后退耕还林 2 455 亩。退耕后，全村 497 户，1 812 人，人均只有 4 分耕地。要想靠种地摆脱贫困，根本不可能。于是，他们把劳务输出作为致富的要务来抓，2009 年全村劳务经济收入 683 万多元，人均 3 770 多元，实现了劳务输出富全村。

周寨村有劳动力 1 064 人，全年农活只需要劳动力 441 人，剩余劳动力有 623 人。在市场经济快速发展的影响和推动下，村里鼓励一些有志青年走出大山，到沿海发达地区打工锻炼，赚钱补助家用。很多外出务工人员凭着自己的诚实劳动，得到了业主的好评，工资收入稳定增长，家庭迈入了小康生活。在他们的影响和带动下，目前为止，已输出劳动力 634 人。一些人经过务工磨炼，积累了资金，学到了技术，走上了创业发展的道路。这些人中，资产在 50 万元以上的 32 人。去年有 65 人的纯收达到了 330 万元，人均 5 万多元。

周寨村在抓对外输出劳动力的同时，对内加强了劳动力的技能培训和转移。对于在家务农的 430 个劳动力，人均才耕种 1.68 亩土地，还有很多剩余时间。为了增加这些人的收入，村劳务经济协会把他们组织起来承包本村和临村的一些农活，缓解了农村用工难又增加了农民收入。以周章发带队的农田基本建设一组由 28 人组成，承包了营角村的部分坡改梯工程，收入达到了 12.6 万元，每人 4 500 元。由陈学军带队的农田基本建设二组，由 18 人组成，承包了 2 公里的挑井引水大沟和清塘大沟，完成了 3 400 立方米的土石方，收入 11 万元，人均 6 111 元。以王廷学带队的房屋建筑一组，由 42 人组成，承包了 15 户村民的住房改造，收入 12 万元，人均 2 857 元。杨思良带队的房屋建筑二组，由 13 人组成，承包了大兴、山海、红湖三个村部分民房修建，收入 4. 6 万元，人均 3538 元。加上在本队承包农活和植树造林获得的收入，在家务农的劳动力除耕种好自己的土地外，获得了近 60 万元的务工收入。

随着劳务经济的发展，务工收入的不断增加，全村摆脱了贫困，总体迈进了小康，发生了翻天覆地的变化。有 126 户人家实现了年人均收入 10 000 元以上，占农户总数的 25. 3%。有 45 户通过打工致富，已定居城市，其中一户已定居香港，他们在城里有住房，有经营场地，收入稳定增长。如苗族青年杨发军，初中毕业后外出务工，经过 8 年的拼搏，现在城里成立了建筑公司，当上了老板，建筑工地就有四五处。全村有 80% 以上的农户购买了彩色电视机、电话、手机、电磁炉、电饭煲等家用电器，购买了三轮车、汽车等 99 部，有 126 户新修了砖混结构住房，有 36 户对原有住房进行了维修改造。昔日荒山秃岭、人员贫困的周寨村，今天呈现出一派欣欣向荣的景象。

2010 年 8 月 11 日

浅谈“注重实绩”

目前，布置、检查、总结工作讲实绩，使用干部讲实绩的风气正在逐步形成。

实绩是干出来的，不是喊出来的，吹出来的。要实干、苦干，就要迈开双腿，深入到群众中去，看群众在做什么，在想什么，要忧什么，针对性地进行教育、组织、引导，并解决问题。把自己置身于经济建设的主战场，既当发号施令的指挥员，又是身先士卒的战斗员，用自己的身体力行，用自己的无声命令，去带领群众，激发群众，齐心协力进行经济建设。没有实干精神，成天泡在会上，忙在迎来送往上，什么项目、计划、规划，到头来只能是纸上划划、墙上挂挂，不能成为现实。

讲实绩，贵在一个“实”字。讲实话，办实事、求实效，是我们工作的出发点和归宿。我们的工作要达到预期的目的，就要使自己的项目、计划、规划符合客观实际。既不能超越客观实际，去勉强办那些目前实在办不了的事情，又不能对能办的事情不去积极组织领导实施，放任自流。要围绕经济建设，有求实的目标，有实干的精神，有实在的效果。而不能夸夸其谈，写漂亮文章，不干漂亮事，造成空谈误国，空谈误民。

说实话，办实事，讲实效，既是要求，也是落脚点。这种求实精神，自党的十一届三中全会以来，在很多的地方得到了很好的发挥。这些地方生产力解放了，经济快速增长了，财政收入大幅度增加了，人民生活大大改善了。可是也有一些地方，坐等上级的红头文件，文件来了等别人经验，有了经验还要看一看，这种“等”的思想，贻误了时机。一些地方缺乏实干精神，缺乏一股子闯劲，又喜欢做表面文章，搞形式主义，指导工作一刀切、一个样，检查工作听喜不听忧，汇报工作讲成绩不讲问题。甚至有的地方不面对现实，弄虚作假，搞虚报浮夸。

这样，经济怎么能发展，人民生活怎么会提高?

实绩还要认真考核。考核不光是听汇报，征求单位意见，更主要的深入到广大职工群众，特别是深入到群众中去了解，去座谈，去征求意见，看实事是否实办，实事是否办实，核对所报实绩。如报人均纯收入多少，到老百姓家里一看就知道了。抓住经济建设，埋头苦干，扎扎实实工作的人不少。但夸夸其谈，搞形式，应付差事的人也是有的，扎实工作的人没有时间去吹，有时间去吹的就没有多少时间去扎实工作，如果不认真考核，有的扎实工作的人会被埋没。

从假干部说起

这些年来，假商品充斥市场，消费者身受其害，扰乱了政党的经济秩序。因此，中央作出了打假的专项决定，深得全国人民的拥护。干部队伍中的假该不该打呢？我认为该打。在一些地方，有假副师长、假副专员、假副市长、假副处长、假副县长，基层还有假副书记，有的“黑老大”当上人大代表，有的诈骗分子当上政协委员，他们都不是安分守己之辈，权力到手，就不择手段拉帮结派，搜刮财物，甚至无恶不作，大量贩卖毒品的犯罪分子被说成内线，而逍遥法外，有的地方一些副处级以上的领导干部竟成为黑社会势力的骨干或成员。他们虽然只是少数，但因为他们有权而危害却很大。所以，就应该发现一起，查实一起，从严惩处一起。

随着改革开放的不断深化，在干部的录用、考核、提拔等方面，已经建立了一套制度。但是必须看到，这些制度还不够完善和健全，需要在实践中加以研究和改进。首先是考核干部，考核时，一是被通过考核对象所在地区或部门的组织出面找人座谈，参加座谈的人，往往是唱赞歌的，有不同意见的被挡在门外。二是召开一个会，把考核表一发，参会人员就在“满意、基本满意、不满意”和“留任、提拔、调动”栏内打“√”或打“×”，这样的考核方法，既过于简单，又脱离了广大群众，很难把好干部考核出来。因此，有的刚刚提拔使用，“后院”就起火，出现了联名告状、集体上访，甚至罢课等现象。使用了这样的干部，怎么会有威信，怎么能给党增加凝聚力呢？再说，即便有一套比较完善的制度，还要靠人去执行。这些假干部，没有哪一个是按照规定和程序选拔使用的，都是搞权钱交易的结果。管理干部的部门从领导到办事人员十分关键，选用好了可以帮助党委发现人才，选拔人才，使用人才，吸引人才；选用错了，就会使一些能人得不到使用，使用的又是一些庸才，甚至是腐败分子。另外，对干部还有个监督问题。现在我们的监督是多方面的，有纪委、监察机关的监督，有人大的法律监督，有政协的民主监督，有新闻舆论监督，有人民群众的监督等等。所有的监督都要有力度，没有力度，有的干部就我行我素，“天马行空、独来独往”，当然，到头来只会落得身败名裂的下场。因此，监督工作需要大力加强。

政治路线确定之后，干部就是决定的因素。我们要按照江泽民同志“三个代表”的要求，坚持“四化”方针，坚持党管干部原则，改进干部管理方法，加快干部人事管理制度改革步伐，努力推进干部工作的科学化、民主化、制度化，坚持扩大干部工作中的民主，落实群众时干部选拔任用的知情权、参与权、选择权和监督权。坚持公开、平等、竞争、择优的原则，积极推行公开选拔、竞争上岗等措施，坚决防止和纠正用人上的不正之风。考察干部要经常深入下去，通过明察暗访，广泛听取广大职工、居民、农民、工人的意见，决不能对来自群众意见和控告不闻不问。要严把干部关，真正实行用人失察追究责任制，特别是对使用了假干部的，谁推荐、谁考核、谁拍板应一查到底，该处理的坚决处理。

从客车超员看管理

近年来，贵州客车运输交通事故时有发生，其中有不少是特大交通事故，给人民生命财产造成重大损失。

交通事故屡禁不止，原因何在？带着这个问题。笔者于6月24日乘坐黔西县交通运输联合公司的一辆客车从贵阳返回黔西，所见所闻，耐人寻味。

这辆客车停放在贵阳汽车三场中间地段。我们上车的时间是下午两点多钟，车上共有19个座位。人们上车后，每人交了20元的车费。由于座位少，上车的人很多，车上女主人讲："出门时有人检查，超座要罚款，没有座位的旅客请全部下车，我带你们出门口去，车开出去后，大家再上车。"大约过了10多分钟，汽车场的一位中年妇女上车察看，过道上的一长串小板凳、引擎盖上的铺板和侧面的铺台上面都固定着凉席，一看就知道是坐人的，但她视而不见，不问也不管，坐着车一起出汽车三场的大门。到了门口，驾驶员给了她点钱，她就下车去了。客车开到三桥，带出三场的那些旅客在路边等着，显然是坐公共汽车过来的，不然两公里路没有这么快。他们上车后，从过道到引擎盖和引擎两面全坐满了人。我悄悄一数，超座17人。车快到清镇，迎面开过来一辆客车，车上驾驶员打招呼说："注意，前面有警察。"车往前行驶离庙儿山收费站约300米时，老远看见转盘处有交警测速，车主就对超坐的旅客说："前面有交警，请你们赶快趴起。"实际上，车到测速人员跟前，他们抬头看了一眼，根本不问。过了庙儿山，又上了两人，共超19人。到了清镇铁合金厂收费站，只有一人收费，驾驶员把钱递过去，收钱的不给票，交钱的不要票，车就开走了。有的旅客议论说："这样的收费，不富才有鬼呢。"快到卫城时，有交警执勤，驾驶员把车停下，将一本书递给交警，并打了招呼。交警往车上看了一眼，明明发现车上超坐许多人，还说"走吧。"就这样，这辆超载车一路畅通无阻到了黔西。

透过这些现象，不难看出，客车超员，车辆违章，群众十分不满，但是管不了，很无奈。可一些管得了的单位和工作人员，明明知道应该管，或者是收了好处，或者是不负责任，不制止、不查处、不纠正，放任自流。可以说，管理上如此严重的疏漏，是造成交通事故的重要原因之一。

评选“吃喝大王”也是一种监督

报载：河北省临漳县纪委开展万人评选“吃喝大王”活动，结果穷得连学校都盖不起的柏鹤集乡傅村两任党支部书记傅瑞民、傅永堂等6名村干部三年时间吃去14万元，高居榜首，成为该县历史上前所未有的“吃喝大王”。

中央三令五申减轻农民负担。但一些乡村把中央的决定当成“耳边风”，大吃大喝屡禁不止，愈演愈烈。为了满足这种吃喝开支，除截留上面拨的工程项外，还挖空心思向农民强行收取各种罚款和税费摊派、集资，弄得一些农民苦不堪言。一些县（市）领导长期泡在宾馆里，陪吃、陪喝、陪玩，他们抽的高档香烟、喝的高档酒从来不会自己掏钱，做到了自己的床不睡，自己的饭不吃，自己的钱不用的“三不主义”。

目前盛行的这种吃喝风，一是浪费了党和人民的大量资财，二是助长了官僚主义作风，三是一些工程项目实施不好，收效甚微，四是加剧了干群关系的紧张。这种吃喝风完全是一种腐败行为。

到目前为止实施的若干法律条款中，似乎尚无“吃喝罪”，因此，不少干部明知大吃大喝不对，但还是“不吃白不吃”，照样大吃大喝。因此，公开评选“吃喝大王”，也是一种有效的群众监督和舆论监督，让公款吃喝的人知道耻辱，对其他人也是一种教育和鉴戒。

县委书记如何管嘴

报载：河南省唐河县新任县委书记袁睛超说："共产党能够打败拥有800万军队的国民党，难道坐江山时连张嘴都管不住？我这一任就是要在唐河刹住公款吃喝风！"

唐河县狠刹公款吃喝风，不仅写在文件上，讲在会议上，更重要的是落实在行动上，从1995年至1997年6月，全县共查处公款吃喝案件115起，处理626人，减少了大量的招待支出。

为了禁止公款大吃大喝，该县制定了一系列奖惩措施，凡公款吃喝，批准的领导、请客和赴宴的领导、签字同意报销的领导以及弄虚作假的财务人员，给予必要的党纪、政纪处分和适当的组织处理，每发现公款吃喝一次，处200元罚款，情节严重的从重处理；请客和赴宴的一般人员每发现一次每人罚款100元，并在全县通报批评；对签字报销的领导、财会人员处以招待金50%或100%的罚款；对批准的领导、请客和赴宴的领导每人每次罚款300元。屡犯者实行"五个一律"，即有领导职务的一律撤销职务；是党员的一律留党察看；是公职人员的一律开除；是聘用的一律解聘；因未能吃喝而刁难、报复接待单位的，除给予党纪政纪处分外，一律调离原单位。这些措施出台后，在全县设立67个举报箱，公开24部举报电话号码，鼓励群众检举揭发，每检举一次公款吃喝奖励300元。

读罢这篇报刊，浮想联翩。一是公款吃喝的数字惊人。唐河县刹住公款吃喝风，一年减少接待费用1 000多万元，相当于该县财政收入的15%。如果全国2 000多个县（市）都刹住了公款吃喝风，光县（市）一级一年就节约几百个亿，相当于国家扶贫投资的几倍。二是公款吃喝风、公款送礼风是造成财政吃紧、“三乱”泛滥的原因之一。三是我们国家还处在社会主义初级阶段，还比较贫穷，全国还有 6 000 多万贫困人员没有解决温饱问题，很多地方一方面叫喊财政收入赶不上支出增长的需要，连职工工资都保证不了，一方面又用公款大吃大喝，用公款送礼。一方面号召各方面扶贫济困。接受人家的捐赠，一方面挥霍浪费有增无减，这种有钱吃喝、送礼，无钱办事的局面，已经到了非禁不可的时候了。四是人民群众对公款吃喝、公款送礼深恶痛绝。

唐河县能够刹住公款吃喝风，关键是县委，特别是一把手清正廉明，率先垂范，加之有一套的好措施，有一套好的监督机制，做到了令行禁止。相反，时至今日，不少地方也喊刹吃喝风，发了不少文件，订了不少措施，开了不少会议，做了不少报告，但言行不一，表里不一，成了“小吃喝跟着大吃喝学”，结果公款吃喝风不仅没刹住，反而越刮越盛。

唐河县的做法，难道不值得其他地方效法吗？

1998 年 1 月

贵毕公路为何车祸频繁

贵毕高级公路从2001年10月通车以来，车祸不断发生。仅2002年1~7月就发生交通事故68次，死亡40人，伤37人。仅高家岩隧道口就发生车祸34起，使人们吃惊和叹息。

通车不到一年的贵毕高等级公路车祸为什么如此之多？9月6日，笔者乘坐中巴客车从黔西去贵阳，所见所闻令人忧虑。

这辆中巴车从贵阳到黔西后就没有进站，旅客们在街上下车后就原地掉头返回贵阳，我是在水西大道国税局门口上的车，车上只有4位乘客。车经过黔西收费站后驶上了贵毕公路，公路虽然是封闭运行，但路边都有旅客等待搭车上贵阳，客车也就不断地停车收人。由于贵毕路是单行道，车子一停影响了前后来车的正常行驶，容易造成车祸。客车行驶到钟山时，车上已有12~13多个乘客，等经过了钟中山转盘出口时，客车突然在路上掉头到钟山站，出站后，因有客车在那里收客，车子才又重新过站返回贵毕路，一进一出，既没有收费，也没有过问。上路后仍然沿路停车收客，车还没有到达修文，18座的车收了21个人，最后终于到了贵阳。

经过这次乘车，我对发生车祸的原因有所体会。一是驾驶员违章操作，路上停车收客，或在弯道、前方视线不好的地方超车，由于是单行道，超车势必占了对方行车道，加上路上随意停车，后面车子又不得不超车，再加上酒后驾车，病车上路等，给车祸留下了隐患。二是贵毕路上基本没有警告标志和限速标志，在陡坡、弯道、事故多发地段也没有警告标志，弯道上不准超车，应标实线，却标成了虚线，特别是高家岩隧道，隧道长近 1 000 米，里面既没有灯光，洞口也没有“易滑路段”、“事故多发地段”、“慢”、“危险”等标志，因此，多次发生车祸。三是超速、超载。由于没有限速标志，行驶的车辆快慢相差很大，有的时速几十公里，有的时速 100 多公里，对时速过快的车来讲，在弯道或视线不好的地方，极易发生车祸。加上超载，车子多发生机械事故，不停靠路边，而停在行驶的路中，又没有排障车及时排除，也是车祸多发的原因。四是沿途旅客不在各个收费站上候车，而在路边等车，驾驶员不是进站收客，而是在路上让旅客搭乘，使一条封闭运行的公路成了敞开的公路。五是沿途的一些老百姓图方便，擅自越过围护的栏杆，在路边行走，栏杆成了一些背东西人的歇坎，有的甚至横穿公路，他们认为历来都是车让人，由此把人撞死也时有发生。

看来，要减少贵毕高等级公路的交通事故，沿途各乡村要对老百姓进行交通法规的教育，杜绝老百姓在路上等车和在路上行走。有关职能部门要切实加强检查督促，设立各种标志，对驾驶员要有严格的要求，认真查处违章车辆和驾驶员违章驾驶。只要齐抓共管，就能有效减少交通事故的发生。

2003 年 2 月

话说“精简”

1949年11月，正是抗日战争的艰苦岁月，在陕甘宁边区第二届参议会上，开明绅士李鼎铭先生提出了“精兵简政”的提案，受到了毛泽东主席的高度赞扬，他说：“因为我们是为人民服务的，所以，我们如果有缺点，就不怕别人批评指出，不管是什么人，谁向我们指出都行。只要你说得对，我们就改正。你说的办法对人民有好处，我们就照你的办”。“‘精兵简政’这一条意见，就是党外人士李鼎铭先生提出来的，他提得好，对人民有好处，我们就采用了。”为了简轻陕北人民的负担，在精兵减政的同时，中央提出了“自己动手，丰衣足食”的号召，开展了“南泥湾大生产运动”，使供给得到改善，人民负担得以减轻，深得人民的拥护，为打败日本帝国主义，推翻蒋家王朝奠定了基础。

中华人民共和国建国后，我们的机构和人员经历了“臃肿和膨胀—精简机构和人员—义臃肿和膨胀一又精简机构和人员一再臃肿和膨胀一再精简机构和人员”的循环，精简一次，臃肿和膨胀一次，到目前为止，我国行政事业单位财政供养人已达4 500多万人，平均每28个人就要养活一个公务员，与历史上两汉时期945人、唐朝500人、清朝康熙年间91人养活一个官吏和新中国成立之初600人、1978年50人养活一个公务员，形成了巨大的反差。财政供养人员过多，加重了财政的负担，最终是加强群众的负担。现在全国两千多个县（市），绝大多数不能按时发放工资，贷款发工资的乡（镇）已不是个别，财政成了“吃饭型”的财政，甚至连吃饭都不够，拉用项目专款，拖欠职工和教师工资，财政再分配的职能严重受到了制约，影响了许多重要的投入，如此发展下去，将会影响国民经济的快速、持续、健康发展。

精简，顾名思义，就是要精简不必要的机构和人员，减少财政开支，使政府实现廉洁高效运行。在这方面，江西省抚州市做出了榜样。该市乡（镇）干部共13 000多名，过度膨胀的乡（镇）机关队伍使本来就拮据的财政更加捉襟见肘，在不同程度上加重了农民的负担。市委经过深入的调查研究，认识到不消肿不行，乡（镇）机关干部分流，既是中央的要求，也是现实的抉择。于是，在2002年初，市委在全市领导干部会议上提出两个问题供大家思考和讨论：“除了做官还会做什么？假如不做官还能做什么？”经过三个多月的宣传动员，全市乡（镇）全部采用公开、公平、公正竞争上岗，通过竞争上岗，分流出去4 932人。对于分流出去的同志，保留他们的职务，保证每月200元的基本生活费，为他们提供有效的服务，使分流出去的同志充分发挥了自己的长处。根据自己的长处，从事不同的行业，在不同的行业上再创新的业绩。例如年仅25岁的青泥镇副镇长杨抚平，分流出后，邀约几个人创办了沙石公司，短短5个月的时间，收入50多万元，纳税12万元。罗湖镇党委组织委员戴昕分流出去后，如今是江西天顺生态农业有限责任公司副总经理。抚州市乡（镇）干部分流，每年减少财政开支3 000多万元。

党的“十六大”报告中指出：“按照精简、统一、效能的原则和决策、执行、监督相协调的要求，继续推进政府机构改革，科学规范职能部门，合理设置机构，优化人员结构，切实解决层次过多、职能交叉、职责不明、机构臃肿、责权脱节和多重多头执法问题。”目前，机构臃肿，人员膨胀的现象在县（市）和乡（镇）得十分突出，机构重叠，人浮于事，办事程序繁琐，办事效率低下，收费部门颇多，就拿农村老百姓要建个住房来讲，不仅每个平方米要交百把元的税费，而且需要办的手续就有十多道程序，少则三五月，多则一年半载都难办到。同时，县（市）和乡（镇）编制失控，职数过多，一般县（市）正副县（市）长少则七八个，多则十多个，一般乡（镇）正副乡（镇）长少则五六个，多则头十个。因人设事，机构雍肿，职数过多，人员膨胀，助长了官僚主义作风，互相推诿，互相扯皮，互相争利，甚至弄虚作假，搞形式主义，欺上瞒下，权权交易，买官卖官，行贿受贿等腐败现象随处可见，群众对此很有意见，到了非改不可的时候了。要在定岗、定编、定责的基础上，无论正职、副职，工作人员都实行竞争上岗和公开选拔，扩大党员和群众对干部选择任用的知情权、参与权、选拔权和监督权。实行党政干部职务任期制、辞职制和用人失察失误责任追究制，扩大选拔视野，打破“一人选人”和“一家选人”的现象，只要符合条件，无论是组织推荐、领导提名，还是群众举荐、个人自荐的，无论是组织掌握的后备干部，还是未进入入选视野的干部，都可以公开、公平、公正竞争，坚持群众公认的原则选拔干部。通过机构改革，达到减少机构，减少职数，减少人员，减轻财政负担，减轻群众负担，方便群众办事，提高行政效益，降低行政成本，形成行为规范、运转协调、公正透明、廉洁高效的行政管理体制。对于分流出去的人员，应采取抚州市的办法，保留他们的职务，保证他们的基本生活费，为他们根据自己的所长再创业提供各种服务，保证他们今后同样能够参加竞争上岗。切实改变一搞精简就把人员弄下去挂职，或者鼓励提前退休，形成上面减了下面肿，财政负担减不下来，甚至增加财政负担的现象发生。

从“摆平”说起

在当今社会生活中，不论是在官场，还是在民间，不论是领导，还是百姓，都会谈及“摆平”。经常听到：你们去负责“摆平”，我去负责“摆平”，事情已经“摆平”。“摆平”成了颇为时髦之用词。

无需讳言，凡是“平”的事不需“摆”，需要“摆”的事就“不平”。需要“摆平”的事肯定是“不平”的。按照政策、法律、纪律、规定、规章处理，不存在“摆平”。通过“摆平”，就是脱离了政策法规处理。“摆平”，有领导对下面的“摆平”，有下面帮领导的“摆平”，也有领导相互之间的“摆平”，人民群众中自己的“摆平”。在现实生活中，特别是在基层，“摆平”的事屡见不鲜。有的领导酒后开车或无证开车撞死、撞伤了人，通过施加影响，给受害者一些补偿，进行“私了”，达到了“摆平”；有的领导道德败坏，破坏他人婚姻家庭，即使群众有反映、检举，他们用金钱或权力给对方以“实惠”，“摆平”各方，“任凭风浪起，稳坐钓鱼台”；有的领导触犯了法律，本应受到法律严惩，却四处活动，大搞“幕后权钱交易”，把事情“摆平”，该重判的轻判，即使判了刑也可走出监狱大门，自由自在；有的执法人员犯法，通过“摆平”，重罪轻判；有的为了排斥异己，扫清仕途上的“障碍”，通过各方的关系，千方百计压制对方，给工作设置障碍，搞对方的“小动作”，使其得不到提拔使用，达到升官的目的，这也叫“摆平”；有的在工作中违纪违法，造成了麻烦，弟兄们就会“仗义执言”，这点小事算什么，“黑道”、“白道”都不怕，我负责去

“摆平”；有的嫖娼、贪污、致伤他人后也通过“人缘”或金钱，把事情“摆平”，逃避了法律的制裁；甚至有的领导搞“换手抓背”，提拔干部，安置亲属，违反干部使用原则。

如此这般“摆平”，“摆平”成了“以权横行”的代名词，“以强欺弱”的代名词，“以邪压正”的代名词，“排斥异己、铲除障碍”的代名词，“行贿受贿”的代名词。这种“摆平”，实际是“摆而不平”。它起到的是掩盖矛盾，破坏党群、干群关系，酿成新的更大的矛盾，妨碍稳定，危害社会。群众深恶痛绝“摆平”，呼唤纪律、法律、政策面前人人平等，对那些以“摆平”为名而触犯党纪国法的人依纪、依法给予严惩，以维护纪律、法规的尊严。

从办实事说起

年末岁始，贵州省委、省政府向全省人民公布了1997年办成的十件实事和1998年要办的十件实事。这种为群众办实事，把实事向群众公开，让群众了解，让群众监督，让群众审查，由群众认可的风气值得大大提倡。

办实事，贵在一个“实”字。实事是实的，不是虚的，更不是瞎编乱造的。检验是不是实事，必须以邓小平同志的“三个有利于”为标准，不能“荞麸麦麸乱呼”。一些地方的党政领导也想办实事，出政绩，加快发展，总结了很多实事，或计划了很多实事。但由于思想不端正，方法不对头，作风不深入，缺乏调查研究，缺乏群众呼声，主观臆断，凭想当然办事情，结果，雄心壮志未酬，损失却很惊人，实事未办成，资金、物资、人力浪费严重，群众负担有增无减。一些地方为了突出政绩总结所办实事时，把本来就是鱼米之乡，特别是党的十一届三中全会以来，群众生活明显提高和改善说成是“石头比山多，出门就爬坡，男人打光棍，女人寡妇多”，然后经过自己短短的工作，就改变了自然条件，甚至人为提高镇乡企业产值，提高农民人均纯收入，无实事求是之意，有弄虚作假之心，“打肿脸充胖子”，人民对这种贪天之功为己有的“实事”是嗤之以鼻的，一些地方安排实事时，不是从实际出发、从发展和可能出发，而是按上级领导的意图行事，或者跟着别人走，甚至公开号召搞“形象工程”，主张搞形式主义。好像“实事越多，魄力越大”，于是就拼凑实事。结果，一些涉及群众切身利益的事情无人问津，一些超越财力负担，超越群众负担，或与发展关系不大的事情，又作为“实事”去做。如有的乡（镇），本来各村都通了公路，但乡（镇）为了坐车检查工作的方便，把村与村之间接通公路作为实事去办，修所谓的“致富”大路，无偿占用老百姓的很多承包耕地，又强迫群众出工修路，除供领导坐车观看外，没有给群众，给经济的发展带来什么好处。有的水库本来就是城镇人畜饮水的水源，却要花几十万元去修环湖公路，搞旅游，不仅占用耕地，而且破坏植被，造成污染，名义上是发展，实际是破坏。这样的“实事”，老百姓是反对的，办得越多，老百姓越遭殃。

江泽民同志在党的“十五大”报告中指出：“我们党来自人民，植根人民，服务于人民，建设有中国特色社会主义全部工作的出发点和落脚点，就是全心全意为人民谋利益，共产党员要倾听群众呼声，关心群众疾苦，为群众办实事，办好事。”这既是履行共产党员全心全意为人民服务的根本宗旨，又是贯彻“十五大”精神的重要内容。为群众办实事，要做的事情很多，有具体事情，有面上工作。首先，要从实际出发，把实事选准。要认真进行调查研究，倾听群众意见，吃透情况，了解市场，进行科学决策，民主决策，分别轻重缓急，凡事关社会经济发展、财政增收、人民致富，财力又能够承受，又不增加群众负担，又不乱占耕地，又有利于生态环境的保护的实事，有多少就要尽力办多少，量力而行，不搞拼凑。其次，要扎扎实实办实事。对于一个项目带动千家万户的实事，不仅要抓，而且要抓住不放，一抓到底，抓出成效。在致力于提高群众生活水平，增加群众收入的同时，要着力抓好精神文明建设，不断提高人的政治素质，思想素质，文化技术素质，职业道德素质和身体素质，对一些事关群众切身利益的问题要认真加以解决。如贫困农户的脱贫和脱贫农户返贫问题，要按照“十五大”报告中加大扶贫攻坚力度，到本世纪末基本解决农村贫困人口的温饱问题的要求，面对扶贫攻坚的艰巨任务和不多的时间，要转变作风，找准路子，脚踏实地，多办实事，少说空话，带领群众脱贫致富和防止脱贫后又返为贫困，巩固脱贫成果。农村治安关系到群众生产和生命财产的安全，一些地方偷盗严重，甚至抢劫、强奸、杀人等恶性案件时有发生，卖淫嫖娼、吸毒贩毒呈蔓延之势，影响了农村的发展与稳定，必须加强综合治理，加大打击力度，给群众一个安全的生产生活环境。对于农村的剩余劳动力，要努力帮助做好转移的工作，增加群众收入。再次，实事必须收到实际效果。办实事，求实效，是我们一切工作的出发点和归宿，是动机和效果的统一。所办的事情是不是实事，就应该像省委、省政府那样，借新闻媒介把它公开，让实事置身于群众的监督之中，把政府要办的实事和群众的愿望、要求结合起来，充分调动政府和群众办实事的积极性，变一头热为两头热，变少数领导热为大家热，实事办成之日，就是群众受益之时，通过一件件实事，树立党和政府在人民群众中的威信。密切与人民群众的联系，加快两个文明建设的步伐。

收获的季节

我的童年，也和其他农村孩子一样，喜欢秋收。那时的秋收，全靠一双手，收割的运输也全靠肩挑背磨，背回家里。黄豆要一窝一窝的扯起来，一把一把的捆好，然后背回家，晒几次太阳，晒干后，就用梁盖打，再用筛子把黄豆米筛出来就可陈放了。收四季豆就比较麻烦，不牵藤的可以扯来晒干脱粒。米色豆、鱼秋豆、鸡油豆都特别好吃，但都是牵滕的，缠绕在苞谷上，为了不弄坏苞谷，只好背着背篼一个一个地摘，一天收不了多少。也有扯的，但必须从苞谷秆上把它解下来，收割也是慢的。还要扯览豆、小豆，豇豆从苞谷秆脚爬到苞谷顶上，不能扯，只能摘。收了豆类，就要收苞谷。收苞谷需换工，人多收得快一点。把苞谷背回来后，晚上就在灯下撕苞谷，苞谷多的人家，要几个晚上才能撕完。同时还要收高粱、收葵花、摘辣椒、挖红薯、割皮菸，白天下地干活，晚上在月亮底下捡辣椒，捡皮菸给父母辫。收完后砍苞谷杆，高粱秆、葵花秆。苞谷秆是牛、马冬天的饲料，砍后让它自然干，然后打堆，冬天就可拖来喂牲口。天气好，要抢收稻谷。秋收基本结束，要犁田犁土种小春。秋收对小孩来讲，又忙又高兴。可以烧苞谷吃，吃苞谷秆，下雨或吹风，可以捡核桃、板栗，还可上山采鸡东菌、土冻菌、伞把箍，拿回家煮来相当好吃。秋天果实累累，才有繁忙的收割，如果没有多少收的，那就惨了，老百姓最怕有种无收。

年复一年的收获，伴随着我走过了童年、少年、青年、壮年，最后走进了老年。在一身的 60 多个收获季节中，很多情景记不清了，但有的年份终身难忘，一次是上个世纪的“三年困难时期”。1958年的秋收时节，要超英赶美，“放钢铁卫星”，把大批农村青壮年组织上山砍树烧炭、挖铁矿、筑土高炉炼钢铁，农村缺乏劳动力，粮食虽然丰收，但收不好，很多粮食烂掉。到了秋种，又推行“少种高产多收”、“密植早播”、大搞“丰产坝”、“卫星地”，提出1959年的粮食产量要超过15亿公斤。到了1959年，夏粮不仅没有丰收，而且比上年减少3 200吨。到了6~8月，大旱72天，造成大季减产相当严重，秋粮比上年减产43 000吨。由于严重的“五风一化”（即浮夸风、命令风、贪污风、浪费风、官僚主义作风，干部特殊化），挫伤了群众的积极性，粮食总产量才0.504亿公斤，比1949年还少26.5万公斤，秋收时边收割边入仓，在完成900万公斤公粮的同时，还要完成下达的余粮任务，再除去种子、饲料、储备粮，最后分给农民作口粮的就没有多少了。秋收一结束，集体食堂就处于缺粮状态，不仅得不到粮食供应，反而开展了反瞒产私分，一些如实反映缺粮的基层干部，受到了批判斗争，致使人们普遍饿饭浮肿，甚至饿死人的现象在很多地方发生。出现这样的情况，实属人祸大于天灾。虽然已经过几十年，已成为历史，但今天60岁以上的老人还是记忆犹新。

另一次是今年。今年我们县的旱灾，是中华人民共和国成立以来持续时间最长、旱情最严重的，从春到秋不仅没有下过中雨、大雨，就是毛风细雨都很少。4月份我们去西溪河看河水，洪家渡水库淹没的西溪河田坝不见水，地干裂缝，河水基本断流。之后，我们又到“鸡鸣三县”的耳海，这里是中坪河和鸭池河汇合的地方，属乌江水库的淹没区，过去，一年四季船来船往，一片繁忙，只见蓝蓝的湖水，根本看不到河。我们到了河边，看到的景象真是惊人，水没有了，库底干裂，两条小河像溪流一样汇合后，一些地方人都可以涉水过去。当时河边有一位六七十岁的老人，他对我们说：“从小住在河边，从来没有看到干成这个样子，就是说干旱饿死人的那些年，这河还是一条大河，哪像现在这个样子。”后来，旱灾一直持续到十月，很多地方的水井都干枯了，大多数山塘水库也干枯了，有史以来从没有干过的弯角龙潭干得一滴水都没有，4～5 万亩稻插田不上秧，一些勉强插了秧的稻田也成活不了，大面积的水稻、苞谷、辣椒、烤烟等作物绝收，很多地方连人畜吃的水都没有，要到很远的地方去取水。灾情发生后，各级的很多部门有的帮忙找水源，有的帮助打井，有的帮忙运送和检修提水机械，有的组织送水，帮助解决人畜饮水困难，有的组织送大米给缺粮的农户，真是一方有难，八方支援。在县委、县政府的高度重视下，各级各部门都全力投入抗旱保民生的战役中，投入大量的资金和人力，坚持抗旱，尽量减少因旱灾造成的损失，同时通过开发区建设、城镇建设、新农村建设、危房改造等，扩大吸纳农村劳动力，组织农民就地和外出务工，做到农业损失务工补，尽量增加农民的现金收入。到了秋收时节，地里没有多少收的，小春也种不了，甚至连野生菌都看不到，哪还有繁忙的秋收景象呢？秋收过后，农产品虽然有一定的涨价，但市场上应有尽有，根本不缺，没有哪一家饿饭，没有哪一个人恐慌，人民安居，社会安定，得益于改革开放的好政策、得益于务实的好领导，千方百计增加群众的收入，真正做到了以人为本，造福人民。

2011 年 10 月 1 日

感受柬埔寨

2011 年 8 ~ 9 月份，我和夫人喻朝芬去柬埔寨看望负责中标项目建设的女婿。在柬埔寨期间，我们游览了金边、吴哥、洞萨里湖、西哈努克港和磅通、暹粒、马德望、菩萨、磅士卑、贡布、茶胶等省市，通过沿途见闻和了解，有所感受。

柬埔寨是一个古老的国家，建国于公元 1 世纪。1863 年被法国占领，沦为法国的“保护国”，1940 年被日本侵占，经过长期的斗争，1953 年获得独立，1958 年与我国建交。

柬埔寨的国土面积 181 000 多平方公里，可耕地 670 万公顷，已耕 200 多万公顷，人口 1 400 余万，将近 60 年的时间人口才翻一番。柬埔寨属热带季风气候，终年温暖，年平均气温 29℃至 30℃，雨量充沛，年平均降雨量 2 000 毫米，灌溉条件好，每年 5 ~ 10 月为雨季，10 月至第二年 4 月为旱季，无春夏秋冬之分。西部和西南部是丘陵、山地，东北部是高原，中部和南部是平原，高原、丘陵、山地占总面积的 54%，平原占总面积的 46%。农业的自然条件相当好。我们在他们的中部和南部跑了 1 000 多公里，平原没有边际，不要说看不见小山，就是小土坡也没有，看不见边的田野，到处都是水汪汪，农户不多，寨子更少，典型的人少田多。柬埔寨独立 50 多年来，农业在全国经济中一直占有重要地位，盛产大米，稻田耕种主要是白水牛，牛也特别多，行驶在公路上到处都可见到。水稻的育秧、扯秧、插秧全是手工操作，有的施用有机肥，有的连有机肥都未施。不用化肥，不用农药，也不锄草，插秧后就等着收割了，收多少算多少。大米的米质相当好，吃起有香味。上个世纪的

60～70 年代，就向中国等国家出口大米，马德望省一年出口大米就达几十万吨。我们看到的农业还处在传统农业，养鸡、养猪也不用配合饲料。工业不发达，只有碾米、木材加工、纺织、造纸、橡胶等工业，全国 80% 的人口都靠农业维生，多数农民仍处于贫困。植被很好，全国森林面积 1 337 万公顷，不少的城镇都在林荫之中，生态环境好，农业发展的空间和开发利用的潜力都很大。

柬埔寨的运输以公路和水路为主，公路总里程近两万公里，多数都为柏油路，但没有高速公路。铁路只有一条，起点在西哈努克港，经过金边，从西南中部穿过，在亚兰进入泰国，最后到达曼谷。我们曾穿过铁路，没有看到火车，看到的路基和轨道都很陈旧，据说，列车班次一个星期只有两次。除旅游大巴外，长途客车比较少，县乡之间客车也不多。农村老百姓出门主要是骑摩托车和坐敞篷车。一辆摩托骑几个人，大人小孩都骑在上面。一个敞篷车上少的 10 多人，多的 20～30 十人，有站着的，有坐着的，见着我们给他们照相，满脸笑容，还用手势给我们打招呼，看上去很友好。好在他们的车速控制得好，不快不慢，即使是小车，时速也不会超过 50 码。我们从金边到暹粒，310 公里路，跑了六个半小时。即使像金边那样百万以上人口的都市，满街跑的都是摩托车、单车、黄包车等小车，这些车就是在皇宫门口的大街上也照跑不误。大街的街道很宽，车速仍是不快不慢，时速不会超过 30～40 码。正因为没有开“英雄”车的，交通事故就少，我们在的头十天中，不论是在路上或是在城里，或者看中文电视、中文报纸，都没看到或听到交通事故，交警也少，在城里或路上都很难看到。

从我们接触到的柬埔寨人看，他们对人诚恳、热情、淳朴、善良、诚实可信。我们请的一个翻译，姓谢，祖籍是广东惠州，从祖辈去到柬埔寨已经 90 年。在陪同我们的时间里，乘车时叫他和我们同坐后排，他说后排坐4个人有点挤，始终坚持从车后开起车盖，坐在里面。吃饭时叫他和我们同吃，他坚持不肯，一个人也不知道他怎么吃，见面时问他怎样，他总是说吃得很好。他很遵守时间，只要你把时间给他说了，他总是提前几分钟到。问他回过老家没有，他说没有，因为有4个孩子在上中学和小学，一家人的全部费用一个月要千把美元才够用，等孩子长大后，要回老家看看家乡和祖国的变化。我们不论住宾馆或酒店，里面的保安都很热情，给你开车门，如果是老年人，还要扶你下车，然后帮你把包提到服务大厅，离开时也是一样的服务周到。在一个旅游点上，看见一些小孩卖东西，看上去比较贫穷，又很逗人喜欢，喻朝芬就拿了一美元给一个小女孩，我们选中一件物品，问她可不可以，当然她听不懂，但她边说边又递给一件，我们用手势表示不要，小孩还是要给。还是翻译给我们讲，她说一美元是两件，我们只要一件，她没有钱补给我们，所以还要补一件。我们叫翻译给她讲，只要一件，不要她退钱。翻译给她讲后，又对我们说，她说不行，她不是要钱的，卖东西货要足，我们只好收下，她才高兴地离开。可以说从小养成了诚实的好习惯。我们走过的大城市也好、小城镇也好，都没有看见乞讨的人。9月3日，我们到了菩萨省的省会，吃过晚饭，天快黑时，我们步行到省政府门口游玩，虽有空花围墙围着，但院墙只有1.4~1.5米高，站在外面，可以将整个省政府看得清清楚楚。走到拐弯的地方，不知怎么搞的，有一头小牛把头伸进花墙里不出来，看牛的小孩没有办法，我们都帮了一下忙，还是退不出来。等我们回来时，墙未弄坏，牛也不见了。走到大门边，有一人站岗，里面一个人都没有，只有四五栋一楼一底砖木结构的房子。有一条洞沙里湖的支流流经省政府门口，中间有一个长型的岛屿，他们把它修建成一个大型的船形广场，在节能光的照射下，人们或跳舞、或游玩、或聊天，但没有高声喧哗，也没有人叫卖。哪怕语言不通，更不相识，人们都很热情，有一位女的还走过来拉着喻朝芬的手，教她跳舞。天黑后，由于他们的路灯少，瓦数小，又是节能灯，不是很亮，只照得了走路。回来过省政府门口，里面除了稀稀的路灯外，所有房子都没有灯光。第二天早晨六点钟，我拉开菩萨世纪酒店四楼房间的窗帘，一眼看去，全城都只有路灯，没有看见灯光装饰的任何建筑，也没有看见哪一家住户的灯亮。听说他们的农村电价合我们的人民币是三几元一度，就是首都金边，晚上在大街上也看不到用灯光装饰得灯火辉煌的情况。是电贵呢，还是节能呢，可能二者皆有吧。翻译给我们讲，没有麻将卖，就是扑克也少得稀奇，没有赌博，没有拐卖妇女儿童的情况，抢劫、盗窃、打架斗殴等很少发生，我们也没有看到或听到这些不良现象，民风纯朴，社会秩序很好。

柬埔寨的农村，老百姓住的基本上都是吊脚楼，人住楼上。多数柱子是木的，少数的是水泥柱。上楼的楼梯，有的是直接上，有的有两米多高，是拐弯的，多数为木做成，也有一些扶手是用不锈钢做的。从外观上看，楼上住房简陋的不少，修得豪华的也有。人们大多信奉佛教，可以出家当和尚，当过一年半载，又可还俗，可以结婚，喝酒、吃荤不受限制。全国庙宇很多，有3 000多座。人们结婚、修房、死人都要请和尚来念经，时间长短不一，但都必须念。

柬埔寨的旅游景点很多，都很不错。首都金边，皇家宫殿占地面积相当大，宫殿修得十分华丽，雕刻精致，保持完好，里外都是金光闪闪，金碧辉煌，皇帝坐的金轿子可以看不可以摸，凡允许参观的宫殿，都要脱鞋。就是当年皇帝接见外国史臣的大厅，也照脱鞋不误。整个宫殿真是一尘不染。

吴哥是由大吴哥城和吴哥窟组成的，建筑时间在公元900～1 100年之间，今天被联合国列为世界奇迹之一。在公元12世纪时，吴哥是全世界最繁荣的城市之一，全城有100多万人口，和今天的金边差不多。吴哥有很多寺庙，保存下来的有大吴哥城、吴哥窟、巴杨寺、宝剑寺、龙盘寺、塔颂、塔高寺、塔普轮寺、柬美蓬寺、变身塔、十二生肖塔、巴芳寺、国王宫殿等。当时的吴哥城有围墙，高8公尺，周围有20里，护城河宽100公尺，有东、西、南、北、胜利五门。南门是保存得比较完整的，游客都是从南门进，城门刚好能进一辆乘坐20多人的中巴车，门口的护城河上有通衢大道，又称搅动乳海桥，两边各有27尊用石头雕刻的神像，左面代表恶的阿修罗面貌狰狞丑陋，右面代表善的天神面容美丽祥和，他们的手都分别共同抱住一条用石头雕刻成的长蛇，进行搅动乳海的任务。这54座神像，又分别代表当时吴哥的54个省份。进入城门后，就到了巴扬寺，有54座宝塔，每座宝塔都很高、很大，下面是联结的，上面的宝塔是分开的，塔里面就是宫殿。整个宝塔的修建没有用一砖一木一瓦，全是用精雕细刻着各种图案、花草、人物的石头砌成的，每一座塔的顶部，都雕刻了很大的四面佛。巴扬寺有用石头修建的1 100米长的回壁走廊，石壁上满是精美的浮雕，内层刻画的是神话传说，外层刻画的是真实生活。这些浮雕中，有一段是有关战争的雕刻，其中有中国宋朝派军队协助吴哥作战的画面，宋军手持斧戟，奋勇作战，击退了入侵者。巴芳寺建于公元1060年，主体建筑高43米，主殿长120米，宽100米，主殿建筑是由五座台基组成，一层叠高一层，最后的中央主塔高达24米。十二生肖塔的生肖和中国的生肖一样。十二生肖塔是审判用的，当一个人犯了罪，经过审判，又不认罪，确定有罪无罪的方法是依他的生肖关在塔中，塔内有蛇虫等毒物，犯人有罪，它就对犯者侵咬，没有罪，它就不咬，罪轻者，咬去一截手指头，罪恶重大者，自然就咬死在塔中。生肖塔降低了人们犯罪念头。

吴哥窟同样是用石头修成的，保存最完整，前面有护城河，河宽190米，长1 300米，河上有宽30~40米的大道，跨过护城河，再走一小段路，入口处是三座雄伟的宝塔，中间的塔最高，这三座塔就是柬埔寨国旗上的标志。进入吴哥窟中庭，有长达500米的中央大道，有雕在石头上的3 000个仙女。主殿由内墙围绕，南北向的正面围墙长270米，东西向的围墙长340米。第一层的回廊石头上有极精致的雕刻，长800米，高2米，上层是天堂，中层是人间，下层是地狱，天堂和人间都是生活写照，做好事的有好报，有好的结果。地狱就不同了，贪婪的人受到各种不同的刑法，有的被挖了眼，有的被割了舌，有的被穿刺，有的被严刑拷打，各种惨状都有。主殿分为三层：第一层，台基高出地面3.5米，长215米，宽187米；第二层是平台，建有4座石塔，比第一层高出7米，长115米，宽100米；第三层也是平台，正方形，比第二层高出13米，长宽各75米。台阶很陡，有70度的样子，我是爬上去了的。到了这里，可以见到中央主塔，它高65米，据说，当初主塔是涂了金的，塔内有各种宝藏，现在宝藏不见了，金色的光芒已退去，留下雕刻的石头。

“搅动乳海”在吴哥到处都可见，它有一个传说，讲的是天神与阿修罗成功搅动乳海，取得长生不老药。其中一个叫“罗猴”的阿修罗混入天神中，偷饮长生不老药，被太阳和月亮发现，禀报昆湿奴神，昆湿奴大怒，当场砍下罗猴的头。可是罗猴已成仙，砍不死，能飞升天际，他恨太阳和月亮，永远与之追逐，咬噬日月，成为后来日食与月食故事的由来。

公元1296年，元朝派遣周达观去柬埔寨（当时叫“真腊国”）了解军情，回国后写了一本小书《真腊风土记》，详细介绍了吴哥。之后500年，法国人因这本书才发现吴哥，在此基础上，经过很多人的考古，才揭开了吴哥的面纱。

吴哥的旅游对外国人开放，分为一日票、二日票和三日票，最低票价 120 美金。对本国人的游览，则全部免票。

洞萨里湖是东南亚最大的淡水湖泊，淡水资源十分丰富。早在 1 200 年前，这里的人们就以渔业为生。据介绍，整个湖都只 2 ~ 3 米深，旅游船都只是一些木船，用小发动机带动，每只船能坐十多个人，没有大型游船，坐在船上可以真实地看到洞萨里湖人民的生活，成千上万户的渔民以船为家，船固定在水面上，每家的照明是自备的发电机。在人居住集中的水面上，有五金行、面包店、水果摊、百货店、餐饮店，还有警察局、学校、教堂，偶尔看见小孩坐在盆里，在船与船之间漂来漂去。人们在水上劳作，十分辛苦，但他们似乎无忧无怨，祖祖辈辈都这样生活着。

西哈努克港位于泰国湾边上，三面环水，地处云壤国家公家，与龙岛、龙松伦岛隔海相望，这里是丘陵地貌，气候好、雨水多，岛上和周围山上全为森林覆盖。我们在海边游玩，海浪后浪追前浪，到了岸边，浅起了一层一层的水花，看了是一种享受。海边有茅房供你乘凉，有躺椅供你休息，都是免费的，在这里度假是最好不过了。海上有不少的木船划来划去，就是没有旅游船。我们住的独立酒店坐落在离海边不到两百米的小山上，是 1966 年建成的，几十年过去了，到现在都不落后，设施配套，美观大方，服务很好，游泳不仅免费，还提供各种休息的躺椅。大厅里各种文字的报纸、刊物都有，你可自行选看。住在房间，推开窗户就可以观看美丽的大海，站在六楼顶上，可以观看两三公里外的西哈努克市全貌。建成的当年，就曾接待一位大国元首夫人在这里休假。这么多年，酒店周围 300 ~ 400 米都没有新添建筑，林中的小猴子不时还窜到路上玩耍，甚至到酒店的院坝里，可见环境保护得很好。

2012 年 3 月 24 日

漫漫上学路

普及九年制义务教育，减轻了学生家长的经济负担，老百姓十分高兴。可是，对地处素朴镇屯江的25个中小学生来讲，他们的家长除了经济上的负担以外，还担心学生的安全，因为他们每天都要坐小木船过河，经历漫漫上学路。

屯江，地处六广河下游，是乌江水库的淹没区，地理环境十分独特，三面是悬崖峭壁，岩高200～300米，前面是终年咆哮的六广河，中间是一片冲积地，相对平整，比较肥沃。除耕地淹没区迁出一百多户移民外，现住着78户人家，324人，有劳动力116个，分为杨、李二姓，全为苗族。现有耕地460亩。本地老百姓进出，均要通过一面手爬岩，十分险，除了青壮年苗族同胞能上下外，其他人根本不敢走，只有靠小木船摆渡。外面的人要去屯江，一是从六广河乘船，有7～8公里；一是乘车经六广镇、大石乡，有10多公里。由于交通十分不便，从来没有干部或技术人员在这里蹲点指导过工作。

新中国成立后，特别是改革开放以来，屯江的苗族同胞充分利用改革开放的好政策，自力更生。修文大石乡的农网改造，惠及了屯江，家家户户用上电，每度电四角多钱，与城镇居民同网同价，农民人均纯入达到了2 000多元，多数群众越过了温饱线，部分农户的住房得到了翻修，90%以上的农户有了电视机，70%以上的农户用上了手机，昔日与外隔绝、十分闭塞的屯江，今天同样享受了改革开放的物质成果和精神成果。

但是，与快速发展的外界比较，屯江仍显得十分落后。通往外面没有公路，也没有桥，人们进出就靠几只小木船，没有学校，也没有教学点，没有医生，没有商店，没有树林，没有经济林木，也没有果树，从上个世纪70年代以来，就没有放过电影，没有农业技术人员到这里传授过农业适用技术，虽然家家户户都喂猪，但都只喂一两头，没有超过四五头的人家，户户都喂牛，但绝大多数都只有一头，养鸡没有超过十只的农户。土地肥沃，气候条件好，但除种苞谷、小麦、油菜外，农户不会种植其他经济作物，地里产出率低，“养牛为种地，养猪为过年，养鸡为找点盐巴钱”，农业商品率很低，基本上还是自给自足的自然经济，农户的经济收入主要靠务工，常年在外务工的78人，每人年务工纯收入在7 000～8 000元。

落后，落后在教育，穷，穷也穷在教育。新中国成立时，初中生只有30多人，没有大专生，更没有本科生。原来有一所民校，有一位苗族教师在这里任教，孩子们就近上学，比较方便。后来，学校撤了，老师被调到矿山学校去了，屯江的孩子就无法读书，适龄儿童有25人去修文县的大石乡上学，有两人失学。学生家长一早一晚用小木船接送孩子过河上学。过了河，用钱请小面包车接送，每个学生每月100元，中餐由他们自己吃，每月至少要70～80元，一个学生一年的费用，接近两亩苞谷地的产出，虽然义务教育实行了免费教育，但农户的负担并没有完全减轻，孩子们走上了漫漫的上学路。农户在《焦点访谈》上看到一些贫困地方都有教学点，他们就是想不透，为什么不给他们设个教学点，方便读小学的孩子们就近上学，既免去家长的担心和经济负担，也有利于孩子的学习。

2012年4月29日

我的童年

我的童年是在五里坡的一个小地方——班家寨度过的。名叫班家寨，实际没有寨子，熙熙攘攘居住的头十户人家，一家与一家的距离近的100～200米，远的300～400米。班家寨的来历，没有记载，没有传说，更没有人考究过，只是这里有两户布依族姓班，有一户是唯一识字的人，有一户住在大竹林边，房子破烂，但看地基比较年久，可能是依此而得名。

新中国成立前，这里的住户除4家自有土地耕种外，其余都是租地种的农户，住的房子全是茅草盖的，除有一户是五柱落脚的木板房，其余均为土墙房，又矮又小，多数的窗子不到一个平方尺，有的人家的门都是小竹棍编的。

五里坡是有名的“干山”，但班家寨由于常年有大水井的水流下来，遇到干旱，也没有断过，居高临下灌溉着二十多亩稻田。

那个时候，班家寨上面有王家山林、熊家山林、先家山林，对面是两个班家山林，前侧面是谢家山林，整个班家寨三面多被椭圆形的山林围着。这些山林80%的都为青杠，还长有板栗树。每到秋天，不仅板栗成熟了，林里还长着土冻菌，是很好吃的菌子。一有空我们就上山去，既捡板栗，也捡冻菌。寨子中间的土坎上，长着十多棵核桃树和几棵板栗树，小的抱把粗，大的要一两人才能合围，一棵核桃要遮去半升苞谷地。每到核桃、板栗成熟，大人们忙于农活，没有时间去捡，同时因为树子是人家的，去捡，如果让人家遇着，不好意思，小孩去捡，就没有顾虑。核桃、板栗成熟后，有的先裂开，有的后裂开，晚上遇上吹风或下大雨，先裂口的有一些就自然掉到地上，我们每天天不亮就到树下去找，有时去得晚，被别人捡过了，能捡到半把同就不错，有时去得早，可捡半把升，捡到天亮就回家了，多数时候都是一身泥一身雨水。就是捡菌子，也是披着蓑衣，戴着年帽到树林里去找，因为不下雨要看牛、割草。

那时，人户少、树林多、草茂盛。一到开春，山绿了，草坡青了，花开了，可以说是山清水秀、百花盛开、争芳斗艳。林多、草多、鸟儿多，从春到秋，百鸟啼鸣。各种鸟儿都是人类的好朋友，帮人们啄食各种害虫，共处在生态环境中。人有自己住房，有的好一点，有的很简陋，甚至还有“千柱落脚”的。鸟儿也有自己的窝，有的窝做得很好，有的窝做得简单，它们既在窝里栖息，也在窝里繁衍后代。家麻雀把窝安在茅草房的房檐上，每天天一亮就到院坝里叽叽喳喳，斑鸠把窝安在竹子上，化眉把窝安在竹林中。它们多数时间都在房周围飞来飞去，特别是斑鸠叫得好听：“媳妇苦！苦!”鸦雀把掉在地上的小树枝含到高高的树丫上做成窝，当人们劳动时，它就在地里走来走去，觅食虫子，有时飞到房周围人们说：“喜鹊叫，有客到。”是报喜的鸟儿。乌鸦的窝虽在树上，但做得简单。竹鸡的窝在茨笼里。秧鸡的窝在秧窝脚，是水中生，水中长。野鸡、红斗儿、叫天子的窝在草丛中。还有很多鸟不知它们的窝在哪里，甚至南归的大雁，每年都要在五里坡落脚，再从五里坡飞去，继续南行。人鸟相处，十分和谐，鸟儿围着农户，农户住在鸟儿中。

在我的记忆中，直到新中国成立，最难忘的是没有医生没有药，从未听说过医院、打针、输液、量体温，也未吃过药。那时的家乡，从水淹坝到沙戛坡，从四轮碑到箐头，方圆几十公里，只有一个姓吕的中草医。不要说没有医生，即使有，人们穷得根本没钱看病。大人生了病，实在病得厉害，就去找吕医生开付把中草药熬水吃。一般的病只好拖着，慢慢拖好，实在拖不好，也只有听天由命。我们哪里不舒服，母亲就按土办法给我们治。发现我们吃不了饭，一天比一天没有精神，说是魂魄掉了，太阳落山的时候，把香烧在院墙脚，抬根板凳坐在门边，喊着我们的小名，三魂七魄快回家来啰。每次喊上两三分钟，把魂魄喊回来，连续喊上几晚上，我们吃饭又香了，精神就慢慢恢复了。人有没有灵魂呢？唯物论者认为没有。人有没有精神呢？唯物论者认为是有的。人的思维属于精神，理想信念就是精神的核心，这就是人的魂。母亲当然不懂这些道理，她用叫魂的方法把我们的精神提起来，可见，她老人家的用心良苦。有时用手一摸我们的额头，感到有点热，就说是伤风了，于是，赶紧煮一个鸡蛋，煮熟后把蛋壳剥开，用蛋从后脑门、后颈窝、额头、下额、背上、胸口、两只手心、两只脚板心上翻来覆去地滚，然后把白蛋剥开，蛋黄的外面变成了灰绿色，伤风了，上面就有一些小米点，没有伤到风，表面是光滑的。看后，再把蛋黄放在火上烤一下，就给我们吃，过后就退热了。看到我们的下额长羊胡子疮，就把山羊的胡须剪来烧成灰，将灰抹在疮上，抹上两三次，疮就好了。有时我们的嘴角生疮，叫争嘴疮。在蒸饭时用蒸气水给我们擦，效果很好。有时我们的眼睛很涩，母亲把眼皮翻开一看，看到内眼皮上有小米子，就叫我们去找巨巨草，母亲把我们的眼皮翻开，用巨巨草轻轻地涂，涂两三次就不涩了。有时看到我们白眼球上有白点，硌眼睛，说是“落易子”，每到太阳落山时，母亲就拿一根板凳放在门外边，板凳的一头放上一碗水，点上香插好，母亲坐在板凳的一头不停地念：收易子，易子散。同时，一只手拿着一柱未点烧的香在碗上绕来绕去，待碗里水面上有水泡，就用香脚去把它挑散，这一次收易子就算结束。连续几晚上就把易子收了，白眼球上的小点点就自然消失。有时打猪草或割草，不小心割到手，鲜血直流，回到家里，母亲就赶快去扯野皮菸来捣碎，敷在手上，血就止了，不红不肿，几天就好了。听母亲说，在我 6 岁时生了一场病，土办法治不好，又没有医生看，病得连蚊子都打不了，有时蚊子飞到脸上，只会喊：奶奶，风来了。病了半年，才慢慢好起来，真是命大。在那个个年代，不知道有多少人生病后因为没医没药而失去了生命。

那时的农村，除了缺医缺药，还缺文化。听母亲讲，老辈只有我们老祖公识文化，是教书先生。但不知为什么，我的爷爷一字不识，到我父亲，已是两代没读书了。母亲经常对我们讲："我小的时候，老人们不送我读书，现在大字认不了一个。穷不离猪，富不离书，要读书才行。"所以，母亲想方设法都要让我们读书。由于家住的周围没有人办学，只好把哥哥送到羊场外公家那里去读书，读了几个月，就回家了。直至新中国成立后，1954 年，哥哥去当兵，才学到了文化，不仅能写书信，还能记简单的账，解放军部队不愧为一个大学校。1948 年，我们寨上的班老先生在家里办私塾，父母就送我去读书，从春季读到秋末，每个学生给先生一斗苞谷、一斤菜油，这就是学费。书是按照先生的要求买的，有《百家姓》、《人之初》、《三字经》、《中庸》、《大学》等。先生一是教读书，二是教写字。每本书每天读一篇，要求背得。第二天早上到校时，先生坐在小方桌后面，把书翻开，学生背着桌子背课文，能背的就过关，背错或背不完的，就要受到先生的批评。开头一天只读一本的一篇时还好背，以后读的书跟着增加，每本书每天都要背一篇，难度就大了。先生有一块削好的大竹片，如果发现你不用心、贪玩，又背不了书，女生就打手掌，男生就打屁股。特别是《中庸》难得背，因此有"《中庸》十八篇，打得屁股起火烟"之说。我读书记性好，不仅当时能全部背得，就是到现在有一些都没有忘记。那时读的书，先生只教你认得、记得、背得，有的作简单的解释，有很多根本就没解释，所以读的都是白口书，理解不了。但是记得的现在理解后，好处亦多。先生要教我们写字，每天都要带着毛笔、墨和一个磨墨的碗，背了课文，上了新课，就把墨墨好，学写字。大小字本都是用白纸剪裁后订成的，开头写蒙格，先生写一张模本，放在白纸下面，照着写。以后写脱格，按书上的字写。写的字都要交给先生过目，有的字的读音按照平上去入，用毛笔蘸上土红水在角上画上圈，然后打上钩，表示阅过并认可。如果不交的，就要挨打板子。读了一年，第二年临近解放，兵荒马乱，也就读不成了。班老先生喜欢讲故事，只要一有空，我们就到他家，听他讲薛仁贵、程咬金、赵匡胤等的事故，听得津津有味。母亲没有文化，但记忆力特别强，一些事她就用白泥巴在墙上作记，哪怕过一年半载，她只要一看，就说得清清楚楚，真是“天书”，只有她看得懂，别人是看不懂的，就如同结绳记事。

种过庄稼的人，才知道庄稼人的辛苦。新中国成立前，穷人没有土地，讨地主的地种。讲定的租子，一年下来，不管你有收无收，收多收少，租子是必须交的，交了租子，剩多剩少才是自己的口粮、种子。为了把庄稼种好，过了正月十五，就要下地铲土坎、铲灰、烧灰、造土，到了二月间，就要运草粪、运灰、挑粪水，把它拌好堆放在地里，作春播的准备。就这样从春到秋，日出而作，日落而息，年复一年，周而复始，真是“口朝黄土背朝天”，述不完的劳累，道不完的苦。听母亲讲，我才会坐的时候，她都是背着我下地劳动。有时天气太热，就把我们放下来坐在背扇上，继续劳动。我们在五六岁的时候，就开始做农活，看牛、割草、打猪草。随着一年一年的成长，到了七八岁，学做的农活要多一些了，栽苞谷时，我们就丢苞谷种，每窝丢三粒，要全部丢在粪上。收豆子时我们就捡豆崽崽，一季下来要捡几升。收苞谷时就捡苞谷崽，多的时候可捡斗把。大人忙农活，没有时间，我们谁勤快，谁就捡得多。特别是看牛割草，都是我们小孩的职责，头天晚上把镰刀磨快，第二天早上放牛到坡上去，等牛吃饱了，草也割了百多把，把它辫成两坨，用几把草请大一点的小朋友把草扛到两头牛背上，驮起就回家了。我记得有一次把一条小蛇割断捆在草把里，有一次中指头割了一个大口子，有一次刚把牛放到山上，不一会雷公火闪，大雨来了，赶着牛就走到半路，就被大水冲到沟里，冲出去几米远，被灌木挡住，才爬上沟来，终于把牛赶到了家里。比较难的是学犁土，因为人小，犁头不好掌，特别是转头，要把犁头提起来，很费力。犁深了，牛拖不动，犁浅了，牛走得快，一不注意又是打埂的，犁来要不得。慢慢地就熟悉了，不仅能犁土，还能犁旮旯，很多农活就是个熟能生巧的过程。

1949 年秋收过后，解放军一个连长带着兵经过班家寨去坡大祥时，家乡得到了解放。新中国成立后，劳动人民当家做了主人。破天荒第一次在田坝寨办了小学，我终于走进了正规学校，有书可读。学校设在地主家四合院前面的房子里。四合院是橦小青瓦房，正房挡头是碉楼，过厅是“水刷石的洋房”，一楼一底，中间是进四合院的过道，两侧楼上楼下就是四个教室，老师住在四合院的厢房里，正房就是乡办公室，学校门口是一个小院坝，前面就是一个大球场，有副篮板架，课余时间有球可打。成绩好的学生可以跳级，跳级的少数学生中也有我一个。老师备课讲课都很认真，每天上完课，老师都要布置作业。作业根据课文的中心选择出题，作业少而精，放学前全部做完，由班长收交老师，学得集中，学得轻松，放学回家才有时间帮助父母做事情。收交的作业，老师当天晚上全部批改完，第二天上课前，又由班长去领来发给学生。作业做对的打个钩，做错的打个叉，同时在旁边立上一个正确的式子，然后写上分数。当时是百分制，以后学习苏联，改成 5 分制，然后又改过来成为百分制。我们读书，由于家里贫穷，从来没有带过午饭，早上在家热饭吃后去上学，下午放学回家后还要帮助家里干活，天黑收工后母亲才在昏暗的桐油灯下做饭给我们吃，根本没有时间复习，只有在课堂上集中精力学习。有少数的同学家庭环境比较好，带中午饭到学校，有时他的作业做不了，我就帮他做，他就分点中午饭给我吃。我除了爱学习，还热爱体育运动，不管在学校也好，还是离开了学校也好，都坚持学习和锻炼，从 1959 年《贵州日报》发表我的第一篇通讯开始，到现在一直坚持写作，篮球、乒乓球、羽毛球、游泳、口琴、手风琴、风琴、笛子、箫、象棋、麻将，哪样都会一点，但都不精通。

新中国成立后，百废待兴。在兴办学校普及教育的同时，开展了爱国卫生运动，普防疫工作，有病治病，无病防病，人民受教育程度和卫生健康状况普遍提高。短短几年，危害人民最普遍的天花、摆子、伤寒等就得到根治，不再发生。经过土地改革，穷人分得了土地，劳动的积极性很高。为了能吃上大米，我和哥哥把门口的一块半升苞谷地变成了田，从此逢年过节终于有米吃了。门口的一升苞谷地，头道、二道苞谷都是我在读书的同时薅的。为了把农民组织起来，先后建立了互助组，初级社，高级社，评工记分，按劳分配，生产发展，收入增加，生活安定，物资丰富，人们互相帮助，诚实守信，尊老爱幼，助人为乐，没有欺骗，没有打架斗殴，没有好吃懒做，没有摸包扒窃，更没有抢劫行凶，出门处处都有人帮助，在家“夜不关门，道不拾遗”，过上太平生活。1958 年，我走出了校门，参加了工作。

几十年来，直到 2003 年退休，我不论是在公社、在区、在机关，工作总是离不农业、农村、农民，经历和参加了“人民公社”、“大跃进”、“五风一化”、“整风整社”、“四清”、“文化大革命”等运动，特别是“大跃进”的长官意志、虚报浮夸、弄虚作假和“文化大革命”的乱批乱斗，“宁要社会主义的草，不要资本主义的苗”等风气，挫伤了群众生产的积极，对生产力造成了极大的破坏。老家的那些山林、核桃树、板栗树也不知在什么时候全部被砍掉了。“文化大革命”结束，经过“拨乱反正”、改革开放，以经济建设为中心，一心一意谋发展，集中精力搞建设，目睹了全县社会经济的建设、发展和变化。特别是近十年来，全县农业、工业、教育、卫生、交通运输、城镇建设、电力、通讯、人们的衣食住行等都发生了翻天覆地的变化，农村到处是洋楼，县城变成了大都市，全县人民充分享受了改革开放的物质成果，迈进了小康，过上了富裕的生活。今天儿童的童年时代，和我的童年相比，一个是天上，一个是地下，他们在享受丰富的物质生活和精神生活的同时，如能再加上享受青山绿水、鸟语花香，那就更有利于他们的生活和成长。

2012 年 3 月 13 日

走　路

一个人从小孩学会走路，到老了走不了路，一身走了多少路，谁能记得清、说得准。可是，总有一些走过的路，久久留在脑海里，挥之不去。在我工作的四十多个春秋中，走过了无数的山山水水，有一些走过的地方，终身难忘。

第一次走手爬岩

1959 年秋收过后，在县召开五级干部大会之前，根据区委的安排，我下乡调查集体食堂的情况。一早，我从寄种管理区出发，沿着洪家渡河边往下走，一路都是林荫小道，鸟啼虫鸣，伴随着大河的流水声，使人心旷神怡。走了一两公里路，就开始爬河大偏。整个河大偏基本上都没有耕地，全部被林木覆盖。秋阳高照，山风徐徐，十分凉爽。当我爬到半坡时，遇到一个人从坡上下来，我就问他去化石的路往哪里走，他说："从这里继续往上爬，走到岩顶，要下手爬岩，很惊险，你要小心。"当我爬到坡顶，举目望去，河对面大山的悬岩尽收眼底。在下岩时，我边走边看，下面是十多米高的悬岩，一条小路从岩上斜斜往下延伸，中间有约四五米长的一段，岩壁成了一个"凹"形，过这里要特别小心，如果不注意，头撞在上面岩石上，就会摔下去。虽然岩缝里长出的灌木，把大部分岩石都掩盖了，但我还是胆战心惊。下到岩脚，我坐起休息时想，这个手爬岩，是寄种的老百姓到化石背煤的必经之路，我没有负重的行走都感到害怕，他们还要背起煤从这里经过，可见，老百姓爬岩的本领真了不起。

第二次走手爬岩

1962年3～4月份，我参加县委组织的工作组，去中心工作。有一天，我们决定去化屋看看。临走前，区里的一位同志告诉我们：“去化屋有两条路可走，一条是走大路，从笋子岩右边下去，这条路虽然坡陡，绕道远，但要好走一些，化屋来往的人，走这条路的比较多。另一条是走小路，从笋子岩左边的岩上下去，这条路比较近，但比较危险，很难走，曾经摔死过人。”当时，我们去化屋的三个县直机关的同志，有两个的年龄比我大，30岁左右，我们考虑了一下，还是决定走小路，看看手爬岩。我们从大关街上往化屋走去，走了一个多小时，就到了岩顶。站在岩顶看河对面的悬崖峭壁巍峨耸立，鸭池河水奔腾咆哮从岩脚流过，构成了一幅壮观的山水峡谷图。从上往下看，由于灌木的遮挡，看不到岩。我们攀缓着周围的小树，慢慢往下走，走到岩边，确实很险，岩上有人用钻子打了很多手抓、脚蹬的小石梯，我们沿这些石梯下到中间时，有一壁岩石有4～5米高，有多宽看不清楚，下面有一小块长方形的平地，大约有2～3个平方米，有人在这里用圆木搭了一个梯子，我们从梯子上下去，又继续下岩。下到岩脚，我们估计这个手爬岩有几十米高，又好奇，又惊喜，对那些在岩上钻石梯、搭梯子的人感叹不已。大自然就是这样的检验我们，对每个上下手爬岩的人都是平等的。

到了化屋，我们住公社楼上。当时的公社是一栋盖着小青瓦的三间长的木架房，十分简陋。吃过中午饭，我们去水头寨。这是一个很大的苗族聚居的寨子，靠近河边，寨子旁有一口大水井，井边有一棵大树，像一把大伞把水井罩着，井水十分清凉，很多苗族妇女在这里背水，我们每个人都借他们的瓢舀点水喝，口感很好，是今天的一些瓶装矿泉水所不及的，可惜它已永远被东风湖水淹没在库底。下午回到公社，一位姓王的苗族同胞请我们吃晚饭，用腊肉招待我们，腊肉很肥，切得又厚又大片，一片可以把小碗的碗口盖起，我们每个人都吃了好几片。那时因为生活困难时期刚刚过去，生活物资仍很缺乏，苗族同胞用这样好的肉招待我们这些素不相识的人，实在是感激不尽。事后，我们才知道，把肉切成大片大片的，是表达苗族同胞对客人的尊敬。晚上，月亮很亮，到处都是芦笙声和歌声，使人沉浸在无限的欢愉之中。歌声消除了我们一天的疲劳，人与人之间十分和谐。第二天早上，我们去王中强老师家，他家的房子虽然矮小，但很独特，大门边有一个类似亭子的小木架房，两面柱头之间有一块木枋连着，王老师就招呼我们坐在上面休息，然后带我们去看他的书房，又把他在黄埔军校读书和出校后每年照的相给我们看，我们都很羡慕。一个黄埔军校毕业的学生，能长期在这苗族聚居的地方为苗族的子弟传授文化知识，不愧为民族团结进步的楷模。

第三次走手爬岩

1977年7~8月份，我从平桥步行去纸厂检查生产情况。一天早上，我和公社书记赵习舟从公社出发，经过水淹坝，沿着高家岩脚边走边看，走到中塘电站时已是吃中午饭的时间，电站的负责人带我们看引水渠和机房，并给我们介绍：“电站是1973年年开工建设，1976年建成，除设备是国家投资外，全部是纸厂公社的老百姓投工投劳。电站装机两台，每台发电量为200千瓦。”他同时还告诉我们：“如果把机房后面的岩嘴凿通，开沟把发电的水引过去，照这样大的落差，还可以装两台500千瓦的机组，投资不大，效益更好。”可惜这一计划至今都未实现。吃饭时，上了一碗鱼，每尾都二两左右重，没有鱼刺，嘴像青蛙嘴，十分好吃，我是第一次见到这种鱼。他们说这种鱼叫糍粑鱼，就只能长这样大，只有中塘河里才有，其他地方根本见不到。

吃过中午饭，我们就爬电站后面的手爬岩到新阳大队去。这个手爬岩很高，有两三百米，加上岩脚和岩上的陡坡，有一千多米，虽然岩不算险，但很难爬。因此，很少有人走。快爬到岩顶时，有一块半亩多的缓坡地，很陡，没有耕种，长满了漆树，很多漆树都被割了很多次。我们坐在石头上休息，往前望去，大方的天桥、戛木、黄坭全部在下面。再看眼前的漆树，那些割漆的农民真是胆大艺高，否则，从漆树上掉下来，后果不堪设想。可见，他们得点生漆卖，也是来之不易。我们爬到坡顶，顺着还山走过去，就到了新阳大队，找到大队干部了解完情况后，我们就从青山大队返回。走到高家麻窝，天已经黑了，我们在一户姓高的农民家里吃过晚饭，又继续往公社走。虽然是晚上，又没有带手电筒，好在月亮很明亮，一路上，青蛙的叫声不断，走到公社，快十二点了。这一天，我们走了五六十里路，虽然很累，但很充实。

第一次走穿洞

1963 年夏天，我下乡了解公社领导工作情况。一天早上，我从新阳到仁和，走不多远，就遇到在地里干活的老百姓，我问他们：“从这里去仁和往哪里走？”他们告诉我：“从这里去仁和有两条路。一条是从这里爬山，从山上下去，路好走，但很绕路。一条是直路，从这里顺着沙坡走下去，走到下面小寨子处，爬几步，从穿洞走过去，这个穿洞比较长，到了中间不见亮，走穿洞要小心，过了穿洞，离仁和就不远了。”听到有近路可走，可以节省了很多时间，当然乐于走穿洞。我从沙坡往下走，走到坡脚，有几户人家，前面有一个小田坝，穿过田坝，爬 20～30 米，就到了穿洞。洞口很高，也很宽，开头还见亮，走到中间，由于洞不是直的，所以只有一点亮。整个穿洞可能有200多米长，里面最高的地方有40～50米，最矮的地方也有10～20米，最宽的地方有50～60米，最窄的地方并排过两部大卡车都没有问题，洞里有很多蝙蝠飞来飞去，有时甚至擦肩而过。走在洞里，虽然是盛夏，却是凉风悠悠，那种舒服的感觉，不要说现在安装的一般空调，就是安装中央空调的地方，都是无法比的。炎热的盛夏，在这里避暑，是再好不过了。

第二次走穿洞

1976年的春天，我去金坡、石板检查春耕生产。一早，我从金坡的五指山脚往上走，翻过锦星丫口，然后走过右面的山梁，往下走不多远，就到了元山坡顶。从坡顶往下看，是一片一望无边的大森林。据当地老百姓讲，大跃进时，因烧炭大炼钢铁，这里的山林遭到了严重砍伐。大跃进过后，在支部书记马志友的带领下，又植树，又封山，经过近20年的努力，森林面积达到了1 000多亩。我从元山坡顶走到小沙坝、大沙坝，沿途几公里都在林中穿行，路边的百茨花散发着芳香，林中百鸟啼鸣，小溪流水清澈透明，在阳光的照射下，春风吹拂山林哗哗作响，一路上，到处都是一抱多粗的杉树、白杨，又直又高，让我饱尝了大自然美丽的风光。在大沙坝，我问老百姓："去石板公社有没有近路可走?"他们告诉我："近路只有走前面的穿洞。"于是，我从大沙坝走不多远，就看见了洞口。洞口不是很高，也不很宽，走在洞里，光线十分不好，快出洞口，岩边有一个坐着的枯尸，把我吓了一跳，我不敢多停留，赶忙走出了穿洞。我估计，这个洞有200多米长，10多米高，10多米宽，基本上没有人走。出了洞口，走过前面的荆棘丛林，再往上爬，翻过山梁，走不多远，就到了仙人洞。我上到洞里去看，前面有石门，里面有灶，有厕所，有一个大平台，光线很好，岩壁上有很多题词，其中“望月读书楼”几个大字十分醒目。的确，冠以“仙人”的地方，都十分奇妙。我走到公社，向公社的同志们讲我从穿洞走过，他们都很惊奇地说：“你的胆子真大，我们在这里工作，从来都没有走过。”

第一次长途跋涉冰封土地

1966年6月下旬，我从毕节“四清”工作团清水铺分团政治处转战到纳雍“四清”工作团乐治分团政治处开展“四清”工作。入村前，上级党委要求各工作队要认真贯彻执行中央“二十三条”，依靠贫农、中下农，充分发动群众，狠抓阶级斗争，立足一个“斗”字，用斗争开路，揭开阶级斗争的序幕，入村后，乐治分团党委根据实际情况，指出“文化大革命”已经开始，怎么搞，现在还不清楚，各工作队一方面要开展访贫问苦，调查研究，了解和掌握情况，一方面要集中精力组织群众，抓好秋收，搞好秋种，为来年夏粮丰收奠定基础。按照分团党委的安排，从“三秋”准备工作开始，到全面完成抢收播种任务，住队工作队员全部住在最贫穷的农户家里，把粮票和钱交给农户，与他们同吃、同劳动，当年乐治区的秋种抓得特别好，在历史上是一次大的突破。由于没有开展斗争，所有工作队员与区社干部和社员之间的关系都很融洽。秋种还没有结束，北大串联的学生就到了乐治。随着“红卫兵”运动的兴起，乐治小学的学生在教师的带领下，到分团住地造反，叫分团答复他们提出的问题。那是一个早上，天气很冷，地上结了冰，师生们来到分团门口，排好队，呼喊口号，我们团部的同志都出来迎接，其中一个同志说：“造反派们，红卫兵小将们，让我们共同学习毛主席语录，然后你们提问，我们解答。”接着，他就翻开手里拿着的《毛主席语录》，从第一页读起，读到中间，学生们说：“老师，冷得很。”随后就散了。从此，他们就再也没有来分团了。到了12月中旬，我将分团政治处的档案送到工作团政治部，恰巧遇到工作团党委书记赵春辉（地委副书记），他说：“小吴，你回去给你们分团的领导讲，现在‘文化大革命’，到处都在造反，又加上天冷路滑，车子很难调动，叫工作队员不要再到县城来了，组织好，走路回去比较妥。”我回到乐治后，将此情况向分团领导作了汇报，分团向各工作队作了传达。从此，大家都积极做走的准备。一天，我去邮电所和他们聊天，他们说：“如果你们走路回去，就不要背行李了，走时把行李拿来我们给你们寄回黔西。”开头征求意见，报名走路的人很多。由于气温急剧下降，天气很冷，道路泥泞，一百多里的路程很难走，很多人就改变主意到纳雍城里去找车坐回去，我和另外两个同志还是决定走路。我们走的那天，是 12 月 31 号一大早，街上有的老百姓知道我们要走，就给我们每人送来了头十个煮好的鸡蛋。我们把行礼送到邮电所办理邮寄手续后，每人挂着一块“语录牌”就出发了。我挂的“语录牌”漆着红油漆，上面写着“下定决心，不怕牺牲，排除万难，去争取胜利。”我们迎着凛冽的寒风，踏着冰封的大地，经过老凹坝，走到武佐河边，一座古老的石拱桥横跨在河上，从桥上走过，就进入了织金县境，爬到河坡顶上，举目眺望，到处都是一片银装世界，因忙于赶路，一路上都没有时间去欣赏大自然的美景。口渴了，就摘路边的刺梨连冰一起嚼着吃，饿了，就吃随身带的鸡蛋。经过以那架，走到天黑，才走到八步区的茶店。当晚，我们住在供销社，食堂炊事员得知我们一天没有吃饭后，就赶紧做饭给我们吃，这一顿饭特别香。吃过晚饭，一觉睡到大天亮。第二天早上起来，周身十分疼痛，洗过脸，我们又上路了。走了一小段时间，身上疼痛的感觉才消失。走到六冲河边，踏上小木船，过了洪家渡，我们就走到黔西境内了。到了寄种新街，我们在洪家渡水文站休息，在他们那里吃过中午饭，我回五里老家去看看，其他两位同志继续走到城里。我们回到城里头十天后，其他工作队员才陆续回来。

在过去的那些年代，由于贫穷落后，绝大多数公社不通公路，更谈不上交通工具了。下乡工作、蹲点、调查研究、处理问题，全是靠的两条腿。只要能走近路，节省时间，哪怕手爬岩、穿洞，还是照走不误。那时，社会秩序好，干群关系十分融洽，走在路上不用担惊受怕，即使肚子饿了，走进素不相识的老百姓家，一经摆谈，都可以得到吃的。我切身体会到，走路锻炼了身体，磨炼了意志，接近了群众，了解了真实情况，切实解决了问题，密切了鱼水关系，干部关心群众，群众爱护干部，那种干群和谐的局面，印象十分深刻。几十年过去了，今天，社会经济发生了翻天覆地的变化，人们过上了小康生活，车辆成了代步的工具，下乡工作不用再走路了。但我认为，即使交通发达，也不是所有的地方都通公路，要深入实际，深入群众，掌握真实情况，走路仍然是必须的，只有这样，才能正确决策，把惠农的事办好。切记不能只听汇报，只看材料，给一些好做表面文章、报喜不报忧，甚至弄虚作假、投机钻营的人以可乘之机，扎扎实实推进社会经济持速、快续、健康发展，实现民富国强和中华民族的伟大复兴。

2010 年 8 月 15 日

水

从小，老师就教我们唱“鱼儿离不开水”。其实，何止鱼儿，凡是有生命的物体，都离不开水。水是一切生命之源，这是不言而喻的了。我们天天和水打交道，过去听媒体讲水危机，不以为然。经过几十年的历程，眼看一些水的变化，深深感到水危机一天天向我们逼近。

我的老家是有名的干旱山，过去，多数人家没有稻田，祖祖辈辈都是以栽种苞谷为主，以苞谷饭为主食。老家有一个比较大的山脉，叫宪家大坡，周围有几个平方公里，新中国成立初期，80% ~90% 都是草山，山上长满了灌木，也有零零星星的大杉树，还有一大片宪家山林，草坡全是毛针草和百花蓑草，也有一蓬一蓬的司毛草，草丛中到处是地瓜藤和毛藤，放牛走在上面软绵绵的，就是牛一脚踩下去，也见不到泥。丛生的杂草、灌木覆盖着土地，多数时间地总是湿润润的，土壤保持了水分，又使草茂木绿，是我们放牛割草的好地方，也是各种鸟儿的天堂。有一种小鸟叫“冲天子”，可以垂直起飞，当你惊动它时，对直就飞上天，然后又从天上落下来钻进草丛。在大坡的下面，有大水井，水井前面有龙潭，一年四季清水长流，保证了前面 40 多亩田的灌溉。再往下走，有一个水井麻窝，麻窝里面也有一口井。这两个水井成了周围几十户人家饮水的水源。我参加工作前，就在水井麻窝挑水吃。当时的挑水工具是木桶，用扁担系上担钩，钩住桶梁，到了井边，用木瓢一瓢一瓢的把水舀在水桶里，每只桶口放上一个用竹片挽成的竹圈，挑起走以免水泼出来，然后挑回家，日复一日，月复一月，年复一年，保证了人畜饮用和灌溉用水。就是1959年夏天，经历持续近80天的高温伏旱，水井和龙潭的水都没有变小，更没有断流。“文化大革命”后，每到暑假，我都把城里读初中的大孩子送回老家，让他在水井麻窝挑水给他的奶奶喝。我回家后，别人给我说，挑水时哪怕大孩子走在前面，他总要让人家挑了他才挑，看到有的老人挑水，他还给人家挑到麻窝顶上才返回挑自己的。他现在是北京市重点大学的研究生导师，我至今还清楚记得他当年挑水的情景。后来，由于不断的毁林开荒，现在的宪家大坡的山林没有了，大树没有了，毛藤没有了，地瓜藤没有了，70%~80%的草坡变成了耕地，结果，带来的是水源枯竭，稻田先后都变成了旱地，甚至连人畜饮水都成了问题。只要一遇干旱，水井麻窝断水，无水可挑，大水井也只够十多户人家饮用，人们不得不到比较远的地方取水喝。

后来，我从县机关下到纸厂区工作。在纸厂我一待就是17年，青春年华都留给了纸厂，时至今日，我对纸厂仍有很深的感情。

那时，区机关在附廓水库大坝下面的河边上，去纸厂区后，家在粮管所附近。当时没有自来水，是内弟喻朝俊给我敲了两个白铁皮水桶，我去雨明买了一个装水的沙水缸，开始了挑水吃的历程。那时，区所在地的森林植被相当好，从医院后面的龙坡到小箐丫口再到长箐坡，都是接连不断的上千亩山林，区对门的大堰坡到郭家湾，从韩家寨到宋家沟，所有山坡都被山林所覆盖。小箐丫口下面的左落沟，一年四季溪水长流，从田坝中间穿过，那真是山清水秀啊！医院下面有两口水井，流出的水量都比较大，下面一口，就是机关职工和周围群众挑水的水源。粮管所仓库后面的河边，有一口井，水一出来就流进河里，水的温度冬暖夏凉。我们有时买得碎米（那时大米是凭粮证按比例供应，买碎米可以多得一点），因为碎米里面的空谷壳比较多，淘米用的水量比较大，我们就拿到河边的水井里去淘，以减少挑水。河水清澈透明，流到小涯坡脚，水有一两米深，一些人常在这里钓鱼。一直到我离开纸厂，因为强调保护黔西县城人饮水源附廓水库，山林有增无减。

离开纸厂 24 年，今年 8 月初，我们一家再去故地重游时，龙坡、长箐坡的山林基本已毁尽，变得光秃秃的了，左落沟没有溪流，医院下面的两口井只有一口有水流出，水量也大为减少，河边的井已不存在，河沟已变干了，成了一条排污沟。就水和山林来讲，变化大啰。

1986 年，我调回县机关工作，家搬进城后住在南门茨园干。那时，茨园干没有自来水，我们仍在水利沟坎脚的小水井和南门大河挑水吃。水利沟因附廓水库常年放水灌溉，沟坎脚的小水井方有水。南门大河的水源有三处：一是“源水三潮”的蔡家龙潭；二是附廓水库中的韩家龙潭；三是金坡河沟和雨灌河汇集的溪流。那时，这些地方的植被都很好，特别是山林很多，涵养了水分，水量充足，水库的水除灌溉六个区的 4 万多亩稻田外，坝后电站常年放水发电，整个南门大河不仅水的流量大，而且水质很好，形成的堰坎发挥了很好的作用。西门唐家大堰，灌溉向阳桥上下的几百亩稻田。二小门口的堰坎，分流出了小河，保证了南门田坝和东门田坝几千亩稻田的灌溉。山水相印，菜花金黄，稻谷飘香，把整个黔西山城打扮得十分漂亮。一中门口的堰坎，保证了吴家碾子常年碾米。河里鱼虾很多，垂钓的人不少，也有渔民用水老鸹在河里捉鱼，一年四季都有人在河里游泳。城里的北门双龙井、东门大龙井、烈士陵园上面的碓窝井，这些都是城里人饮水的有名水源。后来，由于生态环境和自然环境的变化，“源水三潮”的蔡家龙潭一年半载都潮不了一次，附廓水库周边植被减少，加之金坡、化窝开矿，进水量很有限，不要说灌溉，就是保证县城饮用水，在大旱之年，已十分紧张，根本不可能放水发电。因此，南门大河的水源严重减少，加之污水排放河里，造成严重污染，鱼虾绝迹。今天，谁还敢在河里洗澡？谁还敢饮用河水？至于双龙井、大龙井，早已变成污水坑，碓窝井等一些小水井已经干枯。县城在迅速发展，饮用水问题应提到重要议事日程。

1997 年，我到宁夏探亲，通过查阅文史资料和听一些老人讲，号称 800 里长的贺兰山，历史上也全是山林，山清水秀。后来，成吉思汗攻打西夏，放火烧了贺兰山，山林没有了，水也没有了，到今天全部变成了荒漠。

山林涵养水分，保持水土，净化空气，有林、有草、有灌木才有水源，才有各种飞禽走兽。50 年代初期，全县很多地方都有豺狗、豹子、狐狸、野猪、刺猪等出没，在县委东山党校，晚上都能听到豺狗的叫声。后来，由于植被毁坏，特别是山林减少，使动物失去栖息的环境，再加上人们捕杀，今天已经绝迹。如果生态继续恶化，水源不断枯竭，不仅影响当代社会经济的发展，而且祸害子孙后代。

经过几十年的探索和实践，我们党找到了一条建设有中国特色社会主义的道路，经过解放思想，改革开放，全心全意谋发展，一心一意搞建设，实践“三个代表”，贯彻科学发展观，今天，经济社会发生了翻天覆地的变化，人们总体上过上了小康生活。在统筹城乡发展过程中，加快工业化、城镇化建设，带动农业产业化，吸纳更多的农民，让农民走出农村，富裕农村，减少农民，富裕农民。加快生态环境建设，大力植树造林、退耕还林、封山育林，不断提高森林覆盖率，涵养水分，保持水土，爱护我们生存的环境，保持生态平衡，实现人和自然的和谐。

2010 年 9 月 5 日

走进芭蕉寨

秋冬交替的季节，我们一行从黔西县城出发，去黔西的“飞地”——芭蕉寨。

虽然天气晴朗，但是早晨的雾老是遮挡着太阳，明显感觉冬季的开始。公路两旁的行道树已把绿装逐步脱掉，做出准备过冬的样子。

当我们走进芭蕉寨所在的荆外村锁呐嘎时，一群喜鹊在前面的地上叽叽喳喳，跳来跳去，像是迎接我们这些从城里来的客人。当我们走到村办公地点时，锁呐嘎小学就坐落在旁边，学校正在上课，我们从外面看了一下学校，村主任告诉我们：在校学生300左右人，只有3个教师，从一年级到六年级都只好办成复式班。有3个教室，每个都是32平方米，没有教师宿舍，好在还修了一个厕所。学校门口有一个水泥球场，但只有一副篮板。村主任说：“我们盼望上面派点教师来，没有宿舍，我们把办公室让给老师住都可以。”继续往前走，就到了金沙县安乐乡的宋坪村，村里也新修了一所小学，还是一栋楼房，教室宽敞明亮，教师配足，宿舍也有，教室里学生也不拥挤，活动场地也很好，与之前的锁呐嘎小学相比，形成了巨大的反差。

从荆州穿越宋坪到芭蕉寨，约有4公里路程，中午12点，我们走进了慕名已久的芭蕉寨。据老百姓讲：第三次全国人口普查时，当时在黔西县任副县长的胡学林来到寨里，群众有生以来第一次在家门口见到了副县长，80多岁的老人都赶来看县长是什么模样，也是时至今日到寨里最大的政府官员。全寨79户人家，241人，200余亩耕地，全住在一个喀斯特地貌的斜坡上，周围都是石山，前面是两岔河，一眼看去，自然环境很差。但这里民风淳朴，社会秩序很好。农户的苞谷提子挂在房檐下面都很安全。人民勤劳，土地或种上小春，或已翻犁越冬，杂草都除得干干净净。过去几十年，就是这样寒来暑往，秋收冬藏，年复一年。

黔西为什么会有这样一块“飞地”插入金沙的宋坪？那是1941年金沙从黔西划出立县时，这里住有7户人家，划为一个甲，陈子南当甲长，大家都不愿意去金沙，就留归了黔西。上个世纪的50年代末60年代初，也提出过划到金沙去，老百姓们说：黔西的干部作风好，坚决不同意，也未划成。为什么取名芭蕉寨？那是因为一个神话，传说在很早很早以前，有一个地名叫砂岩脚的地方，生长着一棵枝繁叶茂的芭蕉树，有一条小路从树下经过，白天可以通行，晚上芭蕉树长来把路遮了，人们走到这里就没有路，总是走不出去，迷了路，这一神话逐步传开，芭蕉寨从此得名。改革开放以来，特别是近几年来，这里发生了很大的变化。一是人们转变了思想观念，千方百计增加收入，有49个劳动力在浙江、福建等地务工。分别从事销售、喷漆、园林、制鞋、切割等工种，月收入每人都在1 000元以上。凡有劳动力转移的农户，基本上都脱了贫。外出的农民中，有的已经定居贵阳、上海、重庆。二是自己投工投资，筹集资金，与宋坪村有关农户协调，修建了4公里长的简易公路；三是全寨农户的各项税费全部免除。四是从干河沟引水解决了农户吃水难的问题。五是农网改造正在进行，老百姓热情很高，在家劳动力基本上全部投入。老百姓从改革中得到了实惠，享受到了改革开放的成果。

但是，由于自然环境的限制，科技扶贫、教育扶贫、畜牧扶贫、以工代赈、退耕还林等惠及老百姓的事情，这里都没有项目实施，成了“扶贫攻坚”被遗忘的角落，导致现在还有60

户，189 人处于贫困，最典型的是有 14 个 30～50 岁的男子因贫困从未结过婚。这里的人们贫困，主要贫教育。新中国成立以来，至今没有一名高中生。原来队里有一所民办学校，前两年给撤了。孩子们本来可以到宋坪小学就读，但小学毕业后难于办理转学手续，就只好到锁呐嘎小学读书，每天要走十五六里路，低年级娃娃受不了，因此，老百姓迫切要求在寨里办一个低年级的教学点，把锁呐嘎小学修大一点，按编制派足教师，帮助教师解决宿舍，帮助解决一副篮板，加强教育管理，提高教育质量，使孩子们成长为有用的人才，从根本上改变贫穷的命运。把简易公路维修好，由有关部门定点帮扶他们，以便更好发展种植业、养殖业，抓好退耕还林，让他们享受到扶贫政策的更多实惠，赶上全县农民脱贫致富奔小康的步伐。

养猪富了板栗山

金秋时节，秋高气爽，秋阳高照，从永兴乡甘沟小学往上走，经过刘家湾、大山，再往前，就到了板栗山。名为板栗山，实际一颗板栗都未见到。经当地长者介绍，这里很早以前板栗很多，后来由于砍伐，板栗树没有了。虽然没有板栗树，但满山都是林木，山青青，鸟啼鸣，正在秋收的人们犹如是在图画里劳作。行走在乡间小路上，空气特别清新，使人心旷神怡。举目望去，几十里绿色的山林和蓝天连在一起，如一幅美景。

板栗山上住着 36 户人家，179 人。过去，这里十分贫穷，收入很低，一些农户甚至粮食都不够吃，过年很难吃上大米饭，油和肉更是少得稀奇。改革开放后，这里的老百姓才真正过上了丰衣足食的生活，特别是进入本世纪以来，先后取消了老百姓的一切税负，40 多人外出务工，东到浙江，北到京津，南到广州，开扩了眼界，转变了思想，学到了技术，积累了资金，打工的收入源源不断地送回家里，使家里有了发展生产的启动资金，家家户户都发展养殖业。以养猪为例，最少的户养了 4 头，最多的户养了 30 多头。由于猪多，肥料也多，地里大量施用农家肥，土地越种越肥沃，实现了六畜兴旺，五谷丰登。循环经济在这里的农业上得到了体现，户户钱粮丰收。农户收在院坝里的苞谷，一般每个都有 18 ~ 22 行籽粒，一个就有一斤多。农户都说，每到春节，家家户户杀年猪，有 1/3 的农户还要杀两头，全是粮食喂的，肉质很好。除几户农户外，已全部住上了砖混结构的房子，有的是平房，有的是楼房，都用瓷砖装饰，宽敞明亮，十分舒适。有两户人家还购买了汽车。

李永华全家7口人，母亲已经80多岁，大儿子退伍回家后，与儿媳、幺儿去浙江打工，每人月收入2 000多元，每年寄回家3万多元。家里养了13头肥猪和9头母猪，今年已出售仔猪111头，现在还有20多头仔猪。今年的仔猪卖到了14～15元一斤，双月仔猪一般都在40斤左右，还种了30多亩苞谷，人手不够，请了150多个临时工，供吃供香烟，每人每天付给30～50元工钱。辛勤的劳动获得了丰收，收得苞谷23 000多公斤，葵花500多公斤，高粱300多公斤，黄豆500多公斤，四季豆300多公斤。收入增加后，家里决定新建住房。

生活走向富裕的农户，一方面努力增加收入，一方面选择好的学校让孩子读书。如李永奎家，全家5口人，今年已出售14头肥猪，收入2万多元，现在还有存栏肥猪15头。种了4亩烤烟，收入1万多元，种了8亩苞谷，收1万多斤。有一个孩子上高中，成绩名列前茅，学校不仅免费，还奖励1万元。对此，李永奎给学校讲，他希望的是把娃娃教好，使他能够上名牌大学。李永奎说："收入多了，才有钱请临时工，把农业搞好增加收入，才有钱送孩子到好的学校接受教育，使他们学到知识，将来回报社会。"

沙戛坡的春天

我的家乡有一座大山，名叫沙戛坡，总面积1万多亩。

小时候听老年人们讲："沙戛坡戴帽帽，不拉屎，要拉尿。"意思是只要乌云笼罩山顶，不下冰雹，就下暴雨。多少年来，人们都注意保护大山的生态环境。

记得在互助合作时期，我们在小学读书的几个同学去沙戛坡游玩，这是我们第一次走进大山，一切都感到神奇，满山遍野的狼基叶、野茅栗、小艳山红，还有高大的白杨、枫香，每过低凹处都有清澈透明的泉水，山中有许多画眉、红斗儿、野鸡、竹鸡、箐鸡、斑鸠类动物，说这里百鸟啼鸣，鸟语花香，一点不假。

我参加工作后，曾独自一人去过沙戛坡，虽然经过大炼钢和生活困难时期，由于人民群众的自觉保护，除砍倒的一些枫香树躺在原地外，基本上没有受到大的毁坏，植被还算不错。在山梁子的凹处建了一个小碗厂，生产小土碗，全部是手工操作。十多个农民在厂里劳动，生产的土碗供所在人民公社食堂用，他们只能按照出勤和表现，年终参加公社八级工资制的评定，分到很少的钱。他们在大山上，喝着清泉水，听着鸟语，在那困难的年代，也还是一个世外桃源。

我第三次上沙戛坡，是在改革开放之后，时隔30多年，大山已经是一片林海了。高大的杉树、松树、白杨代替了枫香、野茅栗，风吹林响，确有林海怒涛之感觉。当我们下山问及承包造林管理的农户时，他们告诉我们，党的十一届三中全会后，他们在县林业局和当地政府的支持帮助下，承包了整个大山，开始了大面积的植树造林和封山育林。根据测算，森林蓄积量已达52 782立方米，价值2 100多万元，承包农户户均收入100多万元，曾经广为流传的“头顶沙戛坡，踏两岔河，谁人识清破，金银用马驮”的民谣，今天已变为现实了。

漫游观音洞

听说观音洞里面有很多自然景观，很早就想亲自去看一下，以饱眼福。

“三伏”时节，我和镇里的几位领导到洞里游了一圈，体会到确实名不虚传。

观音洞，地处金碧镇，离县城13公里，是黔西至洪家渡电站的必经之路。洪家渡公路今年10月建成通车后，乘车10来分钟即可到达，交通十分方便。观音洞原名大口洞，相传在很久以前的一天晚上，观音菩萨从很远的地方飞来洞里，当晚洞内灯火通明，热闹非凡。于是，人们便筹集资金，修建庙宇。庙宇建成后，每逢农历二月十九、六月九、九月十九，人们就到洞里去烧香，求菩萨保佑。此后，敬香者越来越多，除本地群众外，还有来自贵阳、安顺、清镇、修文等地的群众。后来，由于历史的原因，庙宇被毁，敬香者远去，洞内幽静。

现在，随着人民生活水平的提高，人们不相信什么观音菩萨，却喜欢旅游，观看自然景观和人文景观。于是，热心的观众又筹集资金，逐步修复观音洞，使之成为旅游景点。

当我们走近洞边，凉风徐徐，滴水叮咚，虽是“三伏”酷暑，却有胜过空调的清凉，自觉十分舒服。过细观看，洞内石景近有诸仙拜佛，远有罗列云峰的感觉。洞里分为两岔。右面一岔，有2 000米左右长，因无灯光无法进去。据进去游玩过的群众讲，里面的石景状如自然村寨、农夫山田、排排酒杯，有大厅，有青松，都是若干年的石浆形成。另一岔已安装照明设备，一路漫游，呈现在眼前的石景有金龟脱壳、金狮倒挂、万年金鸡、蓝天一柱、千年宝塔、师徒云游、天造大船、龙玉吐珠、海螺悬壁、童子拜佛、牧童含羞、金龟驮佛、犀牛鼻子、海螺待吹、冰川世界等，形象逼真，看后耐人寻味。

在去观音洞的路边有很多淡水湖在大松林之中，每天都有渔翁岸边垂钓，湖上还有白鹭停栖，增添了湖光山色美景。从观音洞往前走 3 公里，就是万亩林场沙戛坡，走进山里，鸟语花香，风吹林响，有林海怒涛之感觉，是盛夏避暑的好地方。

寄种移民情

下了一夜中雨，第二天早晨，大河、小河都涨了水，两条河在象鼻搅水处汇合后，像羞羞答答的女人一般，弯弯曲曲地向东流去，这就是西部大开发拉开序幕的地方——乌江上游的龙头水库，正在开工建设的洪家渡电站所在地。过去，这里是黔西县沙窝区所辖的寄种乡，撤区并乡建镇后，合并为五里乡。相传，历史上封建王朝为了镇压农民起义，把民间粮食全部收光。老百姓为了生存，有的悄悄把粮食寄存起来，留作种子，后得以逐步传开沿袭，人们就叫这里“寄种”。

说起洪家渡，历史比较漫长。相传洪秀全的后代为了躲避朝廷缉拿，辗转来到这偏僻之地，在这里开垦种植，生育繁衍。为了过河方便，打上木船后，族中经过商议，决定让最困难的农户摆渡，每年凭其自愿交点粮食，这个传统后延续了下来。洪家渡由此而得名。

经过祖祖辈辈的开发，层层梯田像一根根腰带，从河边一直拴上半山腰，形成了上坝、下坝、中沙坝、光辉坝4个田坝，流入河里的双龙潭和沙嘎坡山脉的水，居高临下灌溉着4个田坎，使这里稻田肥沃、稻花飘香。站在河边，仰望大山，古松翠柏，绿树成荫。站在山上俯瞰，山腰的山村小寨，每到中午，寨子里升起缕缕炊烟，农家菜熟饭香。每当夕阳西下，骑着水牛的牧童，三三两两嬉笑而归，等待着美味的晚餐。

沿着从县城到洪家渡施工区的柏油马路，首先要经过罗家山，再经过小红岩头，就进入施工库区了。站在狮子口，库区全景尽收眼底。六冲河穿过翁盖岩的崇山峻岭进入了大塘，河水平静得像一面镜子，渡口就设在这里。北海的地形犹如懒蛇下坡，到双龙潭终被两山锁住，只有一条狭窄的山道。特别是黄昏，站在渡口新街上举目远看，猫猫岩像猫一样，总是凝视着前方，山上的独株阔叶树像一把把小伞，昼夜护着猫的尾部。五指山像一个仰睡的巨人，有头有胸，有嘴有鼻。站在小河的群力大桥上看泥山丫口，山上的青松就像一条爬坡的恐龙，有头、有背、有尾。群力大桥旁边的水碾，上百年来不分白天黑夜都在转动，碾米、碾菜籽榨油，不知为人们做出了多少贡献。群力大桥右面是老街，从田坝中间突起一座小山，像一只船，新中国成立后在“船头”修起了小学，“船尾”有一棵几百年的皂角树，又高又大，枝叶茂盛，每天都有上百只白鹤栖息树上，飞进飞出，形成了一大独特景观。40 年代期以前，这里赶集十分热闹。群力大桥的左面是新街，紧靠河边，新街的形成是因为解放黔西、大方、毕节的清乡大队长期居住在这里，逐渐形成并取代了老街。离街门口很近的有小山坡和大山坡，相距不到 200 公尺，小山坡据说形如一颗印，后在农业学大寨中被推平，成了一块大田，大山坡上矗立革命烈士纪念碑，纪念 1950 年初被投诚反叛的国民党保六团杀害的 12 位解放军代表和一位地方干部，纪念碑建立后，当地群众、干部常到纪念碑前诵读碑文，缅怀革命烈士，鞭策自己前进。

洪家渡电站的开工建设，唤醒了沉睡千年的六冲河，水库大坝所在地——河大偏晚上灯火辉煌，昼夜机声隆隆，今年 10 月就要围坝截流。电站建成后，这里将形成蓄水 50 亿立方米，库面 80 平方公里的水库。至此，4 个田坝、大小山坡、象鼻搅水、群力大桥、水碾、新街、老街、部分北海等将被淹没，千百年来的猫猫岩俯望的层层梯田、青山绿水将是碧波万顷，这里将成为全省最大的旅游水库。为了抓紧做好库区 1 万多人的移民搬迁安置，县委、政府向库区每一个村派驻了工作组，吃住在农户，宣传贯彻执行移民政策、查对移民人口和实物指标，通过投亲靠友、自谋职业、集中安置落实移民去向，为移民办理各种手续，为移民建房、撤迁等提供方便和有效的服务，帮助解决各种困难，同时抓紧打田插秧，加大科技帮扶力度，力争大季丰收，确保2001年10月1 025水位线以下的4 000多移民提前或按期迁出库区，到新的地方安家乐业。对迁出库区的移民继续进行扶持，经过几年的努力，使他们的生活在现有的基础上得到提高和改善。

再有几个月的时间，水位就要上升到海拔1 025米以下。再经过两三年的时间，电站就要建成，库区的梯田、景观将被淹掉，到那时，我们只好说一声：寄种，再见。

2011年8月1日

专员来到中沙村

五里乡中沙村，是一个古老的村寨，比县城高出近30千米，地形像“羊叉”,“羊叉”中有几百亩肥沃的稻田，周围全是四五十度的高山，六冲河终年奔腾咆哮从“羊叉口”流过。这里至今没有公路，没有电话，没有邮班，运煤、运化肥和农产品的运出，全靠人背，200多户人家犹如住在世外桃源，日出而作，日落而息，干部很难来到这里。

5月11日中午，毕节地区行署专员彭伯元来到小乡寄种，向工作队员详细询问了群众生产生活情况，当了解到工作队品既看不到报纸，也看不到电视，没有电话，也打不通手机时，彭专员讲，这里是洪家渡水库的淹没区，几个月后就要搬迁一部分，大家很辛苦，但一定要把移民工作搞好，这是实践“三个代表”的具体体现。

吃过中午饭后，彭专员要到中沙村看看。在县人大、县政协两位领导和有关人员的陪同下，专员穿着雨鞋，踏着雨后泥泞小路，沿着河边向中沙村前进。小路崎岖，十分难走，4公里多路走了近一个多小时。走到村前面，一看两山脚住着的农户，60%～70%的住户盖的都是石棉瓦。从住房上就可看出大多数人家虽然温饱解决，但经济仍然比较困难。

到村后，首先走进了80多岁的老人洪兴发家。老人听说专员来了，赶忙叫幺女装烟、倒茶。在摆谈中，当得知老人没有儿子，是招女婿上门，身体又不太好，全家五口人，人多劳动力少，生病、生产缺钱，生活比较困难，粮食不够吃时，专员一方面安慰老人，注重保重身体，既要安排好这一季生产，又要在村工作组的帮助下搞好搬迁。一方面当即给在场的乡武装部长讲，你们一定要给他家解决点救济粮，保证他们的吃饭没有问题。老人对专员的关心十分感谢。接着，彭专员又穿过田坝，走到现任支书洪大得家，正听取支书介绍情况时，原任支书洪大志又来了，当他们谈到全村12个党员，平均年龄55岁以上时，彭专员说，你们老支书、新支书年龄都大了，要注意培养年轻人，培养接班人。并详细询问了当前生产，问农民有什么意见、要求等，新老支书和在场群众都作了介绍。彭专员语重心长地对在场的人讲，对移民补偿，实物指标要按照政策，实事求是，该移民该得的补偿，一分都不能少，要给广大移民讲清楚，不要轻信谣传，搞乱人心。当前既要搞好生产，又要积极联系落实搬迁地方，要落实耕地，还要落实地基修房子，最后才能搬家，时间紧，任务重，工作一方面需要群众积极主动，一方面工作组要具体帮助，排忧解难，切实把工作做好。两位支书说，你是解放以来来我们这里职务最高的领导了，我们一定按专员说的去做。

白茨花开了

4月29日上午，我去三叉箐查看黔西火电厂“息峰变”500千伏双回线路塔基组立进展情况，顺便到长箐坡看望已退休在家的张桂祥老师。

我们从县城出发，小车在崎岖的山路上颠颠簸簸走了不到一个小时，就来到了三叉箐。据当地群众讲，这里所有石灰岩山坡，过去全是大青杠树林，由于“大跃进”砍树烧炭炼钢铁和以后乱砍滥伐，现在全都变成了灌木林。在路上举目望去，灌木丛中的白茨花全都盛开怒放，白花在绿叶丛中格外显眼，花的香味随着风飘向原野，使人心旷神怡，别有一番天地，也是一种特殊的享受。走上山坡，岩豆藤、青杠、水冬瓜、野葡萄、泡木等发出的枝条、嫩芽，你追我赶，一个比一个长得快，真是万木争春，花草树木以灿烂美丽的色彩装点着山坡，使山坡更加美丽，几十米高的铁塔一座一座的矗立在山坡上，在阳光的照耀下，银白色的铁塔闪闪发光，十分耀眼。据省送变电工程公司施工的同志讲，一座铁塔的塔架一般都有30多吨重，还有固定塔架的砂和水泥，以及施工用水，全都用人背挑和抬上去，我们空身上山都很吃力，可想施工难度之大和工程技术人员施工的艰辛，正因为有他们的默默奉献，使西电东送的步伐得以加快。

我们在查看塔基组立时，张桂祥老师已赶到我们停车的地方。查看完后，我们就和张老师一起去长箐坡他的家里，在近两公里的小路上，我们边走边看，映入眼帘的是一派抢收抢种的繁忙景象。已经割了的油菜，有的一把一把的立在坎子边，有的在地里推成一个伞状的，有的放在石包上，一旦晒干，就进行脱粒，把菜籽收回家去。地里三三两两的农民，有的在种烤烟，有的翻犁小春地，有的在种苞谷，偶尔还看见有几岁的小孩打猪草，这些小孩子天真可爱，从小养成了爱劳动的习惯。我们还看到，地里长着很多麻芋果（半夏），这在其他地方是很难看到的，可能是这里的人们使用绿肥和施用农家肥，少施用化肥，给麻芋果的生长提供了很好的环境，如果在种苞谷和薅苞谷时不把它挖掉，保护好，1 亩地收个十多斤，就可增加 100 多元的收入。到了长箐坡，有 4 个女同志在菜籽地里种营养坨苞谷，其中有一位是村长的爱人。我们问她："村长为什么不和你们栽苞谷?"她说："他有事情工作去了，现在大家都很忙，就这 4 个人还是换工呢。"再往前走就到了张老师家。这里是一个小寨子，周围山上都是灌木，房前屋后全是树林，有不少的线秋正在开花，花有白色的，也有粉红色的，远远望去，只见花不见树叶，可谓繁花似锦。张老师的房子是一正一厢的土墙房，门口有一个大石院坝，院墙上放着很多盆景，有的造型很美观，院墙边上有一个装水的水池，自来水就装在里面，房檐底下挂着灯泡。张老师讲："过去这里吃水很困难，几个寨子的人全都到一公里以外的胃水洞去挑水吃，一年四季挑水的人都是成群结队，后来在政府的支持下，大家投工投劳，在吴家岩洞安装提水站，把水引了过来，家家户户都吃上了自来水，水质之好，是城里人享受不了的。有了自来水，养殖业就发展起来了，去年我家老三卖了 3 头肥猪，收入 2 100 多元，对门的一家喂了 7 头猪，头头都 300 斤以上。我自己杀了一头 500 多斤的猪，我养的四桶蜂子，采过 30 多斤蜂糖。"正当我们在院坝里摆谈时，麻雀在房顶上跳来跳去，鸡在门口啄食，鹅在门口叫，小鸟在对门树上叫着"黄瓜衣绿"，像是在迎接我们的到来。吃饭时，张老师讲："我一生喜欢看书，'文革'前买了很多好书，

‘文革’中全被收走了，真可惜，现在有一些已经买不到了，后来我又陆续买一些，孩子们从外面回来，孝敬我的都是书。不学习，不看书，不与时俱进，教书岂不误人子弟?”吃过早饭后，后面山上的阳雀传来了“薅早苞谷”的叫声，飞鸟也知道在春光明媚的季节婉转动听地啼鸣。我们一再感谢主人的盛情，离开了长箐，留给我们的是深深的感情。

我所见的港澳环境

最近，有机会到香港澳门逗留了几天，香港和澳门的环境给我留下了深刻的印象。

香港地处珠江口东侧，由香港岛和九龙半岛两部分组成，清朝时属广东省新安县（今深圳市），清道光二十二年（1842年）鸦片战争后，英帝国主义侵占九龙半岛南端尖沙咀一带，光绪二十四年（1898年），英帝国主义又强行租借九龙半岛深圳河以南地区及附近诸岛。

澳门地处珠江口西侧，属广东省香山县（今珠海市），明嘉靖三十三年（1553年），葡萄牙殖民者借口晒水渍货物，强行上岸租借，鸦片战争后，不断扩大租占范围，清光绪十三年(1887年)，进行强占。

香港和澳门都面向南海，背靠大陆，属丘陵地带，地理位置十分优越，面积很小，人口很多。其中香港1 100多平方公里，人口670多万。澳门26.8平方公里，人口40多万。

进入香港和澳门，首先看到的是山青地绿，所有山头和空地都被植被覆盖，根本没有裸露的山头和岩石。山上的树林、灌木和草都是自然生长形成的，林木全是混交林，生长十分茂盛。在香港的太平山上，一眼望去，所有山头都是郁郁葱葱，同时，一面能看到维多利亚港两边高楼林立，特别是高88层的金融大厦，白天看像一颗子弹，晚上看像一颗导弹，和李嘉诚“一颗印”的办公大楼，十分醒目，后又看到浅水湾董建华、李嘉诚、邵逸夫等富人“依山傍水”的住宅。在澳门看到人工种植的花草，十分漂亮，明年，东亚体育运动会将在澳门举行，各项体育设施建设正在抓紧施工。爱护一草一木、一花一叶，已经成了港澳人们的自觉行动。其次是在香港和澳门都会偶尔看到戴口罩的人，不知道为什么？经人家解释才知道，在香港和澳门，市民凡感冒，上街必须戴口罩，以免通过呼吸把感冒传染给别人。在香港和澳门都不能随地吐痰，不能把痰直接吐在垃圾桶里，更不能直接吐在下水道，必须用纸把吐的痰包好，然后放在垃圾桶里。打喷嚏要用纸把嘴和鼻捂住。不能在非吸烟区吸烟和乱丢烟头、废纸、果皮，违者将被处以最高达5 000元港币的罚款。重罚的政策不仅市民人人知道，就是进入港澳的旅客，只要你一入关，就会向你宣传，使之自觉遵守。路边在一定的位置都设有垃圾桶，桶里放上大塑料袋，桶外写上铝废料回收桶、废纸回收桶、废塑料回收桶，人们自觉将不同的废物放进不同的桶里，把垃圾分开，以便回收处理。清洁车是全密封式的，运送过程中没有灰渣飞扬，清洁工在往车上搬运垃圾时，要用随车携带的水将车子冲洗干净。港澳地区的海水也没有受到污染，十分清洁，像香港的维多利亚港和浅水湾是十分繁忙的码头，货物的装卸量是世界第一，但海港十分干净，没有废物废水。海水深的地方是深蓝色，海水浅的地方是浅蓝色，蓝得像蓝天一样，就是澳门的黑沙滩，除海滩冲击海沙使海边的水浑浊外，不见一点飘浮物，是一个天然游泳的场所，据说中央有的领导曾在这里游过泳。还有就是秩序好，香港和澳门街道都比较狭窄，特别是老城区，基本都是两车道，像澳门还有小石块铺就的石街路。就是新建的道路，除进出机场为六车道外，其余的也是两车道或四车道。车辆多，道路窄，但交通秩序确很好，没有随便停放的车辆，没有抢道行驶的现象，也没有随便超车，没有特殊牌照，就是香港行政长官董建华坐的车，除有区花“紫荆花”标志外，和其他车辆一样按照交通规则行驶，没有交警开路和警察保驾，整个交通都是监控管理，路上见不到交警，但如果谁违规驾驶，将会受到重罚，并在以后不得驾驶车辆。社会秩序相当好，没有看见摸包扒窃的，没有看见吵架、打架的，没有看到酗酒闹事的。因为香港和澳门不提倡吸烟喝酒，所以烟酒的税率特别高，不管你走进那一家餐馆，肯定看不见烟雾弥漫和猜拳行令的现象，人们处在一种和谐的环境之中。

尘世联想

退休后，轻松多了，一些往事，常常在脑海里浮现，是回忆，也是人生写照，从中得到的启发不少。

多年前，一位老领导生病在家休息，我去看望他，当我走进他简陋的住房，几张小板凳都坐满了人，坐在小板凳上的人有机关职工，有城里的居民，还有乡下的老百姓，大家你一言，我一语，都是一个共同的声音：祝领导早日康复。特别是有一位乡下的年轻农民，他说："解放初期，我父亲当村干部时生病去世，家里一贫如洗，是老领导到家里去看望，帮家里解决了困难，老领导连饭都没有得吃一口，又走小路返回城里。那时我们还很小，老领导离开我家时连感谢都没有说一声。后来，母亲对我们讲，这世上只有共产党教育出来的干部好，你们一辈子都要记住。我今天进城，特意来看一看老领导，才知道老领导身体不好。说是来看，也是两肩头抬一张嘴，什么都没有，只是心里记着。"老领导说："为人民办事，为人民着想，为人民解难，是我们的责任，做了一点小事，不足挂齿。"

我在纸厂任区委书记时，造林模范史衣清送我5棵杜仲苗，我把它带回城里，种在房子的后面，现在已经快要成材了。一个星期天早上，一位老领导的夫人到我家来，坐下后，她对我说："听说你种有杜仲，我来给你要点杜仲叶。"我问她拿杜仲叶干什么，她说："我的血压高，听说用杜仲叶熬水喝能降压，所以来给你要点，现在没有什么降压药，听人家说哪样好，都找点来试试。"我给她把杜仲叶摘好后，留她多坐了一会，摆谈中，她说："我丈夫还在时，有一些机关和乡里的干部，有不少的还是领导，经常都来家里，特别是机关上的，三天两头都来，和丈夫谈这谈那，不做事都要陪丈夫，自从丈夫这些人就不再来了，到是平时很少来的同志，还经常来看看我，人就是这个样子啊!”

头十年前，我到医院看望退休生病的某领导，他住在一间单独的病房里，病情比较严重。我去看望时，他身边一个人都没有。在摆谈中，他说：“过去，我们天天讲为人民服务，开会作报告，下乡讲指导，出口大道理，给人家排忧解难少，有些人有困难，找到我们，可以给人家解决的不解决，可以办理的没有办理，推脱了之。现在想，实在太不应该，想给人家办，已经没有权了，办不了了。在位时，人家找上门来还很烦，现在不在位了，谁还找你。”我劝他好好养病，保重身体，早日康复，已经过去的事就不要再想了。最后，他还是终归没有走出医院。

仔细一想，人在这个世上，幼时无知，老了糊涂，剩下的为民服务的时间其实很少。为人民的利益而谋划，为人民排忧解难而尽力，才会得到群众的公认，得到人们的传颂。反之，即使得宠、得意、得势，也只不过是肥皂的泡沫，不会持久。舞台上的灯光，不会为哪一个永远亮下去，只有那些推动历史和社会进步与繁荣的人永远留芳。

尘世中，我们常常看到一种景象，有的人在自己人生得意时，不张扬，不炫耀，而是谦虚谨慎，朴朴素素，并尽可能去做点事情。比如，用手中的权力去扶持一个有德有才的人，启用有德有才、利为民所谋的干部，尽量帮助群众排忧解难，尽量地促进社会经济的发展，造福人民，用囊中的钱接济他人，多办公益事业，扶助他人走向成功，使社会更加和谐，这样的人才能得到人们的赞美和传颂。

学会容忍

人在社会生活中，应该学会容忍。容忍，有利于化解社会矛盾，促进社会和谐，齐心协力，团结一致，谋发展，搞建设。

谈起容忍，我想起古代寒山和拾德的一段对话，寒山问拾德："世间有人欺我辱我笑我轻我贱我，如何处法?"拾德说："只要忍他避他由他耐他，不要理他，再过几日你且看他。"这里讲的是"忍"字在先。一个人要有"忍"的修养，退后一步自然宽。不会宽容，不会容忍，小意见就会闹成大意见，小矛盾就会酿成大矛盾。人生，就像在大海里航行的一只船，难免遇到波折，当飓风来临，你就要进港避风，才能避免灾难，飓风过后，又努力航行，达到彼岸。当一个人被误解，被冷漠，被嘲笑，深处痛苦之中，应该有一股"忍"劲，冷静对待。常言道："忍一时风平浪静，让三步海阔天空"。容忍是一种品德修养，是一种意志坚强，是一种进取精神，是一种宽容，更是一种高尚风格。如果把有限的容忍看成是害怕，是逃避，是退让，是懦弱，显然是不对的。

有时，容忍会被人看不起，甚至受到冷漠、孤立，看起来是吃亏，但这种吃亏是暂时的。有的投机专营，威风凛凛，看起来很风光，但暂时的得意并不能代表长久的风光，暂时的得利并不能意味着长久的幸福。人就是这样，没有哪个永远不幸，也没有哪个人永远幸福。时间是最好的检验。

"海纳百川，有容乃大"，"壁立千仞，无欲则刚"。花开花落，忍者为强，忍者得到了乐观，得到了信念，得到了力量，花瓣落去，得到了的是果实。

露天表演

“五一”节前夕，我去贵阳，本意是想看“多彩贵州”演出。到贵阳后，我去贵阳大剧院预购票，一问才知道入场票每张80~280元不等，我觉得票价太贵，就放弃不看了。

虽然没有看成“多彩贵州”，却看了两次露天表演，一次是下午，在民族文化宫门口，一次是晚上，在甲秀楼广场，均是义务表演，不收任何费用，主要是唱歌和跳舞，表演人员基本上都是中青年人，大多数是退休干部和职工。演唱不需要化妆，也没有什么乐器，只有话筒、笛子、二胡，舞蹈跳得不错，歌也唱得特别好，一首《英雄赞歌》把人们们的思绪拉回了战火纷纷的朝鲜战场，一首《十送红军》使人们回想起艰苦卓绝的二万五千里长征，不论是白天或晚上，观看的人都特别多。

十年前，媒体报道了上海外滩露天表演，那是专业剧团的演出，观看的人是人山人海。2004年的秋天，我在北京海淀区翠微大厦广场观看了一个剧团的义务演出。专业剧团能够走出剧院，进行义务演出，丰富了群众的文化生活，取得了很好的演出效果。

文化服务的主体是广大人民群众。“心连心艺术团”的演员很多，演出水平很高，但10多亿中国人民，有多少亲眼看到呢？一些专业剧团在剧院的演出，票价高，下岗职工、失业人员以及低收入者，怎么能看得起？而且，他们的演出都在大城市，城区以下基本没有。

随着人们生活水平的改善，人们不仅追求物质生活，而且追求精神生活，这就给我们的有关部门提出了新的课题。我们不能满足于村村通广播，户户有电视，要着眼于文化生活的丰富多彩上。只有文化生活丰富多彩，才能使先进的思想占领农村、城镇文化阵地，体现以人为本的精神，促进社会和谐。

拜 年

据史书记载：农历正月初，亲朋好友登门互拜，称拜年。最早始于明代京师。

民间拜年，主要是晚辈给长辈拜。晚辈是小孩的，长辈还要给晚辈发点压岁钱，以示快长、快大、快成才。同时，自亲自戚、好朋好友也互相拜年，都是有来有往。

拜年者，根据自己家庭经济情况，有抱鸡的、有提腊肉的、有提酒的、有拿糖果的、也有拿几斤面条的，甚至有拿粑粑的，等等。总之，都带一点适当的物资，以表心意。

通过拜年，互致问候，互相祝福，谈生活，谈发展，互通信息，了解情况，或聊天喝酒、猜拳行令，总之是谈笑风生，达到增进了解，增强团结。这种拜年，对于我们开展的社会公德、家庭美德教育和进行的社会主义思想道德建设无疑是有益的。

但是，近几年来，春节期间拜年的确走了样，变了味，下级给上级、下属单位给领导单位等拜年成了“约定俗成”，把有来有往的拜年变成了往而不来。

封建社会有一首民谣：“一任清知府，十万雪花银。”据说封建社会的县长对于收取的税负是不敢随便挪用的，如果贪污挪用，一经告发查实，就要受到严惩。因此，他们在任职期间利用自己的权势和影响，采取给孩子“踩尾巴”（过生日）、给自己祝寿和过春节等形式，让人家送礼，只来不往，几年下来，就是万贯家财了。大贪官和珅在位 20 年，家财达 8 亿两，有不少就是在拜年时收取的。

现在的公款拜年、公款送礼与封建社会的知府巧立名目搜刮民财有过之而无不及。可以想一想，哪一个县（市）所管辖的乡（镇）、县下属单位、企业等不是上百个，一些地方“要致富，动干部”、“五千元报个到，上万元调一调，几万元跳一跳（提拔）”、“要想提拔快，先把礼送来”、“你送我送大家送，送的礼干部才重用”。于是，拜年、送的礼也成了竞赛，送的礼越来越大，一年可以收多少，一任可以收多少，也是秃头上的虱子——明摆着的。山东菏泽地区原行署副专员卢效玉，在任东明县委书记两年多的时间中，受贿 100 多万元。河南荥阳市原财政局长薛五辰任职 3 年多，受贿 1 000 多万元，相当于该市年财政收入的 1/10。已被判处死刑的原广西玉林市委书记李乘龙任职 5 年，受贿 1 256 万元，平均每年收受贿赌 250 多万元，真是一个比一个胆大，一个比一个收得多。

少数人利用拜年、送礼之机乱收费、乱摊派、乱罚款，置中央三令五申于不顾。少数人非法聚集财富，而其中的大多数因官官相护而逍遥法外，造成人心涣散，有令不行、有禁不止，增加了不团结、不安定的因素。

看来，民间的拜年可以延续，公款拜年、公款送礼有百害而无一利，到了非禁不可的时候了。

生 活

每天清晨，当我转完水西广场，漫步在四车道的水西大道上，看到男女老少或欣赏广场上的鲜花，或在广场跳舞，或沿着大道五颜六色的路灯散步、小跑，这一切，不由得让我想起了一段话：

生活是一部历史，生活是一面镜子。经常翻翻历史，经常照照镜子。

1948 年秋天的一个中午，我的幺叔在水井麻窝下面的地里扯黄豆，甲长带着几个乡丁来家里抓他去当兵。当时我正收牛回家，他们问我人到哪里去了，我说不知道，他们就在厢房里等。当时我家住正房，幺叔家住厢房。不多一会，幺叔和几个弟兄提着杀猪刀回来了，隔着竹笆门一刀杀进去，站着的甲长来不及退，往后一屁股坐去，正好坐在猪食锅里，把锅坐破，猪食淌了一地，乡丁就从竹笆门往外开枪，我幺叔他们就跑了。甲长跟着我幺叔追，一直追到熊家山林，抓不到才算了。但是，从此三天两头来捉人的乡丁更多，不捉到人不罢休。于是，幺叔全家只好搬到羊场慕尼躲起来，直到新中国成立后才搬回老家住。和我幺叔一样，多少人为了躲兵，或四处逃，或被抓走，弄得妻离子散，家毁人亡。除了抓兵，还有就是“老二”（土匪）为害了。那时，“老二”晚上抢人，如果把当家人捉住，就要把你放在火上烧，问你要钱或大烟（鸦片烟），如果拿不出来，轻则把你烧伤，重则把你烧死，我外公就是被老二活活烧死的。为了躲老二，1949 个整个夏天，天一黑，我们全家都到野外露宿，有时被雨淋湿，有时全身都是露水。那个年代的农民苦不堪言，背煤卖，打柴烧，披蓑衣，穿草鞋，打赤脚，点亮蒿，盖秧被。因为一斗苞谷（约30公斤）买不了两斤盐巴，不少的农户在吃饭时，经常拿白石头放在饭碗里或用辣子水哄小孩，无钱治病更是常事。听母亲讲，我6岁时生了一场病，由于没有钱买药吃，病了半年，连蚊子都打不了，还是命大，最后好了。

1951年的正月间，父亲在当村长时患急性阑尾炎去世，县委派马茂宗同志（1956年任县委副书记）往返步行80里崎岖小路到家看望，送来了盐巴、布料和香、纸等，并指示到宪家大坡砍地主家的大杉树来合棺木用。那时，县、区干部经常到我们村召开群众大会，宣传党的方针政策，讲社会主义的美好生活："楼上楼下，电灯电话，点灯不用油，耕地不用牛"。激励大家艰苦奋斗，建设社会主义，积极投入到清匪反霸、土地改革中去。

就在这年秋天，我上了田坝小学。在这之前，我读了一年的私塾，读完了《百家姓》、《人之初》、《大学》、《中庸》、《论语》、《孟子》等书。那时读书，每天早上都要站着在先生面前背一篇课文，背不了，就要打手掌。虽然读的都是白口书，但理解后受益匪浅。因此，一上学就读三年级，边读书，边看牛割草。翻身后的农民先是成立互助组，随后成立初级社，读五年级时边读书，一边给初级社当会计。初级社推广良种和农业技术，种植了"胜利油菜"和"阿波"、"阿夫"小麦，获得了丰收，还组织了青年突击队，在堰沟兜和坡大墙种植大窝苞谷，获得成功。兴修拦山沟和山圹水库，防洪、排涝、抗旱，宪家山林脚的小山圹就是当时修建的，时任沙窝区政委的刘子伦同志亲自到工地和大家一起劳动。在谢家山林放养柞蚕，技术员李石留住到谢家院，进行技术辅导，获得了较好的经济收入。后来成立新乐高级社，那时我已在田坝小学读初中了，岳星斗任高级社会计，我任高级社任统计和出纳。当时的高级社包括今天五里的王坝子、上团庆、下团庆、北坭、白海、岳家寨、蒙家寨、坡大墙、五里坡、青杠林寨。翻身后的农民，唱着东方红，当家做主人，粮食年年丰收，经济收入年年增长。

1956 年，我作为共青团学生代表，出席了县的第三次团代会，住在武庙楼上，会上听取了团县委书记朱余君同志的报告。那时的城关，还有城门，街上两边都是大杨柳树，南门新车站刚刚建成，大府坝的老车站照常使用，乡下人进城，一切都很新奇。

1958 年暑假，我去贵阳找小工做，走了 4 天才走到贵阳。在中槽司挖了将近一个月的基槽，快到开学时，我回家去田坝小学报名读书。到了学校，谁知人去室空，一问，才知道已合并到沙窝中学，小学高年级的学生和老师已去化石厂挖铁矿炼钢铁。我赶到沙窝中学报名读书，读了一段时间，便通知我到五里管理区做秘书工作。工作半年后，调到了沙窝区任行政秘书。1959 年干旱严重，加之“五风一化”，粮食严重减产，秋收过后，老百姓生活严重困难。机关职工每人每月 27 斤的供应粮证全部交给食堂，和群众一起吃野菜糙饭。连续 3 年的自然灾害，使本来就短缺的粮食产量雪上加霜。我记得我和机关上的同志去折坤办食堂，一天下午，我们到了一户农家，男的饿死在床上，抬不出去，我们就帮忙把死人抬到松林里埋好，大家都很累，就在草地上睡着了，等醒来时，已是明月高照，才摸着小路回区里。当时，区领导全部下去组织群众生产自救。

办公室的同志晚上经常点着油灯加班，加到深夜，偶尔由区公所写个证明，到区的糖厂买上两斤灰面做的软糖（5 元钱一斤），大家吃得高兴得不得了，也是很特殊的了。后来解散了食堂，农村实行“三包”“四固定”，恢复了生产，农村情况迅速得到好转。1961 年，我调县委组织部工作后，亲眼看见国务院马处长带队到谷里搞调查，一个多星期吃住在农民家，和农民一起过艰苦的生活，如实向国务院报告农村情况。省委书记周林来黔西调查，吃住在招待所，不要接送，不要陪同，自己到农村调查，调查完后，在县委二楼会议室听取县委的集体汇报，对如何做好农村工作作出指示。县委的领导们经常带着我们在天坪、凤凰、野坝、甘棠大寨、雨明等地蹲点调查，晚上召开群众会。其余时间经常深入农村搞调查，了解农村党员和基层干部的情况，走遍了所有的公社。那时除县委有一辆南京嘎司外，其余机关都没有车辆，区乡也没有通客车，下乡调查全靠步行。我记得在太来岩脚调查时，农户把仅有的一筒葵花拿出来招待我；在雨明蹲点时，公社门口的安奶奶不容易弄到点肉，做好后还喊我们去吃，现在回想起来，真实感激不尽，终身难忘。1966 年“文化大革命”开始后，生产队以上的领导都打成走资本主义道路的当权派，挨批挨斗，使本来已经恢复发展了的经济又受到严重挫折，生活物资再度匮乏。1969 年，我从“五七”干校出来调到纸厂区工作后，亲眼看到物资匮乏给群众带来的生活上的困难。那时生猪统一收购，除春节供应一点肉外，农村老百姓平时很难买到肉吃，就是机关职工也不容易买到，苞谷酒、白糖也要到“双抢”或春节才供应，每户供应还不到半斤，布票每人才发 7 尺。“粮食部门胖娃娃，商业部门一枝花，要吃猪肉食品站，教师是个干咳妈”的民谣到处流传。直到改革开放后，经济才得到了恢复和发展，物资匮乏的情况才得到了解决。

话说怎么比

我在黔西县政协工作时，省政协副秘书长蒋明理来黔西调研，那是一个寒冬季节。一天下午吃过晚饭，他叫我和他一起去看他在一中任教的同学。我们迎着凛冽的寒风，去到他的同学家。他的同学讲："多年不见面，今天是什么风把你吹来啰。"坐下后，他又接着说："还是你安逸，你现在是副厅级了，我还是个教书匠，你在天上，我在地上。"蒋秘书长说："你现在不错嘛，调进了县城一中，住上了新宿舍，我去普底中学看你时，你们住的房子既矮小又窄，空余时间还要打猪草喂猪，以求改善生活，你现在和那个时候比，还不是现在天上，那时地下。"就这样谈笑风生说了很久，最后在他家吃了汤圆，夜深了，我们才离开了他的同学家。

回来的路上，蒋明理对我讲，他们是大学的同学，而且他的中文很好，毕业后，他就分到了普底中学，我去看他时，到了他家，他不在，家里说他打猪草去了。那时，他们十分艰苦。今天晚上，通过回忆，将他自己和过去的生活、环境比，发生了很大的变化，他就不会气馁。你说，不这么比行吗？

的确，人是生活在社会现实中的，"比"之心人皆有之。但怎么比，反映着两种不同的世界观、人生观和价值观。比是有参照物的，关键是怎样找参照物，怎么比。比对了，可比出责任心，比出自信心，比出上进心，心理会得到平衡，会得到满足。比错了，就会比出失落感，比出坏心情，比出坏作风，比出怨气，比出不服气，比出心理失衡。不是吗？有的人"官"有了，住房不愁，生活不愁，生病治疗不愁，出门用车不愁，子女教育和就业不愁，他们不去往下比，而是往上比，比“官”没有别人大，比住房没有别人的宽，比钱没有人家多，比用车没有人家豪华，比没有人家阔气。这样一比，往往就丧失了正气。于是，就千方百计跑官要官，对上行贿，对下收贿，甚至索贿，利用职权捞取好处，房子越住越宽越漂亮，车子越坐越豪华，生活越过越奢华，不是中华烟不抽，不是茅台酒不喝，一餐饭耗资成千上万，一屁股坐去几十上百万，本事不大官气大，这哪里还有一点“父母官”的气味。他们不少的人也来自农村，出身贫寒，但由于这一比，忘记了农村，忘记了农民，忘记了他们自己的衣食父母，就这样一步一步走进腐败的深渊，走进了自己挖掘的坟墓，最后被钉在历史的耻辱柱上。

有的人“衣食足，知荣辱”，他们和自己的过去比，和生活在社会底层的群众比，和广大农村老百姓比，心满意足，自觉抵御了“茶红酒绿”的诱惑，勤于学习，善于思考，思维敏捷，作风深入，生活俭朴，群众观念强，关心百姓疾苦，抓大事、谋发展，在自己的工作任期内，改变了自己所在地方的落后面貌，经济实现跨越发展，财政收入成倍翻番，农民收入大幅度增加，社会和谐稳定，得到了广大群众的公认和赞扬，光荣榜上有他们，人民不会忘记他们，历史不会忘记他们。

有的人严守社会公德，对那种非正当途径得来的“位子”、票子、房子、车子，不仅不羡慕，还嗤之以鼻，努力做到立身不忘做人之本，做事不忘公仆之心，用权不谋一己之利。坚守本职工作，潜心为群众办好事、办实事，乐于奉献，再苦再累，无怨无悔，做到了“富贵不能淫，贫贱不能移，威武不能屈”，坚定信念，坚定信心，想群众之所想，急群众之所急，帮群众之所需，全心全意为人民服务，不是讲在嘴上，写在纸上，而是付诸在行动上，以群众的满意为最大的心愿，在平凡的岗位上，做出了不平凡的业绩，获得了社会的认可和人民的赞扬。

公款消费何时休

几年前的一天晚上，我在大街上遇到一位快退休的县机关领导干部醉醺醺地对我讲："其他的事做不了了，陪吃是可以的。"时至今日，公款消费在一些地方仍未得到制止，而且成蔓延发展的趋势。

据新华社每日电讯报道，东北部分地区政府官员和国企领导挥金如土，公款消费。沈阳一高档洗浴中心，平时每天 800 人，爆满时达 2 500 人，他们多数是政府官员。吉林省长春市地税局对 10 家高档酒楼抽样调查，2002 年 1 ~ 11 月，共开出2 000 元以上的发票 11 847 张，其中 5 000 元以上的发票 924 张，10 000 元以上的发票 246 张，发票上显示的消费单位主要是党政机关、事业单位和国企。

改革开放以来，我国的社会经济快速发展，人民生活不断提高和改善，综合国力显著增强。但是，必须看到，经济结构不合理，农民收入增长缓慢，几千万农民仍处于贫困状况，下岗职工多，就业矛盾突出，不少的县仍是"吃饭财政"，甚至连发工资都困难。在这些地方，老百姓生病无钱治疗，农村贫困娃娃无钱买课本和交学费，读不起书，一些品学兼优的孩子考上大中专后，因交不起学费被拒之门外。而我们的一些领导干部口上也讲"三个代表"，但他们不是把有限的资金用在急需的事情上，促进社会经济的发展，而是热心于茶红酒绿，公款吃喝，大肆挥霍浪费，享受高档服务，抽"中华"、喝"茅台"，到了十分惊人的地步。老百姓说："几年前一顿饭一头牛，现在一顿饭好多头牛。"他们从不心疼，就是因为财政的钱姓"公"，用钱的权利在他们手上，谁都管不了。

制止分款消费，要从制度建设上抓起，要从领导干部抓起。加大教育的力度，使各级领导干部牢记立党为公，执政为民，务必保持谦虚谨慎、不骄不躁的作风，务必保持艰苦奋斗的作风。加大查处力度，对那些有令不行、有禁不止，大量用公款消费的领导，追究其责任，依纪依法给予惩处。

不受欢迎的当家人

“当家人”，是农村的一个俗语，它指的是一家之主。这一家之主，基本上都是男的。从这一点上讲，它多少还带得有“男尊女卑”的封建色彩。

农村有的当家人是很精明的，他们不断接收新的信息，接受新的知识，跟上时代的步伐，他们不好酒贪杯，接人待物通情达理，在事业上兢兢业业，勤劳俭朴，注重美德，操持家务有方，通过勤劳的双手，解决了温饱，迈进了小康，不仅在家里很有威信，就是乡亲寨邻也十分羡慕和佩服。如我的一个邻居，已经六七十岁了，很少喝酒，很少吸烟，生活俭朴，通过创业增收，照章纳税，不仅把儿女抚育成为国家有用的技术人才，家庭生活也十分富裕，时至今日，老人仍然经营着自己的生意，采购、批发、零售，生意做得红红火火，受到了人们的青睐。但是，有一些当家人就不是这样了，他们或是早酒三盅，一天威风，高谈阔论，不做实事，或是修起“长城”来（打麻将），不分白天黑夜，或自以为是当家人，就搞一言堂，我说了算，听不进一点意见，出口伤人，出手打人，违法犯罪，这样的当家人，在家没有威信，在外也得不到别人的尊敬。

家庭是社会的细胞，一个家庭的当家人十分重要。地方是国家的组成部分，地方领导如同当家人一样，决定着地方发展的快慢。无数的事实说明，地方的领导政治素质、思想素质高，思维敏捷，善于开拓，清正廉洁，注重工作方法，倾听群众呼声，关心群众疾苦，保护群众利益，减轻群众负担，帮助群众致富，粮食年年增产，生态环境逐年改善，绝大多数群众收入年年增加，财政收入年年增长，深得群众的拥护和爱戴，群众称他们为“父母官”。但是，有一些地方的领导干部，他们面对群众，口若悬河，可惜，这个当家人是自封的，不是群众公认的，被群众嗤之以鼻。我们不妨看看一些地方的领导是怎样给群众“当家”的：他们有的视群众的耕地承包合同为一张废纸，以搞集镇建设、集中开发、大户承包等为由，把群众的承包地收回，土地没了，老百姓还要继续负担农业税，但又只给老百姓很少的补贴，有的根本就不补贴，说是作为股份。老百姓对这种作法很有意见，但得到的答复是：“土地是国家的，国家要用，把地收回来，还要给你们钱，哪一点对不起你们。”这样的领导能不能代表国家，不去议论，要说的是他连土地的权属都不懂，《宪法》明文规定，农村土地归村民委员会集体所有，要使用村民的承包地，必须征得村民的同意，并按照法律法规办理。可见，以言代法，以权代法，在一些地方是存在的。他们一句话，就使老百姓失去了赖以生存的土地。而这些老百姓又不像企业职工，有工资可领，他们失去土地后，多数人从事不了其他行业，成了社会问题。有的当家人在农村产业结构调整中，对品种、品质、技术、市场等不调查、不研究，凭想当然办事情，叫老百姓出钱、出地、出劳力，他们出胆子，搞所谓的规模经营。有的当家人叫老百姓种水果，结果不挂果，有的挂果但品质不好，卖不了钱；有的当家人叫老百姓养黑山羊，结果黑山羊价钱很低，卖出去要亏本，老百姓把黑山羊还给当家人，说：“我们什么都不要了，白给你们养羊，这羊就抵我们借的羊羔钱了。”弄得当家人啼笑皆非；有的叫老百姓连片种烤烟，到了收购季节压级压价，很多等级内的烟叶卖不了，贴了大本，老百姓找到当家人，当家人说：“我只管种烟，管不了收烟。”；有的当家人叫老百姓搞连片大棚蔬菜，每户老百姓把得到的几百到上千元小额贷款全投进去了，结果，大棚失败了，老百姓什么都没得，得的是债务。

总之，他们今天叫老百姓干这样，明天叫老百姓干那样，总是失败的多，成功的少。他们的“轰动”效应，给上级很好的形象，结果当家人提拔了，群众搞穷了。相反，像退耕还林需要的苗木，国家有苗木款补贴，老百姓可以就地育苗，就地移栽，成活率高，但我们一些领导又不让老百姓育苗，要从外地苗贩子手中买苗，其中的奥妙是不言而喻的。像这样的当家人，多有一个，就多有一个地方的老百姓倒霉，群众不欢迎这样的当家人是理所当然的。

话说“考试”

考试，是对人的知识和才能进行考察和测验，大体可分为知识考试和学历考试。知识考试是指在校学生或在职职工对某一方面或某一阶段学习的情况进行测验，通过打分，得知学习的好中差，以便研究相应的措施，抓好学习，提高学习质量。学历考试是指就读于各级各类学校和院校的学生，在学习期间，经过严格的考试，各科成绩及格者，准予毕业，取得学历证书。考试制度，在我国具有悠久的历史，早在春秋战国时期，就通过考试选拔人才。以后经过不断完善，从隋唐到满清的历朝历代，都采取分科考试选拔文武官吏后备人员，形成了科举制度，它在历代封建王朝中对国家治理起了十分重要的作用，也对人类有重大贡献。

建国50多年来，我们有完善考试制度，培养大批优秀人才的成功经验，也有取消考试制度所带来的沉痛教训。曾记得十年“文化大革命”期间，废除了考试制度，身背“语录包”的小学生可以上大学，一字不识的“造反派”可以当校长，给一些人造成了“我是中国人，何必学外文，不学ABCD，照样能当接班人”的错觉，联想起晋惠帝司马衷不学无术，什么也不懂，在他统治期间，天下大乱，老百姓没有饭吃，大批饿死，他听说后，大惑不解地说“他们为什么不吃肉粥?”这样的白痴当权，怎么能经营好一个国家呢?“文化大革命”结束，恢复了考试制度，使教育重新走上了正轨，进一步建立、完善和改革了考试制度。在经济全球化、经济科技化的今天，国家在普及九年制义务教育的基础上，扩大高中办学规模，通过严格的考试，录取大专院校学生，入学后，经过系统教育，严格的考试，修业期满，各科成绩及格者才能获得毕业证书，同时，加强在职职工队伍的学习，通过考试和考核录用国家公务员，选拔各级领导干部，通过考试检验各级干部的学习情况，提高了人的素质，促进了社会经济的发展。

但是，现在的一些考试，令人啼笑皆非，一些地区的高考作弊时有发生，以致有的外语院校录取的新生，摸底考试个别的外语只得几分。一些院校扩招后只要交钱就可以上大学，一两百分的考生照样录取进本科。一些成人教育的院校招生考试十分马虎，有的给参考答题，有的开卷考试，甚至有的试卷都是请人代做，只要交钱就可以读书。特别是一些领导干部补读学历的，白天常聚会请客，晚上进舞厅，双休日小车接送，一个学期下来公款报销几万元，修业期满，就拿到本科文凭，研究生文凭，一些拿着假文凭的领导，由于没有真本事，就习惯于吹牛拍马，做表面，搞形式，对上阿谀奉承，对下独断专行，搞瞎指挥，只为领导坐车观花，不从实际出发，不管老百姓有无效益，甚至有的捞取官位后，心思不放在社会经济的发展上，不代表人民的利益，不为人民着想，而是利用职权，贪赃枉法，行贿受贿，生活腐化，作风败坏，这些理所当然地遭到了群众的抵制和反对。除了学历教育考试外，其他考试也不少，如普法考试，理论学习考试，微机培训考试，矿山安全培训考试，WTO 知识考试，公务员知识考试等等。这些考试，一是费用高，如理论学习考试，县（市）和乡（镇）干部都要全部参加，人手一份的一张八开试卷和一本 80 页的小册子收费就是 8 元，《干部学习读本》一套就是 300 多元。凡是财政开支的县（市）和乡（镇）两级职工都必须参加微机培训考试，就是专业学校毕业的也不例外，每人收费 300 多元，交了费，学也可，不学也可，一星期的培训时间满后，给你发个证，以后晋级升级就不受影响了。矿长资格培训考试半个月收3 000多元，矿山安全培训考试4天收400元，交了钱，时间满，就发证书给你。WTO知识考试，县（市）和乡镇两级干部全部参加，要买的两本书就是65元，一张微机打印的准考证收费20元。二是应付差事，自己翻书就算是最认真的了，绝大多数是一张试卷大家抄，有的甚至请人代抄。这种考试是假，卖书是真，收费是真。这些考试都是根据省有关部门安排，在全省统一进行的，其目的是对职工进行再教育，不断提高职工素质，与时俱进，开拓创新。但是，恰恰事与愿违，考试的资料费和考试费用，有的是公款开支，有的是个人负责，事后都汇入了少数单位，一个省有多少县（市）乡（镇），有多少干部，有多少职工，可收多少钱，是不说而知的事情，难怪职工称这种考试是“一举三得利”，即有的单位出政绩，有的单位得利益，应试职工得证书，受损的是国家和个人。

考试不认真，考试不严格，考试过多，考试过滥，浪费人力、物力、财力，误人、误国，是一种严重的腐败，到了非治理不可的时候了。

小路弯弯

从新街到泥山的小路，要从洪家渡河边上到山上。这里全是“马血泥”，只要一下雨，十分难走，上到泥山丫口，是九弯十八拐。2001年5月11日，从早上起就一直下着小雨。中午，原毕节地区行署专员彭伯元来新街看望移民工作队员。刚刚坐下，泥山村移民工作组组长陈万学就来了，他被雨淋得像个“水人”，大腿以下全是泥巴，有一只皮鞋的后跟被泥拔掉了。彭专员见状，说：“感谢你们，辛苦了。”吃过中午饭，彭专员又和我们一道，冒着小雨，沿着河边的泥泞小路，去到边远的中沙村，看望了十多家移民，听取他们的意见，解答他们提出的问题，使移民十分感动。的确，当时几十个移民工作队员，白天翻山越岭，进村入户做移民工作，帮助移民核对实物指标，联系安置地点，解决安置搬迁中的困难，晚上住粮仓，睡地铺，无电视、无报纸可看，又无电话，工作十分艰苦。经过几个月的工作，一万多移民提前搬出，保证了洪家渡水电站的顺利施工。几个月的爬山越岭，走了数不清的弯弯小路。现在想起来，真是感触很多，勾起许多往事。

1962年春天，3年自然灾害造成的困难还在逐步恢复，加上气候不好，春播进度缓慢。一天上午，黔西县委书记李如川召开县直机关单位负责人会议，听取大家意见，对当前工作作了全面安排。我当时在县委组织部工作，参加会议作记录。散会后，李书记对我说：“小吴，我要下乡去几天，了解了解情况，吃过中午饭，你和我一道下去。”下午，我和县委办的王顺明跟着李书记就出发了。我们出东门，经过朵坭桥，往协和区走去。这是一个晴天，山路崎岖，高低不平，山风徐徐，倍觉凉爽。一路上，李书记给我们讲了许多战争年代的故事，还问长问短，并幽默地说：三人行，必有我师焉。遇到地里做活的老百姓，还要问上几句。快到天黑时，我们到了协和区。当时的区委书记安绍清下乡搞调查去了，只有区长谢帮治在家。晚饭安排我们在区食堂吃。李书记一边吃饭，一边和谢帮治交换意见。吃过晚饭，休息一会，李书记对一天了解的情况作了记录，我们也就睡觉了。第二天早上，给区里的同志们打过招呼，又沿着小路出发了，我们从协和经过永丰，从革仲公社经过到沙寨公社，边休息边和公社在家的同志交谈，随后又到太来，边吃饭边和公社在家的同志交换意见。吃过中午饭，从太来到朴厚，晚上到了素朴，听取了区里对当前春耕生产的汇报。第三天早上，从素朴出发到铁石。到了铁石，已是中午。公社的同志都下去了，李书记坐在公社门前的石梯上休息，我到铁石街上买鸡蛋吃，下午，从铁石出发经兴隆到了大关。以后，又从大关出发，经新仁、小寨、羊场、雨朵、石桐树回到县里。这次下乡，走了一二百里小路，李书记对区、公社的同志和老百姓十分热情，口问手写，调查了到不少的情况，有力地指导了全县的春耕生产，使我受益匪浅。

1977 年 7 月，县委书记时念好快要调走了。一天早上，我从纸厂区赶小路到县里开会。赶到时，会议还没有开始。我就对时书记说："听说你要调走了，我们纸厂区石板公社的元山坡，大跃进过后，在支部书记马志友的带领下，封山育林、植树造林搞得不错，1 000 多亩山头已全部成林，可惜您去看不了啦！" 8 月份书记走时，我来看他，他说："小吴，你讲的元山坡我已经去看了。"我说："您应该给区里讲一声，我们和您去嘛！"时书记说："我是坐车到红林，从红林走小路去的，从大沙坝、小沙坝一直看到元山坡顶，确实不错，像个林海。你们要号召全区向马志友学习，大搞封山育林和植树造林，使纸厂区山清水秀，林茂粮丰，六畜兴旺。”

1992年，中坪区发生特大洪水，把去中坪区的公路全部冲坏。为了了解灾情，组织生产自救，县委书记刘伦才从洗革河步行40多里泥泞小路，赶到中坪，白天晚上都深入到群众中，慰问群众，了解了受灾情况，研究救灾措施，鼓舞干部和群众树立了抗灾夺丰收的信心。1993年春天，羊耳河边的移民因水库淹没土地面积大小有意见，准备集体到县上访。刘书记听到消息后，亲自从羊耳沿着十分难走的路，经过近3小时的步行，到了河边。老百姓十分感动，说：“我们这里除解放初期剿匪，县委的杜明信到过，以后的50多年，不要说县委的书记，就是县委的一般干部都没有来过这里。”通过了解和实地查看，刘书记不仅核实了被淹没的面积，还帮助解决了输电线路，维护了移民的稳定。

在我工作的40多年中，有一半以上的时间都是行走在弯弯小路上，全县原来的90个公社全部走完，走了4处手爬岩和3个穿洞，我深深体会到小路弯弯，虽然难走，但它磨炼意志，锻炼身体，深入实际，接近群众，了解民情，体察民意，解决矛盾，便于掌握第一手材料，以利研究，正确决策。现在，社会经济发展了，人民生活总体富裕了，交通、通讯十分方便，不能放着现在的交通工具不用去走小路。但是，农村还有不少的农户居住在深山区、石山区，十分边远，不通路、不通车、不通电，生活十分困难。在这些地方，迈开双腿走小路，进行调查研究，帮助他们办实事、办好事、办成事，加快脱贫致富奔小康的步伐仍有必要。

银 松

下了一夜雨，刮了一夜风，第二天早晨，住房后面的几株银松一改宝塔形的原貌，只有树尖挺拔向上，其他枝丫都东倒西歪，离开了主干。

这几株银松，和我的住房同龄，房子越住越陈，银松却越长越漂亮，从一两尺高长到现在的三四米，绿得相当好看，一年四季，哪怕最热的三伏或是数九寒冬，它都不会改色。每当水雀站在银松顶上，树尖总是一弯一弯的。如果不是一夜的风雨，谁能看见周身着绿的银松，贴着树干却有很多枯枝枯叶，是它们的奉献，银松才这么美丽。

院子里除了银松，还有香樟、桂花、腊梅、雪松、翠柏、石榴等，树种不同，各自生长，像一个和睦的家庭。特别是那桂花，到了秋天一开放，院内院外，很远就闻到了它的香味。院子里还马蹄花、玫瑰、大理菊、芍药、月季、夜来香、棋盘花、菊花、一串红等，一年四季都有鲜花开放。这里，正像人们说的，鲜花配绿叶，一幅多么美的自然景象。特别是大理菊，矮小、健壮，花朵开得很大、很漂亮，见到它，就想起了种花人。它是一位年过花甲的老人种的钵花，后来老人得了癌症，社区的领导对他十分关心，尽力帮助他解决了一些困难，他临终前，嘱咐他的老伴把几钵花送给社区。社区的人们就把它种在院子里，见花如见人。

优美的环境，受到了众多小鸟的青睐。每天早上，喜鹊、斑鸠、麻雀、点水雀，你叫我停，我停你叫，好像是进行歌咏比赛，也好像是提醒人们，天亮了，该锻炼的去锻炼，该上学的去上学，该上班的去上班。然后，它们都各自飞出去，飞到自己去的地方，或嬉戏或捉虫。天还没有黑，它们又一飞回来了。它们在院里没有没有

受到惊吓，食物没有农药喷洒，很安全，院里就好像是它们温馨的家。鸟的叫声就是它们的语言，只是人们听不懂罢了。因为我经常撒点米或饭在后面地上，开始只有大喜鹊和大斑鸠来吃，随后又带来了小喜鹊和小斑鸠，渐渐地来吃的鸟就多了。有一天早上，有一只不会飞的小斑鸠从树上窝里掉下来，几只大斑鸠飞来，围着小斑鸠飞来飞去，跳来跳去，不停地叫着，好像是商量如何办，最后，小斑鸠终于被衔回了窝里。

其实，鸟儿是人类的好朋友，它们只会给人以帮助，从来不向人索取，更不会伤害人。今年5月一个星期六下午，我送外孙去北大学习外语。我在北大的草坪边上休息，草坪十分美丽，草的高度就像小平头一样整整齐齐，加上周围树木、花卉相伴，环境幽静，确实是读书的好地方。草长得很健壮，一眼看去，根本就没有虫子。乌鸦、喜鹊、斑鸠、麻雀等鸟儿在座位的周围走来走去。特别是那麻雀，不时又在草坪中叼到一个虫子，并把虫子吃了。可以想象，每一年鸟儿要帮我们捉掉多少害虫，它们做了这么多好事，从来没有哪个给他们记功。在那“跃进”的年代，我们还把麻雀列为“四害”之一，加以除掉，实在是冤枉之极。今天，我们保护鸟儿，保护一草一木，就是保护生态平衡。人鸟和谐，也就是人和自然和谐的一个重要方面。

2010年7月26日

本 事

最近我用了几天时间仔细读了一本香港中国新闻出版社出版的《军魂赞》，书中的人和事，使我感叹不已。我最深的感受，就是人要有点本事。

《军魂赞》记述的是1983年基建煤炭部队撤销后，大部分指战员转业到新的行业，从事新的工作。他们凭着自己的本事，在新的岗位上创造出新的业绩，有的被提拔重用，有的获得省市先进工作者、劳动模范、优秀共产党员和优秀党务工作者称号。

书中记载着一位叫王尔昌的同志，1973年，他从陕西日报社入伍，转业时按照当时的政策规定，应该回到陕西日报社。但他走时候是一个人，转业回去时却有一个家，要工作，要住房，原单位有困难，接收不了。经过奔跑，四处求人，在组织、战友、同事们的积极推荐下，被安置在省文化厅。1984年3月20日去厅整党办报到上班，文化厅副主任走到他的桌前，交给他一份厅整党报告叫其抄写。由于材料是几个人写的，在抄的过程中，他发现了一些问题。第二天早上整党办主任来到办公室询问稿子抄写完没有，他壮着胆子说："我觉得这个材料内容有重复，文字长了些，如果有一人前后串改一下，删去重复内容，就是一个比较好的材料。"听了他的讲话，主任拿起稿子从头到尾看了一遍，等办公室的六七个同志到齐后，主任说："我听这位新来的同志对稿子的修改意见，我看他不带框框，比较超脱，让他先串改一遍，大家分头抄。"随后，他翻阅了厅以前整党材料，阅读整党文件，经过一两天的串改，主任过目后，送厅党组整党办验收时，厅党组书记拿着稿子汇报，验收获得通过。以后，无论是在办公室工作，还是纪检查处大要案件，还是人事接待信访，王尔昌所做的事情，当事人满意、群众满意、领导满意。他也从工作员先后提任纪检员、副处长、处长、机关党委常委。

如果说书中的人和事离我们较远的话，我们身边的人和事也说明，人要点本事。五里乡荒田村洪兴勇家，夫妇俩都是五十多岁，几个孩子和一个媳妇都在外面打工，两个老的要带一个才会走路的孙子，要种 6 亩多土地，要喂几头猪，还开办了一个农村小超市，靠的就是会安排打算和勤劳的双手，一年下来也是几万元的收入，在农村已是富裕之家。由于他们十分勤劳，教养的儿女也很勤快，在浙江打工的每人每月的收入都在 2 000元以上。上个世纪 90 年代初从地区新闻单位到林泉任区委书记的李光平，没有官架子，经常深入到群众中了解民情、体察民意，解决实际问题。因为李光平作风民主，所以机关内气氛活跃，老百姓爱亲近，获得了干群爱戴，他任职时间虽短，但他从不强迫群众，办了不少的实事。后来，他调到省政协机关工作，开始很多人瞧不起，说是一个乡下人，土头土脑，能做什么事。面对一些人的鄙视，他不计较，踏踏实实工作。后来省政协领导要向全会作报告，办公厅叫他起草讲话稿，稿子拟好后受到了领导的好评，慢慢地同志们又转变了看法，说：乡下来的这个人，还是有点本事。他渐渐得到了大家尊敬。

本事，要在办事的过程中发挥和表现。一个人，不管他从事什么职业，所做的事情，能够得到人们的肯定，并经得起时间的检验，这就叫有本事。在科学发展、以人为本、构建和谐社会的今天，党和国家各级机关中的很多领导和工作人员，兢兢业业工作，勤勤恳恳学习，勤政廉政，体察民情，了解民意，关心群众疾苦，解决实际问题，满腔热情对待群众。把惠民政策件件落到实处，让群众充分享受到了改革开放的物质成果和精神成果，在群众中赢得了崇高的威信。很多老百姓充分发挥自己的能动性，诚实劳动，艰苦创业，生活幸福。

但是，应该看到，党和国家机关中的一些干部，不学无术，还自以为了不起，官儿不大架子大，对待群众没有一些热情，群众找上门来，连起码的招呼二字都不懂，一个脸垮起像别人借他谷子还他糠似的，嘴上都能挂尿壶。上行下效，在他所在的单位，很多人对待群众都是麻子拜年——没有好脸嘴。不要说对待群众，就是对待他的副职也是官气十足，把一个单位变成了他私人的，根本没有一点民主作风，听不进一点不同意见，一切都是他说了算，只要他在装饰豪华的办公室一坐，“威严”得其他人不敢随便进出。有的一个人坐在车上，看到他的副职在路上行走，从不会喊他顺便坐一下车。在这种领导把持的单位，对群众服务意识很少，吃拿卡要很多，不给好处不办事，给了好处乱办事。有的领导为群众办实事的本事不大，一些惠民的事经过他的手反而办成了坏事，但是，老百姓说他们的工资会下崽，工资不仅要养活一家人，还地皮一处一处的买，楼房一栋一栋的修，这样的领导怎么能得到群众的信任呢？有的也想办实事，但由于不调查，不研究，不从实际出发，不倾听群众意见，出的都是馊主意，除了扰民，老百姓根本得不到什么实惠，花了钱，没有收到好的效果。

身为各级领导，特别是基层领导，必须有自知之明，职务是党和人民给的，职务和本事不能画等号，必须放下架子，坚持向群众学习，一身正气，两袖清风，热情对待群众，倾听群众意见，了解群众疾苦，实事求是，一切从实际出发，解决实际问题，体现公平、公正。增强办实事的能力，把党和国家的惠民政策落到实处，让老百姓得到实实在在的实惠，使人民生活富裕，社会和谐，使党群关系、干群关系成为鱼水关系。

关爱

在我们这个以人为本，构造和谐社会的时代，关心他人，关心社会，关心未来，值得大力提倡和发扬。

据媒体报道，李瑞环在10年间拿出53.3万元资助148个贫困大学生完成学业，在此后的3年，每年再资助100名贫困大学生，并立下遗嘱："逝世后，将遗产统统变成现金，全部用于资助天津贫困大学生。"真是"云山苍苍，江水泱泱，先生之风，山高水长。"深圳市义工联艺术团团长丛飞，捐助失学儿童和残疾人146名，认养孤儿32人，去世前，说服了家人，立下遗嘱：死后捐献角膜。现在，他捐的角膜使4人得以复明。

建设创新型国家，实现民富国强，靠的是科技。因此，重视教育，提高全民族素质，培养千千万万的高技能人才十分重要。现在，虽然全国人民总体上步入了小康生活，但必须看到，收入分配的差距不是在缩小，而是在拉大，在农村，在城镇，都还有为数不少的农民、城镇居民、下岗职工处于困难的境地，他们中的很多子女，品学兼优，但由于家境困难，有一些靠捐资完成了小学、中学、大学学业，成为有用的技术人才，但相当多的由于交不起学杂费，他们念完小学或初中就失学了，哪怕成绩再好，对于高中，甚至大学，只能是望洋兴叹，有的甚至念不完小学或初中，就失学打工去了。我在很多乡镇都看到这样一条标语："读完初中，再去打工。"就算国家免除了义务教育阶段的学杂费、课本费后，这些贫困家庭的孩子要升入高中、大学，很多家庭同样供不起。如果这些困难家庭的优秀学生失学，对我们国家未来的事业无疑是一个损失。因此，仍然希望社会的有识之士关心他们，资助他们。如果我们一些领导干部，一些先富起来的人，能像李瑞环、丛飞那样，中华民族将是人才林立，实现伟大复兴指日可待。

花钱趣谈

在明代，财政制度是很严格的。户部相当于现在的财政部，户部的钱就是纳税人的钱，是国家的，皇帝无权动用，即使要用，也要经过户部尚书，内阁分管户部的大学士层层审批，还要详细说明钱用在什么地方，如果不是用于公事，必须说明用多久，什么时候归还，否则不予审批。

到了隆庆年代，皇帝朱载逅为给后宫购买一些珠宝首饰，于是下令户部拨款。户部尚书马森上书表示：你买可以，钱，户部不拨。言官们不知从哪得到了这个消息，先是事中魏时亮上书，批评皇帝的浪费行为，接着是御史贺一柱上书，分析买珠宝的本质错误所在。随后进士詹仰花又上书劝导说：你现在刚登基，就开始喜欢这类东西，一旦放纵，后果不堪设想。户部不给钱，东西没买成，却听到了很多意见，皇帝只好罢休。

我们几百年前的这种财政制度，一些国家不知什么时候学去了，而且利用得很好，本世纪初意大利洞穴专家来红林进行近一个星期的考察，在座谈前听他们讲："在意大利，纳税人的钱是不能乱用的，谁乱用，就要倒霉。"如意大利的一个州长，用州长的公车去接妻子回家，因车子是用纳税人的钱买，只能限于州长公用，用公车去妻子，就用纳税人的钱，不仅丢了官，还被监禁了6个月。美国纽约州审计长艾伦·赫维西在2005~2006年间，叫其政府职员为他妻子开车，曝光后，赔偿了州政府20.6万美元，支付了5 000美元的罚款，2007年初主动宣布辞职。

建国后，我们的财政一直是取之于民，用之于民。改革开放后，特别是进入本世纪以来，从中央到地方的财政收入快速增长，在以人为本，关注民生的指引下，国家先后取消了农业税，农民种植、养殖不再缴纳任何税费，对初中以下学生全部免除学杂费和课本费，对困难学生提供寄宿补助，对种粮农户实行补贴，对农民实行医保，使老百姓享受到了国家财政增收带来的实惠。

面对财政收入的增长，一些领导忘记了艰苦奋斗的作风，不再为民谋利益，变成了专横跋扈，耀武扬威，穷奢极欲，贪得无厌的蛀虫。如江苏省一地级市旅游局的驾驶员记录“十一”黄金周该局黄局长的小车使用情况是：1 号，局长朋友的儿子结婚，用小车去接新人；2 号，把局长公子一家三口送到机场，然后到邻近城市接局长的父母来该市过节；3 号，用车送局长夫妇和父母去各大商场选购物品，送局长去送礼；4 号，到邻近城市把局长妹妹一家接到局长家来，继续送局长送礼；5 号，把局长的妹妹全家送回；6 号，到机场接旅游归来的局长公子一家三口；7 号，送局长父母回家，去酒店把已喝醉的局长送回家。

公车私用已经成了普遍现象，全国 400 多万辆公车，一年耗去 4 000 多个亿的费用，占全国财政收入的 1/10 还多。一些基层领导驾驶车辆横冲直撞，因为撞坏车子不是自己的，撞倒人也不要自己赔。南京桥林镇党委副书记袁毕兵，酒后开车，把 58 岁的李广兵当场撞死；成都浦江县大兴镇党委书记黄明军驾车在县城广场把两名少女撞翻，弃车而去。从大城市到小城镇，一些有名的酒店经常都是宾客满门，在这里吃喝的多是一些有权的人，酒足饭饱后，大笔一挥，一餐饭几百元，甚至几千元就花掉了，一户困难户一年的生活费还不够他们一顿饭钱。一些官员吃得大腹便便，吃坏了身体。河南新县计生委主任郭世忠在娱乐城就餐饮酒猝死，不仅不追究，反而授予三等功荣誉称号，后在舆论的监督下，县里才将荣誉称号撤销。

我们是一个发展中的大国，必须弘扬和树立艰苦奋斗的作风，即使将来富强了，也还是要坚持艰苦奋斗。目前。我们虽然逐步进入了小康生活水平，但标准还很低，加之分配制度的不完善，人与人之间的收入差距相当大。工人、农民、下岗职工、城镇居民都还有相当多的处于贫困中。建设具有中国特色的社会主义，加快社会主义新农村建设，不断增加人民群众的收入，使人民的生活不断提高和改善，是各级领导的责任和使命。因此，各级领导特别是主要领导，必须牢记“两个务必”，“以艰苦奋斗为荣，以骄奢侈淫逸为耻”，“大力提倡艰苦奋斗，坚决制止奢侈浪费”。自觉抵制和制止腐败之风，清正廉洁，不奢侈浪费。健全监督和铲除腐败的机制，使财政的钱用在刀刃上，用出更好的效益，使人民共享其成果，我们就会获得广泛的群众基础，我们的事业就无往不胜。

官员平民化

官员，是指在国家和各级政府及其机构中任职的人员，他们本是群众中的一员，是从群众中去的，最后也还是要回到群众中来。国外不少官员，都是以平民的身份在社会中活动。丹麦的哥本哈根是出名的自行车城，政府部长们骑着自行车和普通公民一同上下班，没有高低之分。美国前总统布什在视察卡特里娜飓风灾区时，因为要题字，工作人员把圆珠笔扔给他，他未接住，圆珠笔落在他脸上，也无所谓。布什在苏格兰参加八国峰会，骑的自行车与当地一名警察相撞，他从车上摔下来，手与胳膊被轻微擦伤，也不发火。英国前首相布莱尔和夫人到法国南部一个经常去的小镇度假，正赶上当地人们休息，唯一的一家酒吧在门上留下纸条："欢迎布莱尔先生和太太，我们正在度假，假期结束后，我们会回来，很抱歉。"布莱尔只好微笑着与夫人离去。德国前总理施罗德，一家人住在 60 平方米的宿舍。全家出行靠一辆老掉牙的私车，跟着他的是开豪华小车的保卫人员。德国现任总理默克尔访问我国南京，不住总统套间，只住普通客房，不吃贵宾餐，和普通客人吃自助餐。

我们党的根本宗旨是全心全意为人民服务，党和国家的各级干部都是人民的公仆，也是人民群众中的一员。革命战争年代，朱德总司令和士兵一起挑粮，毛泽东主席和战士们一起行军、打仗，周总理和大家一起吃饭，把掉在桌上的饭粒拣起来吃了。当官的和士兵一样，没有任何特殊，和人民群众亲如手足，军民团结，军政团结，上下团结，最终夺取了革命的胜利。

胡锦涛同志任贵州省委书记期间，他来黔西，和工作人员同坐一辆车，没有前呼后拥，也没有事先通知，看东风电站时，中午饭都是自带的馒头，走进县委办公室都没有人知道，随身工作人员作了介绍，县委办公室的同志才打电话通知在乡下检查工作的县委书记赶回县里。第二次到黔西，胡锦涛直接到鞋厂调查，和鞋厂工人一起在餐厅就餐，然后去金沙，来去县委、政府都不知道。2005 年春节，胡锦涛总书记在兴义和大家一起过节，初一的早上在餐厅里自己花钱吃自助餐。

官员平民化，是社会进步的表现，是时代的呼唤。它体现的是以人为本、公平正义、诚信友爱、社会和谐，完全符合建设具有中国特色社会主义社会的要求。凡具有“官本位”思想的官员，他们的人生价值都是围绕权力转，以权力为核心、为宗旨、为主宰，他们对上投其所好，阿谀奉承，为了自己的仕途，将假话说得比真话还真，将假事做得比真事还好，对下作威作福，搜刮民财，收受贿赂，挥霍浪费，是被人民群众所唾弃的。

漫话勤俭

一个星期天，我在落圈希望小学下面三岔路口等车回城。路边有一个中年人在收购苞谷，我正在和他摆谈，有一个农民背了百把斤苞谷上街赶场，他就问背苞谷的农民要多少钱一斤，农民说要 7 角，他只给 6 角，农民不卖，背起苞谷要走。我对农民说：老人家，这里离沙窝还有两三公里路，难得背嘛，你怎么不卖给他呢？他说：我反正都要上街赶场，背到街上，100 斤苞谷要多卖 3 元，空身到街上，人虽然轻松，你不会多得 1 分钱。他走后，收购苞谷的人对我讲：你看嘛，这 3 元钱他都不让我找，实际我收购 100 苞谷，运到街上，再卖给人家，运费要花块把，上下车要几角，100 斤苞谷我只找 1 元多。现在的钱，农民难找，因为农产品价格太低，苞谷不说了，黄豆每斤才 1.8 元，大米才 1.6 元，鸡 5 元多，毛猪 6 块，辣椒才卖 2 元。钱难找，但又不值钱，在街上要两斤半辣椒才买得了一碗面条吃。

此情此景，使我浮想联翩。勤劳俭朴是中华民族的传统美德，我们党的老一辈无产阶级革命家，有很多勤劳俭朴的事例在群众中广为流传。在土地革命战争时期，为了解决吃粮困难，红军总司令朱德在井冈山和战士们一起下山挑粮，“朱德的扁担”家喻户晓。长征期间，毛泽东、朱德、周恩来等中央领导和战士们一起行军打仗，与战士们同甘苦、共患难，终于取得了长征的胜利。长征到达陕北后，毛泽东主席在给战士们作报告时，穿的裤子膝盖处都补着补丁。为了减轻陕北人民的负担，王震等率部队在南泥湾开展了大生产运动，自己种粮，自己纺纱织布，解决了部队的给养。建国后，“三年困难”时期，老百姓没有肉吃，毛泽东也和老百姓一起同甘共苦，没有吃肉。他们给人民做出了榜样，激励了多少仁人志士焕发了革命热情，致力于革命事业。进入新世纪后，胡锦涛带领政治局的同志重访革命圣地西柏坡，号召全党牢记“两个务必”，教育大家“以艰苦奋斗为荣，以骄奢淫逸为耻”，关注民生，坚持科学发展，为全面建设小康社会指明了方向。

英国古典政治经济学家亚当·斯密在《国富论》一书中讲到：“无论从哪个角度看，奢侈都是公众的敌人，节俭都是社会的恩人。”“节俭增加社会资本，奢侈减少社会资本。”勤劳俭朴不仅是中华民族的传统美德，也是世界人民应具备的高尚品质，法国总统希拉克、德国总理默克尔等在访问我国期间，不住国宾馆，不住总统套房，和他们的随行人员一样住普通客房。香港的黄佩球先生，捐献了几千万元在内地建希望小学，在我县建的希望小学捐资也在百万左右，前来参加希望小学的落成典礼时，他穿着朴素，生活简单，对浪费很有意见。他在香港的住房才60~70平方米。澳门行政长官何厚铧住的既不是深宅大院，也不是豪华别墅，而是住的小平房，和老百姓住在一起。上个世纪90年代，我在农业局工作期间，实施国家“七五”攻关课题、联合国粮农组织《黄壤改良》项目，粮农组织驻亚洲的负责官员麦凯博士率工作人员来我县检查项目的执行情况。在驮煤河点上，加拿大的土壤学博士卡尔松跪在地里用小锄头挖一个剖面，然后将剖面中间的土放在嘴里试pH值，衣服的手肘和膝盖处都有打的补丁，他说：“这样耐穿。”检查结束时，在政府门口合影，泰国的阿里萨克和我站在一起，我当时穿的是一件马裤呢的中山装，他伸手摸我的袖子，说：“你穿的衣服比我的好。”羞得我无地自容。因为当时我的工资才几十元一月，他们是80美元一天。原联合国秘书长安南，轻车简从，体察民情，他在访问东帝汶结束后，动身去机场，路上一位男子突然冲向他的车子，放声痛哭，他立即停下车，用一个多小时倾听这位男子诉说当地正在发生的悲剧，结果误了机。龙永图在商务部任副部长期间，在意大利参加一次国际会议，会议地点在一个小镇的酒店，会场没有领导席，也没有来宾席，先到会的就随便坐下来，一位老太太进来后就坐在他的身边，他和她寒暄良久。会后，龙永图问会议主持者："那老太太是谁?"对方惊讶万分，你不认识她，她是荷兰女王呀！龙永图后来回忆说："哪像女王，简直就像中国老百姓的邻家大妈。"

改革开放以来，全党致力于经济建设，我们国家发生了翻天覆地的变化，综合国力显著增强，人民的收入大幅度增加，生活水平不断提高和改善。但是，我们还是发展中的大国，人口众多，很多经济指标总量世界第一，但人均低。以人均 GDP 为例，全球排在 100 位之后，教育投入没有超过乌拉圭，个人医疗负担才甩掉全球倒数第四的帽子。实事求是地讲，我国的基础设施还很薄弱，特别是农村的水、电、路基础很差，城镇的垃圾和污水处理相当滞后，大面积的荒山、荒坡需要绿化，社会保障体系不健全，不完善，群众在医疗、住房、子女上学等方面的负担还很重，低收入人口的比重大，就业困难等等，这些都需要大量的资金投入，通过发展才能解决。

但是，我们有些领导没有忧国忧民的思想，看不到存在的问题，更不会体察民情，为民办实事、办好事，而是沾沾自喜，沉醉于灯红酒绿，讲排场、讲面子、挥霍浪费钱财，把公款吃喝变成了官场生活"想当然"的组成部分，公款吃喝无处不在，档次越吃越高，从几百元一桌上升到上千元、几千元，甚至上万元一桌，既不影响官员的口碑，也不影响官员的任用，真是不吃白不吃，吃了也白吃。至今全国一年的公款消费已达 6 000 ~7 000 千亿。

重庆万州三峡明珠观光塔，主塔高92米，连同塔尖高135米，顶部有旋转餐厅，于2009年1月5日被炸毁。在这之前不久，耗资2 000多万元，在重庆奉节县修建的“移民纪念塔”被爆破拆除，可谓触目惊心。不少的官员不是利用手中的权力致力于党和人民的事业，而是用于收敛钱财，贪污受贿。江苏省苏州市副市长姜人杰3年时间贪污受贿1.0867亿元人民币、5万元港币、4 000美元，其中出让工业园区150亩的一块土地，就收受8 250万元。黑龙江省绥化市委书记马德卖官受贿案涉案官员265人。海南省文昌市委书记谢明中贪污受贿达1 791.63万人民币、627.2万港币，16.56万美元、15 000新加坡币，折合成人民币共计2 500万元，按全市50万人计算，平均每人可获50元，所以，该市流传“贼来如梳，兵来如篦，官来如剃”的民谣。安徽省委副书记王昭耀因贪污受贿被立案查处，随后18名县委书记相继落马。挥霍浪费之重，贪污受贿之广，举不胜举。

全面建设小康社会，实现中华民族的伟大复兴，任重道远。我们必须一手抓经济建设，保持经济平稳、健康，又好又快发展，只有不断深化改革和发展，才能解决存在的问题。严厉惩治腐败，腐败是社会的蛀虫，老百姓深恶痛绝，必须严厉打击，不能姑息养奸，贻误大局。凡属贪污受贿，非法所得全部没收，依法严惩，使他们在群众中臭名远扬。同时，从制度上加强建设，从源头上根治贪污腐败，使勤劳俭朴的传统美德发扬光大，实现社会的公平、正义与和谐。

农村见闻与忧思

金秋时节，我到黔西县仁和乡通过走村串户，与村干部和农户促膝谈心，了解了不少情况。所见所闻，有喜有忧。

我先后走了长田、樊家槽、百花、光明、坪寨等村。映入眼帘的是一派丰收景象。从路边到山背后，从山脚到坡上，种植的都是黔西4号、黔西3号杂交玉米，玉米棒个个又粗又大，十分喜人。樊家槽村村长刁正文带着我边走边看边说："我们村过去叫小山，小地名叫'十二块土'。'大跃进'时，在路边立了一块木牌，上面写着天下第一坝几个大字，吹什么'苞谷像牛角，谷子扭成索，豆豆绊倒脚'这是典型的虚报浮夸，造成1959年、1960年饿死了不少人，这个教训太深刻。后来老支书提倡搞包产到户，'四清'时挨整下了台，'文化大革命'中又被批斗。党的十一届三中全会后，搞了包干到户，老百姓的日子是芝麻开花节节高，一年更比一年好。就拿今年来讲，每亩苞谷有3 400～3 500百株，每个苞谷棒不低于三四两，1亩收多少斤你可以算一算。就是农产品的价格太低了，1斤辣椒两三角钱，七八个苞谷才能卖到1元钱，豆豆也才是几角钱1斤，就是肥猪也才卖2元多钱1斤。就拿我家来讲，一个娃娃读初中，书学费是100多元，你说要卖多少东西。现在只有调整种植结构，我们村现在搞了不少大棚，种大棚蔬菜，冬天上市，可以多卖点钱。又种了200多亩黄花。我种的4分地，今年鲜花卖得500多元，还收了30多斤干花，总收入700～800元，一分地合200元。农民增产不增收，用钱实在难。现在又是收农业税、教育附加费的季节，乡里的杨书记和我们跑了一天，只收得100

多块钱。”

走到坪寨村时，满族村民宋文郁拿着6月20日填发的“黔西县人民政府农村教育附加费”的通知给我看，他家承包人口1.5个，2000年农村教育附加费20元，统筹费8元，农业税24.46元，合计52.46元，人均34.97元。他说收费倒不高，就是农产品不值钱，交这点费都吃力。走进二组苗族村民赵文章家，他对我们说：“我家两个大人，两个孩子，孩子均读小学。我当兵参加‘两山’战斗时，有一只眼睛受伤，残疾后退伍回家，修了这栋堆砂房子，由于地基下沉，墙体到处开裂，已是危房。”看到他的住房十分危险，县民宗局长马上表态，补助钱款把开裂的墙体维修好，他一家人十分感谢。

这次，我所到村、组和农户，都反映书学费太高，难以供娃娃读书。在樊家槽村，了解到的3户中读初中的3个孩子因交不起学费失学。胶坭村周艳，今年考取黔南民管校，因凑不到3 000元的学费而未能入学。沙坡村皮永琴，学习成绩很好，报考中专的报名费是中心校长给的，因考点设在城关，无钱食宿而没有参加考试。朝阳村何中全的孩子，去年以优异的成绩考取省武警学校，要交4 800元学费，到处借钱未借到，一气之下服药死了。书学费贵，贵在哪里呢？主要贵在书上。如仁和中心校，初一、初二、初三学杂费均是25元，初一书费是75.45元，初二书费是95.75元，初三书费92.45元。课本有语文、数学、历史、地理、外语、政治、禁毒、音乐、美术、生物。每课又把原来的家庭作业变为素质教育，都得购买，一个学生16～17本书，课本又厚又贵。如语文课本，每一课有提示、有正文、有题解，老师拿起来就可讲，学生拿起来就可知。如此教材，是启发式还是注入式，确实费解。看来要减轻学生经济负担，课本应该进行改革。

我这个从农村来的农家子弟，还清楚的50年代初期，我上学后每年秋季入学的书学费都是到大丫口、赵家坝拣桃核敲桃仁卖钱交的，还有富余。现在，农村娃娃的书学费要人背马驮运农产品卖才能给得了，如果读到高中、中专大学，那就要用大卡车运了。如何拓宽老百姓的经济收入，如何减轻学生的经济负担，让所有的农村孩子都上学，是摆在我们面前的一大课题，真是任重道远啊！

大凝无情人有情

1999年1月27日这一天，气温在零下5度，滴水成冰，一点不假。厚厚的桐油凝上，又撒上一层薄薄的雪米，人们呼出的气，马上就变成了雾，随风飘走，迎面吹来的寒风，把脸刺得相当难受。一大早，县委书记吴安玉就来到了城关镇水西社区北正街7号附1号李文祥家，给他送来了200元现金，一件大衣，一床被子，询问他的家庭情况，嘱咐他保重身体，过一个喜庆祥和的春节。县委书记的到来，李文祥感动得热泪盈眶。

说起李文祥，小时随母亲从大方来到黔西，土地改革时，说他父亲有历史问题，所以什么都没有分到，母亲去世后，住的破房由哥哥分得，从此他就没有房子，只能住在侄儿的楼梯脚，独自一人住到现在。去年他住的街道并入水西社区，社区帮他办了低保。为了让他有一份职业，社区找有关部门把公厕修好后，安排他看守公厕，收的费除交水电费外，自收自用。公厕有约3个平方的一小间房子，他终于有了栖身的地方。李文祥看守公厕，爱岗敬业。但由于公厕的位置不好，前来解手的人很少，收的费用除交水电费外，所剩无几，李文祥仍十分困难，穿的衣服是武装部的一个同志送的。这次由于凝冻的时间长，四季度的低保又没有发放，使他更加雪上加霜，在这之前的五天时间里，他没有蜂窝煤烧，吃的面条都是到左邻右舍要点开水泡来吃，当社区的领导去帮他解决困难时，他说："我不麻烦政府了，再冷，苦苦地熬几天，低保总要发下来，领得低保金后，买点煤，烧上火，饱饱的烤一次火。"

这天上午，吴安玉书记在城关就走访了11户困难群众，他们中有 80 多岁的老人，也有孤儿寡母，有五保户，也有伤残的群众，吴书记给他们送去了党和政府的温暖。此情此景，群众十分感叹，纷纷传送："大凝无情人有情，危难时刻见亲人，感谢党的好领导，和谐社会进家门。"

访烟农有感

仲秋时节，321国道白岩龙潭地段，烟农用烤烟堵断交通6~7个小时。烟农为什么堵断交通，他们交售烟叶的情况如何，我们用几天时间，到黔西县主产烟区之一的大关镇进行走访调查，查看烟农的种烟合同，烟叶交售记录，家里存烟的情况。

黄吉均，家住银龙村上瓦组，合同种烟5亩。在其担任行政领导的亲戚的关照下，交售烟叶400多公斤，收入1 500元，还有150多公斤未卖。一年下来，化肥投入820元，烘烤用煤280元，租地种烟400元，投工投劳不算，白种一季烤烟。

龚学艳，家住银龙村上瓦组，合同种烟2亩。交售烟叶112公斤，收入500余元，还有175公斤未卖。化肥投入455元，烘烤用煤135元，租地种烟250元，亏损300多元。家中还有240元的售烟白条，因忙于用钱，将去年的1 500元白条以1 200元转卖给他人。

袁玉明，家住银山村坝子组，合同种烟8亩。交售烟叶1 300公斤，收入10 160元，化肥投入1 070元，烘烤用煤550元，盈利8 540元，主要是他赶上了省烟叶进出口公司在镇抓主料烟生产，开仓收购，又付现钱的机遇。后因烟叶进出口公司内部意见不一，只开仓收购几天后，就停止了进出口公司的收购，因此，有700多斤烟叶未赶上收购而只好至今寄放人家。

尚正明，家住桂花村油房组，合同种烟5亩。交售烟叶200公斤，收入1 000元。化肥投入810元，烘烤用煤270元，亏损近百元，还有350公斤烟叶未出售。他找到烟站的张珍跃说：“种烟时你三番五次动员我扯开豆子种烟叶，现在不收购烟叶怎么办?”张珍跃说:“不晓得。”

肖华清，家住大山村三棵庄组，合同种烟 8 亩。交售烟叶 612 公斤，收入 2 500 元。化肥投入 1 310 元，烘烤用煤 500 元，还有 400 多公斤烟叶未卖。

肖国均，家住大山村三棵庄组，合同种烟 5 亩。出售烟叶 264. 5 公斤，收入 1 450 元。化肥投入 710 元，烘烤用煤 300 元，租地种烟费用 500 元，亏损 100 多元，还有 300 多公斤烟叶未出售。有卖烟白条 250 元。全家 4 口人，土地全种了烟，现在靠做小工买粮度日。

肖国良，家住大山村三棵庄组，合同种烟 4 亩。已交售烟叶 150 公斤，收入 500 多元。化肥投入 552 元，烘烤用煤 150 元，租地种烟费用 350 元，亏损 500 多元，还有 250 多公斤烟叶未出售。由于种粮的地太少，秋收时只收得七箩筐的劣等苞谷，现有粮食不足 50 公斤，全家 4 口人面临缺粮的危险。

龙明华，家住常青村岩头组，任村支部书记，合同种烟 3 亩。交售烟叶 73. 5 公斤，收入 400 元，化肥投入 495 元，烘烤用煤 240 元，亏损 300 多元，还有 300 多公斤烟叶未卖。

徐如举，家住常青村化落组，合同种烟 5 亩。交售烟叶 379. 5 公斤，收入 2 200 元，化肥投入 825 元，烘烤用煤 400 元，租地种烟 500 元，盈利 400 多元，还有 900 多斤烟叶未卖。

付德昌，家住常村岩头组，现任学校教师，合同种烟 5 亩，只卖 41 公斤，收入 120 元，还有 600 多公斤烟叶未卖。化肥投入 825 元，烘烤用煤 400 元，租地种烟 500 元，亏损 1 600 多元。

我们具体走访的 5 个村 32 户烟农。他们烤烟生产的全过程基本上都是按照业务技术部门的指导进行的，施肥标准都是按照全县统一的每亩烤烟施用 60 公斤复合肥、40 公斤普钙、15 公斤钾肥、5 公斤提苗硝氨。镇政府和烟叶收购站按照和省烟叶进出口公司签订的生产主料烟合同，派人员指导烟农进行生产，坚持做到了成熟采烤。生产阶段得到了省、地烟叶主管部门的充分肯定。到了收购季节，刚开始几天进出口公司验级收购，评级公正，又付现钱，烟农十分满意。可是好景没几天，由于公司内部意见不一，进出口公司退出了收购。从此，收购等级标准居高不下，很多烟农吃了亏。调查的32户烟农中，自己承包地不算投入，所花用工不算投入，农膜、农药等小额支出不算投入，亏损农户接近50%，持平农户约占30%，盈利的只有20%左右。家中所剩的等级内的烟叶，少的农户150多公斤，多的农户500多公斤。老百姓保护烟叶比爱护自己的身体还重要，多数都用垫单包着放在柜上，有的甚至放在床上，无论钱多少，等待着收完他们的烟叶。我们调查的5个村，基本上都是烤烟连片种植村。不少农户的承包地全部在连片内，除了种烟，就没有种粮食的土地。现在烤烟卖不了，就是卖了，收入也很少，加上去年和今年的一部分白条未兑现，一部分烟农没有钱买粮食吃，十分困难。如大山村三棵庄组，23户人家，土地全部种烟的13户，均在春节前后缺粮。

农户为什么会有这么多烟叶未交售，其主要原因，一是在成熟采烤阶段，镇里烟站用喇叭宣传和走村串户要求农户成熟采烤，但在收购时，将成熟采烤而色泽较深的烟叶大多数定为杂色烟叶不予收购，如常青村烟农卖掉的烟叶只占1/3，全村还有2万多公斤烤烟未交售，使烟农蒙受了不同程度的经济损失。二是烤烟收购的等级标准，可以量化的不量化，不能量化的全靠手摸、眼看、鼻闻，是什么级只凭验级员说了算，加上利益驱动，对烟叶等级的评定标准苛刻，烟农的应得效益损失严重。如肖国均交售的264.5公斤烟叶，其中，中柠四只有11公斤，下柠二87.5公斤，下柠三51.5公斤，下柠四18.5公斤，余下为低等烟叶。三是克扣和刁难烟农。袁玉康老人背烟叶到桂箐烟站卖，排队卖烟时排在前面人都没要排队票验级，轮到验他的烤烟等级，问他要排队票，旁边人说，人家都是老人了，他前面都不要票，为什么只要他的票，这种做法不对。结果把他中柠三的烟压成下柠二、下柠三收购。袁国明背25公斤烟叶去桂箐烟站卖，等了3天一斤都卖不了，结果用10元钱请一个人去试卖一下，却卖了2公斤上柠三。肖国华运到桂箐烟站的200多公斤烟叶，跑了一个多月都未卖掉。四是收人情烟、关系烟。是知心好友或者关系人员交售烟叶，就放宽收购等级标准，烟农说他们验级既不公平，也不公正。五是少数收购人员与烟贩互相勾结，搞乱了收购秩序。袁玉康背到烟站的175公斤烟叶，烟站不收，他只好以每公斤0.20元卖给张元明，张元明转手就卖给了烟站。黔西城里的一个中年人，9月19日买了300多公斤烟叶运到桂箐烟站当着烟农卖烟，不仅不排队，而且不验级，过秤后自报什么级就给开什么单，太伤烟农的心。

烟农手中这么多烤烟卖不了，烟站却当着上百的烟农宣布要关仓。烟农们说：“烟站与我们订了合同，又不收我们的烟，政府又管不了他们，我们没有办法，有的人提议，我们就附和，想到过路的车上会坐有大点的领导，把烟放在路上，让他们看一看，我们的烟是不是等级之内，该不该收？没想到堵车造成了重大损失，太不应该。”保护农民利益，让农民增收太困难了。

回忆母亲

时间过得真快，转眼母亲离开人间已经6年。母亲走了，留给我们一笔用不完的财富，这就是母亲的精神。

1915年4月14日，母亲出生在羊场偏坡瑶一位姓冯的农民家庭。母亲出生的年代，正值清朝末年，民国初年，中国还处在半殖民地半封建的社会之中。封建社会的残酷，从母亲的身上可以见到一些。在我很小的时候，我看到母亲的脚很小，小得只有十几厘米长。我问母亲，脚为什么那么小？母亲说："在过去那些年代，女孩脚小，才有教养，如果是大脚，出门见人都不好意思。因此，女孩子七八岁时，就开始裹脚，就是用布把脚裹起来，然后穿上鞋，叫你下地跳，一直要把脚背裹断，使脚长不长。开始十分疼痛，任你怎么哭，怎么喊，父母都不允许解开，如果自己解开，棍棒就要打你的背。"就是这样，妇女的脚成了封建社会的牺牲品。

小时候，母亲经常给我们讲："吃不穷，穿不穷，不会打算一世穷。勤快有三分，坐起吃山崩。"新中国成立前，家里耕种一斗苞谷地，全部都是父亲和母亲自己耕种，从来没请过临工。特别是母亲很辛苦，又要下地劳动，又要操持家务，做菜、做饭、补衣、扫地、喂鸡、喂猪，年复一年，周而复始。讲到喂猪，母亲说："要砍猪草，要煮猪食，一头肥猪，要一年左右才喂得出来，用的水瓢柄都被磨光滑。"白天做农活，晚上做针线活，我们穿的衣服和鞋都是母亲在昏暗的油灯下，一针一钱做的。特别是秋收季节，农活特别多，白天劳动，晚上要辫叶子烟，辫辣椒。我记得1948年秋天的一个晚上，月亮很明，晚饭后，我们在院坝里递叶子烟给父母亲辫，不知什么时候一条疯狗从苞谷地里窜到院坝里，咬了我和哥哥一口，等父母起来打疯狗时，疯狗已经跑了，第二天一早，母亲就到龙家门口去找“疯狗药”（一种草药）来熬给我们吃。等赶到沙窝时，父亲又领我们到吴家田坝姚家寨去找先生给我们“割疯狗崽”。先生用小刀在我们头上划了一个十字，然后用扎角扎，几分钟后，再把扎角解下来往装着水的碗里倒，就看见一些像小狗崽一样的血坨坨在碗里，完后，就回家了，由于父亲、母亲及时找草药和土医师给我们治疗，我们才幸免于难，没有感染狂犬病。

1950年春节，是新中国成立后的第一个节日，人们迎解放，庆翻身，欢天喜地，小朋友们唱着：“解放军，大呀大将军，千军万马向前冲，咱们挺进大西南，解放全中国，要把反动派来消灭完。”母亲为了让我们过一个快乐的年，给我做了一个“鸡猫”，我和小朋友们有时打“鸡猫”，有时捉“瞎猫”。父亲和一些人有时“甩秋千”，有时“挖毛钱宝”，有时“跌十三”。只有母亲还是在忙个不停，不仅要做一日三餐，喂猪、喂牛，还要给我们做鞋子补衣服，特别是给父亲做的半筒钉子鞋，走路不滑，走石路很有精神，隔老远都听得到走路的声音。当我们叫母亲休息时，母亲对我们说：“新三年、旧三年，补补连连穿三年，只有当家，才知道盐米贵。气力是个怪，今天用了明天在。时间是个宝，玩也是过，劳动也是过，与其把时间混过还不如做点事情好。”正月十四，是过小年元宵节的日子，这天天不亮，父亲起床后，在柴火堆里刨点苞谷花吃，准备去化冲河驮煤，正要起身，突然喊肋骨痛，不多一会，就痛昏过去了，从此，一病不起。那时只能找点中草药熬水喝，根本治不好，大约一个星期就去世了。父亲去世后，家里很困难，一缺劳动力，二缺钱，三缺粮。到了清明节前，母亲一看粮食不够吃，接不上夏收，一不给村里反映，二不去找供应、找救济，而是叫我们去讨毛香来做糙饭吃，为了讨毛香，我走遍了白吉坝、赵家坝、落圈岩，开始还好吃，但吃的次数多了，就不太好吃了，母亲对我们讲："不好吃，总比不得吃好，人要有点志气，穷不走亲戚家，饿不去萝卜园，一切都要靠自己，挨门挨户乞求，就会被人家瞧不起。"那时，我们还很小，除了看牛割草，打猪草外，重活做不了，就靠母亲一个人劳动，支撑起一个家，实属不易。母亲经常教育我们："穷不离猪，富不离书。"因此，家里一直都养一两头猪，烧煤是靠母亲借人家的马去化冲河或大水沟驮，煮猪食的灶烧的柴是母亲爬上青杠树修的树丫枝，然后一背一背的背回家来。1952 年，母亲叫哥哥和别人一起将自家喂的猪赶上贵场去卖，听哥哥说，走了一个多星期，才把猪赶到贵场，把猪卖后买了一升大米带回家来，吃起特别香。有了点钱，就和别人搭伙买马，从此，驮煤就不用借马了。听说田坝寨要兴办小学，母亲就给我们讲："我们家祖辈是有文化的，耕读为本，到了你们的爷爷和父亲，由于不读书，渐渐地就不行了，一解放，你父亲就当了村长，但没有文化，办起事来很难，所以要读书，才能知书达理，了解很多事情，你们不仅要读书，而且一定要把书读好。"开学前，母亲给我做了一双新布鞋，由于没有钱买布缝书包，就给我做了一个书板，就是用两块比书大一点的木板，在木板的四角上烙上 4 个小孔，估计书的多少，底部用线把两块木板固定连在一起，上面的带子是活动的，装书时，把书板打开，再将上面一块木板盖下去，把活动的带子一拉，就可以背在身上，十分方便。开学那天，我穿着母亲做的鞋，背着母亲做的书板，高高兴兴去上学，这是改变我一生命运的起点。后来，母亲被选为乡人民代表，有时到乡里、区里或县里开会，开会回来后，通过"摆寨"或开会等形式，向群众宣传会议精神，动员大家组织起来，走互助合作的道路，互助组劳动互助，以工换工，农业生产合作就是评工记分，按工分分配，那时是一个星期记一次工分，一个月公布一次，有时难免记错，在公布时，母亲觉得少记了，就当着大家和记工员的面，说出少记的是哪一天，那天是在哪里做什么活路，肥料是多少，少记了多少，经过大家回忆，确是事实的又补记上去。大家都说："大伯娘的记性确实好。"1953年，哥哥是家里唯一能耕地的劳动力。到了冬季征兵时，哥哥提出要去当兵。母亲不仅不反对，还积极支持。对哥哥说："你如果能去当兵，增长知识，又保卫祖国，是很好的事情，但必须当个好兵，家里的困难，我们会克服，你放心好了。"报名后，通过政审、体检，哥哥光荣应征入伍，到辽宁零一四零部三支队二分队六连服役，通过他自身的努力，先后当了副班长、班长、副排长，后来转业到企业工作，没有辜负母亲的希望。

母亲一生待人热情，喜欢帮助别人。我们家主食是苞谷，不管是上面下来工作的同志，还是亲戚、寨临来到家里，都随茶便饭招待人家。母亲做的苞谷碎米饭，白菜酸、水豆腐特别好吃，并把做的方法给我们讲：做苞谷碎米饭，要用清水先把苞谷淘过，然后用磨子推，推后用筛子筛，把"二颗米"筛出来，再用"二颗米"推成碎米。做饭时，先用冷水把碎米浸泡过，然后放在甑子里蒸，等蒸出烟后，把饭倒在簸箕里，再用温水分饭，分好后，再回到甑子里蒸，蒸熟后就可以吃了，用瓢舀在碗里，压下去，把瓢拿开，饭可以膨起来，吃起来是散疏的，十分爽口，还有甜味，关键是发面和分饭时，用水量要掌握好，水少了，饭是干的，不好吃，水多了，饭是成团的，更不好吃。做白菜酸要先把白菜叶去掉叶缘，然后放在太阳底下晒一个下午，做的时候把水烧开，把白菜放下去，菜的颜色变化后，把白菜捞起来，放在坛子里，然后把烧热的酸汤倒进去，再用苞谷面掺水搅匀烧热倒在上面，第二天就可以吃了，吃的时候做好豆豉辣椒水，用白菜酸蘸起吃，清脆香甜，十分可口。水豆腐要用酸汤点，豆腐成团后，起蜂窝状的小孔就可以了。这些虽然给我们讲过多次，但我们做来就是不太好吃，还是手艺不到家。

高级社时，有一个工作组住在赵家坝，不知是谁给工作组反映，说寨上的富农王开学家有鸦片，工作组便通知王开学到工作组去，母亲听说后，先去找工作组说："王开学的父亲死得很早，他的老妈把他带长大，人家守寡多少年了，虽然有些土地，但人家解放前从未种过鸦片，又不抽大烟，哪来的鸦片，我敢担保，他家没有大烟。"这样，王开学才没有被拴被斗。寨子里一些人说："大伯娘胆子真大，敢去帮他反映。"母亲说："怕啥，有就是有，没有就是没有，不能害人家嘛!"寨上有的人家粮食不够吃，母亲就一升半升的给送去，有时家里得点糖果、水果，母亲也要分点给寨上的小朋友们，同时，还对我们讲："有事靠寨临，平时要关心，独吃不会肥，众吃才有味。"大跃进时，母亲到孙家坝看深翻土地，回来后，对乡亲们讲："深翻土地，挖去几尺深，把熟土翻下去，把死黄泥翻上来，根本要不得，我们不能那样的深翻土地。""文化大革命"中，我到"五七"干校劳动，回家后，母亲问我："你在干校做什么?"我说："在干校学冲墙，学石工，学木工。"母亲说："天干饿不死手艺人，学点手艺也好，以后如果不要你工作，回家来，求生活不成问题。"

1969 年，我从"五七"干校出来到纸厂区工作，爱人喻朝芬也从沙窝粮管所调到纸厂粮管所。那时，生活物资相当困难，我们自己喂鸡、喂猪、种菜。喂的鸡到处啄食，有时就吃了人家拌有耗子药的食物，鸡就不行了，一发现，喻朝芬就把鸡捉来，用点酒精消毒，给鸡开刀，把鸡嗉子里的食物全部掏出来，然后用盐水冲洗干净，再用棉线缝上，鸡就好了，从未损失一只。我在纸厂区工作的十多年中，每年都要接母亲去住一段时间，母亲看到我们很忙，就到水坝坎脚去砍茨，一捆一捆的拖回来，把种的两三分地周围圈好，免得人畜糟蹋。就这一点地，每年要收二三十斤葵花，二三百斤南瓜，种的菜吃不完，大萝卜还送给人家。我动员母亲和我们住，母亲说："老家有房子，有土地，老家才是你们的根，你们工作，就像水上的浮飘，今天在这里，明天不知在那里，我还是回老家住的好。"母亲在和我们住的日子里，结识了不少的人。有一位姓史的老中医，医术很好，只要来家里，母亲就喜欢和他摆说。有一位省里科研单位的负责人，被打成反动学术权威，回到老家，母亲认识后，不仅热情接待，还对我们讲："人家回来，粮证没有，什么都没得，你们能帮的要帮人家一下。"她老人家说，"人是三节草，三穷三富不到老，人情到处赶，下雨好借伞，眼睛要看长远一点，不能只看见眼前。"1978 年，因 4 个孩子都在城里上学，组织上考虑到我们的实际困难，把喻朝芬调进城工作，家就住在南门茨园干，我们的对门有一位姓王的女奶奶，无儿无女，那时茨园干没有自来水，孩子们抬水吃，母亲总是叫孩子们先把王奶奶的抬了，再抬自己的，有时给王奶送点煤，有时送点豆子。特别是过年，母亲总是要叫我们先把做好的饭菜送一点给王奶奶，然后再吃团圆饭。她说："人都是要老的，老来就要有个照应。"劳动练就了母亲健康的身体，晚年，除视力减退外，饭食好，听力好，记忆好，精神好，走路快，每年都要叫我们送她回老家去一两次，看看乡亲，看看寨临，浓浓乡情，情深意长。

难忘的岁月

1958年，是“超英、赶美、跑步进入共产主义”的年份。

这年的暑假，为了找点学费，放假后，我决定去贵阳找小工做。那时，从黔西到贵阳，只要3元钱的车费。但由于没有钱，就只好走路。走路，花钱少，加上白天吃饭和晚上住宿的费用，一天只要五六角钱。走了4天，才走到贵阳。到了贵阳，还算顺利，在中建三公司找到了事情做，活路就是挖基槽，抬石头安地基。有一个姓尹的队长，是广东人，他看我年龄小，个子也小，十分同情和关心，就问我：“你会不会写，会不会记账?”我说：“我在读初中，在家时，经常向报社投稿，有的稿件报社都用了。”他说：“你以后不要再和他们挖基槽、抬石头了，你每天给我收方，做好记录，交给我就行了。”领导交派的任务，我完全答应，并下决心把它做好。快到开学时，我给尹队长说：“我要回去读书了。”经队长同意，领了工钱，就到客车站坐车回家。这次出门，才体会到社会主义大家庭的温暖，人们很热情，和睦相处，互相关心，没有摸包扒窃，没有吵架、打架，没有欺生，热诚以待。领导很关心小工们，大家也很热爱领导。到了黔西，因快一个月没有见到家里的亲人了，不知家里的情况，想家心切，饭都没有吃，就立即往家里走。从黔西到五里落圈岩班家寨老家，30多里的路程，3个小时就走到了。到家里一看，没有人在家，门是关着的，母亲和嫂嫂不知到什么地方去了。问在地里干活的老人才知道，母亲在谢家院子的集体食堂做饭。我赶到谢家院子，母亲一见我就问：“老三，你吃饭了没有?”我说：“没有。”母亲就拿一个大碗从大木甑里舀了一大碗苞谷饭递给我，又舀了一碗白菜，我就狼吞虎咽地吃了，这顿饭吃得特别香。我边吃饭，边问母亲："为啥子在这里做饭?"母亲说："你走后，村里把自留地收了，我们班家寨和谢家院子共办一个食堂，各家各户的粮食全部集中在这里，不准允哪家留粮，检查到你留粮就要被斗争，集体劳动，在这里吃饭，不准打饭回家，家里也没有火，反正吃饭不开钱，哪个都可以吃，有些过路的人，也来吃饭，认都不认识，一天吃到黑，我们做饭的，忙都忙不赢。你嫂嫂到高坡铁厂挖铁矿炼铁去了，不知怎样，也不得一点信息。现在是大跃进，一家人各去一方，谁都不知道谁怎样。"饭后，我才仔细地看做饭的这个地方，一栋五间长的大土墙房，门口是石院坝，前面是围墙，周围是竹林，3个大木甑子全部装满了饭，两口大铁锅煮的全是青兰白菜，菜里没有油，只放了点盐巴和辣椒。天黑后，母亲和其他人把食堂收拾好，我们才回家。路上，母亲说："现在的秩序很好，各家各户都没有人看家，不仅没有人偷，就是你掉东西在路上，别人拣到，都会问着送还给你。"回到家里，一天的疲惫压得眼睛都撑不开，倒在床上，很快就睡着了。

第二天早晨，母亲给我讲："你哥哥在部队当兵，好久都没有收到他的信了，我去谢家院子做饭，你去高坡铁厂看一看你的嫂嫂，她们挖铁矿炼铁炼得怎样了。"遵照母亲的嘱咐，我就去高坡铁厂，沿途经过毛藤坡、泡木冲、包包寨、借牌、矿口、沙井、火杆坡、高粱冲、潘家寨，最后到了高坡铁厂炼铁的地方，一路上只看见老人和妇女在地里劳动，青年人绝大多数都响应"大炼钢铁"和"钢铁大跃进"的号召，上铁厂炼铁去了。到了铁厂，见到了很多用泥土垒起来的高炉，每座高炉都在炼铁，到处都是红旗飘飘，人山人海，有两幅标语我至今都还记得，一幅是"夜晚灯笼火把，白天红旗满山"，一幅是"组织军事化，生产战斗化，生活集体化"。铁厂把人们编成营、连、排、班，以班为作业单位，有烧炉的、运木炭的、挖矿的、运矿的，运输工具有背篼、挑撮、鸡公车。烧炉子的特别辛苦，炉火烤得人难受，扯风箱的汗流浃背。到了夜晚，炉火映红了天，十分热闹。人们住的是棚子，睡的是地铺，一日两餐，没有油肉，生活十分艰苦，但由于领导和大家一样，同在一个甑子打饭，同在一个锅里舀菜，同大家一样住棚子，没有任何一点特殊，人们情绪很高，个个干劲十足。我在那里住了一个晚上，第二天就回家了。

回家后，到了开学时间，我就去田坝寨小学报名读书。到了学校，一个人都没有，真是人去室空。学校挨着管理区，我到管理区问："已经到了开学时间，学校一个人都没有，到什么地方去了?"他们说："初中已合并到沙窝中学，初中学生都到沙窝中学去了，小学高年级的学生和老师到化石厂挖铁矿炼钢铁，所以学校没有人。"于是，我就到沙窝中学报名。我找到校长，校长说："已经开学，报名时间已过，不能报名了。"为了继续读书，我就到区里去反映。到了区里，正好遇区委的陈文忠同志，我把情况向他说了，请他给学校讲一下，经他从中调解，我才得报名。由于中学是新成立的，校址就在现在的金碧小学门口侧面的田里，教室是新修的土墙房，老师和同学们有的舂墙，有的到折坤去抬松树做檩子、楼枕、门窗，经过一段时间的紧张劳动，两栋一楼一底的教室就完工了，同学们得以正式上课。不久，五里管理区来人给我讲："报经上级批准，你到管理区任秘书，不要读书了，给学校讲清楚，抓紧时间到管理区去上班。"从此，我参加了工作。

那时的工作，一切都围绕"大炼钢铁"进行。管理区除组织人上铁厂外，还要组织人上山砍树，上山烧炭，把炭烧好后，再组织人把炭背到铁厂，供炼铁使用。每天有多少人砍树烧炭，有多少人上铁厂挖矿炼铁，铁厂上有多少座高炉，炼出了多少铁，都要用电话往区里汇报。到了秋收秋种的季节，由于农村没有多少劳动力，致使成熟了庄稼没有收好，浪费了很多粮食，各家各户无地种蔬菜，集体小季种不好，蔬菜也种得很少。到了1959年，小季田间管理抓得不好，加上自然灾害，夏粮歉收。大季播种下去后，到了6～7月份，连续70多天的大旱，造成秋粮严重减产，秋收后，完成公余粮入仓后不久，农村就出现了饿饭的情况。县委知道后，派人下去调查。但有的地方弄虚作假，集体食堂里的囤箩，底部装苞谷糊糊，上面装上苞谷，一看还以为是有粮食的，造成不仅得不到粮食供应，反而"打粮食鬼"，有的基层干部因如实反映缺粮情况而被"斗争"，导致饿饭的情况普遍发生，个别地方发生了饿死人的情况。老家的班玉含就是在下北海挖蕨根回来的路上饿死的。在管理区工作一段时间后，我就调到沙窝区工作。区里所有干部的粮食供应证，全部交到营业所隔壁的集体食堂里。我们的粮食供应证每月是12公斤，群众每天才供应4两，从领导到职工到群众，全部凭票吃饭，没有任何人多吃多占。这点粮食根本吃不饱，食堂里面想了很多办法，组织上沙戛坡挖蕨根，运回来后，把它洗净晒干舂成面，加上苞谷面，做成蕨巴吃，开始吃还可以，但时间一长，就觉得很苦，吃不下了。然后把蕨根打成浆，过滤后沉淀，得到的淀粉做成粑粑，很好吃，但产量很低，没有那么多蕨根，又改成做成"鹅二长"来糙饭，以后白菜收割了，有了菜糙饭，生活就好一些了。有一次，我和区的领导到凤凰检查工作，了解他们办食堂的情况。管理区的同志带我们到弯角龙潭淀粉加工现场，那里生产了很多淀粉，是用苞谷壳浸泡后，打椆、过滤，然后沉淀，去水后就成了淀粉，可比蕨根好吃多了。

在那样困难的年代，区里的书记和区长同样和大家一起在食堂吃饭，工作比大家辛苦，下乡检查指导工作，了解情况，解决问题，组织和领导群众生产自救，全是靠的两条腿，既劳累，又吃不饱，有的得了浮肿病。他们想着群众，群众看在眼里，疼在心里，把他们当做亲人，干群一条心，共同克服困难。党和政府及时发现了问题，解散了集体食堂，恢复了自留地，不再大炼钢铁，实行“包工、包产、包投资”和“固定土地，固定劳动力，固定耕畜，固定农具”的“三包”、“四固定”，以生产队为基础，统一经营，统一核算，按劳分配，调动了群众生产的积极性，粮食逐渐增产，人为和天灾造成的困难很快过去，到了1961年，人民群众的生活得到了恢复和改善。

回忆兴修卷洞门水库

在“文化大革命”中，我从黔西县委组织部调到纸厂区工作。1974 年的夏天，我去桃元公社检查工作。到了桃元坝子，看到低凹的一些田土被水淹没。于是，我从附近群众中了解淹没的情况。他们说：“这次淹没不算厉害，最厉害的是 1964 年，那一次从小山的垄垮麻窝一直淹到长田，淹去 3 个大队的近千亩田土，有一个骑马沿黔化公路往城里方向走的人，在长田大队付支书家对门，马掉进公路炊脚的深水里，把人淹死了。”我问公社的同志，水是从那里来的？他们说：“水是从卷洞门下来的，只要一下大雨，从垄垮麻窝到“十二块土”就经常被淹，把公社最肥沃的土都淹掉了。”

回区后，在区委常委会议上我将情况作了汇报，并提出在卷洞门后的沙坝地带修建一座水库，从根本上解决小山、桃元、长田 3 个大队千亩田土被淹问题，让水库起到蓄水、防洪、灌溉的作用。区委常委经过认真的研究，同意兴修卷洞门水库。随后，区委向水电局作了详细汇报。水电局听了区委的汇报后，对兴修卷洞门水库十分重视。于当年的 10 月 15 日，由老局长田玉山带队，有水电局的技术人员，桃元公社和区委负责人参加，实地勘查了卷洞门水库的坝址，了解了地质情况，对坝长、坝高、坝宽进行了测量，并决定由公社写出报告，报告内容为区、社意见、群众要求、大雨年份淹没的面积、产量，水库建成后灌溉的面积、防洪情况、估算投资、群众投工投劳等。报告写好后，由区签署意见送交水电局。后经水电局设计，决定兴建卷洞门水库。水库设计为小（一）型，主体工程为浆砌石梯形重力坝，坝高28米，坝底长75米，坝底宽14米，坝顶长148米，坝顶宽3.1米，库容总量122.4万立方米，有效库容98.8万立方米，死库容24万立方米，积雨面积6平方公里，预计开挖土方16 016立方米，开挖石方5 128立方米，浆砌料石3 889立方米，浆砌块石435立方米，浆砌毛石7 072立方米，砂7 000立方米，干渠长9.133公里，设计流量为0.5立方米/秒。支渠4条，总长7.058公里。总投资65.96万元，其中国家投资55.16万元，群众投资（投劳折算）10.8万元。

1975年1月4日，中共纸厂区委常委会议研究决定，成立卷洞门水库工程指挥部，由我任指挥长，区委常委安德仁、桃元公社书记张珍伦、金坡公社书记付兴荣、区水利站长廖光荣任副指挥长，指挥部下设政工组、后勤组和施工组。

1975年1月11日，指挥部召开了第一次会议，对有关问题进行具体研究。一是大坝的清基工作，由受益的桃元、仁和、洪水3个公社的13个大队组织群众突击。二是计划需要石工265人，由各公社组织带队上工地，分别为桃元公社60人，仁和公社65人，洪水公社50人，纸厂公社40人，金坡公社50人，以民兵连、排、班建制组织施工。三是必须注意安全施工，开展安全教育，实行安全责任制，避免伤亡事故。四是鉴于兴修卷洞门水库是民办公助，民工没有任何报酬，决定上水库工地的民工每人每月自带粮食15公斤，由水利粮每人每月补助7.5公斤，由出工大队每人每月补助6元伙食费，自带行李、碗筷、劳动工具和炊事用具，在修水库期间，民工以一个上等劳动力记工。五是落实食宿地点，做好后勤准备。会后，于1月15日在桃元公社光明大队保管室召开了清基动员大会，分配了清基任务，1月20日在卷洞门水库工地举行开工仪式。开工后，首先进行清基。清基没有一分钱的补助，只是记工分。当时正值寒冬腊月，清基是在烂田里面进行，十分辛苦。清基的社员都是早来晚归，在工地上没有吃的，没有喝的，没有火烤。遇到下凌，从上午工作到下午，头发都被冰凝结成了白的。特别是桃元公社坪寨大队的苗族妇女，她们穿的裙子在泥浆里越裹越重，到下午收工时，穿的裙子都不会低过5公斤。就是在那样艰难困苦的情况下，社员们以兴修自己的水库自豪，再苦再累都没有怨言，热情很高。由于坝基全部是淤积的烂泥沙，就是把基槽挖得很宽，塌方还是十分厉害，挖了塌，塌了挖，给清基工作增加了很大困难。但由于指挥部的全体干部和清基的社员一起在工地劳动，解决问题，鼓励大家，增加了清基的信心和决心。桃元公社百花大队社员苏永彦，从1月20到3月底，在冰天雪地中坚持在工地清基，不缺一天。百花四队因修水库占去28亩田，不仅一分钱的补助未得，而且农业税也未减免，社员不仅没有意见，还主动把价值1 900多元的12匹马力柴油机送给指挥部，作为抽基槽里的水用。有了抽水机械，指挥部的张珍伦和樊春荣不仅白天参加清基，社员们收工后，还冒着严寒加班抽基槽里的水，以便第二天好施工。到了过年前两天，才宣布放假，指挥部的同志和社员们一样，也才回家。我记得当时正是数九寒天，公路上都结了厚厚的冰，满山一片银装素裹，我好不容易才搭乘了一辆轮胎挂着链条的拖煤货车，在下李家坡时，车子出了故障，走不了，驾驶员一检查，油路出了问题。他说："如果要勉强走，只有用瓶子装上汽油，用管子接到引擎上，你站在车门外把瓶子提高过引擎，否则就没有办法。"我只有按驾驶员说的办理，一路上，寒风刺骨，车子虽然开得很慢，但还是比人走路快得多。

到了城里，头发、眉毛、面前的衣服和裤子都结成了冰凌。过了春节，指挥部全体工作人员都按时回到了工作岗位，一方面继续组织社员清基，一方面将实到的161名石工以公社为单位建民兵连，再根据开石头、打石料、挖砂、烧石灰等工种，分为 4 个排、13 个班开展施工，作好大坝回填用料的准备工作。1975 年 4 月 22 日，百花四队清基清到 6.2 米深的地方见到了岩石，并清出了两米多长的一大节枯木，人们欢天喜地，奔走相告。这时，天气比较暖和，坝基已不很深了，决定组织最后清基大突击，终于在 5 月底全部坝基清至新鲜岩层，清基终于结束，6 月 4 号便开始进行回填。

为了确保回填和大坝建筑顺利进行，指挥部强调整个施工必须在技术人员的指导下，确保质量，确保安全，同时，建立了严格的工作责任制。政工组负责抓思想政治教育，抓好临时党、团支部的组织生活，抓好总结评比，表扬好人好事，组织开展忆苦思甜活动，抓好安全教育，认真解决民工中出现的各种思想问题和实际问题。后勤组负责所需物资的采购，保证施工的需要，做好物资的保管、发放和使用，严格把好物资的进出关，如果出了问题要负经济责任。同时，对食堂实行民主管理、按时公布账目，实行节约归己，保证民工吃饱肚子。施工组负责安全施工，统一组织指挥协调开石头、打石头、挖砂、烧石灰、回填和大坝建筑，制定劳动定额，坚持评记工时，做到多劳多得。由于有严格的制度，大家都很认真，各负其责。如烧石灰用的煤，梧桐湾煤厂多报的 3 车拖拉机装的 6 吨煤都被后勤组查出，已领取的每百斤煤 0.65 元钱全部退还。

卷洞门水库的兴建，正处在“文化大革命”中期，物资虽然十分便宜，菜油每斤 0.72 元，猪肉每斤 0.73 元，大米每斤 0.138 元，但全部是计划供应，有钱你也买不到，生活物资十分困乏。开工后，区里拨给 5 000 元的补助资金，用于添置各连队食堂炊具，办公用具，机油、汽油、柴油。食堂所在的生产队也大力支持，每个食堂划给一亩地种植蔬菜，使蔬菜基本做到自给。1975 年的春节，区食品站到工地杀了一头猪供应民工，指挥部按人计算分到食堂。指挥部食堂分得的猪肉吃了一顿后，还剩3斤多的一块，政工组组长、洪水公社党委副书记杨华清提挂在他的房间里。过了春节，我去湖南参观，等我回来回到工地后，肉还是挂着的。我问杨华清："你们为什么不把它吃了，留起做什么?"他说："现在很难吃上一点肉，大家都说，等你回来再吃。"我听后，十分感动。到了1975年4月，区粮管所从行业用油中抽调给了指挥部15公斤菜油，指挥部按实到人数分配到食堂，洪水食堂4公斤，桃元食堂4.8公斤，仁和食堂1.1公斤，纸厂食堂2.4公斤，金坡食堂1公斤，指挥食堂1.7公斤。

不仅生活物资十分紧张，就是生产工具也十分欠缺。除号召民工自带外，指挥部为各连队准备了十字镐20把、洋铲20把、大橇20根、18磅锤20个、钢钎20根、手锤50个、手钻100根、炸药2吨，作为开工的需要。在那样困难的情况下，靠的是艰苦奋斗的精神，靠的是互相关心，团结和睦，靠的是同甘共苦，没有任何一点特殊，靠的是部门之间的协调与配合，经过艰苦的努力，1980年初完成了主体工程，无一例伤亡，实现了安全施工。卷洞门水库建成后，桃元坝子结束了被大水淹没的历史，取得了较好的经济效益和社会效益。

回忆 1960 年的二三事

1960 年，是“三年困难时期”中最困难的年份。在困难面前，各级领导干部和群众一起，同甘共苦，树立了战胜困难的信心和决心。

1958 年，“大跃进”时期，农民放着成熟了的粮食不去收割和播种夏粮，却组织群众上山砍树烧炭大炼钢铁，加上 1959 年的严重自然灾害，造成粮食严重减产，1959 年底和 1960 年初，吃粮发生严重困难，农村出现了饿饭情况，甚至出现饿死人的现象。在困难面前，唯一的办法，就是抓好生产自救。怎样抓好生产自救？当时我在沙窝区委工作，有二三事至今记忆犹新。

紧急会议

1960 年的清明前，区里安排我到寄种管理区调查了解群众生活困难的情况。一天下午快 6 点钟，我从中沙回到管理区，管理区的同志告诉我说：“区里通知你开紧急会议，9 点钟前必须赶到。”我赶忙到食堂里弄了点饭吃（野菜做的），就急急忙忙往区里赶。当时，寄钟管理区到沙窝，接近 30 里的毛狗小路，又没有手电筒，只有借助昏昏月亮摸小路。当我走进下北海时，路边荆棘丛生，毛草齐腰深，不时听到野生动物的号叫，真是毛骨悚然。走到四轮碑前面，脚被绊了一下，过去一看，是一个死人横在路上。赶到区时，会议刚刚开始。区委书记杨兴发讲：现在正是春播大忙季节，群众饿饭，我也吃不饱，越是在困难的时期，我们越要深入群众，了解情况，解决问题，当前就是要集中精力，集中时间，组织群众抓好春耕播种，大种蔬菜，这是最好的生产自救。要教育群众，再困难，也不能吃种子，确保春播用种。会议强调要抓好食堂，保证农村人口每人每天供应的四两粮食到户到人，实行“以人定量，指标到户，粮到食堂，凭票吃饭，节约归己”，不允许任何人多吃多占。全体干部每人每月供应的 13.5 公斤粮食，必须把粮证交给食堂，群众吃什么，我们就吃什么，群众吃多少，我们就吃多少，和群众同甘共苦。会上宣布，区里除少数人坚持日常工作外，从领导到一般干部，全部下去，组织群众抓春耕生产。会议结束后，我把碰到死人的情况向杨书记作了汇报。他马上找来金碧管理区的同志，说明情况后，指出人肯定是饿死的，你们要立即赶赴现场，弄清死者是哪里的，帮助家属把死者安埋好。正是这种雷厉风行的工作作风，不搞特殊化，和群众同甘共苦的生活作风，使干群一条心，全面抓好了春耕播种，为战胜困难奠定了基础。

折坤蹲点

紧急会后，根据区里的安排，我和区营业所主任颜享利，区供销社副主任马德明，还有区委、区公所的几个同志，就赶赴折坤蹲点，主要任务是抓好春耕播种，帮助群众办好食堂。这里是田坝地方，稻田肥沃，土地平整，本来是鱼米之乡。可是，由于生活困难，加之是集体食堂，户无炊烟。我们入村后，看到的是一片凄凉景象，群众面黄肌瘦，有气无力。一天下午，我们走到一个农户家里，家里只有一个女的带着一个小孩，看到床上有一个死人。一问，才知道这是她的爱人，因为没有饭吃，人饿死了。我们就帮她把死人抬到松林里去埋好。埋好后，大家都很累，就在松林地里睡觉，等醒来时，已是明月高照，身上全是露水。工作组一方面迅速把供应的粮食送到食堂，组织群众采集野菜造饭，使群众有了饭吃。工作组也和群众一样，凭票在食堂打饭，群众吃多少，工作组的同志就吃多少，群众看见工作组和他们一样，深受感动。工作组一方面深入农户，征求他们的意见，倾听他们的呼声，了解他们的困难。在了解情况的基础上，召开群众大会，讲明困难是暂时的，号召大家抓好春播，大种蔬菜，生产自救，解决困难。经过一段时间的工作，完成了春播任务。10多天后，蔬菜有了，群众就有了一点吃的。在那样困难的年代，菜当三分粮，的确不假。有了地，才能种粮种菜，可见，地是群众的生存之本，必须珍惜。

书记下乡抓插秧

1960年的端午前节，区的业余花灯剧团作出安排，排练节目，准备端午节晚上演出。一个星期一的上午，县委书记李如川步行走小路，沿途经过弯角龙潭、石板桥、农场等田坝地区，在田间询问插秧的群众，了解情况，当他走到区里时，已是九点钟左右。我和区办公室的傅宣、张继谷等，因晚上加班与各管理区电话联系插秧情况，收集整理材料，快到天亮时，十分疲倦，就在藤椅上睡着了。李书记在办公室里看了一眼，没有喊醒我们，听到后面在排练花灯，就到后面去了。花灯剧的唱词里有一段是："沙窝是个好地方，号角响四方，土地肥沃苗儿壮，稻谷堆满仓，工农商学兵，齐呀齐欢唱。"当他听到这里，又看见区委副书记候树臣坐在那里看排练，二话没说，就返回办公室，把我们喊醒。问："你们的杨兴发书记到哪里去了？"大家回答说："可能到金碧的田坝里抓插秧去了。"于是，我们就分头去吴家田坝、铧口寨、万家寨等田坝地方找。当我在万家寨找到他时，他正在和老百姓一边插秧，一边了解情况。我说："杨书记，李如川书记来了，他在区里，叫您马上回去。"当我们回到办公室，李书记盘膝坐在藤椅上，不等杨兴发书记汇报情况，李书记就说：“现在是插秧大忙季节，你们一个区委副书记不去带领群众插秧，却在那里看排练花灯，必须坚决处理。现在群众生活那么困难，他们还在那里唱跃进的号角响四方，稻谷堆满仓，什么齐吹唱，这是典型的假话，老百姓听到，不骂我们才怪呢？这样的假话，希望你们再也不要讲了，扎扎实实抓好插秧，组织好群众生产自救，共渡难关。”杨兴发把打田插秧的情况作了简单汇报，补充说：“侯树臣在地委党校学习，星期六晚上从毕节回来，走了一天两夜才走到区里。”李书记说：“你要不袒护，他回来，有时间看花灯，为什么不到附近的田坝里去组织群众插秧。现在群众生活困难，唯一的办法就是要抓好生产，我们做领导工作的，不下去了解群众疾苦，倾听群众呼声，宣传动员群众，能抓好打田插秧吗？我们发号施令、瞎指挥、说假话的亏太多了，大家都要吸取教训。”李书记走后，区里立即停止花灯剧的排练，区委、区公所的全体工作人员，除在家负责联系的以外，全部下到田坝地方去抓插秧。晚上，县委召开了电话会，安排插秧工作，点名批评了侯树臣。随后，将侯树臣调素朴区工作。由于领导深入田间地头，给干部和职工树立了一个好的榜样，大家工作起来十分认真，打田插秧进展快，实现了满栽满面插。

回顾五里坡的历程

五里坡，是去洪家渡的必经之路。在西部大开发中，随着乌江上游的龙头水库——洪家渡电站的修建，一条宽阔的柏油马路从这里穿过，从此车流滚滚，唤醒了沉睡的山乡，缩短了五里坡和外界的距离。今天，五里坡的农民粮食年年增产，收入年年增加，绝大多数人家生活富裕，安居乐业。回顾五里坡农民走过的历程，让现在的农村青年了解过去，珍惜今天来之不易的美好生活，发愤图强建设小康社会，无疑十分有必要。

新中国成立前，五里坡的农民种地没土地，地主有地不种。农民讨地种，不但要会犁牛打耙，还要懂得农事。一年到头，日出而作，日落而息，面朝黄土背朝天，到了收割季节，交了地主的租子，剩余的才是自己的，遇到灾年，哪怕你粮食减产或绝收，租子是非交不可的。那个年代，吃不上饭、穿不上衣的农民随处可见。他们拖儿带女帮人干活，只能得点饭吃，工钱是没有的。住的房子是矮小的土墙房，有的是“千柱落脚”的窝棚。打赤脚，穿草鞋，盖秧槁被，还要受蚊虫肆虐之苦。虱子是人人都有的，虱子以卵繁殖，把人身上咬得如穿“千疤衣”，甚至头发里面都长满了虱子蛋。如找到虱子，捉住后把它弄死，也可以把衣服脱下来放在火上烤，烤热后，虱子就往外爬，把衣服在火上一抖，虱子就掉在火里，发出小小的爆炸声。还可以把水烧开，把衣服放在盆里，然后将开水倒下去，虱子就被烫死了。可是，臭虫、跳蚤就不好对付了。臭虫咬人，一咬一个泡，白天它跑到墙缝里、床沿里躲起来，晚上睡觉后它就跑出来咬你，偶尔捉到把它弄死，臭味难闻。跳蚤跳得很凶，衣服上、床上、地上到处都可以生存，咬人一咬一个红点，不容易捉到它。夏季和秋季，夜蚊子咬人也很厉害。那时的农民吃不饱、穿不暖，白天劳动强度大，夜晚又被蚊虫叮咬，睡不好，生活极其困苦。

新中国成立后，农民翻身做了主人。经过土地改革，农民分得了土地，县人民政府向每户农民颁发了土地证。土地证上有户主的姓名，分得的田土数量，每块田土的界限，盖有县人民政府的大印和县长的印章，农民终于结束了没地种的历史，农民有了自己的土地，有了生产的自主权，虽然很多人家缺耕牛，缺农具，缺生产资金，但生产热情很高，没有牛耕地，就用人工挖，没有农具就互相借用，没有生产资金就互相帮助，有借有还。他们在自己的土地上勤奋耕耘，辛勤劳动，精耕细作，粮食增产，收入增加，生活一年比一年好。

从 1953 年开始，针对在土地改革中获得土地的农民缺乏生产资料，经济基础脆弱，耕畜、农具和生产资金缺乏，抵抗自然灾害的能力很低，扩大生产困难大的实际，为了加快农业生产的发展，农村以引导农民走合作化的道路为主要内容，对农业进行社会主义改造。这样，在 1953 年底，在五里坡的班家寨建立了互助组，互助组坚持自愿互利，以换工为主，劳动互助。到了 1955 年春天，在互助组的基础上，建立了以土地入股，统一经营的新乐社级农业生产合作社。初级社承认农民的土地私有，实行土地入股分红，耕牛、农具和其他生产资料统一使用，付给报酬，收入扣除土地分红、投资后，全部按劳动工分分配。这种承认土地和其他生产资料私有，带有股份合作性质的初级社，适应当时的农业生产水平，基层干部的管理水平和农民的要求，受到广大农民的拥护和欢迎，生产一年比一年好，收入一年比一年增加，生活质量一年比一年提高和改善，生产、生活物质基本上满足人们物质增长的需要，农村呈现出“夜不关门、路不拾遗”的太平景象。当时，农村流行一首歌曲，歌词是“火车在飞奔，车轮在歌唱，装载着木材和食粮，运来了地下的矿藏，多装快跑，快跑多装，把原料送到工厂，把机器送给农庄，我们的力量移山倒海，劳动的歌声无比嘹亮，我们要和时间赛跑，走向工业化的光明大道，我们要和时间赛跑，迎接社会主义建设高潮。”但是，在1957年，建起了新乐高级社。高级社取消了农民的土地和其他生产资料的私有制，耕地无偿入社归集体，牲畜、农具、林木等主要生产资料转为集体所有，名为折价入社，实际未付给农民的任何报酬。有的农民对取消自己的土地私有有意见，说：“究竟发给我们的土地证还算不算数?”得到的答复是：“土地是你用黄金白银买的？收归集体有什么错?”1958年，新乐高级社又并入了人民公社，说人民公社的好处是“一大二公”。由于并社，私有财产少的“共”了私有财产多的人的产，穷社“共”了富社的产，把一切生产资料，包括社员的自留地，家畜、家禽及其他副业全部收归公有，任意平调农村的人力、物力和财力，大办食堂，推行“吃饭不要钱”的“按需分配”方式，导致农村“共产风”、浮夸风和瞎指挥泛滥成灾，严重挫伤了农民的生产积极性。不论是高级社，还是人民公社生产都是统一安排，队长叫你干什么，你就干什么，农民完全失去了生产的自主权，辛辛苦苦一年劳动到头，到了收割季节，收的粮食要一背一背的背到集中地方，一背一背的过称，收到天黑，把它汇总后，再按劳动工分总数来除，每个工日应分多少，根据每户的工日计算到一家一户，然后再一称一称的称给农户，有时分到半夜都分不完，农民的辛苦和劳动强度之大可想而知。特别是秋收，分得的粮食还没有炕干，就催着要在国庆节前完成公余粮入仓任务。粮食不干，有的加起大火炕，有的用铁锅炒干，确保入仓任务按时完成。农民喂的猪，首先要保证完成生猪上调任务，卖一头肥猪，回销5斤肉，等到食品站杀猪统一供应时，才能去称肉，没有上调肥猪的农户，根本在食品站买不到肉。由于土地公有，农民没有种地的自由，劳动强度加大了，生产的效益很低，生产、生活物资短缺的困扰一直都未得到解除。

1961年，执行《农村人民公社工作条例》（草案），经过整风整社，才解散了食堂，明确宣布生活资料和小型农具等生产资料归农民所有，恢复了农民的自留地，允许和鼓励农民发展家庭副业，开放农村集贸市场，坚持评工记分，坚持按劳动工分分配。人民公社实行“三级所有，队为基础”，小队为组织生产单位，大队为核算单位，实际上悄悄搞了包产到户。由于《条例》的贯彻执行，调动了农民的积极性，生产得到了很快的恢复和发展。农民的生产、生活情况刚刚好转，1964年又开展了面向农村的社会主义教育运动，纠正包产到户。1965年，开展了农村“四清”运动，继续解决农村中出现的单干问题，坚持社会主义道路。紧接着在1966年开展了“文化大革命”运动，这场运动普及到农村的村村寨寨，家家户户，历时十多年，在批判“三自一包”（即自由市场、自留地、自负盈亏、包产到户）、“四大自由”（即雇工自由、贸易自由、借贷自由、租地自由）的同时，把农村基层干部作为走资本主义道路的当权派进行批判，农民的自留地被减少，家庭副业被限制，农村集贸市场被关闭，评工记分，按劳动工分分配的制度被否定，评工记分变成评判思想的“政治标准工分”，否定商品经济，把农民的自留地和家庭副业斥之为“资本主义的尾巴”。农民出工要“早请示”，收工要“晚汇报”，记工要讲“斗私批修”，讲话要先背“最高指示”，农村出现“三多一少”现象（即斗走资派和“牛鬼蛇神”的多，搞革命大批判的多，搞形式的多，认认真真干农活的少），严重制约了农业生产的发展，农民的生活物资十分紧张，每年发一次布票还不够做一套衣服，每到春节，才由供销杜供应农民每户一两斤白糖和一两斤白酒，食品站供应三四斤猪肉，其余时间要喝白酒，只有在打田插秧季节，田坎上的农户才有斤把白酒供应，其他时间就基本上吃不上这些东西了，农民生活实在太清贫了。

1978年12月，党的十一届三中全会召开，全面纠正了“文化大革命”及其以前的“左倾”错误，把工作的重点转移到经济建设上来，在农村推行家庭联产承包责任制，随后取消了延续三十多年的农产品统派购任务，开展了大规模的扶贫工作，把减轻农民负担，增加农民收入作为农村工作的重中之重，引导农民根据市场需要，大力发展商品经济，鼓励农民进城务工、经商、办企业。农民终于获得了种地的自由，自主决策的自由，自主经营的自由。经过培训，绝大多数农民都掌握了一至二项农业实用技术，科学种植，科学养殖，大大促进了商品经济的发展。今天，五里坡的农民，总体上已经摆脱了贫困，一些人家住上了小洋楼，家里有了电视机、洗衣机，有的有了摩托车、手机，有的家里安装了电话，正在向小康生活迈进，和城里人一样，享受现代的繁荣与文明。

在纸厂区难忘的一些事

1969年年秋季的一天，我正在天坪“五七”干校舂墙，干校办公室给我讲：“接县革委办公室的电话通知，有事找你，叫你去县革委办公室一趟。”吃过中午饭，我就步行往城里面走，到了县革委办公室，办公室主任对我说：“现在，纸厂区洪水公社是农村革命大批判的先进点，决定叫你去洪水公社工作，及时把农村革命大批判的先进材料向县革委办公室报送，你回干校收拾一下，抓紧去洪水公社报到。”在回干校的路上，回想起我进干校已经一年多了，整天干的就是挑水、种地、开石头、打石头、抬石头、安基脚、舂墙，全是笨重活路，现在能下乡去工作，感到很高兴。回到干校，我把我的劳动工具收起来送回五里老家，然后回县拿起介绍信就去洪水。我记得那是一个晴天，秋日的太阳高高挂在天上，还有夏日炎炎的感觉，十五里乡村小路，一个多小时就走到了。公社所在地大寨，坐落在两条小河交汇的半岛上，田土肥沃，自然条件十分优越。两条小河汇合后从小牙坡流出，最后汇入野济河。公社的房子是一栋三间的木架房，作为办公场所，又矮小，又很窄。我去后正遇上公社的杨华卿老同志，他给我简单说了一下情况，然后我们就去公社门口的小学里看大字报，小学原是地主的房子，是一座四合院，在学校里，我遇到了我的老熟人——《贵州日报》社的李国普，因为“文化大革命”，我们很长时间都没有见面了，这次见面，十分高兴。在聊天时，他说：“十年前，我来纸厂写先进典型的报道，十年后，我又来这里报道先进典型。历史就是样，巧得很啰！”我问他有何感想，他说：“怎么讲呢？

还是让历史去检验吧!”

在这之前,《人民日报》在头版用《从洪水公社的革命大批判看农村斗批改的方向》的通栏标题,报道了洪水公社革命大批判的情况及经验,同时,配发了张仲益、黄思云两个农民的批判文章。文章发表的当天,从县城到区到公社都组织了示威游行,欢呼文章的发表,从此,把洪水公社的革命大批判推向了新的高潮。我到公社后,用了一个星期的时间,走遍了所有大队和生产队,看到了从农舍到村寨,从田间到地头,到处都是革命大批判的战场,社员们出工前要“早请示”,收工后要“晚汇报”,开会发言前要背诵“最高指示”,每天都要开展“三忠于”、“四无限”的活动,记工时要朗诵“斗私”、“批修”。各生产队都用稻草把“中国最大的走资派”扎成活靶子,开会时,上联各级走资派,下挂公社、大队、生产队的当权派进行批判。喊着“抓革命、促生产”的口号,取消了评工记分和按劳分配的制度,实行政治标准工分,哪怕你天天劳动,都要参加批判会才有工分,不参加批判会就不得工分。新益大队马家湾小队的一些社员说:“现在是革命大批判重要,只要你参加批判,长短是根棍,大小是个人,出工早晚不管,干活多少不论,每个都是十分。”出现了严重的出工不出力的现象。“我们宁要社会主义的草,也不要资本主义的苗”,“我们不能像苏联那样,卫星上天,红旗落地。我们就是要打倒所有的走资派,坚持斗私批修,雄心壮志冲云霄,确保红旗永远飘”。在一段时间内,省内外很多地方前来考察、参观、学习,洪水也确实风光一时,知名度大大提高。难怪当时的区革委主任说:“我去贵阳参加开会,李再含坐在台上都要多看我两眼。”由于只抓革命大批判,不注重生产,实行政治标准工分,挫伤了社员生产的积极性。春播时,我在很多生产队都看到,挑粪、丢灰等重活,都是四五十岁的人做,有的甚至是老奶奶,年轻人做的都是丢苞谷、盖苞谷等轻活，因为年龄大一点的人看不过去，只有拣起重活做。有的年轻人，别人在干活，他们甚至坐在林荫下去打扑克。这些人不仅不做，还说什么“他们年龄大了，做的时间少了，所以要抓紧做，我们年轻，做的时间还很长，以后慢慢地做”。面对这种情况，年龄大一点的人很不满意，但又不敢说，说了，轻则说你是“埋头拉车不看线”，重则说你是反革命，把你捆起来进行游斗。于是，在批判会上，有人就借题发挥说：“走资派干活不认真，有的还怕太阳，别人干活，他跑到林荫下去躲起来。”

革命大批判给生产造成了极大的破坏，导致社员生活物资十分困难。当时，全区每年 198 万公斤粮食征购任务，10.5 万公斤粮食超购任务，14 万公斤油菜籽定购任务，3 200 头肥猪上调任务，这些指令性的任务完成后，很多社员一年到头很难吃上油肉，缺粮现象十分严重，一些社员连过年粮都没有。例如，1977 年，洪水公社总人口为 8 695 人，据 3 月份的统计，缺粮严重的有云丰、新平、新河、新丰、干田边、白果树等生产队，全社 4 月份缺粮 500 户、2 904 人，5 月份缺粮 734 户、3 973 人，六月份缺粮 835 户、4 256 人，需要供应粮食 157 947.5 公斤，除借集体储备粮 84 000 公斤外，需国家供应 77 947.5 公斤。云丰小队 55 户，265 人，1976 年秋收粮食总计 38 500 公斤，交纳征购任务 6 000 公斤，集体扣留 10 000 公斤，分配给社员部分人均才 90 多公斤。该队韩少成家，4 人均是劳动力，分得的粮食还了 175 公斤储备粮，又娶了一个媳妇，春节前就开始吃供应粮。当时的纸厂区是43 000多人，在公社书记会上汇报 3 ~ 6 月缺粮的人数为 2 万多人，严重缺粮的生产队有 90 多个。由于革命大批判，取消了社员的家庭副业，叫做“坚持社会主义道路，割掉资本主义尾巴。”这些缺粮的农户辛苦一年，分得的粮食不够吃，又没有从集体分得什么钱，还要找钱去买供应粮，困难程度可想而知。区里针对严重的缺粮现象，为了解决7个公社缺粮农户夏接秋的生活困难，在县里解决3万公斤粮食供应指标的同时，从区周转粮指标中拿出7万公斤，一次性填发粮食供应证，发到缺粮农户，虽然尽了很大的努力，但还是不能满足缺粮农户的基本需要。不仅老百姓生活困难，就是干部职工家里也同样缺粮。对于革命大批判给生产造成的破坏，虽然没有人敢说大批判不对，但还是有一些人用不同的形式进行抵制和反对。在湖南运往贵州的南瓜，就有人用小刀在上面刻上“全国人民加油干，支援贵州大懒汉”。洪水公社的一些社员在会上发言：“我们坚持走社会主义道路，就是不仅要吃饱饭，而且每顿饭要有一小匙油，有二两烧酒喝。”在那个“造反有理”的年代，一家人都分成了几派，家庭成了批判、辩论的场所，大家都不把精力放在生产上，所以生活物资困乏的情况从根本上讲不可能改变。党的十一届三中全会纠正了“文化大革命”的错误，全党把精力集中到经济建设上来，在农村实行家庭联产承包责任制，进行了全面的改革开放，充分调动了全体人民的积极性。社会经济快速、持续发展，国家先后取消了征购、派购任务和农业税。今天，人们丰衣足食，商品琳琅满目，应有尽有，社会安定，农民总体上步入了小康生活。

“文化大革命”虽然物资匮乏，但联系人民群众的桥梁和纽带——各级干部没有特殊待遇，清正廉洁。洪水公社大落灌提灌站是在“文化大革命”中兴建的，公社书记王廷珍同志和社员们一起到纸厂砍树、抬树，运来作为电杆。在一个星期六的一天，王廷珍去地区水电局提设备，到了毕节，天已经黑了，等到第二天早上到局办公室一问，保管物资的工作人员已经回家去了，家的地址在海子街，要晚上才回来。王廷珍问清详细地址后，就步行到保管员家里，说明来意，感动了保管员，随即返回地区水电局，将设备交给王廷珍，然后，王廷珍马不停蹄当天就赶到了洪水。正是这种干部以身作则，吃苦在前，任劳任怨，不谋私利，艰苦奋斗的精神，使我们党和政府在人民群众中享有崇高的威信，虽然生活物资困难，但没有哪个社员怨天怨地，精神面貌很好。

1958年，在那个“一天等于二十年”的年代里，《人民日报》用整版篇幅报道了纸厂区的社办工业，当时的区委书记陈兴林作为社办工业先进典型的代表，出席了北京的会议，受到了毛泽东主席的接见。省内外很多地方都慕名前来参观、学习、取经。但是，当时的纸厂，除了小煤室、小酒房、小手工农具厂外，没有什么工业，一些人虚报浮夸，把打草鞋、编草席、熏土肥等也算在社办工业的范围。所谓熏土肥，就是把秸秆、荆棘或烂木材堆在地里，然后把地里的泥土堆在上面，用火点燃熏土。一次，陈兴林从桃园去纸厂，通知沿途都要熏土，结果二三十里都烟雾腾腾。不仅社办工业虚报浮夸，各方面都出现严重的弄虚作假现象。本来当时群众生活已很困难，哪里还有多少余的粮食来养猪，但参观的人们在石板看到了一群一群的猪，有些细心参观者发现后面看到的猪与前面看到的一个样。原来，是参观的人不熟悉地形，被带着转圈圈，实际看到的都是一群猪。参观者在食堂里看到一囤箩一囤箩的苞谷，原来是用苞谷核放在囤箩底，然后在囤箩顶上放上苞谷。有一些参观者看出是假的，但没有哪个敢说。因为在那个大跃进的年代，盛行浮夸风，在附廓水库的大坝上就有一条醒目的标语：“深翻土地一丈二尺深，谁人不相信，揪他出来反右倾。”除“四害”时，石板公社把一个小青年除掉的几十只耗子、麻雀误报为几万只，区里不仅不纠正，反而将错就错往县报，层层上报，不仅不核实，而是派人总结“经验”，最后，这个除“四害”的“小英雄”上了北京。一些说实话的干部，遭斗争处理后回家，一些跟着虚报浮夸，严重违法乱纪的干部，虽然得势于一时，但终归还是受到了党纪、政纪和法律的惩处。1953 年，赵少祥就任高场乡乡长，1958 年 3 月，他和陈兴林去金坡开会，走到大沟槽，陈兴林叫赵少祥把大沟槽改成田。赵少祥说："这里土地肥沃，但没有水源，种土比种田强，不能变田。"在金坡会上，陈兴林要求长堰乡土变田 3 000 ~ 5 000 亩。赵少祥说："高场有水源可变田的地方最多三五百亩，我们变不了那么多田。"陈兴林就批评赵少祥右倾保守，是小脚女人走路，是"大跃进"的绊脚石，在会上对赵少祥进行了批判斗争，散会时宣布赵少祥会后办理退职手续，补贴退职费 130 元。1958 年，杨思贤就任长堰乡乡长，在区开会时，陈兴林问他全乡有多少粮食，他说："去年大炼钢铁，粮食没有收好，今年夏粮又受灾，秋粮严重减产，现在全乡群众生活困难。"陈兴林说："我是问你有多少粮食。"杨思贤大起胆子说："有百把万斤。"本来，这已经是大大的加了水分。陈兴林还是批评他说："起码有 150 万公斤，你把大部分藏起，这不是瞒产是什么？"在 12 月份县里召开的五级干部大会上，说杨思贤不仅右倾保守，还攻击"大跃进"，说什么一些社员"衣无领，裤无裆，背篼背成大箩筐"，使杨思贤遭到了批判斗争。回乡后，杨思贤在 1960 年 3 月的区会上被免职。就是陈兴林本人，这个红得不可一世的区委书记，因道德败坏、严重违法乱纪被逮捕判刑，他在法庭上说："我陈兴林红的时候，一天见毛主席几次。黑的时后，一天被捆几次，成了历史的罪人。"那些坚持实事求是而受到处理的干部，在 1979 年地委副书记赵春辉、县委书记王朝彬来纸厂区检查落实政策工作时，区委一一作了汇报，两位书记听后指示，应统统纠正这些冤假错案。随后，报经批准，恢复了白发文、高光贤、赵少祥、杨思贤等人的工作。

在"大跃进"的年代，"五风一化"盛行，很多老百姓吃不饱饭，睡不好觉。但由于老百姓亲眼看到干部也吃不饱，也睡不好，他们为老百姓操劳，没有任何特殊待遇，和老百姓一样同甘共苦。因此，老百姓对党和政府深信不疑。1958 年 2 月开工建设的地处纸厂区洪水公社的附廓水库，全县一万多名社员上工地，没有任何工钱，干部和社员一样参加劳动，大坝主体工程当年就建成，然后继续开挖主干渠和支渠，建渡槽。整个工程国家投资 1 200 多万元，建成了坝高 27.7 米，坝长 190.7 米，坝顶宽 3 米，库容 1 190 万立方米的中型水库。总干渠长 10.4 公里，渠道总长 120.8 公里，渡槽总长 1 071 米，当时灌溉 6 个区的 4 万多亩稻田。今天，城关人民的饮水得益于附廓水库，饮水思源，我们都不应该忘记当年参加修建附廓水库的领导、干部和群众。1961 年，经过整风整社，纠正了“五风一化”的错误，到了 1963 年基本扭转了“三年困难”时期的局面，社会经济快速发展，人民生活得到了提高和改善。

纸厂区发生的这些事，其中的教训，我们应该汲取。但同时应该看到，我们的老百姓是最拥护党和政府的。事实说明，社会经济的发展，人民生活水平的不断提高和改善，必须靠正确的方针、政策。方针、政策正确了，还要靠联系人民群众的桥梁和纽带。在集中精力搞经济建设的今天，必须注重领导素质的建设，才能认真贯彻执行党的方针、政策，带领群众，坚持科学发展观，使社会经济快速、持续、健康发展，建设社会主义新农村，使全体人民过上小康生活。